MANESSE BIBLIOTHEK DER WELTLITERATUR

C. J. Burckhardt · Betrachtungen und Berichte

CARL J. BURCKHARDT

—

BETRACHTUNGEN UND BERICHTE

MANESSE VERLAG

ISBN 3-7175-1068-1 (Leinen)
ISBN 3-7175-1069-X (Leder)

INHALT

HEIMAT

Ich bin hier, um zu danken. Danken zu dürfen in der eigenen Sprache ist für denjenigen, der oft von ihr getrennt ist, eine Freude eigener Art; diese Freude wird noch vertieft, wenn die Stätte, an der man sich zu diesem Danke einfinden darf, einen so vertraut empfängt. In der Tat, wenn ich den Boden der alten Stadt Frankfurt betrete, erfüllt mich heimatliches Empfinden. Unzählige Male seit der Knabenzeit habe ich im Geiste den «Osterspaziergang» mitgemacht und immer hat er mich durch die Gassen Ihrer Stadt und vor ihre Tore an den Main geführt.

Heimat ist ein Wort, das unser Sprachgeist geschaffen hat, das in andern Sprachen nicht zu finden ist und das völlig andere Gefühle weckt, stillere, stetigere, zeit- und geschichtslosere, als das leidenschaftliche Wort Vaterland. Wir verlassen die Heimat, um uns hinaus in die Fremde zu begeben. Wo endet Heimat, wo beginnt das Unvertraute, das andere? Bei jedem neuen Menschen, der uns begegnet, stellt sich die Frage: wie weit reicht seine Heimat, wo vermag er wirklich zu Hause zu sein? Jede Bemühung um Selbsterkenntnis wie um Kenntnis der andern schließt diese Frage ein. Ihre Beantwortung lehrt uns, daß gerade dort, wo das Heimatgefühl das allerweiteste ist, die Grenzen des wirklich Fremden und Nichtentsprechenden am deutlichsten gezogen sind.

Wie berührt uns die milde Gewalt der Heimat in der Odyssee, im Beginn unseres europäischen Lebens, in dem Gedicht, durch dessen Geschehen sie als zwingende Mitte hindurchwirkt und wo alles, was geschieht, durch das Streben nach Heimat ausgelöst wird, durch Überwindung der Widerstände, die sich dem Heimkehren entgegensetzen. Und doch will es der Tiefsinn dieses Gedichtes, daß Odysseus am Ende seiner Fahrten aus der Erfüllung der Heimkehr als endlich Zurückgekehrter ganz zuletzt wieder aufzubrechen hat, um sich eine neue Heimat zu schaffen. Woraus wird er sie schaffen? Aus dem unbeirrbaren Sinn für das Heimatliche, für das Gemäße, das er in sich trägt. Im Gemäßen fest zu wurzeln und zugleich das Gemäße ständig zu schaffen, ist das Wesen der Persönlichkeit. Jede wahre Persönlichkeit besitzt ein schöpferisches Heimatgefühl, auch wenn sie ihre ursprüngliche Heimat längst verlor. Wie unvergleichlich ist dieses schöpferische Heimatgefühl gegenwärtig in Virgils Äneis, der Dichtung, welche die ungeheure Epoche unserer Geschichte abschließt, die mit Ilias und Odyssee beginnt. Der Held Virgils, Äneas, zieht mit seinen Larengöttern von Ländern zu Ländern, dem Fremden, dem

Nichtgemäßen wird er immer wieder entrissen, auch wenn es noch so lockend wirkt, er wird geführt dorthin, wo seine Götter das ihnen gemäße Erdreich für die Schaffung jener größeren Heimat finden werden, aus welcher das Römische Reich hervorwachsen wird. Diese führenden Götter sind ein Teil von Äneas' Seele. Indem sie ihn führen, nicht irgendwohin, sondern an vielem vorüber und zu einem ganz bestimmten Ziele, befreien sie ihn vom Zufall und schenken ihm die Freiheit der Wahl. Er wählt den Ort, der seine Heimat sein wird und somit den Ort des tiefsten Vertrauens, der tiefsten Ruhe, den Ort, der die Ruhe des Vertrauens schenkt.

Wohl demjenigen, der das Maß und die Freiheit des Äneas besitzt, den untrüglichen Sinn für das ihm Zugehörige, das ihm Entsprechende, eben das Heimatliche. Auf unserm Lebenswege liegt vorerst alles drüben, jenseits der Hügelkämme und der Gebirge, die zu übersteigen sind. Dort liegt das Wunderbare, das Furchtbare, die Öde und die fruchtbare Erde. Später dann hat man auf seinem Wege vieles hinter sich gebracht und der Wanderer hat sich angeeignet, was ihm entspricht. Vieles, wenn er mutig ist, wenig, wenn die Angst ihn am Wählen hindert. Eng ist die Heimat desjenigen, der sich durch die Furcht beraten läßt, durch das Mißtrauen. In der Tat, für wieviel Armut und Enge, für wie viele Untaten und Friedensbrüche ist die Furcht verantwortlich, wie endgültig vermag sie es, unser Vertrauen zu zerstören, es in Enttäuschung und Zorn umzuwandeln und durch Fehlleistungen unsere Heimat endgültig aufs Spiel zu setzen. Dem Menschen, der, ohne es zu wissen, in der Furcht lebt, ist alles fremd, was ihn umgibt, wenn seiner aber viele werden, so stehen sich zwei fremd empfindende Gruppen gegenüber und schon heben Furcht und Mißtrauen an, die Abwehr wird vorbereitet und alsbald erscheint diese Vorbereitung der Abwehr als Drohung, wie von doppelten Spiegeln wird die Furcht hin- und zurückgeworfen in drohenden Bildern. Einst war die Welt sehr weit und voll von unbekannten Gefahren. Heute ist die äußere Welt überblickbar, die Gefahren sind nicht kleiner geworden, sondern größer. Aber auch diese Gefahren sind uns jetzt bekannt, sind unserm Vorstellungsvermögen zugänglich geworden und auch mit diesen Gefahren können wir somit vertraut werden. Dieses Vertrautsein mit der Gefahr aber ist nichts anderes, als das Wesen des wirklichen Mutes, im Unterschied zu der blinden Kühnheit, die die Gefahr nicht sehen will oder gar zur Tollkühnheit, die die Ausgeburt der Furcht ist. Der wahre Mut und sein Vertrautsein mit allen Schrecken ist die Grundbedingung besonnenen Handelns, Besinnung heißt Freiheit und wiederum richtige Wahl im Nehmen und im Geben. Wahl vor allem der Mittel, durch welche wir die eine wie die andere unserer Haltungen für die andern verständlich und annehmbar machen. Besonnener Mut ist ebensosehr Grundbedingung jedes sittlichen Handelns, wie Grundbedingung jedes reifen Umgangs mit Menschen und somit Bedingung der schwersten und verantwortungsvollsten aller Künste, der Politik.

Nun ließe sich ein Zustand denken, der hin und wieder den Verfassern der großen Utopien vorschwebte, ein Zustand, in welchem keine Politik mehr nötig wäre, weil die Welt so vertraut, so offen, so heimatlich geworden wäre, keine Furcht und kein Mißtrauen mehr kennen würde. Aber dies wäre das wiedergewonnene Paradies und wir sind weiter denn je von ihm entfernt. Weiter denn je, weil wir die Gewohnheit angenommen haben, durch äußere Gegensätze und Spannungen zu leben, weil wir meinen, Kraft und Leistung ließen sich nur aus der sichtbaren Spannung gewinnen. Dies ist eine eminent europäische Haltung, aus europäischen Erfahrungen gewonnen und sie wird heute auf die ganze Welt übertragen. Indem wir aber gelernt haben, das Hervorspringen jeder Kraft nur aus äußerlich Gegensätzlichem zu erwarten, haben wir die allerhöchste Kraft verloren, jene, die aus Einklang und Übereinstimmung entsteht. Die Kraft, welche sich nicht an äußern Widerständen bildet, sondern an der Überwindung unserer innern Gegensätze, der Gegensätze in uns selbst, die entspannte Kraft auf den höchsten Stufen, die Kraft der Weisheit, von welcher Heraklit gesagt hat, daß sie in uns entstehe durch das Zusammenwirken des Gegensätzlichen in uns selbst wie bei Bogen und Saite der Leier. Wenige haben den Preis dieser Weisheit, haben dieses entspannte, vertrauensvolle Offensein vor dem angeblich Fremden in so vollständiger Weise erreicht, wie der größte Sohn der Stadt Frankfurt, welchen wir sagen hören: «Es gibt eine Stufe, wo man gewissermaßen über den Nationen steht und man ein Glück und Wehe seines Nachbarlandes empfindet, als wäre es dem eigenen begegnet.» So kann nur einer reden, der unendlich sich andrängenden Stoff, das Fremde überwindend, sich einverleibt hat, ihn heimatlich werden ließ. Wir können ihm nur von ferne nachstreben, jeder in seiner Weise.

Jeder von uns tritt seinen Weg unter Voraussetzungen an, die alles Spätere mitbestimmen. Am heutigen Tage darf ich vielleicht in diesem Zusammenhang ein kurzes Wort über mich selbst sagen: Ich bin in freier Landschaft, auf der Flanke eines der letzten Ausläufer des Jura über der weit aufgetanen Rheinebene aufgewachsen, vor dem täglichen Blick auf den fernen Stromlauf, auf Schwarzwald und Vogesen. Im Jahre 1896 sagte mein Großvater einmal zu mir, als wir das Versinken der Sonne hinter den Vogesenkämmen betrachteten: «Dort läuft die Grenze.» Das war damals ein harter Schnitt in die heimatliche, tiefvertraute Landschaft täglichen Anblicks, der Einbruch geschichtlicher, unheimlicher Mächte in eine übergeschichtliche seelenhafte Einheit frühester Lebenszeiten.

Zum andern Teile bin ich in einer ehemaligen Reichsstadt aufgewachsen, in welcher das Herkommen ungebrochen wirkte, weil sie durch ihre schon vierhundertjährige Zugehörigkeit zu meinem Vaterland, der Eidgenossenschaft, dem Drängen und Zerren gewaltiger, aus den Abgründen des Fremdseins einander entgegenwirkender Weltkräfte entrückt war. Das war der geschichtliche Zufall meiner Voraussetzung.

Immermann hat einmal gesagt, überall wo er noch auf Spuren des alten Reiches gestoßen sei, habe es ihm das Herz bewegt. So erging es auch mir lebenslang. Jenes alte Reich, das sich niemals völlig verwirklicht hat, ist nicht mehr und wir sollen nicht zurückschauen und sollen ihm nicht nachtrauern, wir dürfen jedoch an die Kraft des Gedankens glauben, der einst jene ehrwürdige Form entworfen hatte, um uns die Mahnung zu hinterlassen, immer wieder nach neuen Formen friedlicher Gemeinschaft zu streben.

Bisweilen vernehmen wir diese Mahnung wie den tiefen Ton kontrapunktischer Klangsetzung: im September 1939 war ich in Reval, ungewiß über den Weg, den ich zu meiner Rückkehr in mein

Vaterland würde einzuschlagen haben. Angesichts des unmittelbar drohenden Einbruchs des Ostens in die baltischen Länder, saß ich eines Tages voller Unruhe auf der die Stadt krönenden Terrasse vor dem Dom. Am Tage des Kriegsbeginns, am 1. September, hatte ich Danzig verlassen, Hoffnung und Vertrauen waren gebrochen worden, und dennoch, an jenem Tage in Reval, aller schmerzlichen Erfahrung, harten Einsicht und tiefen Befürchtung entgegen, umfing mich plötzlich auf jenem unvergeßlichen, hochgelegenen Kirchplatz mit unwiderstehlicher Kraft das Gefühl des Heimatlichen: ich befand mich in einer alten Reichsstadt.

Reichsstädte: mein Großvater mütterlicherseits lebte in Genf und somit in einer andern einstigen Reichsstadt. In Genf traf für denjenigen, der die nach den Tiefen hin getürmten Schichten jahrtausendalten Geschehens zu spüren vermag, französische, germanisch-burgundische und sardisch-italienische Welt zusammen. Von Kind auf wurde mir in Genf unsere andere Landessprache, das Französische, vertraut, fast so vertraut wie die eigene, die mir auf dem an Überraschungen und Geschenken so reichen Umweg über die alemannische Mundart, die Sprache Johann Peter Hebels, zufloß.

Mit den ersten Worten begann für mich das Gespräch. Über die segensvollen Möglichkeiten seiner Wirkung wurde vor einem Jahr, hier an dieser Stelle und in Ihrer Mitte Unvergeßliches ausgesagt[1]: Das Gespräch, das alles an uns heranträgt, alles anbietet und auch das Gegenteil von allem, und in dessen Mitte wir zu bestehen haben, innerhalb der Grenzen unseres Vertrauens, der strengen Freiheit unserer Wahl. Worte, gesprochene und geschriebene, vermitteln uns die Kenntnis der Natur, gewesenes und zeitgenössisches Denken, vergangenes und gleichzeitiges Geschehen und auch vorerst totgesagtes, unvertrautes Sprachgut, das für jeden von uns auch heute noch zu einer weiten Heimat zu werden vermag. Durch Anschauung werden wir gebildet, durch Worte erzogen, zwischen dem «Du sollst» und dem «Dir ist versagt», das uns von außen zugerufen wird, wirkt unsere Erziehung nur bis dort, wo wir ihr Angebot annehmen, und damit wären wir wieder beim Gemäßen angelangt. Aus dem uns Gemäßen bauen wir unser Wesen, bauen wir unsere innere Heimat auf, aus unserer Wahl sind wir zu erkennen.

Einst sprach ein nach Europa Zurückgekehrter sich mir gegenüber aus: er hatte lange in New York gelebt, aber er stammte aus einer größeren, norddeutschen Stadt; zum erstenmal betrat er den alten Kontinent nach dreißig Jahren wieder, er landete in Genua. Abends, in den engen Gassen des Hafen-

[1] Rede Martin Bubers bei Anlaß der Verleihung des Friedenspreises des Deutschen Buchhandels.

quartiers, saß er vor einer Schenke und um ihn herum rauschte die Menge, von den Schiffen her und eilig getrieben wieder nach andern Schiffen hin –, die Menge, so wie sie Nietzsche in Genua einst gesehen und in seinen Gedanken an den Tod im Aphorismus 278 des IV. Buches seiner «Fröhlichen Wissenschaft» begriffen und beklagt hat; plötzlich, in dieser Menge zogen drei junge Burschen vorbei, sie sangen, und sie sangen Verse aus Ariosts «Orlando furioso». In jenem Augenblick, so erzählte mir dieser Heimkehrer, habe er sich mit einem Male bis zu Tränen überwältigt wieder in der Heimat gefühlt, in dieser Fülle sei das Heimatliche nie wieder in ihm ausgebrochen, auch nicht als er die Straße, in der er einst seine Kindheit verbracht, und das Haus, in dem er bis zu seinem zwanzigsten Jahre gewohnt hatte, wieder betrat.

Es ist uns vieles gelehrt worden, aber wir wissen das Gelernte ohne es zu lieben. Das historische Denken, das so viele Europäer veranlaßt, aus einem Arsenal falsche Argumente zu entleihen, sich an längst verklungenem Pathos frostig zu steigern, ist jenem erschütternden Begegnen uralter Heimat, wie es dieser Zurückgekehrte erlebte, völlig entgegengesetzt, denn bei ihm handelte es sich nicht um Kenntnisse, sondern um ein Wiedererkennen auf den Wellen stärksten Gefühls, um eine Offenbarung der Zugehörigkeit.

Wer von uns hätte dieses Wiedererkennen nicht erlebt, das Wiedererkennen des Tiefvertrauten, des Zugehörigen: einst trat ich zu früher Stunde aus einem ostpreußischen Wald, vor die nebelbrauende Ebene, aus welcher dunkel zwischen den Schilfgärten eine schwarze Seefläche spiegelte. «Dort liegt Mohrungen», sagte plötzlich der Mann, der mich begleitete, und er streckte die Hand ins Ungefähre des Nebelmorgens. Mit einem Male waren mir Wald und östliches Flachland vertraut und liebenswert für immer. Mohrungen, das war Herders Geburtsort und ich glaubte in jener Morgenstille die «Stimme der Völker in Liedern» zum Chor vereint zu hören, jene herrliche Weltoffenheit eines unserer großen Geister auf Sekunden leuchtend zu erfahren und von diesem Augenblicke an ist mir jenes ostpreußische Land auch zur Heimat geworden. So war es je und je, auch damals, als ich zum erstenmal in die goldene Schale, die fruchtbare Ebene der Champagne hinunterstieg und mir wie mit einem Schlage alles gegenwärtig war, was jemals aus dieser großen Landschaft kommend auf mich eingewirkt hatte: die Fabliaux, der höfische Roman, die Chansonniers, sodann Villehardouin und Joinville, die herrlichen Memoiren von Fleurange, Jacques Gillots Pamphlete und der quellklare Lafontaine. Damals dachte ich auch an die Katalaunischen Felder, die Felder von Châlon, auch an jene Jungfrau, die ihren König zur Krönung nach

Reims führte, aber auch an Cäsar und den Prinzen Eugen.

Wie oft erfuhr ich dies in Italien, in Spanien, wo ich das mir so vertraute Österreich schon spürte, und die portugiesische Erde hätte ich gerne umarmt wie Wilhelm der Eroberer die englische, als ich während des letzten Krieges von einem Flug über den Atlantik auf unserm Kontinente landete.

Unlösliche Bindungen der Treue und Dankbarkeit lassen uns unserm Vaterlande angehören. Dies steht als ein Bestandteil unseres Schicksales fest. Unsere innere Heimat aber können wir in Freiheit täglich erweitern und vertiefen, immerzu können wir das Fremde und scheinbar Feindliche auflösen und mit seinem Wesen vertraut werden. Jeder wirklich große Gedanke, der innerhalb der Nation gedacht wird, je reiner, je ungetrübter sein heimatlicher Ursprung ist, wird universal werden. Universal ist das philosophische Denken, die wahre Wissenschaft, die Musik und die große Kunst und das schöpferische Wirken des Geistes ist das einzige, dem Menschen gegebene Mittel, in alle Weiten vorzudringen, diese Weiten mit unserer eigensten Art, mit unserm heimatlichen Wesen zu durchdringen. Mit den heimatlichen Werten, den uns völlig vertrauten, die, wenn wir irgendwo in der Welt auf sie stoßen, uns ergreifen, wie dies jenem Zurückgekehrten in den Gassen Genuas geschah.

Dieses Vordringen durch Erlebnis, Erfahrung

und Vergeistigung ist nichts anderes als dasjenige, was Goethe unter lebendiger Bildung verstand, die so ferne ist von dem toten Herbeibringen ungeliebter Begriffe, ungeliebten Materials, die nutzlos gehäuft oder schließlich nur zur Beschwerung kurzlebender, polemischer Argumente und gegensätzlicher Theorien gebraucht werden. Gemeinsamer geistiger Besitz, immer wieder neu begonnen, nach strenger Wahl erlebt, erfahren ohne Anhauch trügerischer, sentimentaler Verständigungsformeln, lebende Bildung als ein gemeinsamer Lebensstrom mit seinen Schroffen und Wasserstürzen, dahinströmend in Licht und Dunkel, unter den Wettern und unter gestillten heitern Himmeln, aber immer strömend und an seinen beiden Ufern eine Heimat schaffend für jene, die es wagen, diesen Strom zu befahren.

Genug der Bilder von der schon langen Fahrt. Indem ich es wage, hier an dieser Stätte meinem Dank und meiner Verbundenheit Ausdruck zu verleihen, indem ich das große Gefühl einer uns allen gemeinsamen Heimat aufrufe, weiß ich, Herr Bundespräsident, daß Sie nicht nur als unser nächster Nachbar, als Württemberger, die Sprache der Denker und Dichter und auch die nüchterne Alltagssprache, den reinigenden, befreienden Humor verstehen, der zu unserer ursprünglichsten Heimat gehört, daß wir uns somit fast ohne Worte heimatlich verständigen, nein, ich weiß auch, daß

Sie in der schweren Geschichte Ihres Landes dastehen als einer, der die Sprache der andern vernimmt, ihr Wesen erkennt auf dem Wege jener wirklichen, jener erlebten Erfahrung, jener Vergeistigung, die uns die weise Gabe der Geduld verleiht, bisweilen auch durch das Mittel des Humors.

Und Sie, meine verehrten Damen und Herren von der Deutschen Verlegerschaft und vom Deutschen Buchhandel, Ihnen habe ich zu danken: einmal weil Sie mir die große und unverdiente Vergünstigung zuteil werden ließen, am heutigen Tage an dieser Stelle zu stehen und sodann, weil Sie selbst an vorderster Stelle am Erschließen jener geistigen Heimat wirken, deren Grenzen immer weiter werden sollen, ohne daß jemals das Ungemäße, das wirklich Fremde, das Wesen des Unbehausten, des «Heimatlosen ohne Zweck und Ruh» einzudringen vermöge.

EUROPÄISCHE KONSTANTEN

Längst ist Europa nicht mehr an den Raum seines geographischen Ursprungs gebunden. Europäisches Wesen wirkt heute in allen Kontinenten und verwandelt sie.

Zur Zeit des römischen Weltreichs gab es kein Europa mit dem Sinngehalt, der inzwischen in dieses Wort hineingelegt wurde. Länger als man gemeinhin annimmt, blieb die Erinnerung an das große Imperium lebendig. Seine juristische Einheit wurde als Postulat sogar bis zum Ende des byzantinischen Reiches erhoben. Das Gebiet, auf welches dieser Anspruch und diese Erinnerung sich bezogen, war das Trümmerfeld, das die Römerreiche zurückließen. Wann hat sich innerhalb dieses Trümmerfeldes ein Zusammengehörigkeitsgefühl kontinentalen Ausmaßes im Bewußtsein einer lebenden Generation wieder geregt? Wohl erst, als die in germanische Stammesfürstentümer und kirchliche Diözesen aufgespaltene Erbmasse des einstigen Imperiums in ihrem eigentlichen Lebenskern bedroht war, und zwar durch die neue, unwiderstehlich im Glaubensfanatismus zusammengehaltene erobernde Macht des Islam. Als der Raum, den wir noch heute gewohnt sind, Europa zu nennen, zu einer vom Islam berannten Festung geworden war, als das Massensterben der antiken Städte und Munizipien sich längst qualvoll vollzogen hatte, als man zur primitiven Naturalwirtschaft zurückgekehrt war, setzte eine europäische gemeinsame Willensbildung unter gemeinsamer Führung der Kirche ein, und es begann jenes christliche, germanisch-lateinische Zeitalter, das man das «medium aevum» genannt hat. Jetzt entstand aus der Begegnung der Germanen mit den Lateinern und vor allem mit dem Christentum eine europäische Kultur. Das Wesentliche: diese Kultur wurde beherrscht durch einen Universalismus, der nicht mit Uniformität verwechselt werden darf.

Im Jahre 800, als Karl der Große, am Weihnachtstag, in Rom zum Kaiser gekrönt wurde, ist Europa katholisch getauft worden. Es ist der politische Gegensatz zwischen dem karolingischen und dem byzantinischen Reich, der die Mitwirkung des Hauptes der westlichen Christenheit, des Bischofs von Rom, unentbehrlich machte.

Schon waren die Stämme, die Sprachräume deutlich unterschieden, schon waren die spätern, agonal zueinander stehenden Nationen potentiell vorhanden. Dem mittelalterlichen Menschen aber war der Gegensatz von Christen und Heiden viel wesentlicher als derjenige von Franzosen, Italienern und Deutschen. Gegenüber der unbekannten Welt der Ungläubigen suchte man mächtige geistige Bindungen, man fand sie in der christlichen Glaubenslehre, in bestimmten Überlieferungen antiker Philosophie und im römischen Recht, das die Romanisten und Glossatoren immer wieder bearbeitet und angepaßt haben. Es entstand eine hohe, in den ernsten Formen der romanischen Baukunst ihren Ausdruck findende europäische Kultur, die in immer neuen Stilsprachen ihre innern Wandlungen bis zum Beginn des technischen Zeitalters unvergleichlich sichtbar machen sollte.

Zur Zeit Karls des Großen diente der Name Europa in der gelehrten Literatur ganz allgemein zur Bezeichnung seines Reiches.

Das deutsche Kaisertum aber, wie stark es sich auch unter den sächsischen Kaisern, insbesondere unter Otto dem Großen, an das Reich Karls des Großen anlehnen sollte, hat selbst während seiner größten Machtentfaltung weder Frankreich, noch England, noch die skandinavischen Länder beherrscht. Der letzte Kaiser, der für den universalen Gedanken des Imperiums einst kämpfen sollte, fast immer siegreich, aber durch überpolitische Kräfte, wie die Reformation, um seine Siege betrogen, sollte einst Karl V. sein.

Dem Mittelalter fehlte der bewußte Begriff vom souveränen Einzelstaat, sein Ideal spiegelt sich in den Weltbildern des Thomas von Aquin und Dantes. Während der zwei Jahrhunderte des Ringens zwischen Kaiser und Papst setzten sich Kirche und Staat noch nicht auseinander, sondern es ging um die Entscheidung, ob der Herr des geistlichen oder des weltlichen Schwertes an die Spitze der Einheit von Kirche und Staat treten solle. Die harte Wirklichkeit dieses Gegensatzes hat schließlich die Universalität der mittelalterlichen Welt zerstört.

Früh schon sind geistige Methoden entstanden, die dazu bestimmt waren, die erhoffte Einheit zu retten. Unter diesen erscheint als eines der eigentümlichsten Phänomene, aus antiker Überlieferung sich ergebend, die Scholastik. Sie hat alles Spätere mitbestimmt. Entstanden ist sie aus Abwehr, unter anderm gegen früh aus der arabisch-jüdischen Welt eindringende naturwissenschaftliche Lehren, die christliche Grundpositionen zu gefährden schienen. Diese geistige Abwehrmethode hat unsere Entwicklung weitgehend beeinflußt. Was sie einst bekämpfte, hat sie schließlich selbst geschaffen, ihre gedankliche Strenge bildet einen der Ursprünge der strengen wissenschaftlichen Methode, die Kritik des Erkenntnisvermögens hat sich aus der scholastischen Übung entwickelt. Einen ausgesprochen europäischen Menschentypus hat diese Philosophie entscheidend mitbestimmt. Auf wirtschaftlichem Gebiet hat sie das Entstehen des Frühkapitalismus gefördert. Ursprünglich sollte durch diese aristotelisch begründete Philosophie der Gottesbegriff ergründet und so genau gemessen werden, wie man es damals bereits verstand, die Zeit zu messen. Die Scholastik ist eines jener geistigen Elemente, die uns zeigen, wie unlöslich wir Europäer von Land zu Land, von Sprache zu Sprache aneinander gebunden sind. Und nicht anders verhält es sich mit der aus Seelentiefen geborenen Mystik, welche allerdings so viele der bindenden Formen, denen auch sie einst entsprungen war, gesprengt und jedem geistigen Wagnis die Bahn bereitet hat. Immerzu wirken zwei Grundrichtungen schöpferisch polar, die aristotelische und die platonische. Innerhalb ihres gewaltigen Spannungsfeldes betätigt sich der unendlich komplexe Genius des Okzidents in seiner alle Hindernisse immer wieder überwindenden einzigartigen Aktivität. Er ist es, der, um mit Ranke zu reden, «die Völker zu geordneten Verbänden umschafft, Straßen zieht, Kanäle gräbt, alle Meere mit Flotten bedeckt und sie beherrscht», die entferntesten Weltgegenden aufschließt, seit dem 17. Jahrhundert die Tiefe der Natur mit exakter Forschung ergründet und schließlich alle Gebiete des Wissens einnimmt. Dieser wagemutige Geist ist es, der durch Tat und Untat, immer aufs neue missionierende, mitreißende, sittliche Postulate verwirklicht. Ihm gehört, lange noch nachdem die gemeinsame Sprache, das Latein, in die Gelehrtenstuben sich zurückgezogen hat, alles an, was von Land zu Land an tiefen und kühnen Einsichten und an unvergänglichen Werken der Kunst immer in hartem Kampfe entsteht.

Die großen Vertreter dieser aus unablässiger Tätigkeit entspringenden Leistung sind durch Jahrhunderte hindurch alle auf die Vorbilder der Antike ausgerichtet gewesen. Von den Kirchenvätern, den geistlichen Humanisten des 10. bis 18. Jahrhunderts, über die weltlichen Humanisten, die Dichter und Denker der neuern Zeitalter, bleibt der Zusammenhang mit den antiken und in den verschiedensten Abwandlungen den christlichen Ursprüngen erhalten.

Daran ändert nichts, daß der *eine* Glaube durch die Spaltung in Konfessionen, durch zeithafte Kräfte, wie das entstehende Nationalgefühl, ja selbst durch ausgesprochenen Widerstand gegen die Glaubenssätze zur Ursache heftigster Kämpfe wurde. Innerhalb dieser schweren Auseinandersetzungen stehen dennoch alle Gegner zueinander und zum Glauben durch das kämpferische Prinzip selbst in unlösbarer Verbundenheit. Die Ketzer des 12. und 13. Jahrhunderts gehören zum Christentum ebensosehr wie der nachtridentinische Katholizismus zur evangelischen Lehre, ohne die er nicht denkbar wäre.

Es ist immer wieder gesagt worden, daß Renaissance, Humanismus und Reformation die Säkularisierung eingeleitet hätten. Aber beim Einsetzen dieser gewaltigen Leistungen, dieses in bestimmten Zeitabständen ausbrechenden europäischen Erinnerungsvermögens, das dem fortreißenden Willen zur Neuheit stets die Waage hält, war die Säkularisation, die als europäische Richtung uralt erscheint, bereits eine Realität: im zerfallenden Klosterwesen ebensosehr wie im weltlichen Beamtenstand der Kurie. Das einst erstrebte Ideal der Societas perfecta wurde unter anderm in den sterilen Selbstanklagen und Diskussionen der Konzile verbraucht. Es wurde durch den Aufbau der Nationalkirchen zerrissen und doch blieb es als Postulat bestehen. Es hatte nur sein Zentrum verloren. In seinem Namen noch wurde für ein habsburgisches Europa geworben, Sully aber schrieb für einen unter französischer Hegemonie stehenden Kontinent, seinen durch viele Vorläufer vorbereiteten großen Plan. Die Societas perfecta, laizistisch gedeutet, wurde zur zivilisierten Elite. Aus dem gegensätzlichen Gebrauch, den die Konfessionen und die nun heftig hervortretenden Nationen von den großen Bildern menschlichen Wunschdenkens machten, entstanden gewaltige Spannungen, die sich dann im Grauen der europäischen Bürgerkriege, der Religionskriege, entluden.

In dem einzigartigen, an mächtigen Individuen so reichen 16. Jahrhundert, hat der Staat mehr und mehr die einstigen Befugnisse der Kirche übernommen. Im Verlauf der Religionskämpfe des

16. und 17. Jahrhunderts schienen alle Elemente der Ordnung, des Ausgleichs, die der Staat übernommen hatte, untergehen zu müssen. Wiederum aber, aus tiefster Not, ergab sich eine völlig neue Richtung des Denkens. In Frankreich entstand jene Partei, die erklärte: Heil des Staates ist oberstes Gesetz, und das Mittel zur Erreichung dieses Zieles heißt Toleranz. Toleranz als Forderung nicht der Menschlichkeit, sondern jener Staatsraison, deren bedeutendster Kommentator Machiavelli war. Was für die Deutschen der Augsburger Religionsfriede angebahnt hatte, der Westfälische Friede aufbauen sollte, das Zusammenleben konfessionell getrennter, aber gleichberechtigter Staaten, das erhoben die französischen «Politiker», deren größter Richelieu war, zum allgemeinen Grundsatz. Widerstand gegen jede Universalherrschaft ward nun zur geltenden Anschauung, und bereits entstanden Pläne einer Schiedsgerichtsbarkeit durch eine weltliche internationale Behörde. Das mittelalterliche Schiedsamt des Papstes wich einem Tribunal weltlicher Gewalten, dem fortan die Staatsraison die Grundlage und den Ursprung seiner exekutiven Kraft zu liefern hatte.

Was hätte von nun an den vordringenden Staatsabsolutismus aufhalten sollen? Friedensbedürfnis, Erwerbsgeist, der Wille, an Macht sich anzulehnen, trieben die Massen in seine Arme. Nur innerhalb der religiösen Belange war vorerst noch ein Ansatz zum Widerstand gegen den Absolutismus vorhanden. Vom religiösen Standpunkt aus lautete die erste Frage: Dürfen Untertanen aus Gewissensgründen den Gehorsam verweigern? Es waren vorerst die Calviner, die diese Frage bejahten, und durch sie griff diese leidenschaftliche Bejahung auf die Niederlande, auf Schottland über; die Auswirkung des «Widerstandsrechtes» erreichte seinen Höhepunkt in den Kämpfen der Puritaner gegen Karl I. von England. Die Träger dieser Widerstandsbewegung hat man die «Monarchomachen» genannt, sie kämpften nicht für individuelle, gesetzlich geregelte Freiheit, sie kämpften um das Recht des Glaubens und daneben um praktische Ziele, wie Fragen der Besteuerung und der ständischen Privilegien. Sie erklärten, indem sie eine Utopie anstelle einer Wirklichkeit setzten, die Grundlage des Staates sei ursprünglich ein Vertrag mit dem Herrscher gewesen. Die ihnen geläufige Rechtsvorstellung war das Naturrecht und somit der Rechtsgedanke der Stoa. Das Naturrecht fand jetzt im Kampf gegen Absolutismus und Glaubenszwang einen neuen Inhalt. Schon einst die schweizerischen, viel später die holländischen Freiheitskämpfe sind von naturrechtlichen Vorstellungen erfüllt. Aus diesen Kämpfen entstehen föderative Organisationen, aus Schicksalsgemeinschaft wächst Bundesgewalt. Die bundesstaatliche Ordnung wird zum Paradigma auch der europäischen

Ordnung. Der Staat ist nun eine Genossenschaft der Genossenschaften. Ein ursprünglich rein geistig-geistliches Prinzip, das Prinzip der *Freiheit,* wird verweltlicht und verwirklicht sich in einem Gedanken, der darin besteht, daß die organisierte Gesellschaft kraft ihrer Eigenrechtlichkeit mehr darstellt als die Summe ihrer Mitglieder. Der Begriff der Freiheit mit ständig wechselndem Gehalt, immer letzten Endes ungreifbar, sich leicht in sein Gegenteil verkehrend, aber immer von unendlicher Hoffnung bewegt, wird zum Hauptziel europäischen Begehrens. Aus diesem Begriff und für ihn, in seinem Namen, entstehen die den Grund des alten Kontinentes umpflügenden, allmählich auf alle andern Weltgegenden übergreifenden Revolutionen.

Diese Freiheit aber, für welche durch Jahrhunderte – europäische Jahrhunderte – gelebt und gestorben wurde, ist heute in Gefahr. Eine andere, weitgehend aus dem deutschen philosophischen Denken der ersten Hälfte des 19. Jahrhunderts entstandene Gegenrevolution, die sich nicht auf bestimmte Länder oder Parteien beschränkt, sondern die überall wirksam ist, in jedem einzelnen, bricht nun aus. Ja, eine Gegenrevolution gegen die bisherigen Freiheitsbewegungen. Im Namen der Gerechtigkeit greift sie wieder zurück auf die Herrschaftsformen des Absolutismus, gegen den schon einst die Griechen in den Perserkriegen gekämpft haben. Alle bisherigen Werte werden umgewertet, und während die meisten Lebenden bis zum Eintreten der Katastrophe in der Überschätzung ihrer materiellen Bestrebungen blind und taub vor den ungeheuren geistesgeschichtlichen Wandlungen stehen, die doch auch alles Materielle letzten Endes bedingen, haben einige Große, wie Dostojewskij und Nietzsche, verzweifelte Warnungsschreie ausgestoßen. Die aus dem 18. und 19. Jahrhundert hervorkommenden bürgerlichen Generationen haben geglaubt, die einstige, in einer Metaphysik und einer Ethik wurzelnde religiöse Bindung, die mit der wahren Freiheit so nahe verwandt ist, durch den Begriff der Bildung ersetzen zu können. Diesem selbstbewußten Begriff der Bildung aber ist etwas sehr Entscheidendes widerfahren. Er ist keine Heilsmacht mehr, er ist in Frage gestellt durch die Übermacht der Technik, durch den Pragmatismus der Wirtschaft, durch die blinden nationalen Leidenschaften. Der Bildungsbegriff ist entmenschlicht worden, nicht nur durch die Spezialisten, die ihn atomisierten, nein, durch zwei mächtige Offensiven: die christliche Kritik Kierkegaards, der dem Idealismus die Maske abriß und seine christlichen Anleihen als Ausdruck der Angst des in der Masse völlig einsam gewordenen Individuums hinstellt, sodann durch die materialistische Kritik des Karl Marx, der Hegelsche Dialektik mit negativem Vorzeichen anwendet – Kritik an einer scheinheiligen Bildung, die der frühkapitalistischen Ausbeutung entgegengehalten wird und die Spaltung der Gesellschaft aufzeigt. Die Bildung wird angesprochen als der usurpierte Besitz einer einzigen Klasse, Besitz, der sich nun in der Maßlosigkeit, im Taumel der irrationalen Visionen verliert.

Wie soll wahre Bildung in die Breite wirken? Massen von abhängigen Menschen sind vorhanden, die durch die großen Kriege, die Notwendigkeit in der modernen Wirtschaft hin- und hergeworfen werden? Wo erkennt man unter ihnen noch ausgesprochene Europäer? Die Technik schweißt alle Völker der Welt aufs härteste, aufs rascheste zusammen. Ein bestimmter europäischer Bildungsoptimismus ist vorüber.

Dennoch, unbetroffen wirkt immer aufs neue in unserem von jeher durch unendliche Prüfungen heimgesuchten Erdteil schöpferische Spannkraft weiter. Die unvergleichliche naturwissenschaftliche Leistung, wohin sie auch führen möge, diese Leistung, die seit bald hundert Jahren sich in ihrer Entwicklung überstürzte, immer rascher, immer entscheidender fortschritt, ist noch eine europäische Leistung. Die Leistung und somit der Mut und mit ihm die Hoffnung bleiben bestehen. Hinter dem Getöse des Produktionsprozesses aber, von dem nicht nur Europa allein, von dem die Welt widerhallt, hinter den Rufen der Weltangst, der enttäuschten, spiritualistischen Hoffnung, hinter der ohrenbetäubenden Gewalt ideologischer Propaganda hat sich etwas erhalten, das wir im Sinne einer ausgesprochen europäischen Art, ja einer europäischen Sendung ansprechen dürfen. Es hat sich erhalten die Ewigkeit des *wahren* Rechtsgedankens, welcher die Freiheit des Gewissens zuläßt; es hat sich noch erhalten ein Rechtsbewußtsein, ewig unveräußerlich, das im Grunde nichts anderes ist, als das innere Licht unseres Mittelalters, das Licht, das uns die Evidenz göttlicher Wahrheit vermittelte. Ob diese göttliche Wahrheit durch eine ewig gültige Offenbarung, durch die Gnade des Glaubens geschenkt wird, ob der Mensch sie täglich erobern muß mit seinen eigenen Kräften – es ist letzten Endes immer dieselbe Wahrheit. Solange sie leuchtet, aller Bedrohung entgegen, ist sie das lebendige Zeichen europäischen Daseins, die Signatur dieses geistigen Begriffes *Europa,* der entstanden ist durch den Kampf um Wahrheit und um Freiheit, und der bestehen wird, solang diese beiden hohen Güter erhalten bleiben.

VÖLKERPERSÖNLICHKEIT UND SPRACHE

Variationen über ein Gespräch

Vor mir liegt eine Aufzeichnung aus dem Jahre 1914, die Teile eines Gesprächs wiedergibt, das in folgendem Zusammenhang steht:

Im Juli 1914, in Göttingen, saßen wir eines Abends im geräumigen Zimmer unseres baltischen Freundes um eine Petrollampe mit Auerbrenner. Wir waren fünf Studenten: ein Hannoveraner, ein Franzose, ein Amerikaner, der Gastgeber und ich. Einmal in der Woche pflegten wir zusammenzukommen.

Die in der Luft liegende Spannung war spürbar, aber ein Gespräch über die politische Lage wurde vermieden. Immerhin, der Hannoveraner fragte den Balten: «Was sind Sie eigentlich, Russe oder Deutscher?» Und der in dieser sehr unmittelbaren Weise Angesprochene antwortete: «Beides!» Es entstand eine Pause, darauf der Franzose: «Beides? Wie ist das möglich? Sie sind russischer Offizier, Sie sind in Livland, also in Rußland begütert, was bindet Sie an Deutschland?» «Die Sprache, die stärkste Bindung, die es gibt», antwortete unser Gastgeber. «Die Sprache, das sind romantische Träumereien!» meinte nun der Pikarde – «die Sprache, warum gebt ihr eure Sprache nicht auf und lernt Russisch?»

Es entstand vierzehn Tage vor Kriegsausbruch ein Gespräch zwischen kaum der Schulzeit entwachsenen jungen Männern, von denen drei im Ersten Weltkrieg ihr Leben lassen sollten. Wir wollen sie mit ihren Vornamen bezeichnen: Der Balte hieß Andreas, der Franzose Pierre, der Deutsche Johannes (er trug ein weißes Pferd an der Uhrkette), der Amerikaner wurde Percy genannt und der Schweizer, der heute Teile der Aussprache wiedergibt, Carl.

Der Balte antwortete: «Ich spreche Russisch fast wie meine eigene Sprache, aber meine eigene Sprache ist das Russische nicht. Spreche ich russisch, so bin ich ein anderer, durch diesen andern verstehe ich die russische Art, die russische Natur. Wir Balten bilden einen notwendigen Übergang zwischen zwei Völkern. Politische Grenzen sind künstlich, Sprachgrenzen sind natürlich; sollen diese nicht hart werden und feindlich, weil zwei unvermischbare, gegensätzliche Sprachgeister aufeinanderprallen, so muß es Vermittler geben, wir sind Vermittler. Unsere Muttersprache jedoch ist und bleibt das Deutsche.»

Pierre: «Mittler! Welch ephemere Berufung! Falls etwas geschieht, auf welcher Seite werden Sie kämpfen?» Stille trat ein, dann Andreas: «Es wird nichts passieren, dazu ist die heutige Welt zu erfahren und zu einsichtig. Im übrigen bin ich russischer Reserveoffizier.»

Jetzt unterbrach Percy: «Lassen wir das. Bei uns hat die englische Sprache gesiegt, das war die Vorbedingung unserer Einheit.»

Pierre: «Einheit ist das Ergebnis einer gemeinsamen Zivilisation, eines gemeinsamen geschichtlichen Erlebens, gemeinsamer Ideale und des allgemeinen Mehrheitswillens, der ‹volonté générale›.»

Johannes zu Pierre: «Denkst du immer auf französisch?»

Pierre: «Stets.»

Johannes: «Gut, du bist Germanist, aber du denkst immer auf französisch, da kannst du einer großen Zahl von deutschen Gedanken überhaupt nicht folgen und kannst auch bei gutem Willen unser Empfinden nicht verstehen. Es wird beständig Kurzschluß geben.»

Pierre lachend: «Beispielsweise wenn es sich um das Wort ‹Nuance› handelt, wofür es keine Analogie im Deutschen gibt. Darum müßt ihr eine Anleihe machen. Aber derartiges ist ja gerade der Reiz. Im übrigen – alles läßt sich übersetzen.»

Johannes: «Nichts läßt sich übersetzen.»

Pierre: «Alles, vorausgesetzt, daß es klar gedacht ist. Das ist das Entscheidende, auch das Allerkomplizierteste kann klar sein.»

Johannes: «Siehst du, wir verstehen uns nicht, es handelt sich gar nicht um das Komplizierte, es handelt sich um ganz einfache Dinge, gerade um die allereinfachsten, die unübertragbar sind. Wenn wir ‹Geist› sagen, beispielsweise, sagen wir etwas vollkommen anderes, als wenn ihr ‹esprit› sagt.»

Pierre: «Esprit hat verschiedene Bedeutungen, es kommt auf den das Wort umgebenden Text an: Eine Bedeutung des Wortes ‹esprit› ist gewissermaßen, nun sagen wir, um's dir leicht zu machen, die voltairianische. Das übersetzt ihr mit Geistreichtum. Ist das sehr einleuchtend? Logisch ist es bestimmt nicht. Da habt ihr euren Geist, einen pantheistischen, unklaren, einen ungeheuren Geist, ihr beruft ihn mit der gleichen Ehrfurcht, mit der wir ‹Saint Esprit› sagen; um ihn aber einzuschränken eben auf dieses voltairianische Maß, hängt ihr ihm widersprüchlich den Begriff ‹Reichtum› an, das ist absurd. ‹Geistvoll› ist ebenso sinnlos.»

Percy: «‹Geistreich›, ‹spirituel› heißt auf englisch ‹witty›. Ich bin Nationalökonom und verstehe mich nicht auf Sprachgeschichte. Hat ‹witty› etwas mit dem ‹Witz› zu tun?»

Johannes: «Im vorliterarischen Deutsch ist Witz das Urwort des Verstandesbereichs, das ist im Englischen nicht anders; im Französischen habt ihr für ‹witty› ‹spirituel›, das ist auch etwas ärmlich, denn die ‹forces spirituelles› sind ja auch für euch geistige Mächte. Aber derartige Überlegungen führen uns ins Uferlose. Was mich bewegt, das ist die Frage nach den Sprachgrenzen, die Frage nach der Einwirkung der Sprache auf das Entstehen geschlossener, oft antagonistischer Sprachgruppen, ihre Beziehung zum Werden der Nationen und der nationalen Eigenart, die Frage nach der Beeinflussung des geschichtlichen Geschehens, ja des menschlichen Schicksals durch die verschiedenen Idiome. Ich bin der Ansicht, daß keinerlei Romantik im Spiele ist, wenn wir die Sprache als Träger der kollektiven Persönlichkeit erkennen, als eine jeden von uns bis ins letzte formende Gewalt, von der wir nur frei werden, wenn wir uns an eine andere Sprache verlieren; tun wir aber dies, so sind wir, wie Andreas es andeutete, ein anderer geworden und sind nicht mehr der Echte, Ursprüngliche. Weder Siege noch Niederlagen verändern die Menschen, aus aller Begebenheit tauchen sie schließlich unverändert, mit allen Vorzügen und Fehlern wieder auf, wenn sie ihrer Sprache treu bleiben.» – Dann, zu mir gewandt: «Wie steht es mit den Sprachen in eurem Großreich, oder wie steht es im zweisprachigen Belgien beispielsweise?»

Carl: «Bisweilen wird die Schweiz als Beispiel angeführt, um deutlich zu machen, daß ohne sprachliche Einheit eine Nation entstehen könne. Man vergißt, die Schweiz ist eine Eidgenossenschaft. Aufs äußerste verschiedenes Volkstum, gegensätzlicher Volksgeist, wohnen nahe beieinander, aber sie durchdringen sich nicht, sie ergänzen sich nur. Es handelt sich bei der Schweiz um ein Gebilde, das vom menschlichen Willen, der menschlichen Überlegung innerhalb von bestimmten äußeren Voraussetzungen geschaffen wurde, es handelt sich um eine ‹consocietas consocietatum›, jeder Angehörige dieser Genossenschaft aber bleibt seiner sprachlichen Eigenart verhaftet. In Belgien ist, so viel ich weiß, die Spannung zwischen den beiden Sprachstämmen stärker als in der Schweiz, der die eigentliche Belastungsprobe vielleicht noch bevorsteht. Aber nehmen wir einen föderativen Großstaat wie Österreich-Ungarn. Seit der Katastrophe von Sarajewo am 28. Juni dürfte die Gefahr, die die Sprachenfrage in sich trägt, allgemein deutlich geworden sein.»

Brechen wir die Wiedergabe der Aufzeichnung hier ab. Dieses weit zurückliegende Studentengespräch gewinnt seine Bedeutung durch den Hintergrund, vor dem es sich abhebt: jene Tage unmittelbar vor dem Ausbruch des Ersten Weltkrieges. Pierre reiste schon am übernächsten Tag nach unserem Zusammensein in seine Heimat – und seinem Tod entgegen. Andreas, der Mittler, begab sich auf raschestem Weg zu seiner russischen Einheit, er sollte den Zusammenbruch seiner Welt noch lange überleben, heimatlos. Johannes sah ich am Abend, an dem das Göttinger Regiment, von dem so wenige zurückkehren sollten, durch die nächtliche Stadt zum Bahnhof marschierte, er selbst, groß und schlank, mit halbgeschlossenen Augen und geradeaus gerichtetem Blick, schritt an der Spitze seines Zuges. Dichtgedrängt standen die Zurückbleibenden Spalier, dann fing einer an, und alle stimmten ein, sie sangen das Lutherlied. Von Kriegsbegeisterung war nichts zu spüren, die Menge war ernst.

Seit jenem Abschiedsabend von so vielen, von dem alten Europa, von einer persönlichen Freiheit, die niemals in der Weise wiederkehren sollte, in der wir sie gekannt hatten, von der Studentenherrlichkeit und von dem ganzen Tand und dem hohen, warnenden Pathos der Jahre um 1900, seit jenem letzten Zusammensein unseres Freundeskreises in Göttingen habe ich oft Gelegenheit gehabt, an die Aussprüche des Franzosen Pierre zu denken: «Warum gebt ihr eure Sprache nicht auf und lernt Russisch?» oder «Die Sprache, das sind romantische Träumereien.»

Mir fällt dabei folgende Episode ein: In den späten dreißiger Jahren fuhr ich gegen zehn Uhr abends von Wilna nach Warschau. Ich war allein. Nach etwa zwei Stunden Fahrt erlitt mein Motor eine Störung, mitten in einer menschenleeren Gegend blieb mein Wagen stehen. Ich konnte die Störung nicht beheben, und weit und breit sah ich keine menschliche Wohnung. Ich entschloß mich, die Nacht im Wagen zu verbringen, um erst bei Tageslicht nach technischer Hilfe zu suchen. Aber nach einer halben Stunde näherte sich ein Radfahrer. Ich hielt ihn an, und da ich kein Wort polnisch konnte, fragte ich ihn auf französisch, wo ich mich befände und ob ich in der Nähe Unterkunft finden könne. Er verstand mich nicht, war aber sofort sehr freundlich und begann dann, etwas gebrochen österreichisches Deutsch zu sprechen. Es traf sich, daß er ein Galizier war und in der k. u. k. Armee gedient hatte. Er stellte sich vor als Verwalter eines Großgrundbesitzers. Aufs zuvorkommendste lud er mich ein, ihn zu begleiten und die Nacht in seinem Hause zu verbringen. Er ließ es sich nicht nehmen, mein leichtes Gepäckstück auf sein Rad zu binden, dann zog er, das Rad schiebend, ganz eifrig los, als bereite es ihm eine besondere Freude, einen wildfremden Reisenden auf nächtlicher Straße aufzulesen und mitzunehmen. «Meine Frau», so erklärte er lebhaft, «wird glücklich sein, sie ist eine Meisterin Ihrer Sprache.» – «Meiner Sprache!» also vermeintlich des Französischen?

Auf einem Koppelweg gelangten wir zu einem bescheidenen Haus. Mein Begleiter führte mich in die Stube, machte Licht und ging dann seine Frau holen. Ich schaute mich um. Auf einem Pianino stand, aufgeschlagen, ein Heft mit den Chopin-Etüden Opus 25. Ein Bücherregal enthielt die Werke von Rousseau, Lamartine, Victor Hugo und Flaubert, gebunden, sodann eine große Zahl von gelb broschierten neueren französischen Romanen; eine kleine Bronzebüste Napoleons I.

trennte sie von den Werken André Gides, die einen besonderen Platz hatten. Es dauerte einige Zeit bis die Hausfrau erschien. Sie war mittleren Alters und trug ein der Jahresmode entsprechendes Kleid. Ihr Französisch mit dem slawischen «R» und seinen klassischen Wendungen war vollendet literarisch, und über französische Literatur sprach sie mir mit bezaubserndem Eifer. «Ach Frankreich», rief sie, «unser zweites Vaterland, jeder zivilisierte Mensch hat eine zweite Heimat, und diese Heimat heißt Frankreich. Ich war niemals dort, mein Traum wäre es, einmal in meinem Leben Paris zu sehn.» Und auf André Gides Bände weisend: «Das ist Paris, mein Paris, alles mit solcher Leichtigkeit und dabei mit der letzten Schärfe und Deutlichkeit aussprechen können. Ich bin auch auf eine Revue abonniert, die ‹Revue des deux mondes›, ach, ich kann ihr Eintreffen jeweils kaum erwarten.» Der Abend war bis spät in die Nacht belebt durch Rede und Gegenrede. «Ich stehe in brieflicher Verbindung mit französischen Schriftstellern», sagte sie, «die wunderschönen Briefe leite ich an meine Freunde weiter. Wie einsam sind wir hier, so abseits, was würde aus uns ohne diesen Austausch?»

Politische Fernwirkung einer Sprache: 1928 hat mir einmal ein russischer Emissär gesagt: «Die Schicht, die wir zum Verschwinden brachten, waren die Russen, die untereinander französisch sprachen.» Nun ja, diese Leute bildeten die alte russische Oberschicht. Ein großer Teil, beinah die Hälfte von Tolstojs Roman «Krieg und Frieden» ist auf französisch geschrieben.

In der Levante machte ich eine ähnliche Beobachtung wie damals in Polen. Man gebrauchte das Idiom, das seit 1648, seit dem Westfälischen Frieden, zur Weltsprache geworden war, um dann vom Englischen nach schweren, noch nicht abgeschlossenen Rückzugskämpfen langsam verdrängt zu werden: Sprache der Oberschicht bis ins 19. Jahrhundert hinein, selbst in den deutschen Ländern, bis in unsere Tage Umgangssprache auf dem Balkan, in Ägypten, in ganz Südamerika.

Die geographische Statik der französischen Sprache während des letzten Jahrtausends ist staunenswert. Innerhalb dieses Zeitraumes hat sie zwei mächtige Expansionsbewegungen vollzogen, die eine im Mittelalter, die andere unter der Herrschaft Ludwigs XIV. und Ludwigs XV. Leibniz wollte das Französische zur Universalsprache machen. Im 17. Jahrhundert wurde die französische Grammatik endgültig festgelegt. Dies erfolgte zu einer Zeit, in der das demographische Übergewicht es Frankreich erlaubte, selbst gegen große Koalitionen siegreich zu bleiben.

Die Streuung dieser Sprache durch 100000 Hugenotten, die zu den Besten der Nation gehörten, wirkte in die Weite. Der Glanz von Versailles, der von allen Höfen nachgeahmt wurde, tat ein übriges. Allein die Titel der Lehrbücher der französischen Sprache zwischen 1680 und 1780 füllen Bände. In Holland wurde eine französisch redigierte Presse begründet, deren Auswirkung in allen Ländern eine mächtige war.

Als Friedrich der Große 1744 die königliche Gesellschaft der Wissenschaften in Berlin zur Akademie erhob, ersetzte er das Latein durch das Französische. Präsident der Akademie wurde der Franzose Maupertuis. Friedrich selbst schrieb: «Cette langue aussi répandue que le latin est plus capable que toute autre d'illustrer la compagnie.» Und Voltaire berichtete seiner Nichte aus Potsdam, die Sprache, die man am Hofe am seltensten höre, sei die deutsche.

Dann erfolgte in Deutschland die Reaktion. Reaktion war damals noch kein Schimpfwort. Als die Berliner Akademie das Thema einer Konkurrenz ausschrieb: «Über die Universalität der französischen Sprache», erhielt unter sechzehn Konkurrenten Antoine Rivarol den Preis. Seine Arbeit ist heute noch von so frischem Glanz wie damals, aber stärker, nachhaltiger ist der Aufsatz, den gleichzeitig der nicht preisgekrönte Schwab geschrieben hat. Diese von Lessing dann so überlegen geführte Widerstandsbewegung war deutsch. Für die übrige Welt jedoch galt noch lange Voltaires Ausspruch: «Unsere Sprache und unsere schöne Literatur haben mehr Eroberungen gemacht als Karl der Große.»

Nach der großen Revolution wirkten die Emigrierten noch als Sprachbringer. Aber die «Salons», in denen eine bestimmte Gesprächsform ihre Vollendung gefunden hatte, waren vorerst verschwunden. Die Fäden der europäischen Oberschicht zu Paris waren einstweilen abgerissen. Ein anderes Französisch war aufgekommen, das von den Frauen der Reitburschen gesprochen wurde, die Marschallstäbe errungen hatten. Die französische Sprache unter dem Kaisertum wurde dann zur Sprache der Tyrannei.

Mit Herder, mit Macphersons «Ossian», der Königinhofer Handschrift der Tschechen, mit der Romantik wurden die Nationalsprachen virulent, babylonische Verwirrung entstand. Längst war die habsburgische Verhandlungs- und Vertragssprache mit den Russen slowenisch. Die Restauration hat dann allerdings den Absturz aus der propagandistischen Höhe der französischen Gesellschafts- und Diplomatensprache noch aufgehalten. Französisch wurde nochmals das Verständigungsmittel der konservierenden Gegenbewegungen, abermals wurden die Höfe zur kulturellen Klientel Frankreichs.

Nach der Julirevolution aber wurde das Französische zur Sprache des «Fortschritts»: die meistgelesenen Autoren auf dem Balkan wie jenseits der

Meere waren: Balzac und George Sand. Unter dem Zweiten Kaiserreich endlich setzte eine französisch geleitete Kulturpropaganda ein. Französische Schulen in Österreich-Ungarn, Rußland, der Levante, in Persien wurden gegründet. Die französischen Klöster füllten sich mit ausländischen Mönchen und Nonnen. 1883 schließlich erfolgte die Gründung der «Alliance française pour la propagande de la langue française dans les colonies et à l'étranger».

Bewußter und methodischer hat bis heute kein Volk die internationale Wirkung seiner Sprachmacht zu erhalten versucht. Man verteidigte dabei immer noch das Ergebnis der großen Siege des 17. Jahrhunderts; denn vor diesen Siegen war es anders. Während seines römischen Aufenthaltes in den ersten Jahren des 17. Jahrhunderts hatte der junge Richelieu an seine Mutter geschrieben, sie möge seine ungeschickte französische Ausdrucksweise verzeihen, seit er in Rom lebe, spreche er nur noch *spanisch!* Ja, vor dem Französischen hatte das Spanische, das auf so reinen lateinischen Ursprüngen beruht, seinen Siegeszug angetreten. Nach der Schlacht von Rocroi aber brach er ab.

Seit der zweiten Hälfte des 19. Jahrhunderts wurde die Sprache Pascals und Voltaires, die Sprache des Code Napoleon und der großen Verträge, Schritt für Schritt verdrängt, und Frankreich kämpfte um sein sprachliches Privileg, ganz entgegen dem Ausspruch jenes frühverstorbenen Pikarden: «Die Sprache, das sind romantische Träumereien!»

1934 war ich in Peking, kurze Zeit vor der Besetzung durch die Japaner. Die chinesische Regierung befand sich schon in Nanking. Die Kapitale Peking in ihrer ganzen Herrlichkeit war weitgehend frei von Europäern und Amerikanern, sie gehörte für einmal noch sich selbst an. Ein alter schottischer Flußingenieur, der einen großen Teil seines arbeitsreichen Lebens im Reich der Mitte verbracht hatte, gab mir damals ein Empfehlungsschreiben an einen alten Gelehrten, einen Überlebenden des Mandschuhofes, einen Weisen. Dieser Träger einer hohen Bildung sprach dasselbe Französisch, das man am Petersburger Hof gesprochen hatte. Eines Tages sagte er mir: «Unser Volk ist durch die Einwirkung der amerikanischen Missionare völlig verändert worden, man denkt jetzt auf amerikanisch, aber ohne die dazu nötigen innern Voraussetzungen zu besitzen. Das hat unser Volk unkritisch und anfällig gemacht. Französisch sprachen bei uns zwar nur wenige, aber das Maß dieser Sprache, ihr kritischer Gehalt und ihre Skepsis paßten zu unserm ursprünglichen Denken besser.»

Derartiges wirft große geschichtliche Fragen

auf, über die mit meinem Altersgenossen Edgar Salin zu reden äußerst gewinnreich wäre.

Der junge Deutsche, mit dem weißen Pferd seiner Heimat, Hannover, der im Kriege fallen sollte, hatte vielleicht, als er auf die Bedeutung der Sprachgrenzen hinwies, noch weiter gedacht. Nach 1871 war eine starke Germanisation Mitteleuropas und selbst Rußlands erfolgt. Auch in Amerika spielte vorübergehend das deutsche Element eine Rolle. Die Kriege des 20. Jahrhunderts aber zerschlugen diese Ansätze. Propaganda heißt, soweit es um ihre einzig wesentliche Wirkung geht: Verständlichmachung eigener Standpunkte. Wem die Möglichkeit der direkten Verständigung versagt bleibt, vereinsamt oder rennt gegen Mauern an und kann innerhalb der Unmöglichkeit, sich mitzuteilen, böse werden. Er ist der Stumme – Njemetz.

Die Sprachen halten die Völker innerlich zusammen und bedingen ihre Wirkung nach außen, sie sind in der Tat stärker als Waffengewalt, das hat unter anderm das Griechische nach der Zerstörung der griechischen Freiheit durch die Römer bewiesen. Nachdenklich bleibt, daß ausgewanderte Deutsche rascher als die Angehörigen anderer Völker in fremdem Land ihre Sprache verlieren, diese hintergründige Sprache, eine der reichsten der Welt.

SCHILLERS MUT

Wenn im Laufe des Lebens, mitten in den Ereignissen unserer Epoche, meist aus größter Ferne und plötzlich die Gestalt Friedrich Schillers durch meinen Sinn ging, dann mußte ich stets an den vieldeutigen und gefährlichen Spruch des Hippokrates denken: «Was die Arznei nicht heilt, heilt das Eisen, was das Eisen nicht heilt, heilt das Feuer.» Friedrich Schiller hat diese uralten Worte als Motto über sein erstaunliches Erstlingswerk, das Trauerspiel «Die Räuber», gesetzt.

Man denke: 1780, neun Jahre vor der Französischen Revolution, schrieb innerhalb der Bedingungen des absolutistischen Staates ein Württemberger Soldatenkind, Eleve einer Fürstenschule, eine beispiellose Herausforderung an die alte, alt gewordene Welt, an die Welt überhaupt, ein Manifest von ungeheurer Brisanz, neben welchem alles, was wir an Protesten erlebt haben, sich wie müßige Deklamationen auf längst verlassenen Schlachtfeldern ausnimmt.

Als Auftakt schon sagt dieser Jüngling der zweiten Hälfte des achtzehnten Jahrhunderts uns mit aller Deutlichkeit, bis wohin er zielt: bis an den Rand unserer heutigen Zeit will er mit seiner Analyse gelangen: Ich will, so erklärt er uns, «die

Seele bei ihren geheimsten Operationen ertappen», ich will «eine Kopie der wirklichen Welt geben und keine idealistischen Affektationen», ich sehe mich gezwungen, «Sitte und moralische Gefühle zu beleidigen und das Laster in seiner nackten Abscheulichkeit zu enthüllen, seine vollständige Mechanik auseinanderzugliedern», gezwungen, «nächtliche Labyrinthe zu durchwandern» in Empfindungen hineingesteigert, «gegen deren Widernatürlichkeit sich die Seele sträubt». Ja, der Karlsschüler erklärt, er wolle einen Menschen auf die Schaubühne stellen, «den das äußerste Laster nur reizt um der Größe willen, die ihm anhängt, um der Kraft willen, die es erheischt, der Gefahren willen, die es begleiten». Er läßt ausrufen: «Begriffe von Tätigkeit, Einfluß und Fülle, die alle Gesetze übersprudeln, müssen unter bürgerlichen Verhältnissen verkümmern», und deshalb sind diese Verhältnisse durch den Willen zur Größe zu zerschlagen.

In diesem Stück wird jenes «Ressentiment», welches das spätere neunzehnte Jahrhundert glaubte entdeckt zu haben, leibhaftig: Hören wir Franz Moor: «Ich habe große Rechte, über die Natur ungehalten zu sein. Sie hat von allen Menschensorten das Scheußliche auf einen Haufen geworfen und mich daraus gebacken», und die Folgerung: «Ich will alles um mich ausrotten, was mich einschränkt. Herr muß ich sein, daß ich mit

Gewalt ertrotze, wofür mir die Liebenswürdigkeit gebricht.» Und der andere: Karl Moor: «Das Gesetz hat zum Schneckengang verdorben, was Adlerflug geworden wäre. Das Gesetz hat noch keinen großen Mann gebildet, aber die Freiheit brütet Kolosse und Extremitäten aus, die verpallisadieren sich dann im Bauchfell eines Tyrannen und lassen sich klemmen von seinen Winden.»

Größe, Gesetz, Freiheit: Das Gesetz muß gebrochen werden um der Größe willen, Größe braucht Freiheit, immer die Freiheit, die Schiller fordert bis zum letzten Atemzug; aber wie beständig ändert sich ihr Inhalt unter dem ringenden Zugriff dieses Menschen: Was ist sie für den Zwanzigjährigen? Ist es jene äußere Freiheit, auf welche seine Zeitgenossen so leidenschaftlich hinstreben, *äußere Freiheit?* Der Blick dieses Jünglings trifft sie, diese Freiheit, blitzhaft, durchschlägt sie bis zu ihrer letzten Problematik, ja bis zum Nihilismus, seherisch; er läßt seinen Helden sagen: «Freiheit brütet Kolosse und Extremitäten aus, die verpallisadieren sich dann im Bauchfell eines Tyrannen.» Und nun, wo gibt es für den jungen Schiller noch Freiheit nach dieser Erkenntnis? Vorerst einzig dort, wo der bis zu Ekel und Überdruß enttäuschenden Welt stoische Größe entgegenwirkt. Ja, vor diese feindliche Welt tritt der tragische Held autonom, frei zu jeder Tat, um sie zu verändern oder an ihr zu zerbrechen.

Die Brüder Moor, sie stehen da für eine äußerste Möglichkeit, zwischen deren Polarität – unsere Generation ist wieder daran erinnert worden – wir alle eingespannt sind, zwei Gestalten, die für die vorahnende Weltkenntnis des jungen Schiller zu zeugen haben. Von diesen Gestalten ausgehend, wird er dann von Überwindung zu Überwindung, von Erneuerung zu Erneuerung fortschreiten und in kurz bemessener Zeit eine ungeheure Strecke Weges zurücklegen.

Bei dem kurzen Verweilen vor dem Wunder dieses Weges, der in seinem Verlauf vollbrachten Taten, wollen wir *nie* den dunklen, heroischen Introitus, dieses großartige und absurde, von dramatischer Gewalt erschütterte, nur durch den Rhythmus dieser Gewalt zusammengehaltene Gedicht, «Die Räuber», vergessen; dieses Werk aus Stolz und Verzweiflung, mit seinem Beethovenschen Pathos, des kaum dem Knabenalter entwachsenen Dichters, des «felsichten Schiller», des «Cherubs mit dem Keime des Abfalls», wie ihn Jean Paul nennt, des Mannes, von dem Schelling schreibt: «Schlägt Schiller die Augen auf, so ist etwas Durchdringendes, Vernichtendes in seinem Blick, das ich noch bei niemand bemerkt habe.» Und wieder der andere, Jean Paul: «Ich konnte das erhabene Antlitz gar nicht satt bekommen, dem es einerlei zu sein schien, welches Blut fließe, fremdes oder eigenes», wobei er von dem Bewunderten, den Hebbel einmal «den göttlichen Schiller» nannte, feststellte: «Es fehlte ihm nicht ein Element hoher Grausamkeit.»

Goethe aber, gelassen, sollte nach Schillers Tod äußern: «Es war wunderlich, daß ihm von den ‹Räubern› her ein gewisser Sinn für das Grausame anklebte, das er selbst in seiner schönsten Zeit nie ganz verloren hat.» Aber dieser selbe Goethe faßt zusammen: «Alles an Schiller war stolz und großartig – aber seine Augen waren sanft.» Hier hat er das Innerste gesehen, auf einen Augenblick, das völlig Unversehrte, den ewigen Jüngling, in welchem das Kind seelenhaft und rein bewahrt war.

Und hier eines der seltenen Bekenntnisse Schillers: «Dichtung ist höhere Natur und zugleich – Kindheit.» Ein anderes Mal: «Der Sänger kommt aus dem kindlichen Alter der Welt.» Unschuld, letzte Zuflucht, *Schillers Weg: vielleicht doch ein Kreis, zuletzt Rückkehr zu dem kühlen, segenspendenden Quell,* von dem er sagt, er sei unsterblich wie die kindhaften Götter; ja, sein Herz, das Herz all seiner Helden, von Karl Moor bis Demetrius, ist erfüllt von Sehnsucht nach ihm.

Jedoch sich dessen bewußt zu werden, verbietet er sich im *Beginn* seines Lebens mit Härte. So schreibt er: «So gewiß ich den Menschen vor allem andern zuerst in Shakespeare aufsuche, so gewiß weiß ich kein Stück, wo er wahrhaftiger vor mir stünde als im ‹Timon von Athen›.» Keinen Blick zurück in die eigene Tiefe des Ursprungs vergönnt er sich, gewappnet, nach außen gerichtet, das tragische Selbst des nur auf sich gestellten Genies einsetzend, im pathetischen Hochgefühl einer dramatischen «Größe an sich», einer «Größe um jeden Preis», mit ihrer Apotheose im glorreichen Untergang.

Im «Fiesco», der auf die «Räuber» folgt, wirkt etwas, das noch kälter an die Kehle springt, etwas Unheimliches geht um in diesem schon so gekonnten Stück, das der nach seiner Flucht exilierte Schiller den Umständen seiner proletarisch-harten Intellektuellen-Existenz entgegenschleudert: Terminarbeit innerhalb des mit Dalberg im Vertrauen auf unerschöpfliche Produktionskraft abgeschlossenen Vertrages, erzwungene, dann vorerst völlig erfolglose Leistung, erfolglos trotz dem zweiten Dramenschluß, in welchem Fiesco der Stadt Genua die Freiheit schenkt. Die Macht schenkt! Viel später, im «Wallenstein», soll die Schillersche Erkenntnis, seine prophetische Erkenntnis der Geschichtstragik nicht viel anders zum Ausdruck kommen: auch Wallenstein sieht nur die Alternative, entweder Gewalt zu besitzen oder Gewalt zu erleiden. Im «Fiesco» aber ist zum Ausdruck gebracht, was träger Optimismus nicht aushält. Das Publikum lehnte das Stück ab.

Aber Rückschläge, die Schiller nicht überwindet, gibt es keine. Nach dem ersten Mißerfolg schreibt er ein Meisterwerk: er schenkt den Deutschen ihr erstes großes bürgerliches Trauerspiel. Er schreibt es vorerst, weil Iffland bürgerliche Stoffe wünscht, er schreibt in letzter Anspannung, nahe dem Zusammenbruch. Tag und Nacht arbeitend, vom Wechselfieber geschüttelt, durch Roßkuren den Grund zur späteren Todeskrankheit legend, schreibt er das von Iffland «Kabale und Liebe» genannte Trauerspiel «Luise Millerin».

Aber jetzt, zum ersten Male in seinem dramatischen Schaffen, tritt etwas in Erscheinung, das jenseits von seinem absoluten Kampfe liegt, etwas ergreifend Seelenhaftes, vor allem in der Figur des alten Miller. Noch versagt sich der Dichter jede Hingabe, jedes Verweilen; auch dieses Seelenhafte erscheint nur wie graphisch dargestellt mit Mitteln systematischer Psychologie. Einem liebenden Einverständnis mit seinen Figuren gibt er sich nicht hin, er bleibt Beobachter; seine Gestalten setzen sich aus Eigenschaften zusammen, und auch das Milieu ist noch ein Element mechanischer Erklärung. Aber hinter seiner Beobachtung hat der Dichter jenen Seelenton vernommen, und damit ist das heroische «große Selbst» der ersten Werke nicht mehr isoliert. Kein noch so leises Hinneigen zum «geliebten Leben», wie er es dann in der bis zum persönlichen Anwurf gehenden, krisenhaften Besprechung von Goethes «Egmont» betonen soll! Nein, auch in «Kabale und Liebe» befinden wir uns inmitten einer Gesellschaft, die unrettbar böse ist, und in einem Staat, der nur der Ort ständiger Revolutionen zu sein vermag. Jedoch, in diesem heute noch so bühnenwirksamen Stück ist es eine neue Verteilung der dramatischen Gefühlskraft, die jede Figur des Trauerspiels in ein heldenhaftes Element eintaucht, von welchem alle Figuren durchdrungen werden; nicht mehr ein losgerissenes Selbst schlägt blindlings zu, nein, alle Gestalten, auch die niedrigsten, wie jener Sekretär Wurm, erhalten durch die dramatische Intensität, welche selbst die Niedrigkeit ergreift, ihren Anteil an Größe.

In «Kabale und Liebe», innerhalb der Folterkammer der in Augenblicken bis zur Unwahrscheinlichkeit mechanisierten Intrige, entsteht eine ergreifende Schicksalsgemeinschaft der im Stück gegeneinander wirkenden Gestalten. Noch aber ist Schiller von der Liebe und von der immer wieder herbeigerufenen, so schemenhaften Freiheit durch Begriffe getrennt, Begriffe, durch deren Mittel er, in äußerster Anspannung, sich diesen beiden Weltkräften zu nähern versucht. Begriffe, erträumte, begrifflich gefesselte Ideen, stellen seinen eigenen Zustand dar.

«Kabale und Liebe» ist geschrieben zwischen dem mit Dalberg abgeschlossenen Vertrag und der – wohl aus politischen Gründen erfolgten – Entlassung als Theaterdichter. Zur selben Zeit entsteht, als Zeichen unerschöpflichen Reichtums, das in unserer Literatur einzigartige, in einem nie gehörten hohen Weltton geschriebene, unvollendet gebliebene Prosawerk «Der Geisterseher». Hier enthüllt sich des Dichters, aus einer wahren Obsession stammendes, völlig souverän gewordenes Wissen um den Verrat, der menschliches Handeln begleitet; in tiefsinnig kalter, bis zum Schmerz präziser Wiedergabe entsteht da zum ersten Male, und für einmal völlig unpathetisch, *sotto voce,* ein Bericht. Wir besitzen innerhalb unserer Sprache kaum einen klügeren, scharfsinnigeren Versuch intellektueller Subtilität, um gewissen Hintergründen jeder politischen Macht nahezukommen. Aber Schiller bricht diesen genialen, der höchsten italienischen und spanischen Erzählerkunst so nahen Versuch ab; aus einem Erschrecken vor den steilen, kalten, lösenden Künsten der reinen Vernunft. Er sucht etwas *völlig anderes.*

Er steht fernab von den Müttern, vom Ahnungsvollen, verführerisch tiefsinnigen Schwanken der Waage, dem reifen Auspendeln, wo Hell und Dunkel, Gut und Böse vom Lebensstrom erfaßt, glücklich aufgelöst durcheinanderzuströmen vermögen. Unausdenkbar fern steht er von Goethe, der uns über ozeanisch unauslotbare Tiefen im stillmächtigen Wogengang seiner Weisheit immerzu, auch heute noch, unbekannten Zielen entgegenführt. Bei Schiller, wie innig er auch wünscht und begehrt, die Grenzen seines übermächtigen, heftig planenden Verstandes zu durchbrechen, nach jenem Reiche hin, wo in entrückter hoher Wirrnis Verse entstehen wie «der Einsamkeiten tiefste schauend unter meinem Fuß» – bei Schiller wird geurteilt, gerichtet, geteilt, gesondert, proklamatorisch in Antithesen. Alles in äußerster Strenge, Strenge aus Tapferkeit, Konsequenz.

Tapferkeit: drei Jahre vor seinem Tod soll einst der Schwerkranke schreiben: «Man könnte den Menschen zum halben Gott bilden, wenn man ihm durch Erziehung suchte *alle* Furcht zu nehmen.» Das ist sein Glaube und wird sein Glaube auch über seine Wandlungen hinweg bleiben, ein ritterlicher Glaube, unritterlichen Zeiten entgegen. Alles in Schiller drängt auf Entscheidung. Angesichts seiner Erscheinung gilt das «Ja und das Nein, das Hier und das Jetzt». Bei ihm stehen wir im Tageslicht, er ist hoher Morgen, unbedingt klingt sein Anruf.

Schiller hat seit der Kindheit, und nie stärker als in seinen schwersten Jahren in Mannheim, leidenschaftlich nach Freundschaft gesucht. Er hat sie dann gefunden, wie dies nur sehr wenigen in einem solchen Ausmaße, in einer so hoch beglükkenden Fülle vergönnt ist. Ein Gefühl des Geborgenseins im Vertrauen ist ihm in Stunden äußerster Anspannung immer wieder geschenkt worden; das ist die Gegengabe zur Härte seines Loses. Körner hat ihm unendlich viel bedeutet, die

Freundschaft hat auch die Entfremdung am Ende des Dresdener Aufenthalts überstanden, aber nie war ihr Geschenk fördernder als im Augenblick von Schillers Entlassung durch Dalberg.

Es setzt nun eine dramatische Unternehmung ein, auf welcher, zum ersten Male spürbar, ein Widerschein von Gnade liegt. Schiller beginnt die Arbeit am «Don Carlos», und zu gleicher Zeit schreibt er das durch Beethoven zum über alle Zeiten klingenden Lobgesang erhobene Lied «An die Freude»; aber immer noch, auch hinter dessen uns fremd gewordenem Tone einer fernen, großen Zeit, blitzt wie Wetterleuchten Schillers Selbsterkenntnis auf, sein Wissen um ein ihm Fehlendes, unsäglich Erstrebenswertes, für seine Natur sehr schwer Erreichbares, was ihn mit der Welt versöhnen könnte, Ahnung einer im eigenen Zeitalter, in nächster Nähe verwirklichten Inkarnation, einer Mensch gewordenen Geistesmacht, die es vermöchte, die furchtbare Spannung zwischen Geist und Natur aufzuheben. Ja, diese Gestalt, von seinem Wesen durch Äonen getrennt, ist in der Zeit, im Raum so nah, Gestalt eines Zeitgenossen, die, als Schiller im Jahr von Kunersdorf zur Welt kam, *vorhanden* war, glückhaft emporblühend aus herrlichem Beginn, sie bestand das Zeitalter in seiner nächsten Nähe und später weit über Schiller hinaus bis in hohe Greisenjahre. Als Zeitgenossen erlebten sie, jener ganz andere und er, die Unabhängigkeitserklärung der Vereinigen Staaten, Maria Theresias Tod, Friedrichs Tod (Schiller war damals 27 Jahre alt), den Sturm auf die Bastille, womit die Geschichte ihre tiefste Zäsur seit der Reformation erfuhr, dreißigjährig war Schiller bei jenem Ereignis. Schiller hat dem Ende der gewaltigen Epoche nicht mehr beigewohnt, aber der andere, der für ihn, lang bevor er ihm begegnete, bei jedem Atemzug spürbar Vorhandene, *er* erlebte es. Schiller wie der Ältere wirkten und bildeten, während Napoleon über seine Schlachtfelder ritt; ein Jahr nach Schillers Tod schlug der Kaiser die Schlacht bei Jena; die preußische, von Friedrich geschaffene Monarchie brach zusammen, das Römische Reich Deutscher Nation verschwand – 1740 hatte der große Krieg begonnen, 1815 sollte er vorübergehend enden. Der andere, der große Zeuge war immer da.

Am 9. Mai 1805, gegen 6 Uhr abends, starb Schiller, 45 Jahre, 5 Monate und 26 Tage hat er gelebt, und immer war jener andere vorhanden. Jahrelang sollte er ihn beunruhigen und bis zum Unerträglichen, bis zum Haß ihn abstoßen und unermeßlich anziehen und ihn, trotz aller schneidenden Absage von Schillers Seite, durchdringen wie durch Osmose, stetiger, gewaltiger als die stärksten unter den andern, die in jener Zeit im Lichte standen und wirkten: Kant, Schelling, Hegel, Klopstock, Herder, Kleist, Hölderlin, Jean

Paul. Aber der andere, Goethe, am Hofe zu Weimar in Amt und Würden, unnahbar, wie Schiller schreibt, kühl auf seine eigene Erhaltung bedacht, wie Schiller glaubt, durchaus auf sich selbst gerichtet, wie er meint, Goethe als ein fremdes Weltprinzip, stand ihm entgegen: «Dieser Goethe ist mir im Weg.» Ja, er wirkte entgegen dem ewig andern Prinzip, dem ewig Widerstreitenden, das Schiller verkörpert; seit die Welt besteht, bekämpfen sich die beiden Wesensarten, heute wie jemals; hier aber, einmalig durch ein *menschliches* Wunder, durch menschliche Größe und freie Liebeskraft des einen, zurückgestaute, gefesselte des andern, hat sich das Unerhörte zwischen höchsten Individualitäten vollzogen, steigend, befruchtend, in herrlicher Auflösung, die eines herben Adels gegenseitiger Zurückhaltung nicht ermangelte: Versöhnung zweier Weltkräfte im Gleichgewicht. Unendlich weit war der Weg. Aber jenes «Lied an die Freude», die neue dramatische Arbeit «Don Carlos»: die Produktion jener Zeit ist schon berührt wie von vorauswirkenden, trotz allen Widerstrebens empfangenen Wellen, die eine der größten menschlichen Begegnungen der Geistesgeschichte ankündigen.

«Don Carlos»: hier geht es nicht mehr um den losgerissenen Einzelnen, nicht mehr um die schicksalsverbundene Gruppe, es geht um ein Anliegen der Menschheit. Hier, ohne es eingestehen zu wollen, wird Schiller selbst aufs tiefste ergriffen von der Verlorenheit der Liebeswelt in der Welt des Verrats. Hier entsteht eine große Atmosphäre wie vielleicht in keinem seiner Stücke jemals wieder in diesem Ausmaß: Anschauung wirkt, spanischer Barock gilt. Wie nahe ist Schiller noch der Zeit des Barocks: Irdisches vom Himmlischen geschieden, Angst vor dem Irdischen, strenge Formen, innerhalb deren die Intrige unter dem Druck jenes allgemeinen Mißtrauens verläuft, das von strengen Herrschaftsformen unzertrennlich ist, überblickbare Regeln, gleichmäßiger Druck. Wer diesem Druck als in sich selber ruhende Gestalt standhält, wird in schönen Proportionen durch die Meißelschläge seines Schicksals seine Form finden.

Schwärmerisch, auf irgendein Fernes gerichtet, waren alle bisherigen Gestalten Schillers. Im «Don Carlos» aber sind sie verhalten, und dann steht mitten unter ihnen jene Königin in ihrer ausgewogenen, unbetroffenen, wahren Natur. Zwar ist sie ohne Glück und resigniert, aber sie kennt den Frieden. Sie handelt nicht aus Prinzip, nicht aus kaltem Verstand, kein Aufruhr treibt sie, kein Ehrgeiz, keine Leidenschaft. In ihr erfüllt sich der Anspruch des *klassischen* Menschen, sie ist fortan in die weitgespannte Objektivität des Dichters aufgenommen. Aber – Schiller glaubt nicht, daß sie von dieser Welt sei. Wie für Luther gibt es für ihn die untere, verworfene Zone und die andere, der Natur entrückte, in welcher der über alles Irdische frei gewordene Geist waltet. Innerhalb dieses qualvoll entzweiten Zustandes kommt ihm vorerst zweierlei zu Hilfe: geschichtliche Erkenntnis und philosophische Erfahrung. Die Willkür des geschichtlichen Vorgangs erschreckt Schiller nicht wie seinen Freund Körner; Schillers prophetischer Blick sieht in andere Höllen. Auch Schillers Geschichtsbetrachtung führt zur Freiheit des Blickes, zur Höhe, von der aus alles gleichnishaft wird. Auf all seiner Darstellung ruht ein Abglanz der Leibnizschen Theodizee, die ihm einst sein vortrefflicher Lehrer an der Karlsschule, Abel, vermittelte, jene große, uralte Vision, die von Aristoteles über Cicero und so viele Nachfahren bis zu Melanchthon lebendig geblieben war.

Dann aber tritt ein entscheidendes Ereignis ein: Schiller begegnet dem großen Königsberger Immanuel Kant. Auch für Kant ist das Außen aprioristisch mythologisch: Chaos. Diesem Chaos legt der menschliche Geist Gesetze auf, und diese gesetzgeberische Tat kommt Schillers Vorstellung vom souveränen Selbst entgegen. Kant bestätigt Schiller, im Bereich des menschlichen Handelns, die Vorstellung einer Freiheit, die transzendiert. Nach Kant ist eine Tat nicht nach ihrem Erfolg, sondern nur nach Gesinnung des Handelnden zu bewerten; nur die Maxime zählt. Ohne die Begegnung mit Kant wäre Schillers Betrachtung «Über das Erhabene» nicht geschrieben worden. Selbst das Grauen des äußeren Geschehens wird für Schiller zum Ursprung einer erhabenen Lust, weil er nun glaubt, daß der Mensch im höhern Prinzip der Freiheit sich über dieses Grauen zu erheben vermag, ja, und er spricht es selbst mit diesen Worten aus, daß die pathetische Darstellung des Leidens prophylaktisch wirkt. Genau in diesem Sinn sind Schillers Tragödien erhaben, sie wirken prophylaktisch, solange im Menschen der Sinn für das Tragische vorhanden ist. Aber auch dieser Sinn kann verlorengehen, bisweilen im Übermaß der Pein oder im Übermaß der Gewöhnlichkeit. Tragisch aufersteht in der Kantschen Periode Schillers die Autonomie des Karl Moor im kategorischen Imperativ, und Schillers Grundgefühl wirkt aufs stärkste durch Wallensteins Worte von «der fremden Welt».

Kant hat Schiller den Zugang zu Goethe erleichtert. In der Kantschen Perspektive wurde Goethes vermeintliche Fühllosigkeit zur Objektivität, sein von Schiller gerügter Realismus zur Sachlichkeit. Bei Schiller ist alles immer fördernde oder hemmende Vorstellung: die hemmende Vorstellung, im Falle Goethes, zu überwinden, hat ihm Kant geholfen. Später dann, in der Lehre «vom Schönen und Erhabenen», geht Schiller über Kant hinaus. Ja, in Augenblicken graut ihm vor der Philosophie.

Die Philosophie werde eine Tyrannis aufrichten, wie die Welt noch keine gesehen habe, schreibt er, aber auch *diese* werde vom Strom der Geschichte weggespült werden.

Jetzt wird ihm Goethe zum glücklichen Vorbild. In der Sitte erkennt Schiller die Neigung für die Pflicht, Schönheit ist für ihn Freiheit in der Erscheinung. Er begreift, daß es dem Vortrefflichen gegenüber keine andere Rettung gibt als die *Liebe*, die er bisher nur durch das Gitterwerk der Begriffe wahrnahm.

Weil mir der Mut gebrach, dir gleich zu sein,
Entschloß ich mich, dich grenzenlos zu lieben.

Goethe hat Schiller mit Zurückhaltung gefördert, vorerst als es sich darum handelte, dem Jüngeren die Jenaer Professur zu ermöglichen. Aber beim ersten Aufenthalt Schillers in Weimar war die Aufnahme kühl. Hinter allem glaubte Schiller die Ablehnung Goethes zu spüren, Goethes, den er erst ein Jahr später, 1788, in Rudolstadt und ohne Berührung von Angesicht sehen sollte, den Mann, den er einmal als Knabe in der Karlsschule von weitem erblickt hatte, mit seinem Herzog durch die Säle schreitend. Als Goethe *nach* der großen Zäsur, nach dem italienischen Aufenthalt, in die Enge des kleinen Weimarer Hofes zurückkehrte, wirkte der Ruhm des Räuberdramas, das Fatalste, was ihm begegnen konnte, in einem Zeitpunkt, in dem er seine ganze seit dem «Götz», seit dem «Werther» durchlaufene Bahn in die Worte zu fassen vermochte, er habe erkannt, daß die antike Welt in Ruhe auch dort, wo sie bis zum Äußersten ging, den menschlichen Zustand geschildert habe, während die Neuen immer versuchten, den Effekt zu übersteigern.

Ja, Schiller glaubte Widerstände zu fühlen, doch es waren auch viele fördernde Kräfte vorhanden: Wieland, dessen Hilfe wie seine in unserem Sprachraum so seltene Qualität später weitgehend vergessen wurden, setzte sich ein, Herder in hohem Maße, und auch jene Frau, von der Schiller beschenkt und beunruhigt wurde, von der er sich lösen mußte, Charlotte von Kalb.

Aber fremd und verdächtig, immer noch bei beständig unwiderstehlicher Anziehung, war Schiller in Goethes Natur vor allem das *Geheimnis*, nicht nur jenes, mit dem der mächtige Mann am Frauenplan sich und sein eigenes Leben umgab, nein, jenes andere, das Geheimnis der Welt, vor dem Goethe in ahnender Ehrfurcht verharrte, nie tiefer, als wenn er von einem offenbaren Geheimnis zu sprechen vermochte. Schiller, der bis zur Fieberhaftigkeit in Worten dachte, der immer wieder heischte: «Laßt uns heller denken, so werden wir feuriger lieben», sah die Gefahr der eigenen Nation in ihrem Zug zum Versinken, zum Stammeln und träumenden Schweifen, dem Gegenpart zu ihrer diesseitig strebenden Tüchtigkeit, ihm war die Erkenntnis des andern, des Wortmächtigsten über die Grenzen des Wortes, über letzte Weisheit, die sich nur im Schweigen kundtut, tief beunruhigend, ja verdächtig wie jedes wirkliche oder für seine Augen scheinbare Dunkel.

Die amtliche Stellung an der Jenaer Universität hat Schiller während Jahren zur fast ausschließlichen Beschäftigung mit Geschichte veranlaßt. Er hat später gesagt, die willensmäßige Hinwendung zur historischen Disziplin habe seine poetische Natur geschädigt. Uns hat dieser Übergang Meisterwerke der historischen Darstellung geschenkt; auf diesem Gebiet sind «Die Geschichte des Dreißigjährigen Krieges» und «Der Abfall der Niederlande» nicht übertroffen worden. Auch die in bezug auf Schillers Geschichtsauffassung oft erwähnte Tendenz ist sekundär. Schiller sieht europäische Geschichte aus der politischen Perspektive einer laisierten protestantischen Tradition, aus dem Gesichtswinkel auch der Monarchomachen *in tyrannos*, aus der Richtung der Aufklärung: in diesem Sinne gibt es keine geschichtliche Synthese ohne Tendenz. Was entscheidend ist: Schiller hat, in seinen Geschichtswerken wie in seinen Dramen, in seltenem Maß die würdige Selbstbehauptung auch der für sein Dafürhalten gegnerischen Positionen erreicht, alle Gestalten, die in seinen Werken umgehen, sind dadurch von jeder Entwertung frei, daß sie aus dem geschilderten Stück des Weltvorganges *überhaupt* nicht wegzudenken sind, als notwendig erscheinen, wie der mit so viel Großartigkeit behandelte Herzog von Alba.

Schillers historische wie seine politischen Auseinandersetzungen haben einen großen Einfluß auf die Geistesgeschichte ausgeübt, ihre Gegenüberstellungen, ihre Gegensatzpaare haben weiter gewirkt: romantisch-klassisch, apollinisch-dionysisch, Realismus-Idealismus, linear-malerisch usw. Ja, auch sein ganzes historisch dramatisches Werk ist nach Gegensatzpaaren aufgebaut. Es bleibt Geschichte auf Kantscher Grundlage, Kantscher Anthropologie. Hegels liebste Lektüre, zu welcher er immer wieder zurückkehrte, waren Schillers historische Schriften.

Schillers schon frühe Beziehungen zum mitteldeutschen Adel, die Förderung, die er innerhalb dieser Klasse erfuhr, haben seine soziologische Vision als Historiker stark mitbestimmt. Dieser Klasse hat er sich durch seine Verheiratung dauernd verbunden. Er hat ausgesprochen, nur freie Frauen wirkten auf ihn; der Umstand, daß aus seiner Freundschaft mit den Lengefeldschen Schwestern eine Ehe mit der jungen Charlotte geworden ist, läßt sich von dem ordnenden, fast ständig gegen die eigene Natur gerichteten Willen des Dichters nicht trennen. Man muß immer unterscheiden zwischen der realen Person eines von Ruhm erfaßten Menschen und der Umwandlung seines Bildes durch diesen Ruhm; bei jenem Schiller, den das deutsche Bürgertum des neunzehnten Jahrhunderts den Dichter des christlichen Hauses nannte, ist mancher Aspekt seines Lebens biographisch an Lieblingsvorstellungen angeschlossen worden, die in Wirklichkeit die Temperatur seines hinreißenden schöpferischen Abenteuers nicht aushalten. Entscheidend aber ist innerhalb der Wahl, die Schiller traf, die hohe und strenge Vorstellung von der Ehe, die er ganz erfüllte, die ihm die Ruhe und Sicherheit der Ordnung und ein menschliches Glück gebracht hat, über dessen Wesen jedes Wort dem Bereich indiskreter und unzulässiger Interpretation angehört. Auch über die menschlichen Beziehungen des Dichters entscheidet immer sein Vermögen, sie an den Werten teilnehmen zu lassen, die er als die erhabenen bezeichnet hat.

Die Episode der Professur: Dem Dichter der «Räuber» ist ein anfänglicher Sensationserfolg beschieden. Als er seine Antrittsvorlesung hält über das Thema «Was heißt und zu welchem Ende studiert man Universalgeschichte», tragen ihn die Studenten beinahe zum Vortragspult, das Auditorium ist überfüllt. Aber schon bald darauf schreibt Schiller: «Es ist hier ein solcher Geist des Neides, daß dieses kleine Geräusch, das mein erster Auftritt machte, die Zahl meiner Freunde wohl schwerlich vermehrt hat.» Bald blieben von den fünfhundert Zuhörern nur noch dreißig übrig. Die Kritiken setzten ein, man sprach von Plagiaten. Ein Fachgenosse schrieb: «Er las alles Wort für Wort ab, in einem pathetischen, deklamatorischen Ton. Der Reiz der Neuheit wirkte, das war alles.»

Auch diese Tätigkeit in Jena wurde durch die Krankheit zerschlagen, die Krankheit, in welcher sein Schüler Novalis ihn gepflegt hat. Sollte er nun, wie als Theaterdichter in Mannheim, auch als Professor anfangs umjubelt, dann aber verhöhnt und verlassen sein? In jener Zeit wandte sich Schiller an den Koadjutor Dalberg mit der Frage, ob er als Schriftsteller seine historische Laufbahn fortsetzen oder als Dichter leben sollte. Dalberg antwortete: «...ich würde wünschen, daß Sie in ganzer Fülle dasjenige leisten, was nur Sie leisten können, und das ist das Drama.»

Schillers Weg führte über Jena nach Weimar. Damals auch erfolgte die großzügige Hilfe der dänischen Mäzene. Sie traf rechtzeitig ein. In der Beziehung zu Goethe tat Schiller den ersten Schritt, er lud Goethe zur Mitarbeit an den «Horen» ein. Goethe sagte zu, möglicherweise zog ihn Fichte an. Die erste wirkliche Begegnung erfolgte nach einer naturwissenschaftlichen Sitzung. Goethe zeichnete Schiller die Urpflanze auf. Schiller rief aus: «Das ist keine Erfahrung, das ist eine Idee.» Goethe, höflich, meinte, er sei glücklich zu hören, daß seine Erfahrungen Ideen seien.

Bald darauf schrieb Schiller in einer fast leidenschaftlichen Hinwendung, in der die letzte Spur von Abwehr und Unbehagen getilgt war, jenen an Goethe gerichteten Geburtstagsbrief, das größte Dokument, das wir über Goethe besitzen. Schiller schildert, wie er selbst von der Einheit der Idee ausgehe und Mannigfaltigkeit suche, während Goethe von der Mannigfaltigkeit ausgehe und das Gesetz erkenne. Auf diesen Brief hat Goethe spontan geantwortet. Aus dem gefährlichen Spannungsverhältnis war eine tiefe, freudige Zuneigung entstanden, die auf beide beglückend und unabsehbar fördernd wirkte. Goethe brachte organisch sich ausbreitendes Leben in die Schillerschen Arbeiten. Schiller verlieh Strenge, Klarheit und objektive Grenzen. Sie kommunizierten im Vorgang gegenseitiger Steigerung und blieben ihrem Wesen doch beide vollkommen treu. Die Erkenntnis von Schillers Größe hat Goethe immer wieder, am unzerstörbarsten in dem Gedicht «Bei Betrachtung von Schillers Schädel» ausgesprochen. Keines Menschen Hingang im Laufe seines langen Daseins hat er so tief betrauert. Keinem seiner Zeitgenossen hat er ein herrlicheres Denkmal gesetzt.

Innerhalb des Kraftfeldes, das durch die einzigartige Konstellation entsteht, wird eine beispiellose Produktivität bewirkt; allein schon der Briefwechsel zwischen den beiden Männern ist ein unvergänglicher Beitrag zur Lebensweisheit aller tätigen Geister. Hier erfolgt ständig die Gegenüberstellung der beiden Schillerschen Begriffe, des «Naiven», das für Goethes Wesen steht, des «Sentimentalischen» als Bezeichnung seines eigenen, strebenden Grundprinzips. Etwa sechzehn gemeinsame Jahre, und alles wird intensiv, die Anziehung auf Mitlebende, wie etwa Wilhelm von Humboldt, der Schiller so vieles bedeutet – die von Schillers Ungeduld immer wieder auf neue angetriebene Abstoßung auch, die gemeinsamen, frischen, heiteren, glanzvollen Waffengänge der «Xenien». Überlegen, bisweilen fast übermütig, vor allem bei Schiller, der gerne von Feinden spricht, ist die Kritik, manchmal von jenem Stolz getrieben, von dem Montesquieu, sich selbst betrachtend, bekannte, sein Fehler sei gewesen, dort zu verachten, wo er nur ablehnte. Manchmal verkennen sie auch, wie im Falle von Hölderlin und Kleist. Jedoch das Werk: wie durch ein Tiefseebeben werden Ländermassen ans Licht gehoben: diese Schillerschen Dramen, nach denen Dalberg rief: die langsam reifende «Wallenstein»-Trilogie, «Maria Stuart», «Die Jungfrau», «Die Braut von Messina», «Wilhelm Tell», «Demetrius», die Lyrik, Hymnen, Balladen und immerzu Schillers reflektierender Kommentar, mit diesem äußersten Bemühen um Harmonie, um eine Humanität, die Natur und Vernunft in Sitte und Schönheit vereinigen soll, Schönheit jenseits von aller Verführung, weil sie erhaben und somit von einer letzten Strenge sein muß im Sinn der lateinischen Inschrift im Leipziger Gewandhaus: *Res severa magnum gaudium.*

Aber während dieser ungeheuren Schaffensperiode steht schon immer der Tod neben ihm; Schiller, der einst in der Karlsschule mit neunzehn Jahren bedeutende medizinische, psychosomatischer Erkenntnis vorausgreifende Prüfungsarbeiten schrieb, weiß es, verbirgt es vor seinen Nächsten. Physische Qualen fast unablässig, schlaflose Nächte, verlorene Tage und das harte Ende mitten aus gesteigerter Arbeit, wo ihn dann der Tod, der große Ordner, zum Schweigen bringt.

In kurzen Augenblicken haben sich bei Schiller Anzeichen eines ruhigen, selbstbewußten, souveränen Daseins, Zeichen des Sieges, eingestellt, in Augenblicken höherer Ahnung des Schönen, immer mit dem Blickpunkt ins Transzendentale. So ist es in der «Jungfrau», so ist es in arkadischer Form im «Tell». Dabei jedoch ist es Schillers Wille nicht, Schönheit und Freiheit zu verkünden, er will heranziehen zu diesen beiden Vorstellungen, indem er sich bemüht, das wirkliche, das furchtbare Leben darzustellen.

In diesem Sinne ist für ihn der Entschluß zur «Wallenstein»-Tragödie wie eine Befreiung. Jetzt will er auch nicht mehr die Welt verändern, er will nur noch ihre Wahrheit festhalten. Schon im «Don

Carlos» hatte er erkannt, daß diese Welt sich von außen nie verändern lasse. Durch Kant glaubte er zur Überzeugung zu kommen, daß diese Veränderung nicht nötig sei. Alle früheren Helden Schillers waren bereit, sich zu opfern; das ist nun in den Gestalten des «Wallenstein» nicht mehr der Fall. Das letzte Wort des Schauspiels, der Brief des Kaisers: «Dem Fürsten Piccolomini»: Rangerhöhung als Lohn für die Beseitigung des Verräters. Sinnlos gewordene Rangerhöhung, der Sohn, Max Piccolomini, ist tot, alle sind sie tot. Octavio Piccolomini steht zur Institution, er will sie nicht beurteilen, er setzt sie absolut! aber diese Haltung dient seinem Ehrgeiz. Wallenstein sagt:

Das war kein Heldenstück, Octavio,

und vom Kaiser:

Es übte dieser Kaiser
Durch meinen Arm im Reiche Taten aus,
Die nach der Ordnung nie geschehen sollten.
Gestehe denn, daß zwischen Dir und ihm
Die Rede nicht sein kann von Pflicht und Recht.

Wallenstein *urteilt* und glaubt durch das Ergebnis seines Urteils zum Handeln berechtigt zu sein, zum Handeln bis über die Grenze, die die Welt Verrat nennt. Aber auch diese Haltung dient seinem Ehrgeiz. So wie diese beiden Männer in ihrer tragischen Verstrickung ist jeder innerhalb des politischen Geschehens handelnde Mensch gespalten. Und Max Piccolomini? Schiller tadelte die Liebe Körners zu dieser Figur, er nannte diese Liebe mit einem seiner Lieblingsworte «stoffartig», Wallenstein und Octavio besitzen Wahrheit des Lebens – Max Piccolomini aber ist für Schiller: nicht zu verwirklichende Freiheit, eine Gestalt jenseits vom Wirklichen, im Reiche des Erhabenen! Einmal wurde er allerdings selber wie Körner durch diese Figur überwältigt, ganz spät im Leben: in Weimar betrat er die Loge bei der Liebesszene zwischen Max und Thekla, er wechselte die Farbe und konnte kaum die Tränen zurückhalten. Und dennoch, vom Publikum sagt er, von den Zuhörern, und denkt es bis zuletzt: «Man muß sie inkommodieren, ihnen ihre Behaglichkeit verderben, sie in Unruhe und Erstaunen setzen, eines von beiden, entweder als ein Genius oder als ein Gespenst muß die Poesie ihnen gegenüberstehn.» Angezogen und durchdrungen von Goethes Wesen, willensmäßig darauf hinstrebend, schnellt doch Schiller zurück wie gebogener Stahl, immer zurück in die Richtung, die inzwischen in Europa nie aufgegeben wurde, die Richtung, die Goethe jene des *zwingenden* Effektes genannt hat.

In dem mit fast beängstigender Meisterschaft gekonnten Stück «Maria Stuart» gibt es keine Figur der befreiten oberen Regionen, alles steht im gezwungenen Zwang irdischen Ablaufs. Es herrscht ungeheure Symmetrie, die erste Szene zeigt das Ende vorweg; was für Lessing noch eine Errungenschaft war, ist für Schiller selbstverständlich. Das vorweggenommene Ende wird vom Schicksalslauf eingeholt; Strindberg sagte mit Recht, die Gartenszene zwischen den beiden Königinnen sei der Höhepunkt europäischer dramatischer Kunst. In der Tat hat die euripideische Dramatik hier ein äußerstes Ziel ihres Könnens erreicht. Im ganzen Stück ist alles hell deutlich, bis zu der Enthüllung eines durch die ganze neuere Geschichte wirkenden Geheimnisses einer bestimmten Staatskunst in den letzten Szenen.

Die Intuition, die Schiller von den entscheidenden Völkereigenschaften innerhalb des europäischen Raumes besitzt, ist immer wieder erstaunlich. Er hat Europa in seinen Dramen umkreist. Im «Wilhelm Tell», dem unschätzbaren dichterischen Geschenk, das meiner eigenen Heimat gemacht wurde, ist ein entscheidendes Element eines Volkes, der geschichtsbildende Anstoß vom Bündnis zum Bunde, einmalig sichtbar gemacht. In der «Braut von Messina» lebt die mittelalterlich fortwirkende *Magna Graecia* im antiken Gegenüber von Geschick und Passion. Und im «Demetrius», lange vor den großen russischen Epikern, zeigt er einen Vorgang westöstlicher Wechselwirkung, wobei in diesem grandios angelegten Fragment das russische Eigenwesen in einer innerhalb unseres Schrifttums nie erhörten Weise urtümliche Gewalt ausströmt. Da, in dieser im Schillerschen Drama wirkenden Deutlichkeit, mit welcher Völkerindividualitäten und von da aus Individualitäten überhaupt in ihrer Wirkungsweise erkannt sind, liegt das ihm eigentümliche politische Genie, das er mit keinem anderen deutschen Dichter teilt, *da* konzentriert sich seine *Anschauung,* die er selbst so oft vermißte, die wir vermissen, wenn er uns leibliche Gegenwart, Habitus, also dem Grundwesen der Individualität gegenüber Zufälliges, nahebringen möchte. Da braucht er denn oft die Regiebemerkung und vor allem den Schauspieler.

Dies Unsinnliche empfinden wir in seiner Lyrik, die so überreich ist an vollendeten, unvergleichlich einleuchtenden, als Sentenz und Zitat sich wie Funken vom Brande lösenden Formulierungen. Aber in den Gedichten haben wir über weite Strekken hin den Weg zur Abstraktion zu gehen. Auch in den Balladen, diesen klangvollen Sprechgesängen, diesen meisterhaften Lehrgedichten an Hand großer Begebenheit, finden wir Kantsche Vorstellungen, in der «Bürgschaft» etwa den kategorischen Imperativ, während der «Taucher» am «Stoffartigen der sinnlosen Lockung» zugrunde geht. Jedoch schon im ungefügen Schwall von Schillers Jugendpoesie werden hier und dort, völlig überraschend, einzigartig abgeschlossene Gebilde, wirkliche, zur Form gewordene platonische Ideen ins Licht gehoben, im Licht bestehend als Wirklichkeiten, als Teile der Schöpfung. Wie sehr bei all dem der Abgrund, die Leere immer wieder herandrängten, auch dies wird nirgends deutlicher als in seinem lyrisch-hymnischen Werk. Ein frühes Gedicht, «Die Größe der Welt», bezeugt es. Sie hören den nächtlichen Ton:

Anzufeuern den Flug, weiter zum Reich des Nichts,

ähnlich der Stelle aus dem Spruch des Konfuzius:

Und im Abgrund wohnt die Wahrheit.

Auch durch das herrliche Seelenlied «Nänie» weht der Schauer; aber hier ist eine Wendung zu spüren. Vom «Lied von der Glocke» hat Schiller bekannt, zu solchen Arbeiten habe er sich zwingen müssen. Jedoch spät, im Gedicht «Die Künstler», finden wir endlich die Verse:

Nur durch das Morgentor des Schönen
drangst du in der Erkenntnis Land.

Der Weg über das Schöne zum Erkennbaren und somit zum Seienden war Schillers *Ausweg.*

Der deutsche Idealismus ist mystisch-mythologischer Vision verpflichtet. Kierkegaard sollte ihn aufs strengste richten, andere nach ihm sollten seine Erhebung und Erhabenheit verlachen; die kritische Strenge und Gültigkeit des Dänen erreichten sie nicht mehr, weil sie letzten Endes nur die Positionen in ihr Gegenteil verkehrten. Schiller aber ging es immer wieder im Gegensatz zu diesen letzteren um jene Freiheit, die in der äußersten Not und Qual Bestand hat, und zu der für ihn der Weg über die Kunst führte. «So soll uns ein Kunstwerk entlassen», sagte er, «indem es uns hohe Gleichmütigkeit des Geistes schenkt, mit Kraft und Rüstigkeit verbunden.» Und ein anderes Mal: «Die Menschheit hat ihre Würde verloren, aber die *Kunst* hat sie gerettet», und den Dichtern ruft er zu:

Der Menschheit Würde ist in eure Hand gegeben,
Bewahret sie!
Sie sinkt mit euch! Mit euch wird sie sich heben.

Hierher gehört seine Feststellung: «Es ist nicht wahr, daß das Publikum die Kunst herabzieht, zu allen Zeiten ist die Kunst durch die Künstler gefallen.»

Sein Wille zum Freiwerden aus dem Gefängnis der Welt, durch das Hinauf, das Lichtstreben, durch das Erhabene, führt ihn in der Vorrede zur «Braut von Messina» bis zu dem höchst ungoethischen Satz: «Die Natur selbst ist nur eine Idee des Geistes.» Und an Goethe schreibt er 1797: «Eine poetische Wahrheit kann, eben weil sie absolut wahr ist, mit der Wirklichkeit niemals zusammenfallen.»

Auch hier steht er am Rande *unserer* Zeit, aber das Erhabene trennt ihn von ihr. Und nochmals, hierher gehört auch das im Munde dieses erstaunlichen Kenners politischer Wirklichkeit so besonders nachdenkliche Wort:

Was sich nie und nirgends hat begeben,
Das allein veraltet nie.

Nach diesem Andern, dem Willen, der gewollten Vorstellung, dem Gedichteten strebt er mit letzter Anspannung: «Der Mensch ist das Wesen, welches will», sagt er, «es ist deswegen des Menschen nichts so unwürdig, als Gewalt zu erleiden, denn Gewalt hebt ihn auf.»

Mit allem, was Schiller aufzeichnet, ist eine Willensäußerung verbunden, sie soll in den Zustand des schöpferischen Denkens versetzen. An Humboldt schreibt er zu seinem Gedicht «Das Ideal und das Leben», es erfordere Kenntnis seiner philosophischen Schriften. Mittels der frei behandelten Mythologie unternimmt er es, sein philosophisches System in Poesie zu verwandeln.

Durch Schiller hat die deutsche Transzendentalphilosophie ins Breite und auf das Schicksal der ihm nachfolgenden Geschlechter gewirkt, seit den Befreiungskriegen. Seine Vorstellung vom Helden, des vom Numinosen berührten Sterblichen, hat sich – ohne sein Zutun – des Nationalen bemächtigt, hat sich bisweilen rauschhaft verändert, ohne die Einsicht, daß Schiller selbst und sein Heros jenes:

Und setzet ihr nicht das Leben ein,
Nie wird euch das Leben gewonnen sein

in einer ganz anderen Sphäre verwirklichte, als es die nationale zu sein vermag.

Erwin Rohde wußte es, als er dem sich von Schiller abwendenden, in produktiver Antipathie alle Standpunkte gegen alle Standpunkte stellenden Nietzsche von dem unvergleichlichen Aufschwung sprach, den Schiller verleihen könne, während Nietzsche von Schillers glänzenden, knochenlosen Allgemeinheiten, seinem Schönersehenwollen, seinen edel verstellten Gebärden und Stimmungen redete.

Schiller ist kein Umgang für alle Tage, dieser irrtümlich vertrauliche, ja triviale Umgang hat sein Bild gefälscht, hat sein Wort verbraucht und entstellt. Er ist, innerhalb unseres deutschen Sprachraumes, einer unserer *Nothelfer,* als solcher stieg er immer wieder auf zur reinsten Lebensquelle, zum Licht:

Bis der Gott, des Irdischen entkleidet
flammend sich vom Menschen scheidet
und des Äthers leichte Lüfte trinkt,
froh des neuen, ungewohnten Schwebens
fließt er aufwärts, und des Erdenlebens
Schweres Traumbild sinkt und sinkt und sinkt.

Das ist *seine* Freiheit.

Wenn Schiller aber drunten, mitten im Verhängnis, steht, dort, wo wir alle stehen und wo wir zu bestehen haben, dann ruft er jenen, die bei ihm nur noch edel verstellte Gebärden des Schönersehenwollens zu erkennen fähig sind, sein herrliches Wort entgegen, es steht in der Betrachtung «Über das Erhabene»: «Hinweg mit der falsch verstandenen Schonung und dem schlaffen verzärtelten Geschmack, der über das ernste Angesicht der Notwendigkeit einen Schleier wirft und, um sich bei den Sinnen in Gunst zu setzen, eine Harmonie zwischen dem Wohlsein und Wohlverhalten lügt, wovon sich in der wirklichen Welt keine Spuren zeigen. Stirne gegen Stirn zeige sich das böse Verhängnis.»

Und das, nochmals, ist seine Freiheit, die Freiheit des vollkommenen Mutes.

Keine irdische Medizin hat ihn von den Wunden, die das Leben schlägt, geheilt, und auch sein eiserner Wille hat es nicht vermocht – das *Feuer* hat es getan, das Feuer, das in seiner kühnen Seele brannte. Mit der Rückkehr zu dem hippokratischen Spruche, in *Schillers* Sinn verstanden, möchte ich schließen.

KALTER KRIEG IM 17. JAHRHUNDERT

Schwerer erkennbar als leitende Zeitideen sind die kollektiven Gefühlslagen der sich ablösenden Geschlechter, ihre Leidenschaften, die dazu führen, daß Theoreme und Philosopheme neu entstehen, mit vitalen Kräften erfüllt werden oder daß versunkene Doktrinen sich neu beleben. Die Steigerungs- und Erregungszustände der Kollektivitäten, ihre schöpferischen wie ihre zerstörenden Wirkungen unterliegen ungenügend erforschten Gesetzen. Unter ihren unzähligen Ursachen aber steht ein jeder Kreatur eigenes Grundgefühl im Vordergrund: die Furcht. Die Furcht ist konstant, unterliegt aber gradmäßig den größten Schwankungen. Kollektive Angstzustände werden ausgelöst durch objektive Bedingungen wie durch Vorstellung und Wahn, sie können materiellen oder metaphysischen Ursprungs sein, sie können als Folge schwerer traumatischer Vorgänge sich vererben, um erneut zur Wirkung zu gelangen, wenn ihr einstiger Anlaß längst nicht mehr vorhanden ist. Eine häufige und besonders wirksame Ursache ihres Entstehens liegt in der Vorstellung menschlicher Gruppen, von feindlichen Mächten umstellt und eingekreist zu sein. Die Panik des Erstickungstodes droht. Es entsteht jener krankhafte Zustand des absoluten Mißtrauens, den Goethe im zweiten Faust schildert:

Fort, ihr lächerlichen Lacher!
Euer Grinsen gibt Verdacht;
Alle meine Widersacher
Drängen mich in dieser Nacht.
Hier! ein Freund ist Feind geworden,
Seine Maske kenn ich schon;
Jener wollte mich ermorden,
Nun entdeckt, schleicht er davon.

Gegenwehr setzt ein bis zum blinden Umsichschlagen. Wieviel tragische Beispiele lassen sich hiezu anführen. Mit Deutlichkeit tritt ein solches im 16. und noch im 17. Jahrhundert in Erscheinung, und zwar innerhalb der Beziehung zwischen zwei großen kontinentaleuropäischen Nachbarstaaten: Spanien und Frankreich.

In jenem Zeitraum fühlt das französische Volk sich von einer staunenswerten, erobernden Macht umstellt. Diese Macht aber steht gleichzeitig im Bund mit einer französischen Minorität, die dem aus Furcht und Abwehrwillen entstandenen Streben der Franzosen nach Schaffung schützender, zentraler Staatsautorität entgegenwirkt, ihr entgegenwirkt im Sinn alter ständischer Libertäten, im Geist auch internationaler Solidarität einer mittelalterlichen Christenheit. Für diese Minorität ist Rettung der kirchlichen Einheit, ist Gegenreformation wichtiger als der Konzentrationsprozeß des allmählich zur Vollreife gelangenden, abgesonderten Kollektivwesens, das sich nach außen als französische Nation nun abschließt. Der Gegensatz zwischen den Trägern des werdenden französischen Nationalgefühls und den damaligen französischen Europäern, den Reaktionären, schafft zwei feindliche Lager. In beiden finden wir Katholiken wie Protestanten, trotz den Religions- und Bürgerkriegen, die vier Jahre nach dem Tode des Kaisers Karl V., sieben Jahre nach der Thronbesteigung Philipps II., 1562, beginnen und während siebenundsechzig Jahren, trotz dem Toleranzedikt Heinrichs IV., des Ediktes von Nantes, nicht erlöschen. Bis zum Weißbluten werden die französischen Glaubenskämpfe weite Gebiete Frankreichs verwüsten. Spanien aber ist der Verbündete der in der Liga zusammengefaßten gegenreformatorischen Partei Frankreichs. Genau dieser Umstand löst eine Grundwelle des Widerstandes aus, sie trägt den ersten Bourbonen, den Hugenotten Heinrich von Navarra, auf den Thron, sein bald erfolgender Übertritt zur Römischen Kirche beweist den Sieg des politischen Wollens. Längst heißt es in Frankreich: «Der wirkliche Sieger in unseren Kämpfen ist nur der König von Spanien.» Es ist diese Erkenntnis, die zwischen Hugenotten und Katholiken zum Entstehen der dritten Partei führt, die man kurzerhand die Partei der «Politiker» nennt, ihre

Devise lautet: «Das Staatswohl über alles.» Ihr Wirkungsmittel heißt im Beginn «Toleranz», Toleranz noch kaum im humanen Sinn, sondern aus Gründen praktischer Notwendigkeit. Denn sobald die faktische Machtverteilung es erlaubt, kann auch die Toleranz wieder preisgegeben werden. Das zeigt sich in dem Augenblick, in dem als stärkste Verkörperung des Bestrebens dieser Partei, «der Sohn der Gefahr», wie der Dichter ihn genannt hat, der erste Diener Ludwigs XIII., der Kardinal Richelieu, die Bühne betritt.

Innenpolitisch griff dieser Staatsmann gegen alles durch, was das Königtum als Verkörperung der staatlichen Autorität gefährdete, er brach die Macht der Hugenotten, die einen Staat im Staate bildeten, er bekämpfte mit eiserner Faust die großen Feudalen, die, ihre Privilegien verteidigend, im Ausland nach Rückhalt suchten, wo immer sie ihn fanden. Er hat die Parlamente in ihren Rechten eingeschränkt, weil die Parlamente den Primat der Außenpolitik nicht anerkannten; die härtesten Auseinandersetzungen hatte er mit den Erben der katholischen Liga, den sogenannten «Devoten». Die zentralisationshemmenden Elemente waren unter der Regentschaft Maria Medicis, der Witwe Heinrichs IV., geschont, ja verwöhnt worden. Richelieu aber hat dann gegen diese Opposition wahre Terrormaßnahmen angewandt, allerdings immer nur dann, wenn seine ungeheuer vorsichtige Behandlung von Parteien und einzelnen jeweils eine gesicherte Gelegenheit zum endgültigen Zuschlagen geschaffen hatte.

Was aber die Außenpolitik des Kardinals anbetrifft: Mit letzter Konsequenz und unter Anwendung aller denkbaren Mittel hat er das Ziel angestrebt, das Ludwigs XIII. Vater, Heinrich IV., gegen Ende seines Lebens mit den Worten bezeichnet hatte: «Die spanische Macht muß gebrochen werden!» Er handelte mit äußersten Mitteln, aber – immer noch – als Folge der Religionskriege, sehr lange ohne eigene Machtmittel! Sein Werk hat er aufgerichtet unter der Voraussetzung einer durch den Bürgerkrieg zerstörten Wirtschaft, bei zerrütteten Finanzverhältnissen, deren Problemen dieser überlegene Politiker nie ganz gewachsen war, er hat es durchgeführt im Verlauf einer tiefgehenden sozialen Umschichtung, ohne Armee, preisgegeben zur See, bei beständig bedrohten Küsten, lange Zeit unfähig, den kolonialen Wettlauf des Zeitalters mitzumachen, auf allen Meeren bedrängt von Barbaresken, Spaniern, Engländern und Holländern. Alles war aus dem Nichts zu schaffen. Richelieu, der im Dienst der spanienfreundlichen Regentin groß geworden war, trat 1624 dem Ministerium bei. Schon von 1626 an verschaffte er sich diktatorische Rechte über alle Flottenbelange, in kurzer Zeit bezog er die übrigen staatlichen Schlüsselstellungen. Gleichzeitig leitete er den Entscheidungskampf gegen das spanische Weltreich ein, aber ohne zur offenen Kriegserklärung zu schreiten.

Nach zehn Jahren staunenswerter strategisch-politischer Tätigkeit konnte der schwerkranke Staatslenker im Jahre 1635 seinem Souverän eine äußerst wichtige Mitteilung machen, die lautet:

«Es ist ein Zeichen ungewöhnlicher Voraussicht und klarer politischer Erkenntnis, wenn man zehn Jahre lang alle Feinde des Staates Eurer Majestät einzig mit der Hand in der Geldbörse festgehalten hat, ohne selbst zu den Waffen zu greifen, immer nur durch das Mittel einer Allianzpolitik, um in den offenen Krieg erst jetzt einzutreten, weil unsere Alliierten nicht mehr genügen. Dies beweist, daß eine richtige Beurteilung aller Faktoren vorhanden war und vor allem das Entscheidende: jederzeit der nötige Mut zum Zeitgewinn.»

Richelieu zieht diesen Zustand mit letzter Anspannung hinaus, solange als überhaupt möglich. Erst nach der schwedischen Niederlage gegen die Kaiserlichen bei Nördlingen im September 1634 und der im März 1635 erfolgenden Besetzung von Trier, dem Sitz des mit Frankreich verbündeten Kurfürsten von Sötern durch die Spanier, muß Richelieu sich zur Kriegserklärung an Madrid und Brüssel entschließen, mit größter Sorge, widerstrebend, denn militärisch ist Frankreich immer noch der Lage nicht gewachsen, was sich dann durch die schweren Rückschläge während der folgenden Jahre zeigen wird. Erst das Jahr 1638 sollte die Wende bringen.

In der Tat, von 1625 bis 1635 führt Frankreichs großer Minister, um eines seiner Lieblingsworte zu gebrauchen, seinen Krieg «verdeckt», er führt «kalten Krieg». «Nur mit der Hand in der Geldbörse, ohne Waffen anzuwenden.» Letzteres ist bedingt zu nehmen. Französische Truppenbewegungen an den Grenzen finden statt, bald an diesem, bald an jenem Punkt werden auch lokale Operationen unternommen, aber nach völkerrechtlichen Anschauungen des Zeitalters bedeutet Hilfe, die man Verbündeten leistet, keinen Kriegszustand. Vorübergehende Bündnisse sind leicht zu schließen und Prätendenten, für die man sich einsetzen kann, leicht zu finden.

Im Jahre 1629, kurze Zeit nachdem der Kardinal die größte Hugenottenfeste, La Rochelle, gebrochen hatte, hielt er seinem Souverän einen seither oft kommentierten, höchst bemerkenswerten Vortrag, in dem er fast wie unter Diktat all dasjenige ausspricht, was er später vollbringen wird. Der Vortrag enthält seine Hauptgedanken zur äußern wie zur innern Politik, daneben eine eindringliche Apologie der eigenen Leistung, sowie ein schonungsloses Charakterbild des Monarchen.

In diesem Dokument erklärt der Kardinal, alle inneren Hilfskräfte müßten zum Aufbau mobilisiert und organisiert werden. Frankreich habe sich an allen seinen Grenzen Ausfallstore zu schaffen, um in alle Nachbarstaaten eindringen zu können mit dem einzigen Ziel, diese Nachbarn vor der spanischen Unterdrückung zu retten. Als erstes habe man eine starke Flotte zu bauen, zu Lande müsse man zur entscheidenden Militärmacht werden. Navarra und die Freigrafschaft, was streng geheim behandelt werden müsse, seien als künftiger französischer Besitz zu betrachten. Man habe sich in der Festung Metz festzusetzen. Man habe danach zu streben, nach Straßburg vorzudringen, um das Einfallstor nach den deutschen Ländern zu besitzen. Hiezu sei viel Zeit erforderlich und ein gänzlich verdecktes Verhalten. Noch spricht er in diesem Dokument nicht von Lothringen. Lothringen besaß damals in Frankreich einflußreiche Vertreter seiner Dynastie, die der Königin-Mutter, die dem Vortrag beiwohnte, in jenem Jahre 1629 nahestanden: die Guisen. Aber die Absichten auf Lothringen wie auf die spanischen Niederlande sind schon voll vorhanden, und bereits zweieinhalb Jahre später lesen wir in einem Immediatbericht Richelieus an den König:

«Was Lothringen anbetrifft, so ist vorerst das wichtigste, Verstecken zu spielen. Man muß den Lothringer überzeugen, daß man nichts gegen ihn vorhabe ... Sobald die Holländer im Feld stehen (das heißt die spanischen Streitkräfte dadurch gebunden sind), muß man die Eroberung Lothringens mit 40000 Mann durchführen... und in dem Augenblick handeln, in dem unser Vorgehen am wenigsten erwartet wird.»

Hauptsache bleibt: die Spanier militärisch, ohne Kriegserklärung, ständig zu behelligen, dazu hat alles zu dienen, vor allem die Bedrängnis ihrer virtuellen Verbündeten, also des Kaisers, des habsburgischen Vetters in Wien, deshalb muß der große Krieg in Deutschland, der 1618 begonnen hat, immer aufs neue Brennstoff erhalten, deshalb unterstützt man Mansfeld wie Bernhard von Sachsen-Weimar, deshalb unternimmt man alles, um Maximilian von Bayern vom Kaiser zu trennen, um Brandenburg, später Sachsen zu gewinnen, man drängt die Dänen zum Eingreifen auf dem nördlichen Kriegsschauplatz und verspricht ihnen militärische Entlastung durch französische Demonstrationen auf der Rheinlinie, dasselbe unternimmt man nach der Niederlage der Dänen mit den Schweden, denen man zuerst ihre Angelegenheiten mit Dänemark, Polen, ja auch schon Rußland diplomatisch regelt, um sie dann mit hohen Subsidien, ja mit Hilfstruppen zu versehen und ihnen für den Fall von Rückschlägen Waffenhilfe zu versprechen. Im Augenblick jedoch, wo die Schweden zu stark werden, wird man die Möglichkeit ihrer Preisgabe erwägen. Schon Jahre vor der zitierten großen Programmrede erfolgt Richelieus erste Intervention im Veltlin unter dem Vorwand der Hilfe an den Verbündeten: Graubünden. Richelieu hatte dieses Gebirgstal, Veltlin, von jeher als vitale Verbindungslinie zwischen den italienischen und den niederländisch-flandrischen Positionen Spaniens erkannt. Bereits 1624 sodann bezeichnete er die Festung Breisach am Rhein als Lebensnerv im spanischen System auf dem Weg von Italien nach Flandern, diesen Nerv wird er erst 1638 durch Bernhard von Weimar durchschneiden lassen. Breisachs Fall wird, wie er es selbst bezeugt, einen der hohen Glücksmomente seines Lebens bedeuten. Richelieu wird auch die Revolution in Katalonien stützen, wird die Unzufriedenheit in Neapel und in Lissabon schüren, den Widerstand der Generalstaaten begünstigt er ständig.

Was die französische Beeinflussung des Verhältnisses von England zu Spanien anbetrifft, so gibt folgende originelle Instruktion des Kardinals vom 28. August 1629 an seinen Botschafter in London Auskunft. Diese lautet:

«Wichtig ist, daß der Friede zwischen Spanien und England nicht zustande kommt. Da nun die Engländer immer das Gegenteil von dem machen, was man von ihnen verlangt, so werden Sie, Herr Botschafter, meiner Ansicht nach gut daran tun, dem König von Großbritannien und seinen hauptsächlichen Ministern zu raten, den Krieg mit Spanien zu beenden, dies aber unter der einen Bedingung, daß die Pfalz an ihren legitimen Besitzer zurückgegeben wird ... Diese Bedingung werden die Spanier niemals annehmen, sie wird somit das Mittel sein, um diesen Friedensschluß (den wir anraten) unmöglich zu machen, oder falls er doch zustande kommen sollte, so ist dafür gesorgt, daß er gleich wieder zerrissen wird.»

Richelieu arbeitet mit einem voll ausgebildeten Nachrichtendienst an allen Punkten der damaligen Welt. Seine Informatoren sind zugleich aktive Agenten seiner Politik. Durch ihre Vermittlung läßt er nicht nur alle Bestechlichkeiten ausnützen, sondern er versucht auch ausländische Einwirkungen auf die Person seines eigenen Souveräns zu provozieren, wenn er bei diesem selbst nicht zum Ziele kommt. So läßt er beispielsweise Wilhelm von Oranien wissen, er könne aus seiner (Richelieus) Privatschatulle zwei- bis dreihunderttausend Livres erhalten, von denen die französische Finanzverwaltung nichts wisse. Er könne aber eineinhalb Millionen erhalten, wenn es ihm (dem Oranier) gelinge, den König von Frankreich zur Belagerung von Dünkirchen und Gravelingen zu veranlassen, wobei Oranien Flottenhilfe in Aussicht stellen müsse. Unzählige Beispiele dieser Art lassen sich aus dem erhaltenen schriftlichen Material anführen. Tag für Tag läßt sich die Methode einer nach außen wirkenden Psychologie, einer Menschenkunde und durchgebildeten Kunst der Menschenbehandlung lückenlos verfolgen. Man wird dabei die rationale Geistesarbeit, die Aufmerksamkeit auf die leisesten günstigen oder ungünstigen Voraussetzungen, eine ständige Analyse aller Gegebenheiten, von den militärischen Mitteln über Wirtschaftsfragen bis zur innern Opposition des anvisierten Staates zu allen in Betracht kommenden Individuen, feststellen. Der Hauptfeind ist der Zufall, er muß, soweit dies menschenmöglich ist, ausgeschaltet werden. Die von Clausewitz geforderte Verbindung von Politik und Strategie ist erfüllt. Die Initiative gehört nur dem Leiter der Politik, seine Mitarbeiter müssen ausführende Organe, Experten, diplomatische, militärische, wirtschaftliche Spezialisten bleiben; beharrliche Leute sind vor allem erforderlich, denn zu ihnen, die nicht fragen warum, gehört die Gewalt der Methode, die sich selbsttätig auswirkt. Diese, die Beharrlichen, die Disziplinierten, können ihre Arbeit weitergeben, der Ungewöhnliche kann es nicht, er ist die Ausnahme. Richelieu weiß von sich, daß er die große Ausnahme ist. Im Dienst seiner politisch-strategischen Konzeption verlangt er blinden Gehorsam, praktisch läßt er dauernd Kriegsrecht walten, auch im Frieden. Wie sein Zeitgenosse Pascal, den er persönlich gekannt hat, treibt er Wahrscheinlichkeitsrechnung. Ein Soldat, der bei der Belagerung von La Rochelle dabei war, Renatus Cartesius, soll neun Jahre nach dem Fall der Hugenottenstadt, im Jahre 1637, seinen «Discours de la méthode» veröffentlichen.

Nach diesen, mehr als knappen, Andeutungen versuchen wir es kurz, Richelieu in einem entscheidenden Moment seines Handelns deutlicher sichtbar zu machen. Wir stehen im Jahre 1630. Seit zwölf Jahren wütet der Dreißigjährige Krieg, in Regensburg ist der Kurfürstentag versammelt, und dieser Kurfürstentag wächst sich aus zu einem internationalen Kongreß. Es gibt kein Deutschland, es gibt deutsche Länder mit ausgeprägten Souveränitäten, über denen der mittelalterliche Kaisergedanke im Verblassen ist. Der hervorragendste unter den Unterhändlern des Kardinals ist sein Vertrauter, der Pater Joseph, der Kapuziner. Ihm ist der große diplomatische Könner Léon de Brûlart, offiziell der Leiter der Mission, doch nur zugeordnet.

Die Instruktionen, die Richelieu seiner Delegation teils schriftlich, teils mündlich erteilt, lauten in vereinfachten, großen Zügen: Maximilian von Bayern und die deutsche katholische Liga müssen vom Kaiser getrennt werden, der Anspruch des Restitutionsediktes müsse aufrechterhalten werden. Das Restitutionsedikt wurde vom Kaiser nach seinem siegreichen Vordringen in Deutschland erlassen, um säkularisiertes Kirchengut wieder an die Kirche zurückzuführen. Die Durchführung dieses Ediktes war einer der Hauptgründe für die

Verlängerung des Dreißigjährigen Krieges. Richelieu hat dieses Edikt befürwortet, um den protestantischen Ländern die Versöhnung mit dem Kaiser zu erschweren. Sodann dekretierte er, die Wahl von Kaiser Ferdinands Sohn zum römischen König habe man zu verhindern, Maximilians Kandidatur aber zu unterstützen, die Absetzung Wallensteins sei zu fördern, den Papst Urban VIII., den einstigen Nuntius von Paris, müsse man von der Bedrohung des Kirchenstaates durch die Spanier und durch das Vordringen des Kaisers nach Mantua überzeugen.

Diese Programmpunkte werden zum großen Teil erreicht. Im Reichslehen Mantua wird der französische Kandidat, der Herzog von Nevers, den Thron besteigen. Die Dauer der Verhandlungen dient dazu, die stark angeschlagenen Truppenbestände Frankreichs in Italien zu ergänzen. Eine neue Bedrohung der Kaiserlichen im Norden muß geschaffen werden, die französische Diplomatie verleiht Gustav Adolf die erwähnte Sicherheit in bezug auf seine Nachbarstaaten. Gustav Adolf bricht in Norddeutschland ein.

In jenem Zeitpunkt befindet sich Ludwig XIII. in Lyòn, auf den Tod erkrankt. Er hat noch keinen Sohn, sein Bruder, der spanisch gesinnte Orléans sollte ihm nachfolgen und dies würde Richelieus Ende bedeuten. Der sterbende Monarch wird von seiner Mutter gepflegt, er ist umgeben von Feinden des Kardinals. Richelieu bereitet sich schon darauf vor, nach dem päpstlichen Avignon zu fliehen.

Maria Medici sagte damals zu ihrem Sohn, dem König, alle Übel kämen von Richelieu her, die furchtbare Gefährdung aller Grenzen, der Parteihaß, die aus Wut und Angst gemischte Stimmung bei Hofe, die unerträglichen Beziehungen innerhalb der königlichen Familie. Man erklärt dem Monarchen: «Richelieu ist der Teufel, er hat den Konflikt mit Spanien und dem Reich nur heraufbeschworen, um sich unentbehrlich zu machen.» Und nun tritt der mit allen Mitteln gemiedene Zufall in Erscheinung zu Gunsten Richelieus. Ein innerer Abszeß des Königs bricht auf und die Genesung setzt ein. Noch ist Ludwig zu schwach, um Entscheidungen zu fällen. Am 13. Oktober bringt ein Eilkurier aus Regensburg die Nachricht, die französische Delegation habe in Anbetracht der beunruhigenden Informationen über die Gesundheit des Souveräns mit dem Kaiser einen allgemeinen Vergleich abgeschlossen und sie bitte um Ratifizierung.

Alles atmet auf. Man ist von einem Alpdruck befreit. Der Kapuziner hat die Gefahr erkannt, in der sein Meister, der Kardinal, schwebte. Er hat versucht, ihn zu retten.

Hier nun, mitten in der beispiellosen Lage macht Richelieu das Ausmaß seiner politischen Leidenschaft deutlich wie niemals zuvor: er zerreißt den Vertrag. Seine Delegation habe die Kompetenzen überschritten, erklärt er. Er fürchtet vor allem, die schwedische Allianz, die vor Bärwalde noch im Werden ist, könnte ihm entgehen. Die Nichtratifizierung löst unsägliche Erbitterung aus. Von Stadt zu Stadt bis aufs flache Land, zu den verelendeten Schichten des Landvolkes wird das Wort getragen: «Der finstere Kardinal, des Königs böser Geist, will den Krieg.» In keinem Augenblick von Richelieus Laufbahn ist der Ton der Flugschriftenpresse von solcher Heftigkeit, sein Kopf wird verlangt, nicht nur in Spanien, auch im übrigen Ausland wird er als das böse Prinzip des Zeitalters hingestellt; von der infamen Lüge bis zum Giftmord gibt es keine Untat, die man ihm nicht zuschreibt. Aber der König, der schon die Sterbesakramente empfangen hatte, ist genesen, und nun erklärt er seine Solidarität mit der Politik seines ersten Dieners. Richelieu ist gerettet. Noch sind größte Widerstände nicht überwunden, der berühmte «Tag der Geprellten» wird Richelieu nochmals haarscharf an Sturz und Gericht heranführen, aber nochmals gewinnt seine Suggestivkraft den Monarchen, und sie wirkt bis zu dem extremen Vorgang der Verbannung der Königin-Mutter, der Mediceerin, vom Hofe zur endgültigen Flucht über die Grenzen.

Was Richelieu schafft, erreicht er als der bestgehaßte Mann unter nie aussetzender persönlicher Lebensgefahr und gegen eine nur durch ihre Vielfalt und Widersprüchlichkeit behinderte Gegnerschaft. Des Königs Bruder Gaston von Orléans, den er immer schonen muß, wirkt gegen ihn, beständig landesverräterisch, bei Spanien Rückhalt findend, sodann bis 1631 auch die immer wieder einflußreiche Königin-Mutter, die von seiner Gönnerin zu seiner heftigsten Feindin wird. Seine eigenen Ministerkollegen fallen ihm in den Arm, zu seinen Widersachern gehört ein großer Teil der hohen Geistlichkeit und neben den erwähnten Devoten eine aus humanistischen Ursprüngen herkommende friedliebende Elite. Den König selbst muß er in aufreibenden Einflußkämpfen mit ungeheurem Aufwand an Suggestivkräften immer wieder zurückgewinnen, um ihn ständig wieder an Günstlinge und ihre Einflüsterungen zu verlieren. Die meisten Betrachter und Begutachter von Richelieus Lebenslauf haben seinen endlichen Sieg seinen erstaunlichen Willenskräften zugeschrieben. Aber etwas anderes als dieser individuelle Wille ist vorhanden und entscheidend, es ist der tiefere Wille des Großteils der Nation, eben ihr ungeheures Begehren nach Schutz durch den starken Staat.

Und nun die Frage: Wozu das alles? Richelieu antwortet immerzu, um die Welt vor der spanischen Unterdrückung zu retten, das Land aus der mörderischen Umklammerung zu befreien, er wiederholt es unablässig in den stärksten Tönen.

Glaubt Richelieu selbst an die spanische Gefahr? Die Mehrheit unter seinen in Betracht fallenden Landsleuten tut es. Gerade weil ihnen die Bedrohung so groß erscheint, bekämpfen sie die Politik des Kardinals, die sie tollkühn und provokatorisch schelten. Sie fürchten sich. Die Tiefe aber des historischen Erlebens läßt sich an der erstaunlichen Dauer seiner Nachwirkung erkennen.

In einem Bericht an den Staatsrat im Jahre 1808 erklärte Napoleon I.:

«Unter allen Staaten Europas gibt es keinen, dessen Geschick mit größerer Notwendigkeit an das unsere gebunden ist, als Spanien. Eine enge Verbindung muß zwischen diesen beiden Nationen bestehen oder unversöhnliche Feindschaft muß sie trennen. Die blutigsten Seiten der Geschichte beweisen dies.»

Zu Las Cases auf der Insel Helena spricht der Kaiser: «An Spanien bin ich zugrunde gegangen.»

Noch später, im Jahre 1822, konnte Chateaubriand in seinen Aufzeichnungen über den Kongreß von Verona schreiben:

«Spanien war seit der Mitte des 15. bis zum Beginn des 17. Jahrhunderts die erste Macht Europas. Spanien und Portugal schenkten Europa ‹die neue Welt›... Alle christlichen Höfe richteten sich nach dem spanischen Vorbild. Spanien herrscht in den Niederlanden durch dynastischen Erbgang, in Italien und Portugal durch Eroberung, in Deutschland durch die habsburgischen Vettern seiner Könige und in Frankreich durch die Religions- und Bürgerkriege. Nach der Heirat Philipps II. mit Maria, der Tochter Heinrichs VIII., bedrohte Spanien die Engländer in ihrem Wesenskern. Ein französischer König war Spaniens Gefangener, spanische Soldaten besetzten Paris, spanische Sprache und spanischer Stil schenkten uns unsern Dichter Corneille. Dann aber brach Spanien zusammen, seine unüberwindliche Infanterie, die Tercios, wurden in Rocroi 1643, wenige Tage nach dem Tode Ludwigs XIII., vom Großen Condé besiegt. Aber Spanien hauchte seinen gewaltigen Geist nicht aus, bevor nicht Anna von Österreich, Ludwigs XIII. Gattin, ihrem Sohne, Ludwig XIV., das Leben geschenkt hatte; mit Ludwig XIV. jedoch bestieg Spanien den französischen Thron.»

Eine folgenschwere Nachwirkung endlich: Mittwoch, den 6. Juli 1870, erklärte der Außenminister Napoleons III., der Herzog von Gramont, vor der Legislative auf ausdrücklichen Wunsch des Kaisers:

«Wir glauben nicht, der Respekt vor den Rechten eines Nachbarvolkes zwinge uns dazu, es zu dulden, daß eine fremde Macht zu unsern Ungunsten, indem sie einen ihrer Fürsten auf den Thron Karls V. setzt, das europäische Gleichgewicht stört und die Interessen und die Ehre Frankreichs gefährdet. Wie wir zuversichtlich hoffen, wird dies nicht eintreten, wir zählen dabei auf die Vernunft der Deutschen und auf die Freundschaft des spanischen Volkes. Sollte es sich anders verhalten, so würden wir, meine Herren Abgeordnete, im Vertrauen auf Ihre Unterstützung und die Solidarität der Nation, unsere Pflicht ohne Zögern und ohne Schwäche erfüllen.»

Die unter der spanischen Krone vereinigte Ländermasse erscheint in der Tat erdrückend; aber ist dieser Aspekt nicht trügerisch? Frankreich ist schon während der Auseinandersetzung zwischen Karl V. und Franz I., trotz all seinen innern Spannungen, ein homogener Block. Es ist bei weitem das volkreichste Land Europas. Zu Frankreich liegen alle spanischen Länder peripher. Die Einkreisung Frankreichs durch Spanien ist die Einkreisung des Starken durch den Schwachen, wie gesagt: nur der französische Bürgerkrieg läßt Spanien bedrohlich werden.

Dennoch, Richelieu appelliert bis zu seinem Tod an die spanische Gefahr, er appelliert zudem an eine neue Vorstellung, die an die alte, der «gesta Dei per Francos» anknüpft. Er appelliert an die französische Sendung, an ein Sendungsbewußtsein so vieler seiner französischen Zeitgenossen.

Schon am 15. Dezember 1625 erhielt er einen Brief von Jean-Louis Guez de Balzac, einem der Hauptschöpfer des rhetorischen Prosastils, dem an der Vatikanischen Diplomatie geschulten bedeutenden politischen Publizisten. In diesem Briefe steht:

«Noch bei Ihren Lebzeiten, Eminenz, werden die unterdrückten Völker vom Ende der Welt kommen, um den Schutz der französischen Krone zu suchen. Die Spanier werden aufhören, Eroberer und Bedrücker zu sein, und wir werden dastehen als die Befreier der ganzen Erde.»

Aber nun ein letztes Mal. Was hält Richelieu, wenn er mit sich allein oder mit einem ganz vertrauten Agenten spricht, von der spanischen Gefahr? Seinem Vertreter in Madrid schreibt er:

«Die Kräfte Spaniens sind zerstreut in voneinander weit entfernte Provinzen. Spanien ist nirgends in der Lage, auf die Dauer einer kompakten Macht wie Frankreich zu widerstehen, und ein allgemeiner Krieg könnte sich letzten Endes nur unheilvoll für die iberischen Nachbarn auswirken.»

Solche Geheimnisse lüftet Richelieu nur in ganz seltenen Fällen, vielleicht nur, wenn er damit eine konkrete Wirkung auf den außenpolitischen Gegner ausüben will.

Seine persönlichen Feinde aber, unter diesen die beiden Marillacs, der Großsiegelbewahrer und der Marschall, fragen, wenn die spanische Gefahr für ihn nur ein Vorwand ist, der ganze Zustand tiefen Unbehagens, des Schreckens im französischen Volk zu entscheidenden Teilen nur die Folge der Propaganda, die von Richelieu ausgeht, was sollen dann die furchtbaren Mittel des verdeckten Krieges, die darin bestehen, jede vorhandene Wunde beim Gegner zum Schwären zu bringen, jeden Gegensatz zu verschärfen, jede Unzufriedenheit zu schüren und immer neue Spannungen zu schaffen, was alles schließlich dann doch zu einem endlosen heißen Krieg führen muß? Beide Marillacs werden solche Fragen büßen müssen, der Großsiegelbewahrer im Kerker, der Marschall auf dem Schafott. Aber das spanische Problem, das für Richelieu das europäische Problem schlechthin ist, stellt sich ihm in viel komplexerer Weise als seine zeitgenössischen und viele seiner spätern Kritiker es erkennen können. Natürlich weiß er genau um die Schwächen seines Gegenspielers Olivares in Madrid, er weiß aber auch, daß das spanische System in Mitteleuropa, vor allem wegen des Kaisergedankens, potentiell über Kräfte verfügen könnte, die unheimlich und schwer bemeßbar sind. Dies erklärt Richelieus mitteleuropäische Politik. Dort handelt es sich um etwas Inkommensurables, seinem cartesischen Geist nicht leicht Faßliches. Deutschland als ein Ganzes sah er nicht, dies anzunehmen wäre ein Anachronismus.

Erst Napoleon I. wird das Problem überblicken. *Er* sagt:

«Angesichts der deutschen Masse mußte ich langsam vorgehen, ich hatte nur versucht, ihre ungeheuerliche Komplikation etwas zu vereinfachen; nicht etwa, daß sie für den Zentralisationsprozeß nicht schon vorbereitet gewesen wäre, sie war es nur allzusehr, im Gegenteil, sie hätte ihren Zusammenschluß blindlings gegen uns durchführen können, bevor sie noch gelernt hätte, uns zu verstehen.»

Richelieu dagegen denkt in keinem Augenblick daran, die deutschen Verhältnisse zu vereinfachen; die Libertäten, die er im eigenen Land aufhebt, verteidigt er innerhalb des deutschen Raums, aber immer nur im Hinblick auf die habsburgische Hegemonie durch die Achse Wien-Madrid.

Im Jahre 1610 umfaßte das französische Territorium 443659 km², im Todesjahr des Kardinals 460000 km². Ludwig XIII. hat seine Herrschaft ohne organisierte Landstreitkräfte und ohne Flotte begonnen, sein Sohn, Ludwig XIV., aber verfügte über ein stehendes Heer von 400000 Mann und über eine Flotte von hundert Einheiten. 1648 war Frankreich der Schiedsrichter Europas, seine absolute Monarchie verkörperte das staatliche Prinzip, dem der Kardinal gedient hatte. Dann aber übermächtig geworden, rief sie automatisch den Koalitionen. Der Westfälische Friede ist zweifellos Richelieus Verdienst, ist die Krönung seines Werks; sein Nachfolger, den er sich aus der päpstlichen Diplomatie geholt hatte, Mazarin, hat mit einem noch kaum gewürdigten europäischen Sinn die Voraussetzung, die Richelieu machtmäßig geschaffen hatte, dazu benützt, um einen Friedensschluß durchzuführen, in dem das Völkerrecht sich verwirklichte und ein europäisches Gleichgewicht im Sinne der Konzeption zu schaffen, die Mazarins Landsmann Rucellai einst für Italien vorgeschwebt hatte. Der Friede von Münster hat im Lauf der Jahrhunderte gegensätzliche Beurteilung gefunden. In den deutschen Ländern löste das Friedenswerk tiefe Freude aus; diese Freude hat lange nachgewirkt. Noch 1748, bei der Jahrhundertfeier des großen Ereignisses, dichtete Justus Möser:

«O Tag, o größter unserer Tage!
Du schufst die Gleichheit jener Waage,
die Reiche gegen Reiche wiegt.»

Aus dem Zustand, den man damals in dieser Weise beurteilte, ging das große deutsche Jahrhundert von 1750 bis 1850 hervor. Später veränderte sich die Perspektive, und nach Bismarcks Reichsgründung wurde das Urteil im wesentlichen kritisch bis zur Verzerrung in den vergangenen dreißiger Jahren, als Adolf Hitler erklärte, das Ziel seines Krieges sei die Zerstörung des französischen Systems von 1648. Aber nach 1945 haben wir alle wieder verstanden, weshalb dieses Friedenswerk aus der größten Zeit der Diplomatie während zweihundert Jahren von den Deutschen gefeiert wurde.

Richelieu ist zu seinen Lebzeiten der Methoden wegen gehaßt und verurteilt worden, die er zur Erreichung seiner Ziele angewandt hat. Am 16. Juli 1866 aber publizierte der hellsichtige Karl Hillebrand im «Journal des Débats» einen Artikel über Bismarck. Dort ist zu lesen:

«Jedenfalls überstieg der Haß, den sich Graf Bismarck zugezogen hat, das übliche Maß der staatsmännischen Unbeliebtheit... Aber Richelieu, Cromwell, Friedrich der Große und Cavour werden als Wohltäter von vier mächtigen Nationen und beinahe als Schöpfer von vier Großmächten angesehen.»

Der Begriff «Großmacht» hat sich inzwischen verschoben. Gehört die Leistung der hier in einem Satz zusammengefaßten Staatsmänner der Vergangenheit an? Ist der Typus historisch geworden, haben sie eine Reihe abgeschlossen?

Was Richelieu mit seinen Methoden durchführte: die staatliche Zentralisation entspricht seit Bodin dem Gedankengut der bedeutendsten politischen und wirtschaftspolitischen Autoren seines Zeitalters, den Männern, mit denen sich die vieles umfassenden Studien Meineckes auseinandersetzen. Bemerkenswert ist, daß auch Richelieus hauptsächliche Gegner und seine wichtigsten Verbündeten, sowohl der Herzog von Olivares und

Wallenstein als Gustav Adolf, auf den Einheitsstaat hinwirkten. Richelieu war der Erfolg beschieden, Olivares erlag seinem überlegenen Gegner wie auch den ständischen Gegenkräften des spanischen Systems, den unbewältigten wirtschaftlichen Faktoren des Kolonialreiches, Gustav Adolf und Wallenstein enthob der Tod jedes weiteren Auftrages.

Im großen ganzen hat Richelieu das Gelingen seines Werkes im Urteil der Nachwelt den Freispruch gebracht. Zudem gehört es zu den hohen Eigenschaften der Franzosen, daß sie aus veränderten Perspektiven ihre großen Männer nicht preisgeben, sondern sie innerhalb ihrer Zeitgegebenheit beurteilen. Immer wieder aber, auch von den Späteren, ist die Frage gestellt worden: Wie steht es mit dem Gewissen dieses Kirchenfürsten? Er hat wiederholt versucht, auf diese Frage zu antworten. So sagte er zu seinem Souverän:

«Etwas anderes sind die Sünden, die die Könige begehen und die Sünden, die sie sich als Menschen zuschulden kommen lassen. Gott wollte die Rache nicht in die Hände des einzelnen Menschen legen, denn das Heil des einzelnen erfüllt sich in der andern Welt und über die Beleidigungen, die wir hier erfahren, richtet Gott in seiner Ewigkeit.»

Und nun folgt die zentrale Feststellung: «Der Staat jedoch besitzt kein Sein außerhalb dieser irdischen Welt. Sein Heil ist ausschließlich gegenwärtig oder es ist *nicht*. Deshalb können die zum Bestehen des Staates notwendigen Strafen *nie* vertagt werden, man muß sie augenblicklich vollstrecken.» In diesen Feststellungen erreicht die doppelte Moral des Staatsmannes ihren Höhepunkt, hier erfolgt ihre Spaltung. Was von dieser Dreiheit: Nation, Staat, Macht ausgeht, hat uns Machiavelli beschrieben. Karl Marx hat es unternommen, den hier zugrunde liegenden Begriff vom Staat aufzuheben. – Zu welchem Ende hin? Welchem Geschlecht werden kommende Generationen einst zubilligen dürfen, daß es ihm gelungen sei, die weltlichen Geschäfte ohne die Trennung zwischen Staatsmoral und persönlicher Moral zu betreiben. Ist dies ein allzu vernunftmäßiger Anspruch? Stehen die dunkeln naturhaften Kräfte geschichtlicher Begebenheit außerhalb der rationalen Gesetze?

Was jenen fernen Kardinal anbetrifft, so haben einige Personen, die in seiner Sterbestunde anwesend waren, ausgesagt, der Priester, der ihm beistand, habe ihn angeblich gefragt, ob er seinen Feinden verziehen habe, und er soll geantwortet haben: «Ich habe keine anderen Feinde gekannt als die Feinde des Staates.»

WIEDERAUFNAHME EINER ALTEN ARBEIT

Wenn man in späten Jahren endlich wiederfinden darf, was man in der Jugend verlassen mußte, wenn man dem Besten wiederbegegnet, nämlich einer Aufgabe, dann stellt sich alsbald die ernste Frage: wird man auch die innere Spannung gewinnen, die notwendig ist, um eine solche Aufgabe zu lösen? Darstellung geschichtlicher Vorgänge: Die Perspektiven unserer Welt haben sich vollkommen verändert, alle Werte der Vergangenheit erscheinen umgewertet. Welche Bedeutung hat beispielsweise noch der Westfälische Friede für das heutige Europa? Wen betrifft noch der Kampf zwischen zentraler Staatsgewalt und Feudalität, wen die Religionskämpfe des 17. Jahrhunderts und wen der Gegensatz zwischen den Häusern Habsburg und Bourbon? Noch nach dem Ersten Weltkrieg war jener Friedensschluß von 1648 ein aktuelles Phänomen. Dieser Umstand verlieh auch dem großen und finstern Kardinal, dem Minister Ludwigs XIII. von Frankreich, etwas Gegenwärtiges.

Aber heute, wo wir nur noch Auseinandersetzungen ausgeliefert sind zwischen außerhalb unseres ursprünglichen Geschichtskreises liegenden übermächtigen Staaten, wo wir nur noch befürchten und erleiden, was bedeutet er uns jetzt? Sind wir nicht alle durch ein Übermaß des Erlittenen, ein Übermaß an Erfahrung in die Lage gelangt, in welcher sich in Tolstojs Roman «Krieg und Frieden» jener Fürst Andrei Bolkonski befindet, wie er verwundet auf dem Schlachtfeld liegt und plötzlich über sich zum ersten Male das Himmelsgewölbe erblickt, dessen ganze stille Weite von ihm Besitz ergreift –, im selben Augenblick aber reitet der Kaiser Napoleon mit seiner Suite an dem schwer Verwundeten vorbei; Andrei wendet sich ab, er schließt die Augen, der Weltbeherrscher und seine Taten erscheinen ihm so gleichgültig wie ein abgeleiertes Puppenspiel. Die Puppen gehen über die Bühne, über ein kurzes noch, und sie sinken zusammen, werden aufgenommen und in den Kasten geworfen.

Wie entwertet, wie abgespielt erscheinen uns heute so viele der großen Akteure, die in der europäischen Tragödie auftraten. Diejenigen unter uns aber, die gewohnt waren, vom Vorüberziehen der Geschlechter Entfaltung und Steigerung zu erwarten, schließen nun auch die Augen, wenden sich verdrossen ab von jenen einstigen Großen; wohin hat ihr Wirken geführt? Wahrlich, auch sie erscheinen uns in Augenblicken zurückgeworfen ins völlig Vergangene, entwertet, beinah gleichgültig. Wie ist unter solchen Voraussetzungen die Spannung zu gewinnen, die es ermöglicht, eine solche Gestalt wie diejenige des Kardinals nochmals zurückzurufen? Wohl nur dadurch, daß man sie einer anderen Gestalt gegenüberstellt, die dasselbe Zeitalter zu bestehen und zu bewegen hatte, und in welcher Eigenschaften ausgeprägt sind, die sich in jeder Weise den entscheidenden Zügen des zu Schildernden entgegensetzen, dann allerdings entsteht jenseits von allen augenblicklichen Wertungen eine Kraftlinie, deren Stromgewalt der menschlichen Bedeutung entspricht, welche die polar zueinander gesetzten, längst von der Bühne abgetretenen Männer einst besaßen.

Als ich mich der Gestalt des Kardinals Richelieu nach so langen Jahren zum erstenmal wieder zu nähern hatte, überfiel mich vorerst eine tiefe Unlust, dann aber trat er eines Tages, mit einmaligen, höchst persönlichen Energien begabt, leibhaftig wieder vor mein Bewußtsein, als ich ihn wieder wie damals seinem Zeitgenossen, dem Herzog von Wallenstein, gegenüberstellte. Es war, als ob beide gleichzeitig wie durch eine Mauer aus dem Gefängnis ihres Zeitalters hindurchbrächen und nun dastünden als Verkörperungen von ausgesprochenster und völlig entgegengesetzter Wesensart, berufen, menschliches Ergehen innerhalb des großen Schauplatzes, in den wir gestellt sind, immer wieder zu bewegen und zu bestimmen.

Wallenstein, der problematische, tiefsinnige Böhme, mit seinem dunklen Gefolge der menschlichem Erfassen unzugänglichen Schicksalsmächte, hat innerhalb der deutschen Dichtung das größte Denkmal erhalten, das jemals einem Manne zuteil wurde, der die Geschicke der deutschen Völker bewegt hat. Als sei das fahle und tragische Licht, das auf dieser Gestalt liegt, ein dem vielgeprüften Volk der Mitte vertrautes, ja heimatliches, ist dieser tschechische Deutsche tiefer in das Volksbewußtsein eingegangen als etwa jener andere, helle, schlichte, faßbare Heros des Zeitalters, Gustav Adolf, der nordische König. Es ist, als sei der Untergang Wallensteins, das Grenzenlose seines Lebens, sein durch Schuld und Widerspruch gesteigertes Dasein dem deutschen Wesen entsprechender als das klar umgrenzte Wirken des lutherischen Königs mit seinen deutlichen Zielen; ja es scheint, hier übe das Ruhelose an und für sich einen betörenden Zauber aus.

Gustav Adolf, der lutherische Führer, der Retter des deutschen Protestantismus, vor allem der Begründer norddeutschen Übergewichtes im Reich, lebt dauerhaft, aber viel wesenloser im deutschen Erinnern als sein großer Gegner, der für eine ganz andere deutsche Welt kämpfte, die mit ihren mediterranen Reichtümern, ihren Bezügen von Konstantinopel nach Madrid doch längst schon hinter die Hüllen zurückgetreten ist.

Unter Wallenstein waren die Habsburger bis an die Ostsee vorgedrungen. Schon sahen sie ihre

Ziele jenseits dieses Meeres; Einheit des Reiches schien sich unter ihrem Zepter zu verwirklichen, das Jahr 1628 aber, das über so vieles entschieden hat, brachte auch den Zusammenbruch dieser Pläne.

1628 belagerte der Kardinal Richelieu die protestantische Stadt La Rochelle, und indem er gleichzeitig bis zur äußersten Grenze des Brechpunktes gegen innere und äußere Feinde kämpfend durchhielt, bis die Hochburg der Hugenotten in seine Hände fiel, erfolgte im deutschen Norden ein Ereignis, das zu der Wirkung, die dieses Durchhalten des Kardinals ausübte, im umgekehrten Verhältnis stand. Durch die Eroberung von La Rochelle hat Richelieu auf Jahrhunderte die französische Einheit geschaffen. Im selben Jahre 1628 hatte Wallenstein die Belagerung vor die protestantische Stadt Stralsund, das Einfallstor für nordische Armeen, gelegt, welches, wie La Rochelle, von fremden Flotten verteidigt wurde. Wie die Hugenotten hinter ihren Mauern am Atlantik, hielten sich die norddeutschen Protestanten an der Baltischen See mit äußerster Zähigkeit. Aber der völlig ungebrochene Wille, der durch keinen Einfall, keinen dialektischen Einwand zum Wanken zu bringende Entschluß Richelieus, sein unbeirrbarer Sinn für politisch-taktisch Wesentliches hielt durch. Wallenstein dagegen schweifte in relativierende Gedankengänge und in ferne phantastische

Pläne ab. Er hob die Belagerung auf und schloß Frieden mit dem König von Dänemark. Am Tage, an dem dies geschah, öffnete er der nordischen Invasion die Tore, und die deutschen Geschicke sollten sich fortan für Jahrhunderte in einem den französischen Entwicklungen entgegenlaufenden Sinne vollziehen. Richelieu hielt durch, Frankreich wurde geeinigt, Deutschland aber wurde gespalten.

In diese großen Zusammenhänge, die Ranke so deutlich gesehen hat, spielt die Gestalt des Paters Joseph, Richelieus Grauer Eminenz, hinein. Über seine Gespräche mit dem Friedländer wissen wir wenig Genaues, wir erkennen aber, daß der Mönch den Herzog immer wieder beeinflußt hat.

In Wallenstein wirkte neben einem organisatorischen, sachlichen Verstand eine der Prophetie verwandte Anlage stimmungsmäßiger Ahnung, welche die klaren Schlüsse seines Geistes auf eine schwankende Grundlage zog und seine spielende Leichtigkeit, innerhalb des Erreichbaren richtig zu operieren, stets wieder hinfällig machte. Ein tiefer Blick verschob jeweils die begrenzten Ziele alsogleich bis an den Rand des Welträtsels, wo dann das Gefühl für die Machtlosigkeit des Menschen, seines Tuns und Wirkens, in einer besondern Melancholie der Weisheit und allzu reichen Überblicks endete. Ein gequälter Geist erfüllte den schmächtigen, früh schon kranken Körper des

Herzogs, der weit in die Runde seiner Quartiere die Hunde erschießen ließ, um durch ihr Bellen nicht die geringe Labsal seines allzu leichten Schlafes einzubüßen. Als ein Sterngläubiger seinem eigenen Glück verfallen, hingegeben und vertrauend den Mächten, die ihn trugen, als trügen ihn große, unsichtbare Schwingen, schaudernd und ahnungsvoll brauchte er, um die Spannungen seiner zwiespältigen Seele auszuhalten, beständig Entschädigungen aus dem Gebiete irdischen Ansehens und persönlicher Macht. Alle festen Begriffe einer gewordenen Welt, in der er stand, löste er auf, und hinter die Institution und die Hierarchie vermochte er einen ihre Nichtigkeit erkennenden Blick zu werfen. Ihn umkreiste nun dieser Mönch, der Abgesandte Frankreichs, ein immerzu aufs Ziel Hinschreitender, der nur anhält, um zu lauschen, und sogleich lautlos den Weg bei Nacht fortsetzt, bei Tag aber unauffindbar bleibt. Ursprünglich wünschte Wallenstein für die deutsche Welt dasselbe, was der Pater Joseph für die französische suchte: Einheit; und beide, jeder in seiner Weise, strebten danach, die verlorene Bindung des Mittelalters wieder zu gewinnen, die Christenheit zu einen. Wenn der Pater Joseph nach Regensburg reiste, um als stärkster Widersacher Wallensteins das Verhältnis der Kurfürsten zum Kaiser zu lokkern, weil er der französischen Hegemonie in Europa diente und die Einheit nur unter Frankreichs Führung für möglich hielt, so geriet er doch zu dem großen Condottiere nie in einen reinen Widerspruch; das hintergründige, auf keine der lateinischen, verzichtreichen Formeln zu bringende Wesen dieses rätselhaften, aller Dinge, aber seiner selbst nicht mächtigen kaiserlichen Heerführers kam ihm überraschend auf halbem Wege entgegen. Im Verlauf eines einsamen Gesprächs mit dem Priester Roms ließ sich Wallenstein in erstaunlicher Verachtung aller Vorsicht erschreckend weit gehen. Wie der Pater berichtet, enthüllte er ihm seinen Plan: in Deutschland ein *eigenes* Reich zu gründen. Dann glitt sein dunkler, oft stechender Blick sofort weiter, und er begann laut zu träumen von Konstantinopel-Byzanz. Joseph hörte mit Staunen zu, kein Zug aber seiner verschlossenen Mienen verriet seine Überraschung; erst zurückgekehrt, Auge in Auge, hat er alles dem Kardinal Richelieu ins Ohr geflüstert, und dieser hat tiefe Erfahrung gesammelt für sein Volk über deutsche Kraft und deutsche Schwäche.

Richelieu hat einmal ausgesprochen, das Geheimnis sei die Vorbedingung für das Gelingen aller politischen Geschäfte, und ein anderes Mal, eine Grundvoraussetzung für die Leistung großer Staatsmänner sei ihre Fähigkeit, eine Summe von Haß zu ertragen, die für alle anderen untragbar wäre. Nie wird diese Fähigkeit bei Richelieu selbst deutlicher als in dem Augenblick des Jahres 1630, in welchem Ludwig XIII. auf den Tod erkrankt. Falls der König starb, befand sich Richelieu gänzlich allein nur noch einer von Feindschaft starrenden Menge gegenüber, es war deutlich, daß auch die Freunde dem Ausbruch allgemeinen Widerwillens nicht würden standhalten können.

Die volle Schuld an der Erkrankung des Monarchen wurde dem Kardinal zugeschrieben. Täglich konnte er es hören, und Anna von Österreich sagte es ihm vor vielen Zuhörern ins Gesicht. Die Großen des Reiches waren seine geschworenen Gegner, allzu furchtbar lastete die gleichmachende Ordnung des Kardinals auf diesen Feudalen, für welche Gleichheit vor dem Gesetz, vor dem Staate und dem König schlimmer als der Tod war. Man schmiedete Pläne. Hinrichtung Richelieus sofort nach dem Hinschied des Monarchen war beschlossene Sache. Schon wurde der Hauptmann von Richelieus Garde, Troisville, bestimmt, der mit zwölf Musketieren im Augenblick von Ludwigs Tod den Kardinal fassen sollte, um ihn durch einen Kopfschuß zu erledigen. Der Gouverneur von Lyon, in dessen Stadt der Kardinal sich aufhielt, befragt, ob er entschlossen sei, die schwere Tat vollbringen zu lassen, antwortete vorsichtig, er werde, wenn es an der Zeit sei, den Schweizergarden befehlen durchzuführen, was die Königinmutter ihn heiße. Richelieu kannte diese Pläne; zur Selbsterhaltung aber trieb ihn einzig sein Wille, die innere Notwendigkeit, das Werk abzuschließen. Man begann, den geschwächten König zu bearbeiten, man trennte ihn vom Kardinal. Die Krankheit erlaubte es Ludwig nicht, jemand zu sehen, dessen Gegenwart ihn an die Staatsgeschäfte auch nur zu erinnern vermocht hätte. Täglich, immer eindringlicher, prägte Maria Medici dem widerstandslosen, müden Geist ihres Sohnes ein, daß alles Übel von Richelieu komme; alle Unsicherheit an den Grenzen, aller Parteihaß im Staate, die lastende, aus Wut und Angst gemischte Stimmung am Hof und im Kreise der Großen, die unwahren, unerträglich gewordenen Beziehungen in der königlichen Familie selbst. Ludwig XIII. hat zuerst versucht, Widerstand zu leisten, aber die geringste Anstrengung erschöpfte ihn, er sagte seinem Beichtvater, nachdem es Gott gefallen habe, ihn aus seiner Krankheit zu retten, werde er nun an dieser Sache zugrunde gehen. Er könne derartiges nicht mehr aushalten, jedoch man ließ nicht locker; mit einer kleinlichen, grausamen Beharrlichkeit, mit einem Schwall nie versiegender, aufgebrachter Worte wurde während langer Stunden auf den todesmatten Fürsten eingehämmert. «Richelieu», so sagte man zu ihm, «ist der Teufel, er hat den Konflikt mit Spanien und dem Reich nur heraufbeschworen, um sich unentbehrlich zu machen.» Schließlich ließ der König den Kardinal zu sich kommen, und er sprach: «Ihre Majestät die

Königin, meine Mutter, ist unzufrieden mit Eurer Eminenz.» Er duldete keine Widerrede, er sprach als Souverän, und seine Worte enthielten eine Drohung.

In diesem Zeitpunkt traf ein Eilkurier aus Deutschland ein. Er brachte die Kunde, daß der königliche Botschafter in Anbetracht der beunruhigenden Nachrichten über die Gesundheit seines Souveräns am 13. Oktober den Frieden mit dem Kaiser abgeschlossen habe und um Ratifizierung bitte.

Alles atmete auf, ein Alpdruck, die Befreiung von der eigentümlichen französischen «großen Angst» war vollzogen, vorüber war die Furcht vor dem nicht abmeßbaren, in einem Konflikt der französischen Vorstellung so unheimlichen, weil nach seinen inneren Kraftreserven nie abzuschätzenden Deutschland. Der Text des Friedensinstrumentes wurde sofort an den Kardinal geschickt mit der Bemerkung, diese Lösung werde den König befriedigen.

Die Lage Richelieus ist von seinem Freunde, dem Pater Joseph, der der Urheber dieses raschen Abschlusses war, aus der Distanz in voller Deutlichkeit erkannt worden; er wußte, daß die ganze Verantwortung für den großen europäischen Konflikt auf den Schultern des Kardinals liege, daß diese Verantwortung ihn, wenn dem Monarchen etwas Menschliches zustoßen sollte, erdrücken würde, daß sie aber auch, falls Ludwig XIII. sich erholen sollte, bei der in Frankreich herrschenden Stimmung kaum tragbar wäre.

Hier, in der beispiellosen Lage, in welcher Richelieu sich befand, hat er das Ausmaß seiner unerbittlichen politischen Leidenschaft enthüllt. Hier an diesem Punkte wurde sein Charakter zu seinem Schicksal, er beharrte, der überpersönliche Sinn, der in ihm waltete, blieb souverän über all dem, was ihm selbst hätte zustoßen können. Er zerriß den Vertrag: «Der Botschafter», so rief er, «hat seine Kompetenzen überschritten.» Vor der Mediceerin und dem Siegelbewahrer hielt er knappen Vortrag: «Die Abgesandten», so führte er aus, «durften einzig beobachten und berichten; verhandeln konnten sie nur über die lokale italienische Angelegenheit, nun haben sie einen allgemeinen Frieden geschlossen, ja sie sind so weit gegangen, mit dem Kaiser eine Allianz einzugehen, durch deren Abschluß sie alle unsere Verbündeten preisgaben; alles, was wir gewonnen haben, müssen wir unseren Feinden wieder zurückerstatten, nichts erhalten wir.» Der Siegelbewahrer sprang auf, es war ihm völlig unfaßlich, daß Richelieu auch jetzt noch die Stirne habe, seine Politik durchzuhalten. Aber in des Kardinals Haltung war in jenen Tagen, wie berichtet wird, etwas so Mächtiges, so Unbedingtes, daß alle Einwände abprallten; dabei löste die Nichtratifizierung des Friedens unsägliche Erbitterung bei Hofe aus, und wie ein Lauffeuer ging die Nachricht durchs Land, von Stadt zu Stadt, und hinaus vor die Tore; bis in die gedrückten und verelendeten Schichten des Landvolkes wurde das Wort getragen: «Der finstere Kardinal, des Königs böser Geist, hat den Frieden verhindert.»

Der Unterschied zwischen der französischen und der spanisch-habsburgischen Gegenreformation ist durch die Architektur unmißverständlich aufgezeichnet worden. Richelieu ist nicht der Vollender der Gegenreform in seinem Lande, er hebt sie auf und beseitigt ihren Inhalt, indem er den rationalen, zentralisierten Staat schafft, welcher den Vorrang religiöser Fragen nicht dulden kann. Am deutlichsten wird das Wesen des Kardinals durch den Vergleich mit der kartesianisch strengen Bauweise, welche zur Zeit des deutschen, spanischen und italienischen Barocks in Frankreich gilt. Der Kardinal wirkte in allem und jedem dem Weltwesen entgegen, das im Barock sich ausgesprochen hat; dabei aber bewahrten klassische Nüchternheit und Verhaltenheit, die er anstrebt, in ihrem strengen Kreis eine anarchistische Brisanz, einen Tumult, die sich in den Religionskriegen des 16. Jahrhunderts und wiederum in der großen Revolution des 18. auswirkten. Die Franzosen sind kein statisches Volk, nur ihre rationalen Schutzmaßnahmen täuschten dies bisweilen vor.

Das französische Volk des 17. Jahrhunderts aber hat durch Richelieu jene Sicherung erhalten, die Descartes in seinem «Discours de la méthode» beschreibt.

Alles, was der einsame Kardinal vollbracht hat, hat auch er unter Leiden und Schmerzen als ein Kranker vollendet. Wenn er mit eiserner Konsequenz handelte, so ist dies die Folge eines inneren Zwanges; anders handeln konnte er nicht. Er diente einem Ziel und einer Konzeption. Gerade deshalb hat er sich nie hingegeben, hat er nie von innerer Sicherheit, von Geführtsein oder von einem Stern gesprochen. In keinem Augenblicke seines Lebens hat er sich dem Irrationalen überlassen. Dank der kargen Bedingung des Dienens unter ausschließlicher Anwendung seiner menschlichen Fähigkeiten, dank der Genauigkeit seines Einsatzes geriet er selten in die Gefahr, nach sich selbst zu fragen, und, was entscheidend ist, nach Ungerechtigkeit oder Undank, mit denen die Umwelt seine Dienste lohnte. Wie alle großen Schöpfer der Geschichte war Richelieu auch ein großer Zerstörer; unerbittlich auf ein Ziel hinstrebend, hat er vieles weggeräumt, aber wenn er niederriß, war es immer, um zu bauen. Nicht die leiseste Verführung zum Transzendieren hat ihn jemals von dem Geheiß des *hic et nunc* abgelenkt.

Die Stärke dieses Staatsmannes ist bedingt durch die Beschränkung des Weltbildes, das er überblickte, der Möglichkeiten, die er zu erfassen imstande war oder zu erfassen sich erlaubte. Alles ist bestimmt durch die Konzentration, innerhalb derer ein Intellekt von seltener Schärfe und Widerstandsfähigkeit einen einzigen Auftrag durchführt. Sein Werk und die Folgen, die sich aus diesem Werke entwickeln, entsprechen in allem dem Gesetz, unter dem er stand, auch im Sinne der Gefahr, die auch *dieser* menschlichen Fähigkeit zur Beschränkung, zum Vollenden und Abschließen innewohnt. Indem wir seinem Wesen und seiner Tat jenen großen deutschen Zeitgenossen Wallenstein gegenüberstellen, suchen wir keinerlei Vergleich. Was wir aufzeigen wollen, ist eine Spannung, wie sie vorhanden ist zwischen nationalen Einheiten, immer vorhanden zwischen ihren großen individuellen Verkörperungen, innerhalb einer Gegensätzlichkeit, die, letzten Endes, auch immer wieder schöpferisch geworden ist. Dabei ist es bei der Betrachtung dieser beiden Figuren höchst nachdenklich, festzustellen, daß der eine, der Kardinal, der seine Aufgabe unter äußerstem Verzicht löste und sein Werk abschloß, auf lange Sicht vielleicht keine größere Leistung vollbrachte als der andere, der traumbeschwert die Nachtseite aller irdischen Institutionen, aller politischen Lösungen kannte, an allen irre wurde und bis zuletzt, so wie Schiller ihn gesehen hat, groß war in der Fähigkeit des Vergessens und größer noch im

Drang nach immer neuen Möglichkeiten, immerwährendem Wiederbeginn. Wallenstein blieb stets ein Suchender, ja zuletzt forschte er wie im Taumel nach einem Sinn, alles wurde ihm fragwürdig; der Franzose aber, sein Gegenspieler und dann wieder Förderer in böser Absicht, dem es niemals gelang, ihm wirklich gegenüberzutreten, hatte gefunden und war endgültig überzeugt; er wollte nicht gestatten, daß eine letzte Problematik ihn anrühre.

Jedes menschliche Leben ist ein Bruchstück, ein Entwurf. Aber Richelieus Leben hat nach beendeter Arbeit einen streng bewußten Abschluß gefunden, er konnte sterben wie einer, der seiner selbst mächtig einen Schlußpunkt setzt, er konnte meinen, und er hat es ausgesprochen: «Mein Werk ist vorhanden und lebt weiter.» Der andere dagegen endete scheinbar in der Wirrnis und im Mißlingen, sein Leben durfte nicht zu Ende laufen, es wurde ihm entrissen. Dennoch lassen sich aus seinem Dasein Linien führen, die im Unendlichen zusammentreffen und die schließlich jenen Sinn ergeben, den er selbst auch in seinen schlaflosen Nächten nie gefunden hat. Dieser Sinn liegt im Werden, im Streben, in der Ungenügsamkeit und ihren unendlichen Gefahren, andern Gefahren als jenen, die der Übersteigerung eines als richtig erkannten Prinzips beigesellt sind. Der schwankende Schattenriß Wallensteins bewegt sich drohend und großartig über die Ebene des politischen Geschehens, und seinen unverwechselbaren Umriß erkennen wir überall dort wieder, wo wir dem großen deutschen Denken und seinem ungeheuren Abenteuer begegnen.

Alle Nationen haben sich an der Ermordung Wallensteins beteiligt. Es war eine irische Hand, welche die Partisane in sein Herz stieß. Er starb erstaunt der Unabwendbarkeit gegenüber, immer noch ungläubig zögernd, als ließe das Unabänderliche sich vermeiden, er bat noch um *Quartier*.

Richelieu aber starb durch tausend Qualen wochenlang seinen in jedem Augenblick bewußten Tod. Zuallerletzt sagte er zu seinem König und Herrn: «Immer habe ich gedient, ich hinterlasse den Staat gefestigt in allen seinen Fugen, auf starken Fundamenten aufgebaut, alle Feinde Frankreichs und ihre Herrscher sind gebrochen oder tief geschwächt.» Er bat Ludwig, seine königliche Hand nicht von seinen Verwandten zu ziehen, er bezeichnete Vertrauensleute, mögliche Verwalter seines politischen Erbes.

Als aber der Leutpriester der nahegelegenen Kirche erschien, um ihn zu versehen, rief er: «Hier naht mein Richter, ich bitte ihn, mich zu verdammen, wenn ich jemals etwas anderes bezweckte als einzig das Wohl des christlichen Glaubens und des Staates.»

Auch dies war kein Abschluß, enthielt nichts

Endgültiges. Innerhalb der irdischen Belange richtet die Geschichte selbst immer aufs neue, und sie gelangt immer wieder zu anderen Sprüchen.

Aus zahllosen Vertretern ihrer Generation herausgenommen, ragen diese zwei einstigen Zeitgenossen hervor, zwei große Möglichkeiten des menschlichen Wesens unter unzählbaren anderen. Was sich aus ihrer kurzen Gegenüberstellung ergibt, verleiht den Mut, einmal noch den Versuch der Beschreibung und der Erklärung vergangenen Geschehens vom Menschen aus zu unternehmen. Der Richterspruch aber, dem der Kardinal entgegensah, erfolgt erst am Ende der Tage.

RICHELIEUS ENDE

In allgemeinen Umrissen läßt sich sagen, Richelieu habe im Innern Frankreichs den größten Kraftaufwand zur Bekämpfung der Protestanten eingesetzt; er habe sich aber dabei nie zu religiösen Verfolgungen hinreißen lassen, sondern habe nur die politische Macht der Anhänger Calvins gebrochen. Schwieriger zu fassen als der protestantische Gegner waren die Feudalen, die Grundherren, die sich immer noch gegen die königliche Allgewalt, gegen die Staatsmacht auflehnten, wie sie es seit Jahrhunderten getan hatten. Zur ganzen Regierungszeit Ludwigs XIII. standen sie im Aufruhr gegen den Monarchen und seinen Minister. Als Gegenkönig stellten sie jeweils den Bruder des Königs, Gaston von Orléans, auf. Im allgemeinen war es dieser selbst, der – entsprechend seiner feigen und haltlosen Natur – die Verschwörer an seinen Bruder verriet. Richelieu traf die Widerstrebenden ohne jede Rücksicht auf Rang und Macht. Er hatte es mit einer Hydra zu tun; kaum war ein Kopf abgeschlagen, wuchs ein anderer nach.

Außenpolitisch wurde er in seinen Unternehmungen durch die französische Katholikenpartei, die man im 16. Jahrhundert die Liga, im 17. die Partei der «Devoten» nannte, behindert. Diese

Partei suchte immer die Aussöhnung mit den Spaniern und wäre gerne bereit gewesen, mit diesen gemeinsam in Europa die Gegenreformation durchzuführen. Richelieu aber, in der Abwehr gegen die beiden Zweige des Hauses Habsburg, in Wien und in Madrid, mußte, während er im eigenen Lande die Protestanten bekämpfte, sich im Ausland auf die Protestanten stützen. Es liegt etwas Paradoxales in der Tatsache, daß es ein französischer Kardinal war, der entscheidend dazu beitrug, den norddeutschen Protestantismus vor der Unterwerfung durch den katholischen Habsburger zu retten. Richelieus Politik, die den Schwedenkönig Gustav Adolf mit seinen Heeren nach Deutschland geführt hat, ist es zuzuschreiben, daß die Eroberung der Stadt Paris durch spanische Truppen verhindert wurde. Zum erstenmal in der französischen Geschichte hat der Kardinal eine jener Massenerhebungen – «levée en masse», wie die Franzosen sagen – bewirkt. Die Spanier wurden geschlagen, und ihr Offensivgeist wäre gebrochen gewesen, wenn nicht in Madrid immer noch die Überzeugung geherrscht hätte, es stehe eine neue Adelsrevolte in Frankreich unmittelbar bevor, und die Partei, die zugunsten Orléans' Ludwig XIII. zur Abdikation zwingen und seinen Minister stürzen wolle, werde auch diesmal den spanischen Heeren ein Einfallstor nach Frankreich öffnen.

Die Spanier sollten sich in dieser Annahme nicht

täuschen. Die letzte große Verschwörung zu Richelieus Lebzeiten und in seinen letzten Lebensjahren ist in der Geschichte unter dem Namen «Verschwörung des Cinq-Mars» bekannt.

Henry von Effiat, Marquis von Cinq-Mars, war der Sohn eines Oberintendanten in den königlichen Finanzen. Der Vater hatte dem Monarchen große Dienste geleistet, dieser belohnte sie am verwaisten Sohne, dem er das Kommando über eine Gardekompagnie verlieh und ihm als Kammerherrn die Aufsicht über seine Garderobe anvertraute. Cinq-Mars war damals sechzehnjährig. Der blendende junge Offizier, heiteren Gemütes und schlagfertig, gefiel dem König; bald wurde er unentbehrlich, und schon nach wenigen Monaten erhielt er das hohe Amt eines Oberstallmeisters. Ludwig schenkte ihm eine Grafschaft, und der Verwöhnte, dem jede Laune von den Augen abgelesen wurde, verlor das Wertvollste, was ein Mensch zu verlieren hat, den Sinn für jede Proportion.

Nun war ein neuer Favorit vorhanden, er hatte viele Vorgänger, die Richelieu je und je bekämpft hatte. Der achtunddreißigjährige, zuzeiten schon greisenhaft wirkende Monarch konnte nicht mehr ohne Cinq-Mars leben; waren die beiden getrennt, so geriet Ludwig in Raserei, er erlitt Weinkrämpfe, wenn er nicht zweimal täglich von dem jungen Menschen Briefe erhielt. Vom politischen Einfluß, vor allem der Frauen, die sich des Günstlings bemächtigten, war manches zu befürchten. Was der Kardinal Richelieu immer vermieden hatte, indem er den König weiblichen Einflüssen fernhielt, das war nun auf dem Umweg über diesen Knaben geschehen. Es war unvermeidlich, die Verschwörung, die stets latent vorhanden war, mußte um den Favoriten, der den Willen des Königs zu leiten schien, sich heftig und voller Hoffnung wieder zusammenschließen. Wie immer war ihr erstes Ziel der Tod des Kardinals.

Richelieu hatte lebenslang dieselben Leute zu Feinden, oder besser gesagt, dieselbe menschliche Spielart, die unwillkürlich mit Haß, Furcht und Neid dem Kardinal aus innerm Zwang zuwiderhandeln mußte. Seine Feinde waren alle diejenigen, die Überlegenheit in keiner Form zu ertragen vermögen, sodann auch sachliche Gegner, Feinde der protestantischen Bündnisse, vor allem aber die Feudalen, die an der mittelalterlichen Ordnung festhielten, die einstigen Parteigänger Maria Medicis, die Hofkabale, stets mit demselben morschen Tänzer – Gaston von Orléans – als Gegenkönig; ja, trotz allen Bloßstellungen, die er erlitten hatte, spielte dieser Prinz noch immer die hochverräterische Rolle aus der Zeit von Richelieus Amtsbeginn.

Im Südwesten des Königreiches kämpfte man noch hart gegen spanische Streitkräfte. Die Gelegenheit schien den mit Cinq-Mars im Einvernehmen stehenden Verrätern günstiger denn je. Ein gewisser de Thou, ein rothaariger kleiner Pedant aus dem Legistenstande, der bewundernd versucht hatte, sich von dem schwindelerregenden Aufstieg von Cinq-Mars selbst hochtragen zu lassen, diente als Vermittler zwischen dem Günstling und den andern Hauptverschwörern, Gaston von Orléans sowie dem Herzog von Bouillon. Man hatte de Thou nicht alles eröffnet; die schwersten Anschläge auf die Sicherheit des Staates teilte man diesem «Robin», diesem Juristen mit seinem verklausulierten Gewissen, nicht mit. Folgendes war vorgesehen: Orléans hatte sich mit seinen Truppen in der Festung Sedan einzuschließen, der Herzog von Bouillon sollte die in Italien kämpfende Armee den Aufrührern zuführen; die Protestanten in den Cevennen sollten Geld und Waffen erhalten, um in Massen sich erheben zu können; lauter Gespenster, aus den Gräbern wiederkehrend, selbst die Hugenotten, so lange nach dem Fall von La Rochelle! Ein Vertreter des Cinq-Mars hatte sich nach Spanien begeben, Fontrailles war sein Name, in Madrid verhandelte er mit dem Feind. Zehntausend Mann Fußtruppen, fünftausend Reiter, Munition und Geld versprach der Habsburger den Rebellen, für sich verlangte er vorerst die Stadt und Festung Sedan als Einfallstor – und all dies wurde vertraglich festgelegt.

Während sich derartiges zutrug, war Richelieu

beständig unterwegs. Man kämpfte an den Grenzen, von belagerten Städten zog er zur Armee, immer mit dem König, immer den König mit sich ziehend; ihm schien, wenn er ihn auch nur auf einen Augenblick verlasse, sei des unheilvollen Einflusses wegen alles verloren. In den letzten Monaten hatte die spanische Offensive an Schlagkraft abgenommen, die französische Verschwörung jedoch belebte sie aufs neue, und im Frühherbst des Jahres 1642 fürchtete man in Paris die Invasion und die Eroberung der Hauptstadt. Der König ließ sich nicht festhalten, er war rascher als sein kranker Diener. Richelieu litt Martern, wenn sein Fürst ihm mit Cinq-Mars um Tagereisen voranritt. Er selbst konnte sich nicht mehr zu Pferde setzen. Zuzeiten war er halb gelähmt. Sein ganzer Körper war von schwärenden Wunden bedeckt, sein rechter Arm hing, von einem schweren Geschwür befallen, völlig gefühllos herunter. Beständig ließ man dem zu Tode geschwächten Kardinal zu Ader. Aber unentwegt reiste er weiter, zu Schiff, zu Wagen – in die Kreuz und die Quer durch das Land –, und überall, wo dieser vom Willen vorwärtsgetriebene Leichnam vorbeikam, harrte ein Mörder im Hinterhalt. Richelieu wußte alles, er kannte alle Fäden der Verschwörung, wie zu keiner andern Zeit ertrug er strengste Bewachungsmaßnahmen zum Schutz seines Lebens. Er war schlaflos, Tag und Nacht erteilte er Befehle, diktierte er Briefe, völlig gegenwärtig traf er weitblickend seine Vorkehrungen. Sollte alles bisher Geleistete nun nochmals auf dem Spiele stehn? Noch immer konnte er gegen die Verschwörer nicht zuschlagen, die vollen Beweise waren nicht greifbar, der König war verblendet, er ließ sich nicht überzeugen. Endlich traf eine hoffnungerweckende Nachricht ein: das Gefühl des Monarchen, so wurde berichtet, für den Oberstallmeister schlage in sein Gegenteil um, er beginne den mit seiner ohnmächtigen Liebe maßlosen Schacher treibenden, frechen, in Augenblicken respektlosen Jungen zu hassen! «Ich könnte ihn ausspeien jetzt», hatte Ludwig im Zorn zu seiner Umgebung geäußert. Dies war das erste, und nicht mehr lange danach gelang der große Schlag, der das Netz der Verschwörung durchhieb: ein Kurier der Rebellen wurde festgenommen, und auf dem Kurier fand man den hochverräterischen Vertrag der Verschwörer mit Spanien. Zwei Tage später war das Dokument in den Händen des Kardinals, und wiederum nach zwei Tagen ließ sich Chavigny als Richelieus Bote beim König melden. Ludwig befand sich mit Cinq-Mars in einem abgelegenen Zimmer seines Quartiers in Narbonne. Chavigny erschien, beugte ein Knie und wandte sich darauf zum Günstling: «Ich habe mit Seiner Majestät zu reden!» sagte er. Ludwig bedeutete dem Oberstallmeister, daß er das

Zimmer zu verlassen habe. Der Bote übergab seinem Herrn das Dokument, schweigend las der Herrscher, seine Hände begannen zu zittern und, wie Chavigny berichtet, er wurde weiß wie die Wand, dann öffnete er das Fenster, rief die Wache und ließ Cinq-Mars verhaften. Kurz darauf nahm man de Thou, den beflissenen Zwischenträger, und sodann auch den Herzog von Bouillon fest. Orléans befand sich wie stets jenseits vom Zugriff der Justiz.

Wie in den früheren Fällen stellte Richelieu ein Gericht ad hoc zusammen. In Lyon sollte der Spruch gefällt werden. Auf der Rhone selbst nach der Gerichtsstadt reisend, ließ er durch sein Schiff das Boot mit dem gefangenen de Thou nachschleppen. Cinq-Mars wurde von hundert Berittenen zu Lande begleitet. Der Kardinal konnte sich nicht mehr vom Lager erheben, den letzten Teil seiner Reise vollzog er in einer großen, tragbaren Sänfte; waren Stadttore zu eng, um ihm Durchlaß zu gewähren, so wurden die Mauern gebrochen, und auf diese Weise zog er durch Frankreich. Am 5. September traf er in Lyon ein. Die beiden Häftlinge durften ihm nicht mehr entwischen, der junge Günstling hatte aus unsachlichen Gründen die ganze Politik des Kardinals gefährdet, er war mehr als ein überführter Verräter, er war die falsche Zahl in der lückenlos durchgeführten Rechnung.

Am 12. September wurden Cinq-Mars und de Thou zum Tode als Hochverräter verurteilt. Cinq-Mars einstimmig, de Thou, der nicht um das ganze Geheimnis gewußt hatte, mit zwölf Stimmen gegen zwei. Am selben Tage noch wurde das Urteil durch das Schwert vollstreckt. Orléans hatte die beiden durch seine Aussage am schwersten belastet. Nach diesem harten Vorgang wurden Friedensgerüchte laut. Spanien, dessen kontinentales System durch Richelieus unablässiges Bemühen an allen strategischen Punkten gelähmt und am schwersten durch den großen, den dreißigjährigen Bruderkrieg in Deutschland, getroffen war, schien nun nachzugeben.

Jetzt war der Kardinal am Ende der ihm zugewiesenen Aufgabe angelangt. Er wußte es; schon zwei Monate früher hatte er sein Testament abgefaßt. Unter schwersten körperlichen Qualen, die niemand lindern konnte – stundenlang hörte man seine mühsam unterdrückten Schreie –, reiste er in langsamen Etappen nach Paris. Durch die letzte große Verschwörung gegen seine Person, sein Werk und die Sicherheit des Staates, bei beständig abnehmenden Kräften, war er in einen Zustand völliger Überreizung geraten, bei Tag und bei Nacht wurde er von schreckhaften Vorstellungen gemartert. Nach Cinq-Mars' und de Thous Hinrichtung mißtraute er allen, die jemals mit den beiden Toten in Verbindung gestanden hatten. Die Kommandanten seiner eigenen Leibgarde hielt er für unzuverlässig, schon am 26. November 1642 erreichte er vom König ihre Entlassung. Den Obristen seiner Musketiere, Herrn von Tréville, den er besonders beargwöhnte, wollte Ludwig XIII. mit allen Mitteln halten. Aufreibende Auseinandersetzungen zwischen dem Monarchen und seinem todkranken ersten Diener fanden täglich wegen dieses Offiziers statt. Richelieu flehte, und schließlich, wie so oft im Laufe seines qualvollen Lebens, drohte er wieder mit Rücktritt, mit der Abreise nach Le Havre, der Stadt am Meere, deren Gouverneur er war. Solche Kämpfe verzehrten seine letzten Kräfte, und in der Nacht vom 28. auf den 29. November traten die schweren Anfälle auf, die ihn hinraffen sollten. Hohes Fieber und heftige Schmerzen in der Nierengegend stellten sich ein. Am letzten Novembertag, einem Sonntag, stieg die Fieberwelle, neuer Aderlaß versetzte den Kardinalminister in einen Zustand von äußerster Schwäche. Seine nahen Verwandten, die mit dem Ende ihres starken Beschützers auch den Untergang ihres Glücks erwarteten, verbrachten die Nächte im Palast des Sterbenden. Montag morgen schien Besserung sich einzustellen, aber nachmittags um drei Uhr stieg das Fieber wieder bis zum Delirium, der Kranke spuckte Blut und hatte Erstickungsanfälle. Dienstag, den 2. Dezember, früh am Tag fand eine Konsultation der

Hofärzte statt; nach ihrem Spruch verlangte der Kardinal eindringlich und geängstigt danach, den König zu sehen. Ludwig ließ auf sich warten. Erst auf wiederholtes dringendes Anfragen entschloß er sich zu dem Besuch. Wie er sich dem Bette seines abgezehrten Dieners näherte, dankte ihm dieser für die hohe Ehre seines Kommens, er sagte ihm, daß es nun an dem sei, Abschied zu nehmen, und daß er sterben müsse. Ludwig tröstete ihn mit einer Weichheit, die man an ihm nicht gewohnt war, und wie es schien mit Rührung; eigenhändig flößte er ihm zwei rohe Eidotter ein. Der Kardinal sprach mit schwacher Stimme vor sich hin, die Augen halb geschlossen, mit äußerster Anstrengung: immer, so sagte er, habe er gedient, er hinterlasse den Staat in allen Fugen gefestigt, wohlgeschützt, alle Feinde Frankreichs und seines Monarchen seien geschlagen oder endgültig geschwächt, er flehe zu Seiner Majestät, die königliche Hand nicht von seinen Verwandten zu ziehn, die er hinterlasse; dann nannte er die Namen einiger Personen, in die er Vertrauen hatte und von denen er glaubte, sie könnten seine Nachfolge für einige Zeit verwalten. Er sprach so leise, daß die Umstehenden die Namen nicht verstanden. Es fiel auf, daß der König – kaum hatte er das Krankenzimmer verlassen – in den Sälen des Kardinalspalastes lachend die Bilder betrachtete und dann eilig nach dem Louvre zurückkehrte, mit dem Bedeuten, er werde dort weitere Nachrichten über den Verlauf der Krankheit in Empfang nehmen.

Abends wurde dem Minister wieder zu Ader gelassen. Er stellte nun scharf, in dem Tone, in welchem er zu befehlen gewohnt war, die Frage an die Ärzte, wieviel Zeit ihm noch zu leben bleibe. Sie waren verlegen, verloren sich zuerst in tröstlichen Ausflüchten, vor dem Blick aber, den er auf sie richtete, erklärten sie dann, daß der Widerstand seines Körpers noch etwa bis zum 7. Dezember dauern könne. «Gut so», antwortete er.

Um Mitternacht brachte ihm der Leutpriester einer nahegelegenen Kirche die Sakramente.

Der Kardinal setzte sich auf in den Kissen. «Hier naht mein Richter», sprach er. «Ich bitte ihn darum, mich zu verdammen, wenn ich jemals anderes bezweckte als das Wohl des christlichen Glaubens und des Staates.» Dann senkte er die Stimme, lehnte sich zurück und sagte zum Priester: «Hirt meiner Seele, ich bitte dich um die Letzte Ölung, sprich zu mir wie zu dem geringsten Sünder deiner Pfarrei.» Dann betete er mit Anstrengung das Vaterunser und sagte das Credo, zuletzt in einem Lispeln, aber bis zum letzten Worte.

Mittwoch, den 3. Dezember, lebte er immer noch, die Ärzte aber zogen sich nun zurück und überließen ihn den Naturheilkundigen. Abends schien er erleichtert, das Fieber sank, er schlief während einiger Stunden. Donnerstag, den 4. Dezember, wurden Flugblätter in der Stadt Paris ausgegeben, die die rasche Besserung im Zustand des Kardinals verkündeten. Der Kranke schien teilnahmslos zu ruhen. Gegen Mittag winkte er seine Nichte, die er sehr geliebt hatte, an sein Lager. «Mein Kind», sagte er zu ihr – er sprach ohne jede Spannung, deutlich und klar –, «mein Kind, jetzt kommt das Ende, deine Güte rührt mich, zieh dich zurück, ich bitte dich darum, damit du das Letzte, Schwerste nicht mitansehen mußt.» Nach diesen Worten verlor er das Bewußtsein, und wenige Minuten später hörte sein Herz auf zu schlagen.

Die Einzelheiten über diese letzte Krankheit wurden am 5. Dezember, also am nächsten Tage, von einem Augenzeugen aufgezeichnet, der das Sterbezimmer während der letzten Krankheit des Kardinals nicht verlassen hatte. Dieser Chronist setzt seinem Berichte hinzu: «So starb in seinem achtundfünfzigsten Lebensjahr dieser große Minister des Königs in seinem Hause, in seinem Bette, fast unter den Augen seines Herrn, nachdem er alle Feinde des Königreiches im Innern wie im Auslande überwältigt hatte. Achtzehn Jahre lang hatte er inmitten von Haß und Verschwörung geherrscht. Nun liegt er aufgebahrt, und eine Menge, jeden Alters und Geschlechtes, die der Palast nicht zu fassen vermag, zieht an dem Entseelten vorüber. Gegen alle Erwartung wird ihm in allen

Kreisen des Königreiches nun nachgetrauert, und plötzlich spüren die bisher mit Blindheit Geschlagenen, welch gewaltiger Mann, welch ein Beschützer in die Stille eingegangen ist.»

Dasjenige, was der Kardinal Richelieu bei seinem Amtsantritt Ludwig XIII. als Programm einst vorgelegt hatte, wurde in den großen und sichtbaren Zusammenhängen, im Jahre nach dem Tode des größten französischen Staatsmannes, durch den Sieg über die Spanier bei Rocroi und bald darauf durch das Niederwerfen des feudalen Aufstandes scheinbar vollendet: durch das Niederwerfen des letzten mit Spanien verbündeten ständischen Widerstandes gegen Zentralisation und Allmacht der französischen Krone.

Richelieus Instrument, Mazarin, hatte das schöpferische Werk seines großen Meisters abzuschließen. Der machtvolle französische Staat schien den Zeitgenossen nun ein für allemal geschaffen. Große, klare Anschauungen lagen seinem innern Aufbau zugrunde. Wenn Heinrich IV. einst noch mit Montaignescher Skepsis einen schwebenden, genial ausgewogenen Zustand der Kompromisse hatte halten können, so waren nach Richelieus Tod die Kompromisse kaum mehr nötig, weder nach innen noch nach außen. Vom Kern aus war Ordnung geschaffen worden. Kühne Vereinfachung, als Zeichen für die Leistung, die auf allen Gebieten des öffentlichen Lebens eingriff, waren innerhalb der geistlichen Bezirke Akademie und Grammatik entstanden.

Es bleibt dahingestellt, wie weit Richelieu, der geniale Realist, der vorsichtige, treffsichere, willensharte und zähe Staatsmann, der Zeit seinen einmaligen Stempel aufdrückte, wie weit die aus der Not der außenpolitischen Einkreisung hinauswachsende Zeit der Religionskriege diesen Mann sich schuf, entsprechend ihrem tiefen Bedürfnis nach Ruhe und sicherer Befehlsgewalt. Wie dem auch sei, das Werk schien gelungen zu sein. Am Ausgang der Richelieuschen Epoche stand Frankreich da als die erste europäische Macht, die im Innern in großen Proportionen und reiner Symmetrie auf den einen Schlußstein, den König hin, angelegt war. Was man gewonnen hatte, war eine Form, was aber zu erhoffen blieb, das war abermals der Geist, der sie auszufüllen vermöge.

Im Beginn der Herrschaft Ludwigs XIV. war der Begriff von der Vollendung und dem Abschluß eines jahrhundertlangen, folgerichtigen und mühsamen Werkes bei den Zeitgenossen so groß, daß er vorerst völlig das Gefühl für Wechsel und Vergänglichkeit verdrängte: Die Sonne, im vollen Strahlenglanze, stand immer im Zenith, als habe Josua ihr abermals Stillstand geboten. Man hielt nicht Ausschau nach neuen aufgehenden Gestirnen, man lebte, wie wenn der König ewig, wie wenn das System ehern und endgültig wäre.

Ludwig XIV., Richelieus und seines Mittlers, Mazarins, Erbe, war in den frühen Tagen seines Lebens auf den Thron erhoben worden. Dann plötzlich, in seinem achten Lebensjahr, wurde er durch den letzten Adelsaufstand – die Fronde – nochmals in Frage gestellt, vertrieben, verfolgt und gefährdet. Über den Riß, der zwischen den beiden Gegensätzen seiner Kindheit klaffte, wölbte sich in seinem späteren Leben der Begriff unverletzbarer Herrlichkeit, jener Begriff der Glorie, auf welchem Ludwig wie auf einem hochgespannten Bogen stand, als die Mitte seiner Welt. Alles überwog dieser Begriff von der Glorie, vom Ruhme in des Königs erster Lebenshälfte, alles, auch die dem König eigentümliche Frömmigkeit, die dann später so völlig spanisch, zeremoniös und düster wie ein Katafalk über seinem Throne sich erhob. Mit dem Begriff vom Ruhm, der nicht den König allein, der vorerst die ganze führende Schicht in Frankreich wie ein Zauber besaß, ging der große Traum der Weltherrschaft einig – Weltherrschaft, jedermanns Ziel und Leidenschaft –, berichtet eine Chronistin aus den Jugendjahren des Monarchen. Die französischen Historiker leugnen diesen Weltherrschaftstraum, nur um das Vorschieben der Verteidigungslinie habe es sich gehandelt, sagen sie. Der Staatskanzler Metternich sollte einst das Wort vom «defensiven Imperialismus der Franzosen» prägen. Jedes der großen kontinentalen Völker hat aus der Tiefe seines Wesens Europa eine neue Ordnung schenken und diese Ordnung behaupten wollen. Jedoch alle Höhepunkte des geschichtlichen Lebens sind kurz. Das Leben bewegt sich schöpferisch fort, ewig von irdischen Schranken zurückgeworfen, muß es zu neuer Überwindung sich sammeln, zu neuen Aufgaben sich emporheben. Es ist aber bemerkenswert, daß jeder dieser Höhepunkte von dem Geschlecht, das ihn erlebte, für Augenblicke als endgültig empfunden wurde: und wenn auch jedesmal Seher und Traumdeuter aufstanden, die im Beginn schon den Untergang voraussagten, so waren doch nur die Gläubigen, die von der Unzerstörbarkeit ihres Werkes Überzeugten, auch dessen wirkliche Schöpfer.

JACQUES BARTHÉLEMY
MICHELI DU CREST

Während drei Jahrhunderten, von der Zeit der calvinischen Theokratie an gerechnet, bildet die Stadt und Republik Genf eines der größten Beispiele ständischen Eigenlebens eines volksschwachen, raumbegrenzten staatlichen Gebildes, das zwischen lauter mächtigen Nachbarn sich durch die Anspannung seines Willens erhält.

Viel hat die Republik einer Gleichgewichtswirkung zwischen den Nachbarn zu verdanken, mehr noch dem eigenen unverrückbaren Glauben an geistige Sendung. Von Genf aus übte man die theologische Vorherrschaft über die reformierte Welt, man begrenzte eigenwillig das eigene Dasein, und in dieser Zusammenfassung und Beschränkung vertraute man auf die Kraft zu internationaler Wirkung, auf jene Kraft, die von Genf aus das calvinische Ungarn wie die Vereinigten Staaten durchdringen sollte. Wie ein Hort wurde das kleine Vaterland mit äußerster Anspannung gehütet; eine ständige Garnison war besoldet, ununterbrochen waren die Tore bewacht, eine halbe Stunde nach Sonnenuntergang wurden sie geschlossen. Nicht allein die Soldtruppe stand bereit, auch Bürgerwehren in Kompagnien eingeteilt, waren gewaffnet und geübt.

Bis zum Ende des 17. Jahrhunderts waren die Alarmnachrichten häufig und begründet. Als 1693 die Franzosen Savoyen besetzt hatten, und die Truppen bis auf eine halbe Meile vor die Stadt Genf schwärmten, wurde der einstimmige Beschluß gefaßt, auf keinen Fall der Übermacht sich zu ergeben, nein, der, welcher zur Nachgiebigkeit raten sollte, müßte festgenommen und verurteilt werden, mit geöffnetem Leib unter dem Galgen zu liegen, dieweil die Gedärme ihm um den Hals geschlungen würden. So finster, von solch inbrünstigem Willen getragen, war das Zusammengehörigkeitsgefühl dieser zu einem geistigen Gebilde um das unergründliche Wesen der Civitas gescharten Generation. Die große Erinnerung damals wie heute war die «Escalade», damals wie heute wurde der Name jener dreizehn Toten verlesen, die den Morgen nach der unvergeßlichen Dezembernacht nicht mehr gesehen hatten.

Solchergestalt geschlossen war man nach außen. Nach innen aber wirkten Gegensätze ausgeprägter Art; der Geist der nachcalvinischen magistermäßig werdenden Reform erzeugte hier eine innenpolitische Kritik, Reizbarkeit, theoretische Leidenschaft der Erörterungen, wie sie kaum ihresgleichen hat; ein Zustand von solcher Dynamik der Spannungen entstand, daß er einem Individuum rufen mußte, welches, in seiner Jugend an der höchsten Gegensätzlichkeit des Besonderen geschult, zur höchsten Wirkung im allgemeinen gelangen sollte: Hier mußte Jean-Jacques Rousseau entstehen, und seine Wirkung war eine Weltwirkung wie diejenige Calvins. Höchst tiefsinnig stehen diese beiden Gestalten zueinander, so, als hätte der eiserne Reformator dem autoritätsfeindlichen Verfechter des Naturrechtes gerufen, als stelle sich dem mystischen Begriff der Erbsünde das zur Mystik des neuen Zeitalters werdende Wort von der natürlichen Güte des Menschen wie eine gefährliche, eine unvermeidliche Antwort entgegen.

Jean-Jacques Rousseau gehörte zu dem sogenannten «Genève d'en bas», dem ein nach dem Beispiel schweizerischer Städtekantone rasch den Aristokratisierungsprozeß vollziehendes Patriziat gegenüberstand. Der Widerstand gegen die Aristokratisierung war die bedeutendste Kraftquelle des innerpolitischen Vorgangs. Schon Pierre Fatio hatte sich gegen die strenge Teilung zwischen Natifs, Citoyens und Bourgeois aufgelehnt; er hatte angekämpft gegen die zunehmende Selbstergänzung des Rates. Nicht als ein Mann des Volkes hatte er gehandelt, sondern als einer, dem die Macht nicht in dem Maß zuteil wurde, wie eine stolze nach Herrschaft dürstende Natur es verlangt. Die Volksrechte waren für ihn ein Mittel und ein Vorwand – gedient aber hat er ihnen doch, als ob sie das Ziel seiner Überzeugung seien. 1707 wurde die von ihm geführte Volkserhebung blutig niedergeschlagen, er selbst wurde enthauptet. Über ihn hinaus aber blieb das Ziel lebendig, das man 1738 und 1768 durch die Mediationen beschränkt und teilweise erreichte; es blieb als Antrieb bestehen und blieb dem genferischen Volk stets erhalten, gewissermaßen als sein eigenster politischer Trieb, als sein Perpetuum mobile. In der gemeinsamen Liebe zur Republik aber waren alle Genfer unverbrüchlich verbunden. Hiezu kam einigend der Druck, die Gefahr von außen. Gerüchte wurden laut: nach den Friedensschlüssen von Utrecht und Baden, die den Spanischen Erbfolgekrieg beendeten, erhielt man die Kunde, um die seit 1712 nach der Schlacht bei Villmergen in ihrer Lebenskraft verminderte katholische Schweiz zu stärken und das schweizerische Gleichgewicht wieder herzustellen, müsse die Waadt den Bernern weggenommen und Genf von Savoyen oder von Frankreich besetzt werden.

Diese Gerüchte, die man sehr ernst nahm, führten nun die Genfer zu einer mit wahrer Leidenschaft betriebenen Erweiterung und Erneuerung ihrer Stadtbefestigungen. Man wollte befestigt sein in jedem Sinne, die Kraft des Symbols hatten diese Bollwerke. Mit angespannten Geldopfern, mit freiwilliger und gezwungener Leistung wurde gebaut. Nur durch beständige Steuererhöhung war das Ziel zu erreichen. Der Fachmann fehlte, der diese Werke mit der größten Umsicht, Raschheit und Sparsamkeit hätte durchführen können. Anderseits fehlte für die Unzufriedenen unter den von den Steuern Gedrückten ein Führer, der ihren Zustand zu nutzen wußte. Beide Eigenschaften nun: die eines glänzenden Fachmannes und scheinbar die eines Führers, sollten sich vereinigt finden in einem jungen Genfer, Jacques Barthélemy Micheli du Crest, der als Offizier in französischen Diensten weilte, und der in dem Zeitpunkt, da der heimatliche Staat seiner bedurfte, zurückkehrte.

Michelis Persönlichkeit ist das Ergebnis einer langen Reihe sozial hochgestellter Geschlechter von eigener, durchgehend sehr ausgesprochener Art. Im 17. Jahrhundert haben die glorifizierenden Genealogen den Stammbaum bis auf die erlauchteste Wurzel fortgesetzt.

Wir können diesen anregenden Phantasien nicht nachgehen, uns auch nicht befassen mit der an überragenden Individuen so reichen frühmittelalterlichen Dogenfamilie der Micheli, auf welche die Tradition den in Lucca und später in Genf blühenden Stamm der Micheli zurückführt. Erwähnt sei nur folgendes: die ununterbrochene Stammreihe beginnt in Lucca im Jahr 1200 mit dem Anziano der Republik Umberto Micheli dei Moccindenti. Nun ist urkundlich belegt durch einen Kaufvertrag im Archiv zu Lucca, daß ein Enkel des Dogen Vitale II., der mit der Tochter des Fürsten

Boemund von Antiochien verheiratet war, im Jahre 1177 ein Grundstück ankaufte. Dieser Francesco Micheli hat dasselbe Wappen wie die spätern Micheli dei Moccindenti, dieselbe schöne Devise «unum domine». Wir finden dieses Wappen bei dem mächtigen Guelfenführer Micheli, dem Todfeind des durch Machiavellis historischen Roman unsterblichen Castrucchio Castracane, und finden es wieder bei den Genfern.

Das Verlassen der Republik Lucca, das Aufgeben von Besitz, Rang und Würde um einer Überzeugung willen, erfolgte unter der Einwirkung einer einzigen mächtigen Persönlichkeit, des Florentiner Augustinerchorherrn, des in Zürich am 12. November 1562 verstorbenen Reformators Petrus Martyr Vermigli, eines Mannes von hoher theologischer und humaner Kultur, der zu seinen Überzeugungen durch die Kreise der Vittoria Colonna in Neapel gelangte, vor allem durch Johannes Valdez, den Verherrlicher der Julia Gonzaga. Nur soviel sei gesagt: Petrus Martyr wirkte während eines Jahres, von 1541 bis 1542, als Prior des Augustinerordens in Lucca; er machte Lucca in dieser kurzen Zeit zu einem italienischen Wittenberg, achtzehn Reformatoren gingen aus seinem Kloster hervor, und die Häupter der ersten Lucchenserfamilien folgten Vermigli, da er sich vor der Inquisition 1542 zur Flucht wenden mußte: ein Pelissari, ein Turrettini, Burlamacchi, ein Calandrini, ein Diotati und ein Micheli – sie folgten ihm zu unbekanntem Ziel und sollten alle in Genf sich wiederfinden, wo sie den Kern jenes von Calvin großzügig kolonisatorisch entworfenen neuen reformierten Patriziates bilden sollten.

Der Chef der Familie Micheli, Francesco Micheli dei Moccindenti Lanfranco, war von der Republik beauftragt worden, Franz I. zum Frieden von Crépy zu «bekomplimentieren»; zehn Jahre später, am 23. August 1555, ernannte die Republik ihn zum Gonfaloniere; die Lehre des Florentiners war aber inzwischen in ihm aufgegangen; am 26. August wurde seine Abwesenheit von Lucca festgestellt, er sollte nie mehr zurückkehren; sechs Jahre später brachte sein in Lucca weiterlebender, dem alten Glauben treu bleibender Bruder Horatio das bei der Flucht Michelis zurückgelassene Söhnchen Francesco nach Genf. Von diesem Sohn stammen die Genfer Micheli ab. In Lucca ist das Geschlecht im 19. Jahrhundert ausgestorben, die Verbindung zwischen den beiden Zweigen der Familie blieb immer aufrecht.

Der große Entschluß: Heimat, Ansehen, ererbten Rang für das Höhere hinzugeben, entsprach einem Zuge geistiger Unabhängigkeit, der diesem Geschlecht durchaus eignet: die strenge Ehre, zur Minorität zu gehören, zeichnet diese Sippe durch die Jahrhunderte hindurch aus: Guelfe unter Gibellinen, Hugenotte unter Papisten, freisinnig unter den Aristokraten und liberal unter den Radikalen, das ist seine Signatur. Die große Zahl hoher Magistraten, die von der Familie den Städten Lucca und Genf geschenkt wurden, bezeugen den vorherrschenden Zug politischer Begabung; die für den Stamm bezeichnende andere Gruppe geistiger Fähigkeiten befindet sich auf dem praktischen, technisch-naturwissenschaftlichen Gebiet. Was bei Jacques Barthélemy vorhanden ist, war in seinen Ahnen lebendig; ein Micheli hat 1527 bei Verona als erster Feldbefestigungen erstellen lassen.

Noch Jacques Barthélemys Großeltern waren reich. Bei ihnen aber beginnt die Abweichung von der Norm, in dieser Generation betritt mit einer Frau, mit Michelis Großmutter, das Fremde, nicht Einzuordnende, das Befremdende diesen engen, streng vorgezeichneten Lebenskreis der Stadt Calvins. Diese Großmutter ist eine Französin, de la Wespierre hieß sie, sie ist die Schwester der Marschallin von Schomberg. Ihre Lebensfrische, ihr unbekümmertes Wesen hatten bis zum letzten Atemzug von der mißtrauischen Strenge der Umgebung nichts eingebüßt. Ihre Konflikte mit der Reformationskammer waren häufig, besonders eine vergoldete Karosse, in der sie mit heiterer Herausforderung zur Stadt zu fahren pflegte, war der Anlaß zu verschiedenen strengen Strafen der Sittenkommission. Sie fiel vollkommen heraus aus allem Gewohnten, ihre mächtige Vitalität überstand den kalten Andrang des Tadels. Die Lebensläufe ihrer sieben Kinder aber schienen der Voraussage von Ahndung und Unheil, wie die selbstgerechte Norm sie äußerte, in vollem Maße recht zu geben.

Vorerst hatte der Aufwand der Französin und die Zersplitterung des Vermögens durch die sieben Kinder die wirtschaftliche Lage der Familie gedrückt. Wir können diese tragische Entwicklung hier nicht verfolgen. Es ist der Jüngste der Familie, Jacques Barthélemys Vater Jacques, der den Tiefpunkt durchhält und das Geschlecht in der Hierarchie des Zeitalters wieder hochführt. Jacques Micheli beginnt seine Laufbahn als Page am Anhaltischen Hof; durch die Hilfe seiner Tante, der Marschallin von Schomberg-Hautcourt, gelingt es ihm, eine Kompagnie im Regiment Besenval zu kaufen. Er führt sein Soldatenleben mit Konsequenz. 1674 schickt ihn der Oberst Zurlauben nach Katalonien, bei einer Belagerung werden ihm Arm und Schulter zerschmettert. Er verläßt den Dienst nicht, sondern geht für vier Jahre in Garnison nach Château Tropette bei Bordeaux.

Viele Züge seines Großmutes, seiner klugen, tapfern und reinen Führung sind uns erhalten.

Mit fünfzig Jahren heiratet er die neunzehnjährige Elisabeth Calandrini. Die Calandrini sind Lucchenser wie die Micheli; ein lateinischer Ernst, in Calvins strengem Umkreis fast starr geworden, zeichnet sie aus, und nach dem Frohsinn der de la Wespierre ist diese Ehe des jüngsten Sohnes eine Rückkehr in die angemessene, die gebilligte Sphäre.

Nach seiner Verheiratung gibt Jacques Micheli den militärischen Beruf nicht auf. Seine Kompagnie ist ein Muster, er genießt jenes im Söldnerstand des Jahrhunderts häufige, traditionelle und väterliche Ansehen bei der schnell wechselnden, häufig ersetzten Truppe, in welcher das oberste Kommando und die Unteroffiziere das Unveränderliche bedeuten.

Michelis ältester Sohn Jacques Barthélemy kommt zur Welt, da der Vater im Felde steht; er folgt auf eine Tochter, die 1689 geboren ist. Die junge Frau wohnt in dem Schlosse Crest mit den Michelischen Geschwistern gemeinsam. Selten und rasch nur kommt ihr Mann auf Urlaub.

Mit neunundfünfzig Jahren überläßt er das Kommando seiner Kompagnie dem nächsten Untergebenen; er bleibt Inhaber, zieht sich aber auf sein Land zurück und wohnt von diesem Augenblicke an auf dem Schlosse Crest mit seiner sich vergrößernden eigenen Familie und seinen Geschwistern. Auf seinen ältesten Sohn Jacques Barthélemy folgt außer der Tochter noch ein zweiter Sohn François.

Jacques Barthélemy, hierin stimmen alle Zeugnisse überein, war in der Unabhängigkeit der Gesinnung der französischen Großmutter ähnlich. Sein Bruder François schlug der Sippe der Calandrini nach. Jacques Barthélemy zeichnete sich aus durch persönlichen Mut, bei einem Sturmangriff in Flandern pflanzte er als erster die Fahnen auf die eroberten Wälle; für ein Duell mit schwerer Verwundung des Gegners wurde er streng bestraft. Sein Geist, vor allem seine Raschheit, machten ihn zur ausgenommenen Figur, weit über Rang und dienstliche Voraussetzungen hinweg war er bei den Vorgesetzten hochgeschätzt. Der Herzog du Maine, Ludwigs XIV. und der Montespan Sohn, der oberste Inhaber der Schweizer Regimenter, schreibt dem jungen Genfer wie einem nahen Freund. «Er ist der erste Kenner des Festungswesens unserer Zeit», sagt er von ihm, «er wird ein anderer Vauban werden.» Der Marschall Puységur stand mit Micheli in naher freundschaftlicher Beziehung, früh hatte er sein ungewöhnliches technisches Können erkannt; er war es, der ihn zu einer theoretischen Arbeit über Brückenbau und über die Strömung der Flüsse anregte. Bei der Belagerung von Philippsburg fragte er ihn um Rat und späterhin äußerte er häufig sein Bedauern darüber, daß dem Rate des Genfers nicht sei Folge gegeben worden. Staunenswert erschien den Vorgesetzten, Kameraden und Bekannten die auf rein autodidaktischem Wege erreichte fachmännische Überlegenheit. Die schweizerischen Chefs und Waffenkameraden behandelten den begünstigten, glänzenden und zu hoher Laufbahn ansetzenden Kameraden mit jener bewundernden Neigung, die am Stolz sich erwärmt und der der Neid doch nicht fremd ist.

Neben Michelis Geburtstag 1690 und seinem Todesjahr 1766 ist das Jahr 1721 festzuhalten, das die Rückkehr des Einunddreißigjährigen in die Heimat bringt, kurz nach dem Tode seines Vaters, dessen Herrschaft Crest er jetzt antritt.

Dieser nur durch drei Generationen von seinen Ursprüngen getrennte Italiener, durch den strengen Entschluß eines einzigen Ahnen aus der Kette der Geschlechter zu tiefgehendem Wechsel gezwungen, hat in den großen Verhältnissen einer der geistvollsten Gesellschaften aller Zeiten, hat in Frankreich wiederum das Blut seiner alten lateinischen Herrenrasse eine jener Wandlungen vollziehen heißen, die die Toten in den Lebendigen auferstehen läßt. Wie Micheli nun mit einunddreißig Jahren in den Rat der 200 gewählt wurde, wie er in die Enge zurück mußte, in das harte Licht der Prinzipien und Probleme, in die von den Nachfolgern des großen Reformators vielfach entgeistigte Welt Calvins, legte er im eigenen Herzen den Grund zu einem unausweichlichen Konflikt mit der Umwelt. «Ich will mich vor allem als Micheli fühlen, dann erst als Genfer», sollte er einmal einem Freunde schreiben.

Micheli kehrte aus Frankreich als einer der ersten Kenner des Befestigungswesens und gewissermaßen als ein Virtuose der damaligen Hochbautechnik zurück. Er brachte seine Kenntnisse in eine Stadt, wo das Befestigungswesen alle Geister beschäftigte, wo ein großer Teil der Einwohner zu Dilettanten der Festungsbaukunst geworden waren. Er trat die in allen Lebenslagen gleich schwierige Stellung des Künstlers unter Dilettanten an.

Das erste aber war der Erfolg und die Bewunderung: Nach zweijährigem Aufenthalt Michelis in Genf 1723 heißt es im Ratsprotokoll:

«On doit beaucoup aux lumières et aux peines infatigables du Sr. J. B. Micheli du Crest, capitaine, qui est d'un grand secours à la chambre des fiefs.»

Eine unentgeltliche Erhöhung des Grundzinses seiner Herrschaft wurde ihm gewährt, ausdrücklich in Ansehung seiner guten und angenehmen Dienste.

Micheli hat in der kurzen Zeit seiner Mitgliedschaft des Rates der 200 das gesamte Vermessungswesen der Republik erneuert, er hat die kartographische Aufnahme des genferischen Gebietes allein nach einer von ihm ausgedachten Methode durchgeführt, in einer Weise, die von General Dufour als unvergleichlich bezeichnet wurde und auch künstlerisch von hohem Wert ist. Später, während seines Aarburger Aufenthaltes, hat er den Plan für eine Landesvermessung der Schweiz entworfen. Michelis Arbeiten über Meteorologie, seine Herstellung perfekt linierter Barometer und exakter, gut vergleichbarer Thermometer, seine umfangreiche Korrespondenz mit zahlreichen großen Naturforschern seiner Zeit waren die reifen Früchte seiner gelehrten Studien.

Was nun das Befestigungswerk in Genf betrifft, so hat Micheli sich schon im Jahre 1716 mit seinem Mitbürger, dem Brigadier Buisson, über einen Befestigungsplan unterhalten, den Buisson gezeichnet hatte; schon da spricht Buisson in einem Brief von der erstaunlichen Kompetenz des jungen Genfers in dieser Materie.

In den Jahren von Michelis erster Genfer Tätigkeit hatten durch allerlei Schiebungen und Begünstigungen ökonomische Gruppen sich des Festungsunternehmens bemächtigt. Ein gewisser des Rocques, ein Stümper, war mit der Ausführung des Planes betraut worden.

Nun geschah, was unvermeidlich war: Michelis Kritik an des Rocques Vorarbeiten war vernichtend und erfolgte von solcher Höhe, mit derartiger Überlegenheit im Ton, daß vorerst der gesamte Rat, völlig unbeeinflußt vom Sachlichen, Front machte gegen einen Mitbürger, der glaubte, in einer solchen Weise auftreten, in solchem Ton sich äußern zu dürfen einem Manne gegenüber, der gleiche Rechte hatte wie er, viele und einflußreiche Verwandte, und den das Vertrauen der Obrigkeit mit seiner Aufgabe betraut hatte.

Micheli lenkte nun ein, er hielt im Rat der 200 eine abgemessene, klug und frei den Gegenstand behandelnde Rede; vor allem, meinte er, müßten die unverhältnismäßigen Ausgaben für den Festungsbau eingeschränkt werden, man müsse das Problem geistreicher fassen, es lösen durch eine feste, weitblickende Obrigkeit, durch Verträge, durch Vermehrung der Einwohnerzahl, Vergrößerung der Stadt, durch bessere Disziplinierung der Jungmannschaften, vor allem durch sparsamen Staatshaushalt und die Anlage eines Staatsschatzes; in allerletzter Linie dann müsse man an Befestigungswerke denken, die nach streng kriegswissenschaftlichen Prinzipien aufgeführt werden müßten, ohne der Stadt die Atemfreiheit zu beschränken. Vom des Rocques'schen Plan setzte er dann allerdings hinzu, er sei die mathematische Resultante aller denkbaren Fehler.

Die Wirkung dieser Ansprache war die, daß sich aus der gegenwärtigen Seigneurie und ihrem Anhang, der um des Rocques gescharten Interessentengruppe und seiner Familie eine völlig unsachliche Gegnerschaft entwickelte, die Micheli sein Auftreten, seinen ungenferischen Akzent, seine parisersche Kleidung zum Vorwurf machte.

Auf der andern Seite aber kamen Micheli die Verhältnisse entgegen. Die immer wiederkehrenden Geldforderungen wurden für die breiten Schichten immer unerträglicher. Die bisherigen

Ausgaben beliefen sich schon auf $1^{1}/_{2}$ Millionen. Die Fehler waren so sehr verfilzt, zwischen Abtragen und Aufbauen war so viel Ungeschicktes angeordnet worden, daß die Stadt eigentlich offen und preisgegeben dalag, daß man überstürzt mit den Arbeiten fortfahren mußte und nirgends einhalten konnte.

Auf Michelis Rede hin wurde ihm nun vom Volke natürlich zugejubelt; zum erstenmal seit Pierre Fatios Tod sah dieses wieder einen, um den es sich hätte scharen mögen. Auch das war nicht gut.

Aber etwas anderes sollte dazukommen, eine Dummheit, ein Studentenstreich, ein Ausfluß des Ärgers und der Langeweile. Micheli, eines Abends auf seinem Schloß, erhielt Besuch von drei jungen französischen Offizieren: die Herren spazierten die zwei schönen Wegstunden mit dem Blick auf den Montblanc bis zum See, nahmen ein Boot, ließen sich zur Stadt rudern, schlenderten herum, tranken da ein Glas und dort eines und stiegen schließlich, da es Abend war, auf den Hügel bei St-Pierre hinauf. Im Hof eines Hauses, das einem Mitglied des Konsistoriums, einem Herrn de Saussure gehörte, stand ein leerer, kleiner Wagen, auf dem ein Gärtner Blumen gebracht hatte. Micheli nahm den Wagen, auf den die Freunde sich setzten, zog sie zum Tor hinaus, nahm dann selbst Platz, und mit der Deichsel zwischen den Füßen rollte er den steilen Weg der Terrasse hinunter, wobei unten an der Corraterie der Wagen in Stücke ging und die drei Freunde sich die Kleider zerrissen. Man denke sich nun, der Karren gehörte einem Mitglied des Konsistoriums und der, der ihn genommen und zertrümmert hatte, war Mitglied des Rates der 200, Kompagniechef, Inhaber von Grundrechten und Grundgerichtsbarkeit.

Wenn man schon vorher an die Großmutter und ihre goldene Karosse erinnert hatte, so gab nun dieser Vorfall Anlaß zu den strengsten Vergleichen.

Eben um den Zeitpunkt war der Rat gezwungen worden, eine Kommission zur Untersuchung der solche Kosten veranlassenden Festungsunternehmung einzusetzen; Micheli hatte man nicht umgehen können; wie er aber in der Kommission seine Meinung vorbringen wollte, wurde er geschnitten – il n'est pas sérieux, sagte man, man hörte ihn nicht an und Micheli wurde gezwungen, im Großen Rat seinen Minderheitsantrag allein zu vertreten.

Hiebei geschah folgendes (und dies ließe sich doch augenscheinlich auf eine große innere Erregung zurückführen): Micheli versagte vollkommen die Stimme, drei-, viermal setzte er an, er konnte kein einziges Wort hervorbringen; der erste Syndikus ersuchte ihn, seine Ansichten in einem Memorial zu begründen und einzureichen;

Micheli nahm an, und jetzt war der Knoten eines Konfliktes mit der Vaterstadt geschürzt.

Wie wir sahen, schon jetzt war der Anlaß zu der plötzlichen Verdüsterung von Michelis Leben nicht mehr in erster Linie in konkreten Meinungsverschiedenheiten zu suchen, sondern schon in jenen Kraftlinien der Antipathie, wie sie manche Gemeinschaft gegen das anders geartete Individuum aus sich heraus zu gewinnen vermag.

Die Schwierigkeit begann im engsten Kreise; alles, was calandrinisch war, hatte sich mit übertriebener Eile abgewandt von dem Sprossen, in dem das Gefährliche der herausfordernden, verschwenderischen Fremden wieder aufblitzte, hatte sich abgewandt von dem, der sich nicht ein-, der sich nicht unterordnen konnte, der auf die ganze Familie ein schiefes Licht zu werfen begann. Man schickte sich an, wenn nötig die Rechte, den Besitz des Erstgeborenen für den zweiten Sohn François zu sichern. Das allgemeine Gerücht seinerseits ergriff wieder die Urteile der Familie, gab sie weiter, vergrößerte und vergröberte sie, die politischen Gegner nutzten die Lage aus. Ein rechtes Kesseltreiben war gestellt und wartete nur auf das Zeichen zum Losbrechen.

Das Zeichen gab wiederum Micheli selbst: In Straßburg, wohin er zu seiner Kompagnie sich begeben hatte, verfaßte er seinen Minderheitsantrag, eine vernichtende Kritik gegen die Kommissionsmehrheit, gegen das Projekt der Festungsingenieure, die genehmigten Entwürfe, die Fehler der Regierung, die gegenwärtige Unsicherheit der Befestigungsanlagen, und schließlich hob Micheli aufs deutlichste die den privaten Unternehmern auf Kosten des Volkes zugute kommende Schleuderwirtschaft hervor. Um, wie er es selbst nach Genf schrieb, nicht von wenigen mißtrauischen Augen gelesen, dann verschwiegen und schließlich in irgendeinem Archiv wirkungslos gemacht zu werden, ließ Micheli sein Memorial in Straßburg druk-ken und sodann in Genf an sämtliche Großratsmitglieder verteilen.

Dem Kleinen und dem Großen Rat erklärte er seinen Schritt in ausführlicher Weise.

Jetzt war er seinen Feinden ausgeliefert. Micheli hatte im Ausland durch ausländische Drucker Staatsgeheimnisse vervielfältigen lassen und hatte die Dokumente, diese Geheimnisse enthaltend, im Herbst 1728 einem unzuverlässigen Kurier, einem Untertanen des Königs, zum Transport nach Genf übergeben.

Sofort nach dem Eintreffen der Sendung erhielt Micheli zwei Briefe, den einen vom Oberstaatsanwalt Franconi, den andern vom Staatssekretär Lecait, die ihm höflich und bestimmt den Tadel der Seigneurie und ihren Befehl übermittelten, wonach Micheli einem eigens nach Straßburg entsandten Herrn de Budé alles in wohlversiegeltem

Paket zu übergeben habe, was er in bezug auf diese Angelegenheit an Plänen, Skizzen und Drucksachen besitze. Budé werde Nachforschungen in der Druckerei vornehmen.

In einem ersten Privatbrief an Franconi weigert Micheli sich, dem Befehle nachzukommen, er stehe allein gegen alle, er könne seine Waffen nicht aus der Hand geben. Franconi übergibt den Brief der Seigneurie, teilt Micheli diesen Schritt mit, und vier Tage nachher erhält Micheli durch Lecait eine Sommation in Form strenger Strafandrohung. – Jetzt wird Micheli nachdenklich und beschließt, bedingt nachzugeben.

Wie Budé eintrifft, übergibt Micheli ihm alle Drucksachen. Man ist nun natürlich in Genf nicht befriedigt, nach wie vor verlangt man Manuskripte, Notizen, Pläne und Skizzen. Jetzt weigert er sich in einem Briefe an Lecait: keinen Fetzen wird er hergeben, man will ihn seines geistigen Eigentums berauben; mit fliegender Hand schreibt er, zitternd augenscheinlich vor Erregung. Auf seine Dienste pocht Micheli, und nochmals brandmarkt er die Machenschaften jener Schurken und Ignoranten, die am Untergang der Republik arbeiten.

Lecait erinnert ihn an den Eid des Gehorsams, den er der Obrigkeit geleistet hat.

Hier wird Michelis individualistisch rationale Geistesart zur Kraft, die ihn ins Unrecht drängt. Stünde er noch im festen Gefüge der damaligen

Zeit, so gäbe es kein Ausweichen, der von Gott gesetzten Obrigkeit hätte er einfach zu gehorchen. Micheli aber beginnt zu debattieren, zwar der Eid, an dem kann er nicht rühren, dieser Begriff ist noch festgemauert in ihm, der Obrigkeit hat er geschworen, aber jetzt stellt er die Frage, wer ist denn meine Obrigkeit? Ist nicht meine Obrigkeit der Generalrat oder gar die gesamte erwachsene männliche Einwohnerschaft von Genf? So weit geht seine Überlegung. Nein, er weigert sich, er gehorcht nicht. Wie ein aus dem Rat der 200 zusammengestelltes Gericht ihn zu 4000 Franken Geldstrafe, dem Verlust der Mitgliedschaft und dem Verlust der Bourgeoisie verurteilt, gibt er keine Antwort und er zahlt nicht.

Die Genfer Universitätsbibliothek besitzt ein Manuskript, einen starken Band Memoiren des Syndic Jean Cramer, der von 1701 bis 1787 lebte, und der täglich in anschaulicher Weise über öffentliche Vorgänge in seiner Stadt Aufzeichnungen macht. Durch diese Memoiren erfahren wir, daß die Stimmung des Spezialgerichtshofes im Beginn des Jahres 1729 ursprünglich nicht schlecht für Micheli war. Eigentlich war man einig, auf die Manuskripte zu verzichten, sich zufrieden zu erklären und mit einer leichten Strafe für die Respektlosigkeiten, die der Widerspenstige sich hatte zuschulden kommen lassen, sich zu begnügen. Die eigentlichen Feinde Michelis, die Leute um des

Rocques verhielten sich still, sie hatten zuviel auf dem Kerbholz; sachliche Anerkennung von Michelis Kompetenz und Lob seiner Leistungen wurden laut. Zwei Faktoren aber wirkten gegen ihn, einmal alles, was mit den Calandrinis zusammenhing; diese wollten den Unbequemen auf alle Fälle los sein, sie schürten, sie brachten Material bei, Zeugen, die aufrührerische Gespräche gehört hatten, sie lieferten intime Briefe, kurz, versuchten, den Mann, der nicht von ihrem Schlage war, aus seinem Erbe zu verdrängen. Micheli wußte es, und er litt darunter, und in diesem Zusammenhang tat er das andere, was seine Genfer Freunde zum Schweigen brachte: er vertraute sich im Jänner 1729 seinem väterlichen Gönner und höchsten Vorgesetzten, dem Herzog du Maine; bewegt schilderte er ihm seine Lage, gab auch ihm eine Darstellung von der Genfer Mißwirtschaft, und vor allem rückhaltlos äußerte er sich über die Treibereien seiner Verwandten mütterlicherseits. Die Antwort des Herzogs ist ein schönes und wahrhaft fürstliches Dokument. Er schreibt eigenhändig, in der ganzen Sache sei nichts zu diskutieren, wie auch die Voraussetzungen lägen, Micheli habe vor allem andern und ohne jede Widerrede seinen Obern zu gehorchen; was dann das Persönliche betreffe, so möge er nach Annahme aller Bedingungen und jeder Strafe, wie sie auch falle, für einige Jahre die enge und seinem Ausmaß nicht entsprechende Heimat verlassen, und er möge seine großen Fähigkeiten wieder in den Dienst Frankreichs stellen, er werde ihm jede Förderung zuteil werden lassen. Micheli sei einer der besten jungen Offiziere der Armee, er könne zählen auf ihn; daß er aber in Genf für ihn interveniere, davon sei keine Rede, niemals würde er sich in die Angelegenheit einer fremden Regierung mischen, niemals einen Untertanen im Widerstand gegen seinen von Gott gesetzten Herrn schützen. Der Herzog aber versuchte dennoch, unter der Hand für Micheli eine milde Strafe zu erwirken; er ließ verschiedene einflußreiche Persönlichkeiten wissen, welch große Stücke er auf Micheli halte und wie sehr er von dessen reinen Absichten überzeugt sei. Théllusson, der Gesandte der Republik in Paris, berichtete erregt über diese fremde Einmischung, er bauschte sie auf, er erwartete politische Verwicklungen, sprach von Konspiration, und dieses, das zweite, war nun völlig dazu angetan, die Lage Michelis endgültig zu verschlechtern. Auch von anderer Seite kamen aufreizende Berichte, die schweizerischen Vorgesetzten Michelis, hieß es, machten Stimmung für ihn in Bern und Solothurn. Michelis Dienstkamerad Erlach hatte die Genfer Regierung in einem Klub, der sogenannten «Grande Société», in Bern, eine abgefeimte Krämerbande genannt. Unter diesen Voraussetzungen wurde das Urteil gefällt und genehmigt.

Am Tag, da das Urteil bekannt wurde, erklärte sich das Volk für Micheli: Es gab Straßenaufläufe, Magistrate wurden beschimpft, eine Karosse bewarf man mit Kot. «On a pourtant cru», schreibt Cramer, «que le jugement tendait à affermir le gouvernement, à conserver la dignité des conseils et à effrayer ceux qui voudraient commettre un semblable cas.»

Michelis Unfähigkeit, dem Anschein sich zu bequemen, das formale Recht auf seine Seite zu bringen, hatte ihn dahin geführt, wo er nun stand. Er zog keine Lehre aus dem ihm Widerfahrenen, dieselben exakten Methoden, die er auf seine wissenschaftliche Arbeit anwandte, wandte er in starrer Weise auf das Leben an. Er hat von dieser Lebenswende an den ganzen Verlauf seines Ergehens dem Zwang seiner psychologischen Gegebenheiten überlassen, er hat nie etwas hinzugelernt.

Er zog nun nach Paris; es gelang ihm, durch einen Vertrauten seine nicht im Grundbesitz festgelegten Vermögenswerte hinauszubekommen, und da er seine Strafe nicht zahlte, wurde das Schloßgut Crest sequestriert. Dies aber kümmerte ihn wenig; solange der Sequester auf dem Gute lag, konnte das Gut, konnte die Herrschaft nicht auf seinen Bruder übertragen werden; auch fehlte dem Bruder das Betriebskapital. Die großen Verhältnisse, in welchen Micheli in Paris lebte, bestärkten ihn in einem wegwerfenden Trotz gegenüber den heimischen Mächten; geschätzt und allseitig verwöhnt, benahm ihm seine Lage den Blick für die heimischen Maße. «Was sind mir schließlich», schrieb er an Erlach, «diese paar hämischen Herren, die ihre Unfähigkeit, ihre unreinen Motive mit dem Pochen auf Autorität zu übertönen suchen.» So unbescheiden nun schreibt nur einer, den ein tiefer Verdruß bedrängt, und wenn man sich diese glänzende Figur vorstellt, diesen noch jungen Mann, von dem der Maler seines Porträts sagte, er hätte ausgesehen wie ein junger Apoll, wenn man zu dieser Fassade eines reichen und glänzenden Lebens auch den starken und kühnen Bau der unentwegt fortschreitenden wissenschaftlichen Lebensleistung nimmt, so erscheint dieses bis zu koriolanischem Haß gegen die Heimat sich steigernde Heimweh wie eine Krankheit, und unheimlich diese Liebe zur Heimat, die, nach einem der einfachsten Gesetze des menschlichen Gemütes sich verwandelnd in ihr Gegenteil, ihm keinen Augenblick der Ruhe, keinen frohen Moment mehr läßt und die ihn endlich zwingt, alles zu verlassen, zurückzukehren und seinen Konflikt neu zu entfachen. Man hatte ihm in Paris eine Lehrstelle für Physik angetragen. Réaumur hatte ihn aufgefordert, auf seinem Gute La Bermoudière zu leben und sich dort mit ihm physikalischen Studien, vor allem der Herstellung vervollständigter Barometer, zu widmen. Der Herzog, sein Gönner, hatte ihm ein hohes Kommando in Aussicht gestellt. Es ist geschrieben worden, Geldsorgen hätten Micheli in die Heimat zurückgetrieben; das ist unrichtig, er lebte eingezogen, sein Einkommen war genügend, niemals machte er Schulden. Nein, andere Kräfte waren am Werk. Nochmals nimmt er die alte, schon verstaubte, seine Pariser Umgebung wie eine Bagatelle anmutende Sache auf. Er richtet ein ausführliches Schreiben an den Herzog; um endlich alles in ein rechtes Licht zu bringen, gibt er mehrere Auszüge aus seinem gedruckten Memorial, und er schildert die Vorgänge im Rate der 200 und in den Kommissionen. Der Herzog wirft die Schrift weg und sagt zu seinem Sekretär, der es dem Gesandten Théllusson berichtet: «Sollte wirklich dieser verstandesklare, nüchterne und mutige Offizier ein Querulant, ein Narr geworden sein?» Er läßt ihn kommen, befiehlt ihm, das Vergangene jetzt fallen zu lassen, seinen Frieden mit der Heimat zu machen, dann zurückzukehren und eine ausfüllende, produktive dienstliche Tätigkeit zu ergreifen. Da geschieht das Unerwartete: Micheli greift sich mit beiden Händen an den Kopf, stampft vor der fürstlichen Persönlichkeit, seinem höchsten Vorgesetzten, auf den Boden und stürzt ohne Gruß, Unverständliches vor sich hinmurmelnd, aus dem Zimmer.

Der Herzog läßt Théllusson kommen: «Der Mann ist krank», sagt er ihm, «laßt Milde und

Nachsicht gegen ihn walten, ihr verliert eine große Kraft für eure Republik und einen Untertanen von glühender Vaterlandsliebe.» Théllusson aber meldet nur: «Der Herzog gibt Micheli auf, er hält ihn für verrückt», und wenn wir von du Maines Sekretär Petion nicht einen direkten Bericht an Micheli hätten, der die Unterhaltung mit dem Genfer Gesandten wörtlich wiedergab, so stünde die wegwerfende Äußerung, die Théllusson berichtet, in schneidendem Kontrast zu den Briefen, die der Herzog immerfort bis kurz vor seinem Tode im Mai 1736, auch aus der Zeit, da er durch die Cellamareverschwörung in Sceaux als Verbannter weilte, immer wieder mit nie ermüdender Fürsorge schrieb. Auch dann noch blieb er ihm treu, als alle Freunde sich befremdet mit Angst und Mißbilligung von Micheli abwandten, das heißt nach dem 24. April 1731, dem Tage, an welchem der erste Syndic von Genf dem außerordentlich versammelten Rate der 200 mitteilte, es sei eine Verschwörung gegen die Sicherheit des Staates aufgedeckt worden, in deren Mittelpunkt Jacques Barthélemy Micheli stehe.

Was war geschehen? Der lang gesuchte und endlich gefundene Ausweg war von Micheli begangen worden, er hatte es unternommen, nicht nur an den Generalrat, sondern – ein im Jahre 1731 unerhörtes Unterfangen – an die Volkssouveränität zu appellieren. Zu diesem Zweck hatte er sich mit einigen jungen Leuten von unzufriedener und kühner Gesinnung in Verbindung gesetzt. Zuerst wurde sein Briefwechsel mit einem gewissen Lenieps, einem jungen Bankier, aufgefangen. Die ersten Briefe enthielten nichts als Rechtfertigungen allgemeiner Art. Sodann aber, und hier liegt nun der Nerv der ganzen Sache gleichsam bloß, zum ersten Male machte er hier die Feststellung, sein zuständiger Richter sei weder der Kleine Rat noch der Rat der 200, noch irgendein aus diesen Behörden gewonnenes Gericht, sondern einzig und allein das souveräne Volk.

Seit Pierre Fatios Tod hatte niemand mehr gewagt, an diesen unheimlichen, von unabsehbarer Gewalt und Zukunft erfüllten Begriff zu rühren.

Lenieps, der in einer ebenfalls aufgefangenen Antwort Micheli Entgegenkommen gezeigt hatte, wurde eingekerkert und peinlich verhört. Ein Freund Lenieps, der im Geheimnis war, Joli, entfloh. Andere Genfer, die zur selben Zeit Privatbriefe von Micheli erhalten hatten, trugen diese als einen unheilbringenden, unreinen Gegenstand dem Kleinen Rate zu und sagten sich los von dem Wahnwitzigen. Die Prozedur wurde beschleunigt; diesmal ging Michelis Verurteilung auf lebenslängliches Zuchthaus und den Verlust aller seiner gegenwärtigen und zukünftigen Güter. Lenieps und Joli zahlten hohe Geldstrafen, und sie wurden lebenslänglich verbannt. Ausführliche Berichte über das Verbrechen wurden an Zürich und Bern gesandt; gegen die Grundfesten der Ordnung habe er sich vergangen, hieß es hier, und wie ein vorahnender Schauer floß das Unerhörte über das scheinbar so wohlbegründete Bestehende hin.

Auch der Siegelbewahrer der französischen Krone wurde unterrichtet und ebenso der Herzog.

Von diesem Augenblicke an stellte du Maine jede Intervention beim Genfer Vertreter ein. Micheli mahnte er mit Strenge zur Abbitte. Im übrigen aber besaß er die Weite des Blickes, die ihm erlaubte, am Standpunkt festzuhalten, daß Michelis dienstliches Verhältnis durch die Genfer Angelegenheit nicht betroffen sei.

Es ist bestimmt auf des Herzogs Einfluß zurückzuführen, wenn Micheli vom Augenblick seiner zweiten Verurteilung bis zum Jahre 1735 sich ruhig verhielt. Das einzige, was er unternahm, war die Konsultation von vierzehn bekannten Pariser Advokaten, die ihm sein vollkommenes Recht bestätigten; sie erklärten seine sukzessiven Verurteilungen aus drei Gründen für null und nichtig: erstens weil sie vom Rat der 200 ausgegangen seien, der einen Rechtsfall an sich gerissen habe, der nur dem Kleinen Rat zur Beurteilung unterstehe, zweitens weil nur der Generalprokurator für Kriminalprozeß zuständig sei, drittens weil du Crest von seinen Gegnern sei beurteilt worden, das heißt durch Mitglieder der Fortifikationskommission, da man doch so weit hätte gehen müssen, selbst deren Verwandte zum Austritt zu veranlassen. Die Advokaten erklärten, da der Rat der 200 durch sein Urteil die Grundgesetze verletzt habe, verlange die Rechtslage den Appell an den Generalrat. Außer diesem ersten Gutachten holte sich Micheli auch den Rat des großen Groninger Professors Barbeyrac ein. Dieser letztere aber war in derselben Sache von der Genfer Seigneurie befragt worden, und er hatte sich zu deren Ansicht erklärt.

Im übrigen lag nichts an diesen juristischen Entscheiden. Eine starke praktische Gegnerschaft hätte Micheli im Beginn der Krisis einen Formfehler vorwerfen können, jetzt aber hatte er sich nicht an der Form allein, sondern auch am Inhalt der staatlichen Ordnung vergriffen.

Und nichts gleicht der Empfindlichkeit korporativer Souveräne, und an leicht verletzbarer Würde gab die Genfer Seigneurie den Obrigkeiten der Schweizerstände nichts nach. Micheli hatte nicht gehorcht, sein Ton war respektlos, dies allein genügte, um seinen Fall aussichtslos zu machen. Sodann: in den Stadtaristokratien des vorletzten Jahrhunderts war jede Form von politischer Ideologie dazu angetan, ihren Träger innerhalb der Gemeinschaft zu verdächtigen. Daß Micheli bei Pufendorf und seinen französischen Nachahmern gelernt, bei dem Genfer Burlamacchi zweifellos liberal anmutende Gedankengänge erlebt und diese mit der aus Plutarch gewonnenen Stimmung heroisiert hatte, dies ließ ihn zur herrschenden Umwelt in Gegensatz treten; daß er seine Anschauungen aber polemisch verwendete, dies machte seinen Fall unverzeihlich. Auch der große Staatsrechtslehrer Burlamacchi vertrat Theorien, die dem geltenden Obrigkeitsbegriff gefährlich werden konnten. Micheli aber versuchte diese Theorien praktisch anzuwenden.

Als Tätiger plötzlich von hemmendem Mißgeschick umstellt, wandelte er seine Tatkraft in grüblerisches Denken und dachte dann so weit, daß er über die geltende Wirklichkeit hinausdachte.

Er begann zu schreiben und zu veröffentlichen, immer in der eigenen Sache, ein ganzes paranoisch anmutendes System des Verfolgtseins legte er sich zurecht, und fortan stand er unentrückbar unter diesem finsteren Gesetz. Gegen jede neu an ihn herantretende Lage schrieb er seine Argumente, und durch seine ganzen kommenden Jahre hindurch war jede seiner Äußerungen eine Form der Selbstverteidigung. Politisch interessierte ihn alles nur noch in bezug auf seinen eigenen Fall. Immer suchte er die Öffentlichkeit als Richter auf; dies beginnt schon in der zweiten Phase des Konflikts.

Die in Köln 1731 erscheinende Verteidigungsschrift Michelis goß Öl ins Feuer, und vor allem ihre Adressierung an Citoyens und Bourgeois wurde als schwerste Herausforderung betrachtet: hier war diesmal im Angesicht von ganz Europa an das Grundprinzip gerührt.

Als der Nachfolger Franconis, der Genfer Generalprokurator Laurent, am 21. Mai 1731 die Kölner Relation beantwortete, verhielt Micheli sich zwar, vom Herzog gehalten, still, aber er begann Material für einen endgültigen Vorstoß zu sammeln; wie sodann die Parteikämpfe in Genf wieder aufflammten, die eigentliche Linke, die sich um Fatio und Micheli gebildet hatte, die Partei der sogenannten Tamponneurs, Zugang aus dem beweglichen Camp volant erhielt und vorging gegen die Partei, die man «Parti de la loi» nannte, da hielt Micheli den Augenblick zum Handeln für gekommen. Da ihm kein Freipaß nach Genf gewährt wurde, begab er sich nach Château-Blanc in der Nähe seiner Vaterstadt. Sein Erfolg war mächtig, 700 bis 800 Genfer in wenig Tagen strömten zu ihm hinaus, begrüßten ihn wie ihren Retter und trieben ihn vorwärts. So schrieb er denn die Requêtes, in welchen er die Volkssouveränität postulierte, in seinem Postulat viel weiter gehend, als einige Jahre später der unglückliche Henzi.

Wie diese Flugschrift in Genf verteilt war, drohte der Aufruhr in hellen Flammen auszubrechen. Jetzt mußte die Regierung einen starken Schlag führen, um sich des ebenso zähen als gefährlichen Gegners zu entledigen.

Michelis Gegner trieben jetzt zu unnachsichtiger Strenge. Keiner der Freunde trat mehr ein für ihn. Einzig seine greise Mutter hatte diesmal Mitleid mit ihm; sie schrieb an den Herzog, den sie um rasches Eingreifen ersuchte. Der alte Krieger aber konnte und wollte nichts mehr aufhalten. Er hatte den Glauben verloren, daß dem an seiner Manie Haftenden noch irgendwie zu helfen sei, und er stand auch vor dem Tode in diesem Jahr 1735.

Und die Regierung handelte rasch. Die Schrift wurde sofort verboten und konfisziert, eine zweite, die Micheli nachfolgen ließ, desgleichen. Vom 6. bis 8. November wurde beraten und dann das Urteil gefällt: Mit dem Schwert soll Micheli vom Leben zum Tod befördert werden, denn er hat die Gottesfurcht verloren, die vaterländischen Pflichten vergessen, eine Majestätsbeleidigung höchsten Grades begangen, das Gesetz, den Souverän, der es erlassen, die Magistrate, die es wahren sollen, hat er angegriffen, er hat es unternommen, das Staatsgrundgesetz zu brechen und einen Aufstand anzustiften, alles seit Jahren vorbedacht und gefährlich durchgeführt. Was seine Schriften betrifft, so müssen sie, bevor der Todesstreich erfolgt, zu seinen Füßen vom Henker verbrannt werden.

Die Sentenz wurde öffentlich verlesen unter starken militärischen Schutzmaßnahmen; am 8. November wurde die symbolische Enthauptung vollzogen. Während nun in effigie sein Haupt vom

Rumpfe getrennt wurde, stand Micheli ohne den geringsten mystischen Schauer mit der Uhr in der Hand auf einer kleinen Anhöhe nahe der Grenze der Republik; er sah auf die Uhr, und in dem Augenblick, da der Streich fallen mußte, fuhr er sich lachend mit der Hand über den Nacken. Dann kehrte er in sein Château Vieux zurück, wo er eine neue Schrift gegen die Tyrannen verfaßte. Der mit der Verteilung sich Befassende wurde gefangengesetzt und bestraft.

Jetzt stand das Volk auf; tausend Mann befreiten am 2. Dezember die Gefangenen, und umjubelt von der Menge verkündete ein gewisser de Luc, man habe Micheli Unrecht getan, das Urteil verstoße gegen die Grundgesetze. Schon glaubte die Regierung, es nicht mehr verhindern zu können, daß Michelis Sache vor den Generalrat komme, und kaum war diese Einsicht erlangt, schien die Lage schon so gespannt, daß man riet, Micheli in die Stadt kommen zu lassen, um ihn an die Spitze des Aufstandes zu stellen. Eine geheime Abordnung der Regierung wurde zu Micheli gesandt.

Und nun geschah das Allerseltsamste dieser merkwürdigen Laufbahn: Micheli sah die Regierung der Vaterstadt bedroht, seinen eigenen Sieg greifbar, sein Recht auf dem Wege; eben noch hatte man durch einen Spruch von äußerster Härte schrecken wollen, jetzt zitterte man selbst.

Und nun plötzlich lag Micheli nichts mehr daran, weiteres zu erreichen, die Stadt hatte seine Kraft gespürt, er hatte genug. Zwei neue Pferde schaffte er sich an, und er verritt nach Paris. Seinen Freunden aber schrieb er, sie möchten den Kampf aufgeben, sie möchten es mit friedlicher Überredung versuchen, und so brach der Kampf in sich zusammen.

Erst 1738 gelang es den französischen und eidgenössischen Gesandten, eine Vermittlung zwischen den sich befehdenden Parteien zustande zu bringen. Und als eine allgemeine Amnestie erlassen wurde, glaubte auch Micheli, nun endlich zu seinem Recht zu gelangen, besonders, da im Andenken an den Herzog Amelot und Lautrec, der Gesandte des Königs in Genf, sich seiner angenommen hatten. Der Rat war auch durch die Bemühungen Lautrecs so weit gekommen, daß eine Begnadigung unter der Bedingung möglich schien, daß Micheli sein Unrecht öffentlich eingestehe. Unter dem Einfluß seiner Freunde, wie er mehrfach schreibt, wäre er zu beidem bereit gewesen. Leider mischte seine Familie sich in einer Weise in die Angelegenheit, die bewirkte, daß die Behörden von Micheli ein öffentliches erniedrigendes Schuldgeständnis verlangten. Das war bei Michelis Charakter undenkbar, und von denjenigen, die seine Rückkehr aus Interesse nicht wünschten, war die Klausel psychologisch klug berechnet.

Von nun an bis zum Jahre 1741 lebte Micheli in

Paris in einer ununterbrochenen Anspannung wissenschaftlicher Arbeit. Er teilte seine Tage in das Studium seiner eigentlichen Fächer und in vielfältige Forschung nach einer idealen Staatstheorie. Vom Sommer 1739 an begann er wieder vorsichtig mit Genfern zu korrespondieren. Es ist in etwas romantischer Weise geschrieben worden, bei der Enthauptung Michelis in effigie im Jahre 1735 habe ein junger blasser Mensch mit durchdringenden dunkeln Augen sich unter den Zuschauern befunden; gemeint ist Jean-Jacques Rousseau, der aber vom Jahre 1732 bis 1737 bekanntlich auf den Charmettes bei Frau von Warrens weilte. Hingegen wissen wir durch eine Stelle der «Confessions», daß Rousseau die Schriften Michelis bekannt waren, und sicher ist, daß der große aufwühlende und die Feste der alten Welt lösende, in die Zukunft wirkende Denker und dieser eigentümliche Micheli im selben Kraftfelde standen und verwandte Züge trugen, einen gewissen Zug der Respektlosigkeit vor allem. Und doch behielten sie beide zutiefst einen unverwischbaren Unterschied, wie er ihrem gemeinsamen und doch verschiedenen Ursprung eignet: «Genève d'en bas» und «Genève d'en haut»; denn wenn wir näher hinschauen, so ist Micheli wohl ein Liberaler «avant la lettre», weil er das individuell als richtig Erkannte gegen das vom Souverän oder von der Mehrheit als richtig Behauptete verteidigt. Seine

Proklamierung aber der Volkssouveränität entspringt bei ihm ebensowenig wie bei Fatio einem Glauben an die Menge; auch er braucht sie als Machtmittel, nur um seine persönliche Freiheit und Geltung zu behaupten. Wenn wir in die Aufzeichnungen hineinschauen, die Micheli auf der Flucht im spätern Verlauf seines Lebens auf die Rückseite eines Kartenspiels in den neuenburgischen Wäldern schrieb, so finden wir folgende Maxime: «Die Einrichtung adeliger Familien in den Republiken ist ein Vorzug, der nicht nur auf Verstand und Gerechtigkeit aufgebaut ist, sondern vor allem ein großer Vorzug für den Staat; sie verleiht ihm sein eigentliches Ansehen, nach außen und nach innen schafft sie Leute, die geeignet sind, das Vaterland von der Tyrannei zu befreien, von wo immer sie komme.»

Das könnte von einem vornehmen Whig aus dem Beginn des letzten Jahrhunderts gesagt sein, und auf diesen Typus führt Micheli hin, auf den stark repräsentativen, gelehrten freisinnigen und zugleich sehr aristokratischen Typus des Genfers aus dem Beginn des 19. Jahrhunderts, wie der englische Einfluß ihn schuf.

Abseits nun von solchen Betrachtungen ist die letzte Phase des Konfliktes aufzuzeigen. Nochmals litt es Micheli nicht in der abermals gesicherten Existenz, nochmals plötzlich erfaßte es ihn und trieb es ihn weg am 2. Juli 1744: Nachdem er den

Schlaf verloren hatte und die Spannkraft des Gedächtnisses, brach er plötzlich vierundfünfzigjährig nach der Heimat auf und beschloß, das Eintreten der protestantischen Stände für sein Recht zu erwirken. Er begab sich nach Zürich zum Bürgermeister Escher. Zürich erinnerte sich der alten Sache, die ihm Genf geschrieben hatte. Zwei Tage war Micheli in Zürich, dann wurde er ausgewiesen. Entmutigt fuhr er nach Basel, dort erkrankte er, blieb den ganzen Winter unbehelligt im Hotel «Drei Könige», er hielt sich fern von jeder politischen Tätigkeit; bald bekam er Kontakt mit seiner Umgebung, und in dem Unglück dieses einsamen und gehetzten Lebens scheint kaum etwas mehr die Quelle stärkerer Freude und Anregung gewesen zu sein als die persönliche Berührung mit Daniel Bernoulli. Aus Michelis Schrift «Persécutions de Bâle» geht hervor, daß Micheli von Basel aus an Bern und Zürich gedruckte Memoriale abgehen ließ. Im Sommer 1745 nun darauf bedacht, endlich mit den Verwicklungen seiner Jugend ins reine zu kommen, erbat Micheli sich vom Basler Rat ein Zeugnis, daß er sich während seines ganzen Aufenthaltes ruhig verhalten und daß er nichts gegen den Staat unternommen habe. Basel, dadurch aufmerksam gemacht, frug nun in Bern an, warum Micheli in Bern eigentlich des Landes verwiesen sei. Die Antwort lautete, er verteile Memoriale. Gleichzeitig teilte Bern den Genfern mit,

Micheli sei in Basel. Wie nun die neue in Basel gedruckte Publikation erschienen war, verlangte Bern am 25. August 1745 von Basel Michelis Verhaftung. Micheli erhielt Kenntnis von diesem Vorhaben, und in den frühen Morgenstunden des 26. verließ er heimlich die Stadt unter Zurücklassung seiner Habseligkeiten; drei Barometer, die er für Bernoulli anfertigen wollte und die er während Monaten in Arbeit hatte, zertrümmerte er. Er floh nach Straßburg. Dort von seinen Bekannten kalt aufgenommen, begab er sich nach Neuenburg. Er versteckte sich in Scheunen, nächtigte im Wald. Schließlich wurde Militär ausgeschickt, und Micheli wurde an Bern ausgeliefert. Neuenburg verwandte sich dafür, daß er in Bern bleibe und nicht der Rache der Genfer überlassen werde. So geschah es; zuerst hielt man ihn in strenger Haft im Spital, niemand durfte ihn anreden, er erhielt weder Feder noch Papier.

Sodann wurde sein Fall verhandelt, und man beschloß, Micheli lebenslänglich auf der Feste Aarburg auf eigene Kosten zu internieren, da er ein schwerer Staatsverbrecher sei. Briefe konnte er nur auf Ratsbeschluß hin auf einem ihm gütigst zur Verfügung gestellten Bogen Papier beantworten.

Im Juni 1747 kam Micheli in Aarburg an. Er wurde zuerst miserabel untergebracht in einem feuchten Loch. Dann ward die Haft leichter, er speiste von der Tafel des Kommandanten Koch oder im Hotel Falken. Oft jagte er in großer Gesellschaft mit dem Kommandanten May und dem Landvogt von Wattenwyl-Lenzburg. May zeigte ihm den Weg, auf dem er entfliehen könne. Aber Micheli antwortete, er sei im Recht, er werde sein Recht beweisen, er sei kein Abenteurer. Nur etwas verlange er, daß man ihn nach Bern zurückkehren lasse, er wolle dort seinen Fall vertreten. Man willfahrte ihm; sein alter Dienstkamerad Erlach und der erwähnte Wattenwyl wirkten darauf hin; abermals wurde er im Spital interniert, man verlangte von ihm die schriftliche Zusicherung, daß er keine politischen Gespräche führen werde; er zögerte anderthalb Monate, dann unterschrieb er, und von jetzt an lebte er wie ein freier Mann. Abends um zehn Uhr mußte er im Spitalgefängnis sich melden, im übrigen konnte er innerhalb der Mauern der Stadt gehen, wohin er wollte. Er durfte sogar einen Kammerdiener halten.

Man fing an, sich für seinen Fall zu interessieren; eine Gruppe bildete sich, die zu seinen Gunsten auf Genf einwirken wollte, und es fällt in die Zeit dieser Entwicklung, daß sein Vetter Calandrini der Berner Regierung einen ausführlichen Bericht über Michelis gefährliche Theorien und Machenschaften zukommen ließ. Aber auch solches wäre wohl mit der Zeit wirkungslos geworden. Es regte sich beinah etwas wie kollektives Mitleid, eine in der Welt seltene Erscheinung. Man stand im Jahre 1749. Die Henzi-Verschwörung erfolgte für manche der Berner Regenten völlig unerwartet, wie ein Blitz aus heiterem Himmel und als ein Vorbote viel schwerer Wetter. Nach der Verhaftung von Henzi, Fueter und Wernier sagte letzterer unter der Folter aus, was kein Mensch erwartet hatte: Micheli sei der Anstifter der Unternehmung – man habe ihn für den Fall des Gelingens als Führer ausersehen gehabt. Henzi belastete Micheli nicht. Fueter deponierte, Micheli habe zu Henzi gesagt, er sei völlig dagegen, daß man zu den Waffen greife oder irgendwelche Gewalt anwende, es handle sich darum, durch die Kraft der Überzeugung zur Macht zu gelangen. Nach der Hinrichtung Henzis, Fueters und Werniers rettete diese Aussage Micheli das Leben. Bei Behandlung seines Falles machten sich drei Meinungen geltend: die erste verlangte die Ausrottung dieser Pest, von der man die Welt endlich befreien müsse, die zweite heischte, es müßten ihm die Daumen an beiden Händen abgehackt werden, damit er nicht mehr schreiben könne, die dritte bestand auf seinem Rücktransport nach Aarburg, wo er bis zu seinem Lebensende zu bleiben habe. So kam er nach Aarburg zurück. Ein Jahr nach seiner Rückkehr begann seine Haft wieder leichter zu werden; unablässig von diesem Zeitpunkt an setzte seine Arbeit wieder ein. In dieser letzten Zeit seines Lebens, von 1749 bis 1766, dem Todesjahr, entwarf er das erste geometrische Alpenpanorama, das in der Schweiz und überhaupt gezeichnet worden ist. Da man ihm lange die Benützung von Instrumenten nicht gestattete, benützte er für die ersten Versuche eine alte Dachrinne, an deren äußerem Ende er eine halbmondförmige Holzscheibe mit eingezeichneter Skala angebracht hatte; das andere Ende setzte er wie ein Fernrohr ans Auge.

Über Politik sprach er nicht mehr. Ein Jahr vor seinem Tod schrieb er an den ihm nicht bekannten Sohn seines Bruders, Jean Louis Micheli, einen Brief, in welchem er ihm sagte, die ganze politische Weisheit liege darin, daß man frei und unbeeinflußt, ohne Koterie, ohne Partei seiner eigenen Wahrheit und Erkenntnis gemäß handle und den andern auf seinem Wege gelten und sich entwickeln lasse. Jeder höhere Mensch müsse so denken. Fünfundsechzig Jahre später sagte Goethe zu Soret: «Der wahre Liberale ist derjenige, der versucht, das Möglichste zu erreichen, ohne mit Feuer und Schwert gegen scheinbare oder wirkliche Schwächen vorzugehen; er versucht es stets in ruhiger Weise, aus dem Guten das Bessere zu gewinnen.»

Im Dezember 1765 erhält der Kommandant von Aarburg Befehl, Micheli in einem Zimmer ohne nasse Wände unterzubringen. Im Jänner 1766 erwirkt sein Neffe Jean Louis die Erlaubnis, den alten Oheim zu besuchen. Micheli empfängt ihn aufs gütigste, und als hätten seine Verwandten ihn nicht bürgerlich tot erklären lassen, um seinen Besitz auf ihre Seite zu bringen, setzt er den Neffen zu seinem Generalerben ein. Der Neffe hinwiederum richtet eine Supplikation an die Berner Regierung, um endliche Freilassung des von Alter und Krankheit gebrochenen Oheims zu erwirken.

Im Testament Michelis, das in seinem unwandelbar klaren, konzisen Stil abgefaßt ist, erklärt er den Neffen der Erbschaft würdig, weil das römische Recht, an das man in Genf sich halte, nur diejenigen Verwandten ausschließe, die nicht die nötigen Versuche unternehmen, ihre Angehörigen aus der Gefangenschaft zu befreien.

«Je donne donc à mon dit neveu l'aîné tout mon bien et prie Dieu qu'il lui soit propice et qu'il veuille le bénir de Son Saint Esprit afin de pouvoir être par lui conduit dans les divers accidents de cette vie.»

Micheli erhält die Erlaubnis, Aarburg zu verlassen; am 10. März 1766 reist er nach Zofingen; er ist zu schwach, um weiterzufahren, und am 29. März, in großer Gewißheit und Ruhe, hauchte er seinen mutigen Geist aus.

In seinen Aufzeichnungen einmal im Jahre 1758 steht die Notiz:

«Prediger 9. Kapitel, 11. Vers. Ich wandte mich um und sahe, wie es unter der Sonne zugehet, daß zum Laufen nicht hilft schnell sein, zum Streit hilft nicht stark sein, zur Nahrung hilft nicht geschickt sein, zum Reichtum hilft nicht klug sein; daß einer angenehm sei, hilft nicht, daß er ein Ding wohl könne; sondern alles liegt es an der Zeit und dem Glück.»

METTERNICHS MAXIMEN

In diesem Bande werden von einem ausgezeichneten Kenner der Metternich-Literatur die Aphorismen des Fürsten und Staatskanzlers zusammengefaßt. Aus dem Vertrautsein mit der großen Dimension der einstigen österreichischen Geschichte und aus tiefer Kenntnis der menschlichen Persönlichkeit des Fürsten und Staatskanzlers, sind sie mit sicherm Takt ausgewählt und geordnet worden. Der Leser wird in der Lage sein, unbeeinflußt durch Kommentare, von der Quelle aus gewissermaßen dem überpersönlichen Phänomen «Metternich» nahe zu kommen. In der Tat, aus Darstellungen, Beurteilung und Deutung von Metternichs Person und Wirken durch seine Zeitgenossen wie durch die Nachlebenden, wird es nicht möglich sein, die Wirklichkeit des eine ganze Epoche verkörpernden Gegenspielers der Französischen Revolution und Napoleons zu gewinnen. Metternichs Wesen ist uns in dem von seinen Gegnern entworfenen Zerrbild und seltener in der Weise unkritischer Verherrlichung durch seine viel weniger zahlreichen Bewunderer erhalten. Wesentlich ist dabei, und gerade dies trat im Erinnerungsjahr an Metternichs Tod deutlich in Erscheinung, daß eine bis zur karikaturalen Ablehnung des Fürsten gehende Abneigung viel weniger dem Menschen Metternich gilt, als der soziologischen Spielart, die er verkörperte, indem er als großer Herr ungebrochen durch die Ereignisse noch aus dem alten Regime hervorkam. Er hat ausgesprochene Qualitäten des vorrevolutionären Zustandes verkörpert und hat trotzdem als Sohn seiner Epoche und somit der Zeit der Aufklärung, staatliche Formen, die als das große Werk des Mittelalters erscheinen, rational abgeschrieben: Der Sinn des Heiligen Römischen Reiches Deutscher Nation war für ihn nicht mehr erkennbar. Ohne Zweifel hat er entscheidende Veränderungen innerhalb der Gesellschaftsordnung aufzuhalten versucht, aber, und hier tritt der Reichtum seines Wesens in Erscheinung, er hat sie gleichzeitig aufs deutlichste vorausgesehen, er hielt sie für unabwendbar, ja für notwendig. Was er suchte, waren möglichst ruhige, organische Übergänge der Entwicklung ohne zerstörerische Verschwendung, er strebte nach Vermeidung der Katastrophen. Wie kein anderer kannte er die Gefährlichkeit der flüchtigen Zeitideen, die den dumpfen und an und für sich ziellosen Leidenschaften der wechselnden Generationen entgegenkommen, sie scheinbar zusammenfassen, um dann überwertig werdend die Ergebnisse uralter Leistung, uralter Erfahrung zu zerstören. Mit dem Ziel der politischen Entwicklung einen geordneten, stetigen Rhythmus zu verleihen, ist Metternich ein Diplomat im höchsten Sinne geworden. Er hat die auf Vermeidung harter Konflikte ausgerichtete diplomatische Methode zu ihrer höchsten Qualität gesteigert. Er war der Meister einer Kunst, die in der prophylaktischen Behandlung einzelner und ganzer Kollektivitäten besteht. Diese Kunst aber erhielt innerhalb des im Laufe des 19. Jahrhunderts entstandenen und mehr und mehr vorherrschenden soziologischen Zustandes für alle mittleren Beurteiler einen verdächtigen Anschein. Der Ausbruch dieses allgemeinen Verdachts hat im 20. Jahrhundert zu der Bildung der Gewaltherrschaften geführt, durch die ein totaler Verzicht auf die uralten Regeln der «prudentia» mit all seinen unausbleiblichen Folgen verwirklicht wurde und wird.

Metternich hat in einem Zeitpunkt großer Ernüchterung gewirkt. Nachdem er durch eine eminente Kunst des Abwartens, der genau bemessenen, im richtigen Moment ausgelösten Aktionen den größten Anteil an der Erledigung des Napoleonischen Gewaltsystems genommen hatte, bestanden unter den für einmal wieder ihr gegenseitiges Gleichgewicht suchenden europäischen Mächten Voraussetzungen, die ein diplomatisches Vorgehen nach erprobten Spielregeln erlaubten. Ein letztes Mal hat damals eine homogene Gesellschaft die Gewohnheit der Mäßigung, den Sinn für Proportionen zur Anwendung bringen können.

Staatskunst innerhalb einer noch weitgehend respektierten zwischenstaatlichen Sitte ließ sich durchführen. Ein Zustand der Ernüchterung hatte sich nach den explosiven französischen Vorgängen und nach der amerikanischen Revolution für kurze Zeit eingestellt. Dieser Zustand hat es einsichtigen Männern ermöglicht, ins Amt zu kommen und für eine Weile ihr Amt wirklich zu verwalten. Das Wirken dieser Männer hat zum Entstehen einer der längsten Friedensperioden beigetragen, die die europäischen Völker gekannt haben und die von 1814 bis 1914 nur durch lokale Konflikte unterbrochen wurde.

Der Abstand, den wir heute zu der Episode der Napoleonischen Kriege, zu den Jahren der Heiligen Allianz besitzen, erlaubt es, die Qualität ihrer Leistung zu erkennen. Wir Vertreter der älteren Generation haben unter psychologisch-wirtschaftlich und sozial vollkommen veränderten Voraussetzungen den Versuch des Wilsonschen Völkerbundes und sein Scheitern erlebt, wir erleben heute die schier unüberwindlichen Schwierigkeiten, denen sich die Vereinigten Nationen innerhalb eines Spannungsfeldes ausgesetzt sehen, dessen Gefährlichkeit in ungeheurem Ausmaße alles frühere übertrifft.

Zwischen uns und dem Beginn des 19. Jahrhunderts steht die Technik. Die Lebensbedingungen der Menschheit haben sich vollkommen verändert.

Unser Planet ist durch die Schnelligkeit der Transport- und Übermittlungsmöglichkeiten sehr klein geworden, die gemeinsame Interessenssphäre der Menschen wird in allen Weltgegenden durch eine mechanische Zivilisation bedingt. Zwischen 1815 und 1859, dem Jahr von Metternichs Tod, war Europa ein unangreifbarer Kontinent auf der Höhe seiner Wirkungsmöglichkeiten. Heute läßt sich keine europäische Organisation außerhalb von universalen Bindungen denken.

Zu Metternichs Zeiten ging es hauptsächlich darum, den Solidaritätsgedanken zwischen den europäischen Mächten zur Evidenz zu bringen. Es ging um dasjenige, was man einst das europäische Konzert genannt hat, das «Zusammenspiel». Was in der ersten Hälfte des letzten Jahrhunderts angestrebt und vorübergehend erreicht wurde, wäre in der heutigen Lage notwendiger denn je, aber innerhalb der Bedingtheit und Abhängigkeit des europäischen Schicksals vom außereuropäischen Geschehen ist es in der damaligen Weise nicht mehr möglich. Metternichs und seiner Zeitgenossen Werk kann man somit heute als ein historisch abgeschlossenes, das sich nicht wiederholen läßt, aber aus dem man anderseits immer noch Lehren zu ziehen vermag, ohne entstellende Leidenschaft betrachten. Die Prinzipien, die das Wirken des großen Staatsmannes leiteten, sind in seiner Aphoristik enthalten. Die Ruhe, die von den

Formulierungen des Staatskanzlers ausgeht, hebt sich merkwürdig von den Schlagworten und Invektiven ab, die seit jener Zeit in zunehmendem Maße bestimmend gewirkt haben und die in unsern Tagen alle objektiven Grenzen, die je und je vom gesunden Menschenverstand aufgerichtet wurden, nun niedergerissen haben.

Der Mensch Metternich mit seinen ungewöhnlichen Vorzügen und seinen Fehlern, seiner Frivolität und seiner bewundernswerten Selbstbeherrschung, seiner Selbsterkenntnis und seiner Eitelkeit, tritt hinter der überindividuellen Qualität seiner Maximen zurück. In diesen Maximen ruht und durch sie wirkt der Geist von Jahrhunderten, der Geist der Reife. Er wirkt als Summe, all der widersprechenden Eigenschaften, die einen großen Menschen zur Persönlichkeit werden lassen. Er wirkt als ein großes Element der Dauer, und es stellt sich die Frage, ob dieses Element innerhalb des schrankenlosen Fortstürzens der heutigen Ereignisse auf eine als Drohung immer vorhandene Endkatastrophe hin noch eine mäßigende Wirkung auszuüben imstande wäre. Indem er diese Frage mit Ernst sich stellt, sollte ein jeder an diesen Band herantreten, er wird viele Antworten erhalten, weil er sich für einmal wieder auf einem Punkte außerhalb seines eigenen Zeitgeschehens, innerhalb einer ihm ungewohnten Stille des Beobachtens und Nachdenkens befinden wird.

EINE BESTATTUNGSFEIER

Am 12. Dezember 1912 erfuhren die Münchner, daß der Prinzregent Luitpold im 91. Lebensjahre gestorben sei. Man begegnete nach dem Eintreffen dieser Nachricht auf der Straße weinenden Menschen, vor allem alten Frauen und Männern. «Ein Vater ist gestorben», sagte der Pedell der Universität. Fräulein Anastasia Held, meine betagte Zimmervermieterin, war schon schwarz gekleidet, als ich nach Hause kam. Ihre Augen waren rot, sie schluchzte vorwurfsvoll, weil ich ein Ausländer war, und sie somit annahm, ich sei ihrem Schmerz gegenüber weitgehend verständnislos. Sie hatte unrecht, ich war es nicht. Das uralte, patriarchalische Verhältnis zwischen der tausendjährigen Dynastie und der bayrischen Bevölkerung war nie inniger und einfacher gewesen als noch im Beginn dieses Jahrhunderts.

Zugleich mit einem meiner schweizerischen Studienkameraden und Freunden erhielt ich eine Einladung, am Tage der Beisetzung zwischen elf und zwölf Uhr vormittags in eine sogenannte Mezzaninwohnung zu kommen, an eine der Hauptstraßen, durch welche der Leichenzug seinen feierlich gemessenen Verlauf nehmen sollte.

Donnerstag, den 19. Dezember, begaben wir

uns an den uns gastfreundlich zur Verfügung gestellten Beobachtungsposten. Hinzugelangen war mit Schwierigkeiten verbunden. Seit der Beisetzung Ludwigs II., des unglücklichen, schon von Legenden umwobenen Märchenkönigs, der auf den Flügeln des Wahnes, nachwirkend aus der hohen Zeit des Barocks, in Tälern und auf Höhen phantastische Schlösser hervorzauberte, war keine solche Menschenmenge in der Hauptstadt zusammengeströmt. Lange hatte es der Verweser des königlichen Amtes, eben der Prinzregent, schwer gehabt, sich mit Mitteln, die denen des von Wagnerscher Musik umrauschten Fürsten völlig entgegenliefen, mit Mitteln landesväterlichen, von gesundem Verstand geleiteten Pflichtgefühls, die Herzen seiner Untertanen zu gewinnen, aber er hatte sie schließlich völlig gewonnen, nicht durch den bajuwarischen Theatersinn, den Sinn für das Phantastische, sondern im Gegenteil, indem er den nüchternen Eigenschaften, die der barocken Schmuckfreude die Waage halten, entgegenkam.

Der niedrige, langgestreckte Raum der Etagenwohnung des in den vierziger Jahren des letzten Jahrhunderts erbauten Hauses unserer Gastgeber hatte acht Fenster, die zwischen schweren Vorhängen vom niedern Sims bis fast zur Decke reichten. Diese Fenster blieben geschlossen, solange auf der Straße Unruhe herrschte. Bald waren die letzten Wagen vorbeigerasselt, aber immer noch sich erneuernde Scharen von Fußgängern schoben sich schlurfend und in merkwürdiger Weise abgedämpft schreitend zum Stadtinnern, wobei sie vom Ordnungsdienst bereits in die Seitengassen gedrängt wurden. Nach und nach trat Ruhe ein. Jetzt hörte man Kirchenglocken, nicht füllig wie in der Neujahrsnacht, es waren rechte Sterbeglocken, und dann wurde plötzlich alles still. Jetzt zogen wir die Mäntel an, öffneten die hohen Fensterflügel und verfügten uns an den uns angewiesenen Platz. Die Straße war nur auf beiden Seiten von der zum Stillstand gekommenen, dichten Menge gesäumt, vor der schweigenden Menge in weiten Abständen stand die ordnende Truppe, die Fahrbahn war jetzt völlig leer. Sie war zur Bühne geworden. Die erste Figur, die auf dieser Bühne auftrat, war ein berittener Polizeioffizier, der von einem zum andern Straßenende in scharfem Trab seiner Isabelle, sich in den Bügeln unverhältnismäßig hochhebend, mit grimmigem Gesicht und hochgezwirbeltem Schnurrbart, nach rechts und links zornig-strenge Blicke werfend, vorbeisprengte. Hierauf wurde es so still, daß auch wir an unseren Fenstern nur noch lispelten. Jetzt trug der Wind uns einen Rhythmus zu, verhüllt, gequetschtes, tonloses Rollen umflorter, flacher Trommeln, und hin und wieder stärker, dann wieder verweht, Töne eines schleppenden, noch nicht zu erkennenden Trauermarsches.

Es erschien die Spitze des Zuges, und an dieser Spitze ritt der barocke, wohlvertraute Tod, schwarz und silbern, nächtlich blaß mit seinem schwarzen Zepter auf einem tänzerisch tänzelnden, silbrig aufgezäumten Rappen. Es folgte in gemessenem Schritt ein Beritt, ich nehme an, es waren schwere Reiter, dann kam der von acht ausgewählten Trauerpferden gezogene Sarg auf einer Lafette.

Hinter dem Sarg wurde das gesattelte Leibroß geführt, gegen den Zaum stoßend, den Hals mit der genau geschnittenen Mähne streckend, unter dem raschen Ohrenspiel mit geblähten Nüstern und scheuem Blick witternd.

Und dann folgte die Schar der Fürsten. Es erschien der älteste Sohn des Prinzregenten, der siebenundsechzigjährige Prinz Ludwig, leicht hinkend infolge einer Verletzung, die er einst im bayrisch-preußischen Krieg 1866 erhalten hatte. Ludwig, den man den Dritten nennen sollte und der als letzter bayrischer König die deutschen Monarchien nach ihrem Verschwinden noch um drei Jahre überleben sollte. Der König von Sachsen marschierte an seiner Linken. Ludwig war nun der Chef des Hauses Wittelsbach, das seine Ahnenreihe auf den am 9. August 907 verstorbenen Luitpold, den Markgrafen im Lande unter der Ens zurückführt, den Vetter und Feldherrn des Kaisers Arnulf aus dem Hause der Karolinger. Aber noch vor ihm und dem Wettiner, um eine halbe Pferdelänge voraus, schritt einsam Wilhelm II., der deutsche Kaiser und König von Preußen. Eisern schritt er dahin, kein Muskel seines Gesichtes bewegte sich, die blauen Augen blickten starr, tiefernst. Unerschöpflich scheinende Macht, Hoheit und Ernst des Herrscheramtes stellte er dar. Als erster unter seinen Paladinen wandelte er dahin. Die Uniform des bayrischen Regimentes, dessen Inhaber er war, aber umschloß keinen eisernen Menschen, sondern einen Mimen, von nahe bevorstehendem Schicksal schon gezeichnet, einem Schicksal, das nicht seiner Person galt, sondern der ganzen tausendjährigen Welt, als deren später Vertreter er vor uns auftauchte und wieder verschwand. Mit Abstand folgte dem Kaiser und beiden Königen der bayrische Prinz Luitpold, neben ihm aber zog der Vertreter der Habsburger-Monarchie, der Erzherzog Franz Ferdinand vorüber, der von jenem 19. Dezember an noch achtzehn Monate und neun Tage zu leben hatte, bis zu dem Augenblick, in dem ihn die Kugeln Gavrilo Princips in Sarajewo treffen sollten. Zur Rechten des Wittelsbachers ging der Coburger Albert I., der König der Belgier. Der Kronprinz Rupprecht, diese so berechtigte Hoffnung des Hauses Bayern, in seiner Vollkraft, dreiundvierzigjährig, erschien zwischen dem Großfürsten Boris, dem Vertreter des Zaren aller Reußen aus dem Hause Holstein-

Gottorp und dem Vertreter des Königs von England, des Herzogs von Teck aus dem Hause Würtemberg; noch folgte der Prinz Karl zwischen dem Infanten von Spanien, Don Carlos, und dem Herzog von Genua aus dem Hause Savoyen. Auch die Söhne Wilhelms II. waren zugegen. Alle diese Fürsten waren seit Menschengedenken miteinander verschwistert, fast alle waren deutschen Ursprungs, und diese große, blutsverwandte Sippe war an jenem Wintertage 1912 von Thron zu Thron noch über die in ihrer Weltstellung so unerschüttert scheinende und doch durch furchtbarste Spannung zerrissene europäische Welt verteilt. Alle nannten sie sich untereinander «Vetter», und so verschwanden sie vor unseren hohen Fenstern langsam und unheimlich wie die Könige vor Macbeth. Es war verwunderlich, daß der letzte im Zuge nicht einen Spiegel in der Hand hielt, und daß man nicht wispern hörte:

Erste Hexe
Wann kommen wir drei uns wieder entgegen,
Im Blitz und Donner, oder im Regen?

Zweite Hexe
Wenn der Wirrwarr stille schweigt,
Wer der Sieger ist, sich zeigt!

Dritte Hexe
Das ist, eh der Tag sich neigt.

«Eh der Tag sich neigt»: Schon war Stolypin ermordet, das Geschick der russischen Monarchie erfüllt. China war Republik geworden. Rußland arbeitete an der Bildung des Balkanbundes. Frankreich hatte sich das Protektorat über Marokko erkämpft, es hatte die dreijährige Dienstzeit wieder eingeführt. Delcassé war zum französischen Botschafter in Petersburg ernannt worden, Poincaré war Ministerpräsident, der französisch-russische Flottenvertrag wurde abgeschlossen. Zweieinhalb Monate nach dieser Bestattungsfeier, der wir junge Studenten beiwohnten, wurde Woodrow Wilson zum Präsidenten der Vereinigten Staaten gewählt. Und an der Spitze des Zuges der Fürsten der alten Welt, hinter dem Sarg eines ausgezeichneten Mannes, war unter einer unvergeßlichen Maske, bei gedämpftem Trommelklang, der letzte deutsche Kaiser vorübergeschritten.

Vielleicht habe ich in den Vollzug großer geschichtlicher Begebenheiten kaum je unheimlicheren Einblick erhalten als in diesem einen Augenblick im Beginn dieses Jahrhunderts, dem wir alle mit Haut und Haaren angehören.

THEODOR HEUSS

Wenn man in späten Jahren einem Menschen begegnet, mit dem man sich schon beim ersten Zusammentreffen im Einverständnis findet, so ist über dieses Einverständnis wenig auszusagen, es läßt sich nicht erklären, nicht aufteilen in dieses und jenes wie Übereinstimmung des Urteils, des Geschmacks, der Vorlieben oder der Abneigungen. Es handelt sich um eine stumme Voraussetzung, eine stetig vorhandene Kraft, die alles, auch das Gegensätzliche, in Sympathie verwandelt. Vielleicht ist der Vorgang bedingt durch den nach bewältigter Lebenserfahrung ruhig gewordenen Zustand des Gemüts, durch ein spontanes, vorbehaltloses Vertrauen, das man, fern von den jähen Beleuchtungswechseln der Jugend, einem still und selbstverständlich in den Bereich der Freundschaft eintretenden Menschen entgegenbringen darf. Von solcher Begegnung strahlt stetig wärmendes Licht aus, und diese Strahlung vermindert sich nicht, auch wenn der Tod ein kaum begonnenes Gespräch abbricht. Die Fragen: Wie kam es?, wer war er?, wie war er?, was können Sie über ihn aussagen?, möchte man mit Horatios Wort beantworten: «Nehmt alles nur in allem!...», um dann im übrigen zu schweigen.

Je tiefer man eine Persönlichkeit mit dem Herzen erkennen durfte, desto stärker wird der Respekt, den man vor dem Geheimnis empfindet, das jedes höhere Individuum umgibt. Sobald man zu erklären versucht, tritt man aus dem schützenden Kreis der Zuneigung hinaus und zwingt sich dazu, anstelle wortloser Gewißheit, Teilung und prüfende Untersuchung zu setzen. Ein solches Unternehmen aber erfordert vor allem sachliches Wissen über Umwelt, Lebenslauf und Leistung, also Werte, deren Erkenntnis dem Bemühen einer späteren Forschung vorbehalten sind.

Theodor Heuß hat mit jeder Zeile, die er uns hinterläßt, Zeugnis von sich selbst abgelegt. Nichts von allem, was er gesagt oder geschrieben hat, blieb jemals auf dem meistbegangenen halben Weg zur nie erreichbaren Objektivität stehen. In jeder Äußerung ist er selbst als Subjekt vorhanden, nichts stammt bei ihm aus zweiter Hand, alles ist durch sein helles, kühnes Temperament gereinigt, freie Wahrnehmung, rasch notiert, oft in glücklicher, oft in großartiger Weise, bisweilen auch nur, wie im Selbstgespräch, angedeutet. Jeder seiner Aussprüche ist mit einer unverkennbaren Signatur versehen; tief gespürte Wahrnehmung, augenblicklich aufgehellt vom gesunden Menschenverstand und begleitet von der Kettenwirkung der Einfälle.

Wer den ersten Präsidenten der Bundesrepublik Deutschland nicht gekannt hat und sich über ihn unterrichten will, soll sein großes literarisches Werk vornehmen, soll ihn selbst und soll erst danach über ihn lesen.

Heuß hat Memoiren verfaßt. Im Jahre 1953 erschien der Band «Vorspiele des Lebens», geschrieben im Krieg, aber erst in Bonn abgeschlossen. Er enthält Kindheit und Studienzeit, Bericht über Herkommen, Umgebung und den figurenreichen Wandel der Lehrjahre. Im Jahre 1963 folgten dann die rund 450 Seiten über die Zeit von «1905 bis 1933». Zwischen dem Ende seiner Amtsperiode als Bundespräsident und seinem Tode hat sich der hochbetagte, kranke, geistig jedoch bis zuletzt so frische Mann um den Abschluß seiner Aufzeichnungen bemüht. Nicht durch Krankheit und Tod wurde er daran verhindert, zum Ziel zu gelangen, sondern durch seine Zeitgenossen, durch den Betrieb und Leerlauf unserer Epoche. Jeder heischte etwas von ihm, sei es Repräsentation, Jubiläums- oder Einweihungsreden, Einleitungen zu mehr oder minder wichtigen Publikationen, Interventionen für diesen und jenen, alles und jedes wurde von ihm verlangt, ohne Rücksicht auf die ihm noch zur Verfügung stehende Zeit, auf die Kostbarkeit dieser Zeit. Er hat darüber geklagt. Ein deutscher Staatsmann mahnte ihn, die Geschichte der jüngsten Ereignisse zu schreiben; er meinte:

«Was den meisten Historikern fehlt, das besitzen Sie, nämlich lebendige Erfahrung, die Akteure der letzten Jahrzehnte haben Sie aus nächster Nähe beobachtet.» Diesem Mahner antwortete Heuß, er verkenne wohl, wie er es übrigens selbst so lange getan habe, daß fortan zahllose fremde Menschen über seine Zeit – und nicht nur über diese – verfügen würden. Wie schmerzlich klingen die Worte – «und nicht nur über diese» – besonders, wenn Heuß sich dann an seine Leser wendet und hinzusetzt: «Auf Ihr Verständnis hoffe ich, wenn ich sage, daß ich gerne noch die Erfahrungen in den Hitler-Jahren, das Wirken nach 1945, die Aufgabe in Bonn niederschreiben möchte. Aber dazu bedarf ich, der ich jetzt ohne ‹Apparat› arbeite, ganz einfach der Schonung.» Diese Schonung wurde ihm nicht gewährt, das «jubiläumssüchtige Geschlecht», wie er sich einmal ausgedrückt hat, triumphierte und versuchte es, mit allen Mitteln ihn in den Strudel ephemerer Aktualität zu reißen.

Der dritte Band über die dreißig Jahre von 1933 bis 1963 blieb ungeschrieben, und dies ist für die Historie ein großer Verlust. Über dem Vorhandenen und Erreichten stehen die beiden gelassenen Sätze des Autors: «Das unmittelbare Tätertum meines Lebens, wovon zu erzählen wäre, ist verhältnismäßig gering», und noch: «Ich sah (und sehe) zu deutlich die Gefahr, den eigenen Raum zu überschätzen.»

Gerade weil er nichts nachträglich überschätzt, steht er so plastisch vor uns. Wir hören seinen Tonfall, erkennen sein rasches, waches Mienenspiel, die Gebärden seiner ausdrucksvollen Hand, den hellen Blick, der bisweilen so schalkhaft aufblitzen konnte. Aus geordneten, starken Beständen eines schichtenreichen Gedächtnisses hat er uns Selbstzeugnis geschenkt. Selbstzeugnis? Das Besondere ist, daß er es gar nicht lassen kann, immer selbst gegenwärtig zu sein, dazu braucht er keine Erinnerungen zu schreiben, er ist, nochmals sei dies betont, in jedem Brief, jedem Zettel, jedem rasch in frühen Morgenstunden verfaßten Aufsatz vorhanden, genau so leibhaftig wie in den mächtigen, mit der Fülle eigener Erfahrungen, eigener Reaktionen durchsetzten Biographien anderer: denen über Robert Bosch, Anton Dohrn, Hans Poelzig, in ganz besonders eindrücklicher Weise in der über den Lebensfreund und Mentor Friedrich Naumann. Heuß spricht zu uns in abgerundeten, großen Geschichtsbeiträgen und dann wieder in unzähligen Skizzen, sicher gezeichneten Profilen, Äußerungen zu politischen Vorgängen und vor allem zur Charakterisierung politischer Persönlichkeiten.

Wenn er über Kunst schreibt, erzählt er uns von seinen eigenen Reaktionen, er bekennt, so selbstverständlich wie in einem privaten Gespräch, «dies mag ich und jenes nicht». Das wird dann manchmal etwas summarisch, aber gerade dadurch verleiht er seinem Selbstporträt einen neuen, aufschlußreichen Zug, so wenn er beispielsweise in Berlin eine Ausstellung französischer Kunst des 18. Jahrhunderts besucht und erklärt: «Die seelische Reaktion ist zwiespältig. Man registriert die Haltung einer fremden und versunkenen Welt... Diese Malerei ist steril geworden, fast peinlich.» Schreibt er dagegen über Politik, über an der Politik beteiligte historische und gegenwärtige Gestalten, dann bleibt er zwar, wie immer, völlig unbeeinflußt von jenen Tagesformeln, die die einen den andern abschreiben, und er sagt frank und frei heraus, was ihm selbst angehört, aber hier ist er erstaunlich treffsicher, und deshalb besitzt er überzeugende Wirkung. Vorgetragen wird immer in der eigenen Manier, «parlando», unter gänzlicher Vermeidung des Pedals.

Auch im tiefsten Ernst und in schwersten Lagen wird Heuß niemals düster und nie, auch nur für einen Augenblick, pathetisch. Er ringt nicht mit sich selbst, grübelt nicht, dramatisiert nicht. Von jeher ist ihm eine wunderbare Leichtigkeit der Seele verliehen, die alles, was es von Tag zu Tag zu überwinden gilt, schwebend, in wissender Weisheit des Humors auch wirklich überwindet. Das Bedrohliche, das Böse schätzt er viel genauer ein als es die großen Unheilskünder und Mimen heroischer Beschwörung vermögen. Aber er kann noch etwas viel Schwierigeres als dies, er kann vielleicht als einer der Letzten das Gute darstellen, und zwar in einer Weise, die ergreift. Nie täuscht er falsche Tiefen vor, nie operiert er mit der Wirkung grellen Schrecks oder dem Anprangern schwülen Verfalls. Derartiges führt er auf seine wahren Proportionen zurück. Zustände, Begebenheiten, geistige und ungeistige Strömungen und vor allem auch einzelne Menschen nennt er unbestechlich und treffend beim Namen, der ihnen wirklich zukommt. Er anerkennt, weil er nicht anders kann, und wenn er verwirft, so steht er endgültig hinter seiner Ablehnung. Letztere bleibt immer ohne Haß; die Einschätzungen, die er vornimmt, sind nie schwarz-weiß, sondern mit dem Lichtmesser abgewogen, subtil, durch die schärfste Linse gefaßt unter exakter Verteilung von Licht und Schatten; und dies gilt in allen Fällen, außer in den Momenten seiner erfrischenden Temperamentsausbrüche.

Schon zur Mitte des letzten Jahrhunderts sprach Grillparzer von der zunehmenden Unnatur der schreibenden Deutschen. Heuß hat einen innerhalb unseres Sprachraumes selten gewordenen Grad von Natürlichkeit besessen. Natürlichkeit heißt Freisein von allen Allüren, von aller selbstbezogenen, durch Getue kompensierten Verlegenheit, Freiheit von dem Wahn, dem die meisten verfallen, indem sie überall Revolution oder Gegenrevolution wittern, sich entweder dem sogenannten Neuen oder dem sogenannten Alten in monotoner Weise mit Haut und Haar verschreiben, sich zu moralischen Kriegsgewinnern aufwerfen oder im Gegenteil die «causa victa» als bleibeschwerte Fußfesseln mit sich schleppen. Frei von all dem setzt Heuß sich mit derselben gerechten Ruhe für einen Lassalle und Bebel und ein anderes Mal für einen Alfred Krupp ein. Er zieht nie Gewinn aus der Ausnützung der von sukzessiven Propagandafeldzügen übrigbleibenden, rasch veraltenden, aber immer noch wirksamen Schlagwortmunition, er entschärft sie.

Heuß stammt aus einer fortschrittsgläubigen Umgebung, aus einer alemannischen, nach Volksrechten strebenden Umwelt, der die Erinnerungen an die Bauernkriege lebendig und das Achtundvierziger- und Freischärlertum noch sehr nahe sind. In seiner Lebensmitte ist er ein Gefolgsmann Friedrich Naumanns, somit eines Sozialethikers, den die Gegner Deutschlands im Ersten Weltkrieg nur als den extrem nationalistischen Eiferer sehen wollten, der geschrieben hatte: «Ein nicht nationaler Staat hat keine innere Motivierung mehr», und der das Schlagwort vom «hungernden Nationalismus Mitteleuropas» geschaffen hatte. Mit diesem «hungernden Nationalismus» der slawischen Völker innerhalb der österreichisch-ungarischen Monarchie hatten die Westmächte schon seit 1870 gearbeitet, als aber Naumann dann im Verlauf eines verlustreichen und bereits aussichtslos gewordenen Krieges, auf nationale Befreiungstendenzen sich stützend, weit ausholende föderalistische Pläne im Donauraum entwickelte, wurde er in der Polemik der Entente zum gefährlichen Imperialisten gestempelt, blieb es doch ein Hauptkriegsziel Englands wie Frankreichs, die Einflußnahme Deutschlands in Wien und Budapest zu verhindern. Kurz, es entstand ein verzerrtes Bild.

Als nun Heuß vom «Comité Français d'Echanges avec l'Allemagne Nouvelle» eingeladen wurde, Ende Januar 1960 in Paris einen öffentlichen Vortrag zu halten und die entgegenkommende französische Anregung eintraf, über «Friedrich Naumann und die deutsche Demokratie» zu sprechen, sagte er zu; hier bot sich die Gelegenheit, vieles richtigzustellen. Im Amphitheater Richelieu der Sorbonne fand der Vortrag nach einer bemerkenswerten Einleitung Jean Schlumbergers statt. Die Ausführungen des deutschen Altbundespräsidenten stellen ein Meisterwerk historischer Verdichtung und einer Erklärung dar, die genau auf die Vorstellungen und die Aufnahmebereitschaft eines andern Volkes ausgerichtet sind. Den Hauptakzent legt er auf die Beantwortung der Frage: «Was aber heißt nun: deutsche Demokratie?» Naumanns Mitteleuropapläne dagegen, die während der zwanziger Jahre unseres Jahrhunderts im Westen als ein Element des Mißtrauens, ja des Schrecks gewirkt hatten, streift er bloß, grenzt sie aber von den spätern Aspirationen und Taten Hilters, ohne diese zu nennen, mit den Worten ab: «Während des Ersten Weltkrieges wurde mit den Mißverständnissen, die während eines Existenzkrieges zwar nicht erwünscht, so doch verständlich sind, Naumanns Werk ‹Mitteleuropa› ins Französische und Englische übertragen und als Dokument des ‹deutschen Imperialismus› gedeutet, während das Werk, ich kann es aus persönlichen Gesprächen bezeugen, die Rückzugslinie der deutschen Politik aus außereuropäischen Aspirationen darstellte.» Das ist historisch, was Naumanns Pläne anbetrifft, richtig, und die Dosierung, in der es mitgeteilt wird, ist staatsmännisch; eine leise Einschränkung wird noch beigegeben: das Buch «Mitteleuropa» nennt Heuß «ein ebenso glänzend geschriebenes wie von Phantasie und Sorge begleitetes Werk der Resignation». Diese Feststellung aus dem Munde des Mannes, der von 1905 an Naumanns nächster Mitarbeiter gewesen ist, hat entscheidendes Gewicht.

Heuß hat auf dem Wege zu seiner Konzeption der Demokratie die große Dominante des 20. Jahrhunderts von jung an auf sich einwirken lassen: Der Sozialismus ergreift den Studenten aus Heilbronn, aber der Überlieferung seines väterlichen Geschlechts wie den Lehren seines beispielgebenden Freundes gegenüber zeigt er die gleiche Unabhängigkeit, die ihn bald schon jeder Parteidoktrin entzieht, gleichzeitig aber sein soziales Verantwortungsgefühl immer bestimmender werden läßt. Er ist auch nie ein doktrinärer Liberaler. Er ist und bleibt in jedem Augenblick Theodor Heuß mit seinem absoluten Anspruch auf das Recht persönlicher Entscheidung. Naumann hat er verstanden wie kaum ein anderer und unendlich bewundert, aber er hat keine Hypothek bei ihm aufgenommen. Persönlichkeit und Lebenslauf Naumanns, den man wie landesüblich seinen «Meister» nannte, hat Heuß mit größter Herzenswärme geschildert, aber ohne je zu einem nachbetenden Anhänger oder Apologeten zu werden. Falls es eine Demokratie gibt, deren Hauptprinzip die Freiheit des dem Ganzen verantwortlichen einzelnen ist, so ist dieser württembergisch-fränkische Nachkomme von Neckarschiffern (auf der Vaterseite) und Forstbeamten (im Mutterstamm) einer der vollkommensten Demokraten, die unsere Zeit gekannt hat, und als solcher besitzt er keine Vorurteile, auch keine ständischen. Im Laufe seiner Entwicklung ist er auch die letzten Spuren des Ressentiments losgeworden. Er ist all dessen ledig, was Nietzsche mit unerhörter Wortgewalt anprangert, verflucht oder verklärt. Wenn er Individuen beurteilt, so spielt die generelle Ablehnung ihrer Richtung oder ihrer Provenienz nicht die geringste Rolle, ob er einen Führer der Arbeiterbewegung, einen Großunternehmer, einen nach Unbürgerlichkeit strebenden Literaten oder einen großen Herrn schildert, immer sieht er nur den Menschen und seine Leistung.

Von Werner von Siemens schreibt er: Seine «... ungeheure Gesamtleistung ruht auf einer harten Selbstdisziplin; Fülle einer genialen Lebendigkeit des Schauens und Denkens ist der Zucht eines eisernen Fleißes unterworfen.»

Über Ernst Reuter sagte er: «Der mächtige Wille zur Sachleistung – er blieb nicht in den Streiten der Doktrinen und Rechthabereien – war der Motor seines Lebens.» Und dann weiterhin: «Er wußte, in der Plastik und Drastik seiner kräftigen Sprache – wo die Menschen der Schuh drückt – und daß er, einfühlsam für fremdes Leid, dies auf *sein* Gewissen nahm, spürten die andern, und entlastet gab *ihre* vertrauende Liebe ihm neue Kraft und neuen Schwung.»

Anregend ist die Perspektive, in die er den Hegelschüler Karl Marx stellt, indem er ihn als Zeitgenossen und Parallelerscheinung zu Richard Wagner sichtbar macht und die Wagnerianer als Zeitphänomen zu den Marxisten in Beziehung bringt.

Von dem Mann, der in den europäischen Kabinetten und Ämtern ein besonders respektvolles und stärkeres Andenken hinterließ als in seinem eigenen Vaterland, dem Staatssekretär Bernhard

Wilhelm von Bülow, stellt er in einem Nachruf fest: «Die sachliche Autorität des Vortragenden Rates war in diesen Jahren ganz von selber gewachsen, einfach durch die gelassene Überlegenheit seines Wissens und die völlige Freiheit von Eitelkeiten.» Und dann noch: «Es konnte so scheinen, als wolle die deutsche Geschichte gegen die eitle und fragwürdige Brillanz, gegen die spielerische und indiskrete Wendigkeit des früheren Kanzlers in dem Neffen den Gegentyp schaffen: einen Mann sehr niederdeutscher Prägung, in seiner herben Verhaltenheit und den heimlichen Humoren, in der ritterlichen Treue und der Schlichtheit des innerlich freien Menschen. Braucht man davon zu sprechen, daß Deutschlands geistige und politische Größe sein ganzes Sinnen erfüllte? Jedes Wort darüber müßte erstaunt sein, daß es überhaupt niedergeschrieben wird.»

Solcherart waren die Kriterien des Menschenschilderers Theodor Heuß. Auch wenn er von längst verstorbenen Gestalten vergangener Jahrhunderte redete, so wandte er an sie dieselben Maße an, wie an die Lebenden, seine eigenen Maße, und so kommt es, daß ob er von Wallenstein spricht, von Luther oder von dem Freiherrn vom Stein, man immer glaubt, er habe den Betreffenden persönlich gekannt, so stark wirken bei ihm die Analogieschlüsse aus der eigenen Erfahrung.

Wie heißt es in seinem großen Aufsatz über den

reichsunmittelbaren Erneuerer Deutschlands? «Er, der ein stolzes, heftiges Temperament ist, will nicht anordnen, sondern ermuntern. Er will das Alte nicht zerstören, sondern in der Umbildung wirksamer machen.»

«War er, der die historischen Reminiszenzen des Ständischen so achtete und sie gegenüber dem rationalistischen Gleichmachertum verteidigte, ein *Konservativer?* War er, mittelalterlicher deutscher Größe zugewandt und ihre wissenschaftliche Pflege anregend, in der Substanz seines Wesens ein *Romantiker?*»

«Er war, aus der genormten und darum oft genug so quälenden Begrifflichkeit unserer Zeit heraus, nichts von alledem.»

Ließe sich ein Satz finden, der besser als dieser letzte Heuß' eigenen politischen Charakter umschreiben könnte?

«Nichts von alledem», sondern von Fall zu Fall das Richtige, wie immer genau abgewogen. Die Ausnahmen zu dieser Regel lieferte dann jeweils seine ursprünglich heftige Natur. Er wollte nicht vortrefflich, er wollte kein Gerechter oder gar ein Vorbild sein, hin und wieder geht eine kurze, zornige Anwandlung mit ihm durch, er empfindet bisweilen Antipathien und bringt sie zum Ausdruck. Von Gustav Stresemann beispielsweise schreibt er: «Ich habe ihn menschlich nicht leiden können und darf vermuten, daß dies auf Gegenseitigkeit beruhe.» Von dieser Mitteilung bemerkt er, sie erfolge «ganz primitiv». Dann aber versucht er, sie zu begründen, jedoch seine sachlichen Argumente haben diesmal weniger Gewicht als seine Erklärung, daß er nun ein für allemal das «Begeisterungspathos» dieses Staatsmannes unerträglich finde. Diese Abneigung beruht auch darauf, daß er den Verdacht nie loswird, die pathetische Ausdrucksform verberge oft etwas ihrer edlen Getragenheit sehr Entgegengesetztes, nämlich gerade im Falle Stresemanns das, was man immer wieder im geheimen bewundernd Machiavellismus nennt. In solchen Fällen verliert Heuß auf Augenblicke die erwähnte Qualität der immer genauen Belichtung. Hier rückt er seinem Objekt scharf auf den Leib. Er weiß es, das «Primäre» bricht durch, mit derselben plötzlichen Heftigkeit, mit der der junge Gymnasiast Heuß einmal das Pult seines Mathematiklehrers mit dem Stemmeisen aufgebrochen hat, um einen durch eine Nachprüfung im Fortkommen gefährdeten Großneffen Wilhelm Hauffs, dessen heitere Gesellschaft er in der Schule nicht vermissen wollte, in den Besitz der Prüfungsthemen zu setzen.

Heuß, der in den delikatesten Lagen oft einen wahrhaft divinatorischen Takt bewiesen hat, spricht gerne von seinen Taktlosigkeiten. «Dies ist mir herausgerutscht», und «das und das ist mir passiert». Es gehört dies zu seiner Lust am Anekdotischen, die zeitweise dazu führte, daß er mit Behagen selbst zu den «Heuß-Anekdoten» beitrug. Er sah sich dann mit großem Spaß als einen vom populären Anschauungsvermögen und der mittleren Fama neugeschaffenen Typus, dem er ganz gerne gewisse berufliche, vor allem zeremonielle oder repräsentative Aufgaben überließ, während er selbst unberührt und unsichtbar danebenstand.

Selbstverständlich ist damit nichts getan, daß man Heuß zu einer biedermeierlichen Figur macht, die vorsichtig und gewitzigt an den Schrecken des Zeitalters vorbeisieht und sich seinen strengsten Verordnungen entgegen das verfemte, feine Genießen des Liebhabers, des Dilettanten erhält. Auch über den Dilettantismus hat er viel mehr nachgedacht als andere und hat diesem abgewerteten Begriff wieder heiteren Aufschwung verliehen.

Sein eigenes Liebhabertum hat die auditiven wie die visuellen Beobachtungen seiner gegen Musik ziemlich unempfindlichen Natur mit einem eigentlichen Kairos begabt, mit einer ständigen Gunst des Augenblicks. Nur ein Beispiel, das er mir selbst erzählte, sei erwähnt: Einst zeichnete er das Innere der Kathedrale von Chartres, und da wurde ihm eine Begegnung mit einem Manne zuteil, an dem Tausende, ohne irgend etwas zu spüren, vorübergegangen sind. Er lernte Etienne Houvet kennen, den alten, schweigsamen Wächter der Kathedrale, der sich jedem Annäherungsversuch immer zu entziehen gewußt hat. Diesmal beobachtete Houvet, hinter einem Pfeiler stehend, eine Weile den zeichnenden Heuß, dann näherte er sich ihm, sprach ihn an und führte ihn plötzlich in die Sakristei, wo sein Lebenswerk dem Abschluß nah und streng behütet im Schreibtisch lag: die große Monographie über das Gotteshaus. Houvet war seit seiner frühen Jugend «Gardien» der Kirche, nun war er alt geworden, ohne diese in Geist verwandelte steinerne Welt je zu verlassen. Alle Tage, alle Nächte hatte er unter den schreitenden Schwebepfeilern verbracht mit der einzigen Ausnahme der Zeitspanne, während der er im Schützengraben bei Verdun lag. Er sagte einmal: «Wer die farbigen Scheiben von Chartres kennt wie ich, der braucht nichts anderes mehr. Ich kenne sie am besten von den Augustnächten her, in denen sie in tiefem Dunkel liegen, um dann plötzlich unter den Blitzen der Hochsommergewitter aufzuleuchten.» Jede Scherbe dieser Fenster hat Houvet 1939 selbst aus ihrer Bleifassung gelöst, jedes Stück hat er nach dem Krieg wieder an seinen Platz zurückgeführt und hat die «frühgotischen, ohne Maßwerk, als geschlossene Flächen aus der Wand geschnittenen» Herrlichkeiten wieder entfaltet. Als er nach Jahren damit fertig war, ist er gestorben. Heuß betrat als unbekannter Tourist die Kathedrale, und siehe, der scheue, abweisende Houvet kam auf ihn zu. Vielleicht hat der deutsche Gast ihm dann vom Maulbronner Kloster erzählt, «wo der herbe romanische Kern von dem milden Westhauch getroffen wird» (Heuß).

Zu derartigem war völlig absichtslose Aufnahmebereitschaft die Voraussetzung, und gerade aus dieser Haltung gegenüber den schenkenden Mächten, aus dieser für Heuß so bezeichnenden frommen Haltung des Bereitseins, ergab sich die ständige Wiederherstellung der Kräfte, mit denen er seit seiner Schulzeit so wenig gespart hat. Er verausgabte sich, ob er die Aufsätze seiner unbegabten Mitschüler verfaßte oder ob er später als Journalist an der «Neckarzeitung» in Heilbronn täglich einen Leitartikel schrieb, er verschwendete als Redakteur der «Hilfe», ob er über Maler und Architekten abhandelte oder den Aufbau des «Deutschen Werkbundes» förderte, auch wenn er, der später so souverän Überparteiliche Parteikämpfe durchführte, als Parlamentarier mit der Damaszenerklinge seine Duelle im Reichstag bestand. Eine seiner letzten Reden im alten Reichstagsgebäude war jene, die er am 11. Mai 1932 hielt und in der er Göring ansprach: «Herr Göring, von Ihnen hätte ich nicht erwartet, daß Sie hier im Reichstag, also in voller Verantwortung, die propagandistischen Naivitäten Ihrer Versammlungsreden wiederholen.» Und zu Straßer: «Wir wollen sehr dankbar sein, wenn da etwa Herr

Gregor Straßer vor dem Zwang steht, der für uns alle erwünscht sein muß, das große Panoramagemälde der deutschen Zukunft, das er uns gestern entwarf, in die Form von juristisch gefaßten Paragraphen zu bringen.»

Es war bei diesem Anlaß, daß Dr. Goebbels ihm zurief: «Was wollen Sie eigentlich in diesem Haus? Sie haben ja gar keinen Anhang mehr!» Und: «Ihre Auffassung wollen wir gar nicht hören», worauf Heuß erwiderte: «Sie, Herr Doktor, haben Sie einmal einen Augenblick die Freundlichkeit, Ihr erregtes Getue zu mäßigen.»

Es braucht nicht viel Einbildungskraft, um sich zu vergegenwärtigen, an welch tödliche Stromstärken derartige kein Jahr vor der «Machtergreifung» im Parlament gesprochene Worte heranführten. Aber wie unbetroffen munter hat Naumanns Freund auch diese Wagnisse bestanden. Auf keinen Anhang, keine Partei konnte er sich mehr zurückziehn. Aber auf dem einzigen Gebiet, das für ihn zählte, dem menschlichen, waren die Freunde da. Was damals diese bald in alle Winde Zerstreuten, was sie später aus der Ferne als moralischen Halt für ihn bedeuteten, ist unschätzbar, und ihrem Vorhandensein, ihrer Treue hinter dem lückenlosen Einstehen seiner Gattin, dieser unvergeßlichen Frau, von der Heuß schreiben sollte: «Sie war eine große Seele», gelang es, den Schwergefährdeten durch die dunkelste Zeit zu führen.

Da ziehen sie alle vor uns vorüber: Ein Albert Schweitzer, Friedrich Meinecke, Richard Riemerschmid, Wilhelm Hausenstein, Gustav und Toni Stolper, Hermann Hesse, Alexander Rüstow, Hans Poelzig, Paul Reusch, Bernhard Wilhelm von Bülow, Fritz Elsas, Albrecht Bernstorff, Max Weber und noch so viele andere, verbunden nicht durch Doktrinen, sondern durch Gesinnung.

Während der dunklen Jahre lebte er dann mit den Seinen zurückgezogen, seine Artikel zeichnete er mit dem Pseudonym «Brackheim», was an den Namen seiner Geburtsstadt anklang. Mit starker Zuversicht hoffte er, und Deutschland, *sein* Deutschland, war wirklicher denn je für ihn, die großen deutschen Landschaften und in ihnen die Werke der Menschen durch die Jahrhunderte hindurch waren gegenwärtiger für ihn als je. Er las Sätze wieder, die er vor langer Zeit aufgeschrieben hatte und fand Trost in ihnen, Sätze wie: «Das Land, das die Städte Basel, Straßburg, Mainz trug und groß werden ließ, ist die eigentliche Heimat des deutschen Geistes und der deutschen Träume. Als die Jahrhunderte schwer wurden von innerer Not und Sehnsucht, von Sinnen und Träumen und Gesichten, als in die Geschichte der Deutschen der erste Ruf aus der Tiefe des Volkes kam, da war es jenes Volk und jenes Land, das uns die Zeichen und Taten gab. Und es brachte auch die Männer, die die Herolde der neuen Zeit wurden, Dichter und

Gelehrte, Erfinder und Prediger. Der deutsche Traum wurde hier gedichtet und die Wirklichkeit des tätigen Lebens hier zur Kunst gehoben und in der Wissenschaft geläutert. Es drängen sich die Namen: Suso, Tauler, Gutenberg, Erasmus, Reuchlin, Melanchthon, Holbein, Schongauer, Grien, Witz, Geiler, Fischart, Brant.

Das sind Männer von der allerverschiedensten Art. Auch sind sie nicht alle gerade in jenem Landstrich geboren, fanden nur dort die Heimat ihres Geistes. Aber ihre Fülle redet. Und sie weckt die Empfindung für die Tausendfältigkeit des geistigen Lebens und der seelischen Bewegung, die durch jenes Land und jene Zeit ging. Das Religiöse suchte den Weg aus dem Kirchlein zur Seele, zur Gottesliebe und Gotteskindschaft; alle Welt war der Unendlichkeit und Allmacht voll geworden.»

Wer im Jahre 1945, als das Getöse der dämonischen Wirbel leiser wurde und zum Stillstand zu kommen schien – wer damals geboren wurde, ist jetzt schon fast neunzehn Jahre alt, jene, die zehnjährig waren und sich knapp erinnern können, sind schon zum Mann herangereift. Vielleicht wissen sie noch dunkel, daß es so etwas gab wie eine rauchende Trümmerwelt, in der halbverhungerte Menschen in Erdlöchern hausten, Vertriebene ohne Zahl, heimatlos Umherirrende vermischt mit Fremdarbeitern, Kriegsgefangenen, fürs Leben gezeichneten Insassen der Konzentrationslager, durch deutsche Länder ohne staatliche Existenz, durch Niemandsland zogen, durch einstige Gebiete eines Deutschen Reichs, in dem Besatzungsmächte herrschten. Zum zweiten Mal innerhalb kurzer Frist hatte ein totaler Weltkrieg in einer deutschen Niederlage geendet. Diejenigen, die sich voll an jene Zeit erinnern, werden immer weniger, wie unheimlich rasch ziehen Zeugen geschichtlicher Begebenheit vorüber. Wer kann sich noch deutlich vorstellen, was es damals hieß, daß ein in höchste Not geratenes großes Volk stille Reserven an Männern besaß, deren Vorzüge, ja gerade deren Qualität es verhindert hatte, daß sie unter den vorhergehenden Regimen, so verschieden diese jeweils voneinander waren, als politisch Handelnde und Führende hätten zum Zuge kommen können? Unverbraucht, wie durch ein Wunder, waren sie jetzt vorhanden; auch dies vergißt man rasch.

Halten wir fest: es ist Konrad Adenauer mit zu verdanken, daß Heuß mit einer würdigen Mehrheit zum ersten Präsidenten der Bundesrepublik gewählt wurde.

Da war er nun als ein Beginner, der ein Amt ohne Tradition aus dem Nichts zu schaffen hatte; es handelte sich dabei wahrhaftig um eine staatliche Funktion, der die Schöpfer der Verfassung eine so beschränkte Macht verliehen hatten, daß gerade die Amerikaner, an die Machtfülle ihrer Präsidenten gewöhnt, Mühe hatten, die Bedeutung der obersten deutschen Magistratur zu verstehen.

Was nun aber dem westdeutschen Bundespräsidenten unter Einwirkung der Zustände des vorhergehenden Regimes aus äußerster Vorsicht war vorenthalten worden, hat Heuß selbstverständlich und ruhig aus seiner Persönlichkeit heraus ersetzt, indem er an Stelle von Macht: *Würde* entstehen ließ und damit Autorität. Die Würde seines persönlichen Stils. Sie hat weit über die Grenzen Deutschlands hinaus gewirkt. Auf diesem Gebiet besitze ich einige wenige persönliche Erinnerungen.

Zum ersten Mal traf ich Theodor Heuß im Sommer 1950 in Winterthur. Er hatte vor kurzer Zeit erst sein hohes Amt angetreten. Am Abend fand ein Empfang statt; lauter Männer verantwortlicher Berufe waren anwesend. Auf allen lastete etwas: die Wiederbegegnung, die erste nach der großen Entfremdung, war schwierig. Der Präsident wurde in entschieden gehemmtem Ton offiziell begrüßt. Dann stand er auf und präludierte so etwas, als spräche er vor sich hin, das Glas in der Hand, auf schwäbisch. Er plauderte, hatte Einfälle, die er wieder fallen ließ, dann begann er zu erzählen mit zarter Klugheit. Alles, was zu sagen nötig war, sprach er aus, kein Wort mehr. Alles, was gerade in jenem Augenblick richtig war, ohne Erklärungen oder Gelöbnisse. Wer konnte das wie er? Als er aber geendet hatte, war es einem jeden von uns zumute wie einst dem Eisernen Heinrich, als die um seine Brust geschmiedeten Reifen entzweisprangen. Da war plötzlich ein anderes, ein versunkenes Deutschland. Das alte Gebäude aber, in dem Heuß zu uns sprach, hieß seit alters und heißt noch heute: «Haus zur Geduld».

Ein ander Mal habe ich ihn vor einer großen internationalen Zuhörerschaft sprechen hören: in Nürnberg bei der Wiedereinweihung des Germanischen Museums. Inmitten der Trümmer der alten Stadt, am Tage eines Wiederbeginns, mußte etwas über die Unschuld des ehrwürdigen Gemeinwesens gesagt werden. Unter den Zuhörern saß ein Gegner auch noch jenes zusammengebrochenen Deutschlands. Als der Bundespräsident geendet hatte, trat dieser Mann auf mich zu und sagte: «Alles wahr, alles auf der Goldwaage, dabei alles mit Mut beim Namen genannt und alles so selbstverständlich leicht. Was wäre das für eine Welt, in der Staatsoberhäupter imstande wären, untereinander in dieser Sprache zu reden?»

Heilen, verschüttete Schößlinge, in denen noch Saft vorhanden, wieder freilegen, beruhigen, entspannen, das deutsche Volk entkrampfen. Das war seine Absicht.

Von der Sicherheit seiner Tonsetzung spürte ich einen Ursprung oder besser einen bestimmenden Beitrag, als ich vor Jahren den Vorzug hatte, in

Bonn der Tischnachbar von Frau Elly Heuß zu sein. In ihrem Wesen wirkte Harmonie: Ordo amoris, sie sah genau, aber sie vermochte es auch, die Welt zu sehen, so wie man die Splitter durchs prismatische Glas sieht, geordnet in immer neuen Figuren.

Seine Persönlichkeit hat bei den andern Völkern entscheidend dazu beigetragen, Stück um Stück verlorenes Vertrauen wiederzugewinnen. Bei der Wahl zu seiner zweiten Amtsperiode haben seine Landsleute ihm bewiesen, daß sie dies begriffen hatten. Solch glückliches Vollbringen aber wird von einem bestimmten, unveränderten menschlichen Typus, immer demselben seit den Zeiten der Ilias, schwer ertragen, und so bleiben denn auch die Äußerungen der Scheelsucht Heuß gegenüber nicht aus. Ein Kriterium, das vor allen andern am schwierigsten zu handhaben ist, wurde angewandt, indem man die Frage nach seiner «Güte» stellte. War Heuß ein guter Mensch? Und war sein Humor ein gütiger Humor? Man deutete den Zweifel an, um ihn in den andern zu wecken. Er habe harte Urteile gefällt, herzlose Urteile, so wurde behauptet. Wo hat er das getan? Ist das etwa ein hartes Urteil, wenn er von jemand sagt, er habe ihn nicht gemocht? Ist das überhaupt ein Urteil? Doch höchstens ein Urteil über sich selbst. Lassen wir das. Wenn wir aus der kurzen Zeitspanne, in der es uns vergönnt war, Theodor Heuß zu kennen und ihm hin und wieder, viel zu selten, zu begegnen und einige Briefe mit ihm zu wechseln, wenn wir aus eigener Beobachtung Zeugnis ablegen dürfen, so möchten wir sagen, wir sind wenigen Menschen begegnet, die gütiger waren als er, rücksichtsvoller, von feinerem Herzenstakt erfüllt. Es gehört auch zu den geläufigen Vorurteilen, daß man Gutherzigkeit nur den Einfältigen zutraut und ihr bei den Verstandesklugen mißtraut.

Seine ständige Anteilnahme, dieses immer mitschwingende «es ist schade um die Menschen», verlieh allen seinen Handlungen, auch innerhalb der repräsentativen Routine, etwas gänzlich Unmechanisches, etwas wie das leise Strömen des Lebensstoffes selbst. Ob er Kreditive fremder Botschafter entgegennahm, Staatsempfänge durchführte, vor internationalen wie nationalen oder regionalen Zuhörern im Lande selbst und wiederholt im Ausland an den verschiedenartigsten Anlässen das Wort ergriff, immer schenkte er etwas ausschließlich ihm selbst Angehörendes. Es gab ganz große Augenblicke bei diesen improvisierten Gelegenheitsreden, wie damals, als er über die Helden und Opfer des 20. Juli das Angemessenste sagte, was über den dunklen Vorgang jemals geäußert worden ist.

Als Heuß am 12. September 1949 zum Bundespräsidenten gewählt wurde, zitierte er den ersten

Teil eines Bibelwortes: «Gerechtigkeit erhöhet ein Volk.» Diesen Grundsatz hat er durch eine eigentümliche, in ihrem Ausmaß noch nicht voll erkannte indirekte Beeinflussung und Mäßigung des politischen Geschehens zur Wirkung gebracht. Er war selbst kein Rechtsgelehrter, aber er war eine ganz seltene Ausnahme unter den Nichtjuristen innerhalb des öffentlichen Lebens. Er besaß von der Rechtswissenschaft aufs genaueste all dasjenige, was politische Praxis, verfassungsmäßige Struktur und administrative Regel anbetrifft. Da war er nicht zu schlagen, und die souveräne Beherrschung dieser Materie wirkte sich aus auf dem Hintergrund seiner ungewöhnlichen Beherrschung der Geschichte, der Wirtschaft und der Soziologie. Seine eminente Erfahrung hatte er seit der Zeit Bismarcks unter vier verschiedenen Regierungsformen als stets Hinzulernender erworben. Innerhalb seiner intensiven journalistischen Tätigkeit stellte er Wissen und Erfahrung auf die Probe, als Universitätslehrer ordnete er sie, er brachte sie zur Anwendung als Abgeordneter vor und nach dem Zweiten Weltkrieg als Mitglied des Landtages und des Verfassungsrates, sodann als Kultusminister von Württemberg-Baden. Was alle diese Tätigkeiten verbindet, ist sein unbeirrbarer sittlicher Ernst, in ihm liegt das eigentliche Geheimnis seiner oft unsichtbaren Tiefenwirkung. Heuß hat die neue deutsche Demokratie erhöht, indem er ihre Regeln bis zum letzten ernst genommen hat.

Es wurde gefragt, ob die heranwachsende Generation ihn vernommen und verstanden habe. Er hat sie oft angesprochen, immer wieder in der Weise, die wir zu schildern versuchten. Hat sie diese Weise begriffen? Alle lebenswichtigen Fragen seiner Landsleute waren die seinen, aber von manchen Erscheinungen, denen sie sich hingaben, hat er sich abgewandt. Gleichgültig war er gegenüber den Rezepten, aus denen manche Zeitgenossen augenblickliche Wirkung gewannen. Gelangweilt verschloß er sich, wenn man in seinem Lande aus extremen, oft schon vorgestrigen Experimenten irgendwelcher Großstädte des Auslandes unvermeidlich eine Weltanschauung mit sektenhaft missionierender Tendenz machte, worauf dann sofort ergebene Kommentatoren mittels terminologischer Akrobatik neue Dogmen abstrakt zu definieren und zu katalogisieren sich beeilten. Wurde beispielsweise der Befehl ausgegeben, Poesie, Kunst und Musik hätten fortan dem Gesetz der «Disharmonie» zu gehorchen und wurde dieser Befehl stramm befolgt, so war Heuß wie immer einer, der keiner Order pariert. Er war gleichzeitig durch und durch ein Mann des Widerstandes und ein der harmonischen Lösungen bedürftiger Mensch. Er erinnerte sich noch an die Zeiten, in denen man an den Teufel glaubte, und die Disharmonie war eines der bestimmenden Attribute des Teufels gewesen. Schrille Dissonanzen hören zu müssen, gehörte zu den Höllenstrafen. Daß man einmal diese Höllenstrafen genießen würde, hätte man sich nur innerhalb einer Welt vorstellen können, die selbst satanisch gewesen wäre. Aus diesem Neosatanismus machte sich Theodor Heuß nichts. Einmal sagte er mir: «Diese künstlichen Höllen sind im Grunde nur von neoromantischen Spießern bewohnt.»

Bisweilen nannte er, wie es Goethe getan hatte, die Lust an der Krankheit «romantisch», und in der Tat, sein ganzes Streben galt der Gesundung, der Heilung, der Ausgewogenheit der Kräfte, dem Einklang mit sich und der Welt. Auch er hätte mit Goethe sagen können: «Der Menschenverstand wird mit dem gesunden Menschen rein geboren, entwickelt sich aus sich selbst und offenbart sich durch ein entschiedenes Gewahrwerden des Nothwendigen und Nützlichen», und auch noch: «Alle gesunden Menschen haben die Überzeugung ihres Daseins und eines Daseienden um sie her, sie fühlen sich in der Welt als in einem großen, schönen, würdigen und werthen Ganzen.»

Am 31. Januar dieses Jahres hätte Heuß seinen achtzigsten Geburtstag gefeiert. In dem Buche: «Lust der Augen» hat er sich den Satz eines Sterbenden notiert: «Aber die Liebe zum Leben mögen wir nie verlieren bis ganz zuallerletzt.» Auch er hat sie nie verloren, auch in den schwersten Leidenszeiten nicht, und der Lohn seiner Treue zum Dasein wurde ihm bis zum letzten Atemzug geschenkt durch die Gegenwart jener Freundschaft, für die er im Kreise derer, die guten Willens sind, in so seltenem Maße geschaffen war.

KARL BLECHEN

Lieber Freund! Erinnern Sie sich an die Stelle in Goethes Brief vom 3. Oktober 1779 aus «Münster, zwischen Basel und Biel»:

«Große Gegenstände geben der Seele die schöne Ruhe; sie wird ganz dadurch ausgefüllt, ahnet, wie groß sie selbst sein kann, und das Gefühl steigt bis gegen den Rand, ohne überzulaufen. Mein Auge und meine Seele konnten die Gegenstände fassen, und da ich rein war, diese Empfindung nirgends falsch widerstieß, so wirkte sie, was sie sollte. Vergleicht man solch ein Gefühl mit jenem, wenn wir uns mühselig im Kleinen umtreiben, alles aufbieten, diesem soviel als möglich zu borgen und aufzuflicken und unserm Geist durch seine eigene Kreatur Freude und Futter zu bereiten, so sieht man erst, wie ein armseliger Behelf es ist.»

Kürzlich, als wir zusammen durch die Galerie der Stiftung Oskar Reinhart gingen, wehrte ich mich innerlich gegen die «armseligen Behelfe», welche der wissenschaftlichen Betrachtung notwendig sind, die wir aber jeweils vergessen sollten, um rein und aufgeschlossen zu betrachten.

Welche Freude, eines Tages zu glücklicher Stunde einem Kunstwerk zu begegnen, von dessen Herkommen, dessen Schöpfer, dessen Abstammung, dessen Kunstmitteln man vorerst rein gar nichts weiß! Welch ein Glück, wenn man in einem stillen Zimmer oder beim Vorübergehn an einem Schaufenster, im Provinzmuseum, wo immer, plötzlich ein Gemälde erblickt, von dem man ergriffen und in dessen Welt man unwiderstehlich hineingezogen wird – buchstäblich hineingezogen, wie jener chinesische Maler, dem der Kaiser den Auftrag gegeben hatte, das Feindesland zu malen – Sie erinnern sich an die Anekdote?

Der Maler hatte jene hinter den Grenzmarken gelegene Landschaft auf einer weißen Wand rasch entstehen lassen; der Kaiser aber hatte ihm vorgeworfen, seine Darstellung sei nicht gegenständlich, worauf der Maler schlankweg in seinem eigenen Gemälde den Feldweg betrat und diesem Feldweg entlang die Hügel seines Bildes hinanstieg und in seinem eigenen Bilde, vor den erstaunten Blicken seines Kaisers, auf Nimmerwiedersehen verschwand.

Ähnliches kann jedem von uns angesichts der Werke von Landschaftsmalern geschehen; wir können uns in ihnen verlieren, so wie wir uns im Abbild eines menschlichen Gesichtes, einer Gestalt verlieren können, in der Einheit eines Stillebens oder einfach in einer Farbe, einem Zusammenklang von Farben, in irgendeiner reinen und starken Form ohne Namen und ohne naturbezogenen Gegenstand, die uns ergreift.

Im Jahre 1937 befand ich mich – es war im

November – auf einer Dienstreise in Deutschland. In Halle hatte ich einige Stunden Aufenthalt. Ich betrat zufällig das Museum. Vor den Bildern des Karl Blechen verweilte ich während der ganzen Zeit, die mir zur Verfügung stand; ich sah sie damals zum erstenmal. Damals, in jenen Jahren, lag etwas Unheimliches, etwas Tödliches auch über den Landschaften, durch welche man reiste oder in denen man vor den Städten Zuflucht suchte. Sie waren nationalistisch säkularisiert worden: die Lüneburger Heide war eine nationale Heide geworden, «die uns keiner nachmacht»; und der deutsche Wald rauschte Marschlieder; ein Wunder, daß noch Lilien und Rosen in den Bauerngärten wuchsen und nicht etwa eine neue Sorte Farne wie im Tertiär.

Damals, in Halle, haben mir Karl Blechens Bilder die wirkliche Landschaft zurückgegeben, die Landschaft in ihrer Unschuld, ihrer gedankenreichen Tiefe, ihrer völligen Freiheit von allen menschlichen Zuständen. Diese Bilder eines jungen, jung gebrochenen, jung verstorbenen Künstlers, welcher dem Geheimnis der Landschaft nahegekommen war, ohne es aufzuschrecken, schenkten mir etwas, was keine Worte mitzuteilen vermöchten.

Einige Tage später schlug ich eine Kunstgeschichte auf und las über Blechen: «... aus seinen Bildern vernehmen wir die Sprache des Impressionismus.» Die Sprache des «Eindrucks» – nun ja, mit angehängtem «ismus» –, also augenscheinlich vernehmen wir in seinen Bildern den Eindruck, der durch Malerei zum Ausdruck kommt. Man sollte wirklich etwas strenger denken, von Zeit zu Zeit mit Temperament Kategorien und ihrer Konvention auf den Leib rücken.

Ich las weiter in jenem Lehrbuch. Nun setzte bereits von hoher Warte der Tadel ein. Vorwurfsvoll wurde festgestellt, in Blechens Bildern nehme die romantische Gesinnung eine Wendung zum Theatralischen oder steigere die Natur zu «sensationellen Effekten»; gar übel wurde vermerkt, daß er den Strand von Neapel «in düsterer Gewitterstimmung» wiedergegeben habe. In der Tat eine ungehörige Auffassung, und dazu diese «Sprache des Impressionismus», die er – soll man es bewundern oder tadeln? – zeitmäßig allzu früh schon gesprochen hat.

An der unvergeßlichen altdeutschen Ausstellung in Schaffhausen war ein kleines Bild, eine Nativität von Elsheimer, zu sehen. Ein junger Mechaniker stand die längste Zeit davor. Schließlich entschuldigte er sich: «Ich weiß nicht, was es ist – das ist so unglaublich schön», sagte er. «Jetzt sind's schon viele Tage; jeden Tag komme ich her und schaue mir dieses Bild an und kann mich nicht davon trennen.» Was den jungen Mann an dieses Bild kettete, war eine Kraft, über welche man nicht reden soll;

aber sie ist an jene Mächte angeschlossen, die unter bestimmten Umständen die Welt aus den Angeln heben könnten. Das Bekenntnis des jungen Mechanikers ist eine sehr ernste Angelegenheit.

Im Jahre 1946, bei Schnee und Regen, war ich zum erstenmal auf der Trümmerstätte, die den Ort bezeichnet, auf welchem einst eine der Kapitalen des alten Kontinentes, das große, heilige Köln, gestanden hatte. Von Köln fuhr ich nach Aachen; es war am 18. Januar. Der Dom stand fast unversehrt. Als ich sein Inneres betrat, erblickte ich den Sarkophag Karls des Großen. Ein Heimkehrer, ein Mann in geflicktem Militärmantel, stand dabei.

«Steht der Sarg immer hier?» fragte ich ihn.

«Jetzt über diese Tage», antwortete er, und er setzte hinzu: «Heute ist der Geburtstag des Kaisers, er ist in dieser Diözese seliggesprochen.» Dann fragte er mich, ob ich den über die unheilvollen Jahre hinübergeretteten Kirchenschatz kenne. Ich kannte ihn nicht, und der Unbekannte führte mich. Er wußte sehr vieles; vor einem kleinen, alten Bilde blieb er stehen. «Sehen Sie dieses Blau», sagte er, «das können wir nicht mehr hervorbringen; das kann man nur, wenn man Religion hat. Die Russen können es noch; sie haben auch eine schlechte Regierung; aber die Religion ist ihnen geblieben. Wenn ich im Krieg in ihre Hütten trat, sah ich Ikonen, auf denen dieses Blau vorhanden war.» Er überlegte, schaute mich von der Seite an, dann setzte er hinzu: «Ich weiß nicht, ob Sie verstehen, was ich meine. In der Musik von Mozart kommt dieses Blau auch vor.»

Auch dieser Unbekannte in Aachen war ein wirklicher Betrachter von Bildern; einer von denen, für welche die wirklichen Maler malen. Er ging durch die sichtbare Welt jenem Blau nach, das in seinem Herzen nicht nur leuchten, sondern auch tönen konnte.

Jede Zeit hat ihren bestimmten Ton, jede Welt einen Ton, der sich mit Zeiten und Welten wandelt, der durch die Zeiten wandert – und wenn man genau hinhört, beschreibt er die kühne Kurve einer herrlichen Melodie. Es ist besser, sein Gehör für diesen Ton empfänglich zu halten, als ein Linnésches System der hochtrabenden Kunsteinteilung mit obligaten Werturteilen auswendig zu lernen.

Als ich Ihre neuerstandene, dem Sinn eines Kenners, der großen Überlieferung wahrhaften Mäzenates entstammende Sammlung der Oskar-Reinhart-Stiftung betrat, hörte ich diesen ganz besondern Ton, der mir von dem Vorkriegstag in Halle her im Gedächtnis geblieben war. Ich stand mit freudigem Erschrecken wieder vor Bildern Karl Blechens.

Blechen – sieben Jahre nach Goethe gestorben –, gemalt hat er schon mit der rasch das Wesentliche aufzeichnenden Freiheit der Großen aus der zweiten Jahrhunderthälfte. Das Wesentliche aber für ihn lag genau im eigentlichen Sinn dieses vielgebrauchten Wortes «wesentlich». Er erkannte nämlich den innern Gehalt einer Landschaft, eines Tages, einer Stunde; er vermochte es, wahrhaftig aufzuzeichnen, und es liegt etwas in seiner Art des Aufzeichnens, etwas, das uns – wir mögen noch so viel gewandert und bewandert sein – in unserer eigenen Sprache eingeht. Er spricht gewissermaßen ein älteres Deutsch, das nicht jedermanns Sache ist, das wir aber besonders gut verstehen. Seine Art, sich auszudrücken, atmet und schwingt aus wie unsere Prosa aus der großen Zeit zwischen 1770 und 1840. Seine Horizontlinien sind unvergleichliche Schriftzüge, welche etwas aussagen, was nur kindhaften Wesen vernehmbar ist.

Karl Blechen gehört einer Zeit an, in welcher es Hauffs Märchen, Raimunds Zaubertheater, auch E. T. A. Hoffmann gab. In Karl Blechen wie in diesen Dichtern ist eine frühe Schicht des menschlichen Lebens, eine Fabulier- und Zauberschicht, von einer dem Zeitalter eigenen Lichtquelle aus besonders belichtet. Es ist mehr als langweilig, diesen besondern Umstand – anstatt sich seiner zu freuen – mit dem Worte «romantisch» oder gar mit der Formel «theatralische Wendung dieser romantischen Gesinnung» einfach abzutun und das Schubfach zuzuschlagen. Blechen war von Beruf Theatermaler. Auch seine theatralische Vision hat einen ganz besondern Rang. Alles, was jemals von wirklichen Künstlern oder Dichtern gefühlt und ausgesprochen, erkannt und aufgezeichnet wurde, welcher Art auch immer das Prisma war, durch das sie ihre Lichtquelle brachen, in uns selbst ist es auch vorhanden, in einer unserer unzählbaren Schichten ist es da; und wenn wir Werke der Kunst nicht klassifizierend und mit Zensuren bedacht in ein historisches Herbarium einschließen, sondern unmittelbar, unbelastet, genuin an sie herantreten, lassen sie in günstigen Augenblicken ganze Welten unseres eigenen Innern auferstehen.

Braque sagte mir einmal: «Die ausländischen Koloristen suchen immer nach harmonischen Farben. Ich setze zwei Farben hin, die sich hassen und uns zerreißen, dann aber finde ich ein Grau oder ein Olivgrün, und diese zwei feindlichen Farben beginnen zu singen, und alles löst sich in Freude auf.»

Von diesem Dekorationsmaler und späteren Akademieprofessor Blechen läßt sich sagen, daß er in Bildern, von denen vielleicht die bekanntesten «Das Palmenhaus der Pfaueninsel», das «Atelier Rudolf Schadows», jener herrliche, gedankenvolle «Blick auf Häuser und Gärten» oder das erste Fabrikbild des letzten Jahrhunderts, das «Walzwerk bei Neustadt-Eberswalde», sind – daß er, sobald er den Pinsel ergriff, in einer ihm eigenen Weise «Luft, Licht und bewegendes Leben» – nach Runges Wort – nach ganz eigener Art sich durchdringen und durch die im Licht sich begegnenden Farben klingen läßt. Fast immer ist er skizzenhaft und dann am schönsten, am reifsten in der raschesten Andeutung; in der Diskretion dieser Andeutung liegt das Mittel, durch welches er so vieles in uns mitklingen läßt, wenn wir ohne vorgefaßte Urteile und Begriffe vor seine Werke hintreten. Schillers Wunsch – das Poetische möchte in der bildenden Kunst zum Ausdruck kommen – ist in jedem besonnten Dachziegel, in jedem gefallenen Blatt, welches dieser Künstler hinmalte, enthalten – eine ihm eigene Poesie, die man überhören oder ablehnen kann –; mir ist sie so spürbar und so vertraut wie die Stimme Schuberts, des Musikers, von welchem Beethoven gesagt hat, er sei so musikalisch, daß er auch einen Steuerzettel komponieren könnte.

Ja, es ist in diesem norddeutschen Maler etwas vom Abglanz Schubertscher Musik vorhanden, auch dann, wenn er Balladen in Bildern komponiert, wie jene Darstellung eines Blitzschlages im Walde, die man ihm zum Vorwurf macht, weil er ein «Genrebild» gemalt habe. Genrebild – auch ein schönes Wort übrigens, wenn man es auflöst und versucht, seinen wirklichen Sinn zu erfassen.

Einst ging ich in Siena durch eine enge, schattige Gasse; plötzlich hörte ich Galoppschlag auf dem Pflaster; ich wandte mich um, sah einen kleinen, grell von der Sonne beschienenen Platz und mitten auf dem Platz ein lediges Pferd, einen Hengst, dem ein junger Bursche, beinah ein Kind, sich in die Halfter hing, und das Pferd, in einem Tumult von Sonnenlicht und bäumender muskelstarker Bewegung, stieg und hob seinen Bändiger hoch: Schreck und Übermut waren im aufgerissenen Auge des jungen Tieres.

«Sehen Sie, wie herrlich», rief ich meinem Begleiter, einem Kunstgelehrten, zu – aber schon waren Pferd und Knabe in einer Seitengasse verschwunden. Der Wissenschafter hatte nichts gesehen; vielleicht rechnete er auch solche Naturereignisse zur Romantik oder zu den Genrebildern und billigte derartiges höchstens nachgewiesenermaßen echten Delacroix oder Géricaults zu.

Bei Blechens vom Blitz getroffenen Gespann aber ist ein solcher Augenblick des dramatischen Lebens gesehen und festgehalten wie in einem Vers von Bürger oder von Immermann.

Sie sehen, ich erlaube mir, so wie es in dem jetzt üblichen Kauderwelsch heißt, völlig «subjektiv» zu sein und einfach meine Freude auszudrücken, meine Freude über die Wiederbegegnung mit dem Maler Blechen, der mich damals, 1937, in einer ausgebrannten Zeit, wieder an die kühlen Quellen anschloß. Neulich aber, auf unserem ungestörten abendlichen Gang durch die neue Galerie Ihrer Stadt, hat diese Wiederbegegnung, nach all dem, was in der Welt seit jener Stunde in Halle geschehen war, mich beglückt. Ich lebe jetzt im

Westen unseres klein gewordenen Kontinents; ich habe, je länger ich dort weile, immer mehr den Verdacht, daß unsere «Westler» – um mit Dostojewskij zu reden, denn auch wir haben solche, und mit Recht –, daß diese «Westler» ungeheuer erstaunt wären, wenn es ihnen einmal gelingen sollte, wirklich in das westliche Leben einzudringen, wenn sie gezwungen würden, das Leben, dessen Kräfte die westliche Kunst erfüllen, vor der sie bewundernd und – wie sie meinen – kennerisch stehen, nun auch zu lernen, an ihm teilzunehmen. Sie würden, je weiter sie vordringen, immer deutlicher einsehen, daß es unendlich viel leichter ist, als Zuschauer durch eine Bildungskonvention hindurch zu bewundern, als sich mit den wirklichen Ursachen der bewunderten Kulturleistung tatsächlich einzulassen. Sollten sie aber jenseits von Fiktion und Konvention geschirmter, beschützter, abseits stehender Betrachter es versuchen, sich auf das Abenteuer einzulassen, dann würde sie in einem bestimmten Augenblick der Erkenntnis etwas wie Heimweh anrühren, und sie würden dann, zu Hause und wieder in ihrer neuen Kunstsammlung angelangt, in der unvergleichlichen Bergluft Waldmüllers oder in Licht und Farbe bei diesem Blechen – der es mir nun einmal angetan hat – etwas ihnen selbst ganz Selbstverständliches und völlig Eigenes herausspüren, etwas tröstlich Vertrautes, das in jedem Kinderlied, welches sie einst gesungen haben, mitklingt und das vor allem in den Worten, im Tonfall ihrer eigenen Sprache liegt, der Sprache, von der sie nicht lassen können, wie sie sich auch wenden und wie sie sich auch auf Umwegen über bildungsmäßiges Streben zu verwandeln suchen.

RODIN

Auf den Märkten der antiken Städte standen, aus dem selben Stein gehauen, aus welchem die Städte erbaut waren, Götter und Heroen, menschliche Körper, Einwohner der Städte, welche mitten unter der Menge der Vorübergehenden unsterblich schienen. Sichtbar von allen Seiten, drehten sie sich mit dem Auge der sie Umschreitenden und mit dem Licht, das vom Osten kühl sie anleuchtet und abends aus dem Westen ihre Wärme und ihren Tiefsinn enthüllt. Von wo aus immer das Licht sie ergreift, es trifft auf ihre geheimnisvolle Überlegenheit.

Später werden sie aus den Hainen und von den Höhen durch das christliche Wort vertrieben. Jetzt wird das stumme Geschlecht der Steinernen in Kirchen und Dome berufen. Der Körper in seiner Freiheit genügte nicht mehr; vom Tagesgestirn treffen ihn nur noch bestimmte Strahlen; durch Gebärde und vorbestimmten Platz erhält er seine liturgische Bedeutung.

Dann, nach Jahrhunderten der geordneten Hierarchie, öffnen sich die Kirchen und die ummauerten Städte. In Palästen und Gärten wird die Kunst zum Schmuck, zum Spiel und zum Widerschein des einst Gewesenen. Vorbei an der bilderfeindlichen Reformation treten die Statuen ins Freie, um festliches Leben zu begleiten und zu schmükken. Dann kommt die Zäsur der großen Revolution, und mit den Palästen und ihren Gärten verschwindet das Schattengeschlecht antiker Götter.

Jetzt erscheinen die Werke der plastischen Kunst auf öffentlichen Plätzen, an öffentlichen Gebäuden; neue, rasch erhobene, rasch gestürzte Idole, rasch vergessene Helden des Tages werden dargestellt: die Vernunft, die Freiheit, der Gewerbefleiß. Der nackte Körper zieht sich auf die Friedhöfe zurück. Man wird nachahmend akademisch. Mit Winckelmann beginnt archäologische Lehrmeinung bestimmend in die Kunstübung der Lebenden hineinzuwirken. Dabei kennt man die Kunst der Griechen noch kaum. Wenn etwas davon aus dem Boden steigt, so wird es meist als etwas Minderwertiges angesehen, verglichen mit dem Apoll vom Belvedere. Die Vatikanische Skulpturensammlung mit ihren Tausenden von römischen Kopien hatte im Laufe eines halben Jahrhunderts die Augen so sehr verdorben, daß kaum jemand die unheimliche Lebensgewalt der originalen hellenischen Kunst mehr empfand.

Kürzlich sagte mir ein bedeutender Bildhauer in Paris: «Rodin erscheint so groß, weil er endlich die Öde der akademischen Kunst des beginnenden 19. Jahrhunderts überwand. Damals war alles besessen von der ‹ausbügelnden Kopistenmanier› römischer Plastik. Sogar Stendhal, der Klarsichtige, dieser Bewunderer Winckelmanns, ist noch auf vieles hereingefallen. In der Tat, einzig ein in Deutschland merkwürdigerweise fast unbekannter Autor, der Verfasser des ‹Ardinghello›, Heinse, hat es gemerkt. Nach Canova und Thorwaldsen war Rodin eine Überraschung. Denken Sie einen Augenblick an Schadow, der nach seinem eigenen Wort ‹in Rauch› aufging.» Gemeint ist Christian Rauch. «Aber», sagte der Bildhauer, «der Durchbruch ist gar nicht voraussetzungslos. Wenigstens bei uns in Frankreich nicht. Allerdings, auch wir haben Klassizismus getrieben, jedoch: Houdon lebte bis 1828; es erschienen Pigalle, Falconet, Claudion, und diese unterlagen nie wirklich einem Zeitgeschmack; nur die Schwächlinge taten es. Leute wie Chaudet, Cortot, Perret arbeiteten im Canova-Stil, Rude hat zahm angefangen, auch Carpeaux. Plötzlich aber setzen sie ein: Rude in seiner Marseillaise, Carpeaux in seinem Tanz an der Oper. Sie brachten Natur, die alte sinnliche Natur der französischen bildenden Kunst. Einer der reinsten Durchbrecher des Klassizismus ist Barye, der Tierplastiker; mit dem jungen Géricault erscheint er als ein Pionier der Natürlichkeit, nach ihnen war Rodin unausweichlich.»

Die Kunst Rodins ist eine pathetische Kunst; ihre Leidenschaft, ihr Leiden werden durch die ungeheure Bewegung der von allen Antrieben gejagten

Körper ausgedrückt. Rodin hat es selbst erkannt und hat gesagt, die Bewegtheit, das hingerissene Ausdrucksspiel der durch die Kraft des furchtbaren Lebens entfesselten Gebärden bedeute ihm mehr als die Körper selbst. Vergegenwärtigen Sie sich den Körper des Verlorenen Sohnes von Rodin, «l'Enfant Prodigue», die in den Fels angestemmten Knie, den im qualvollsten Ansturm der Reue nach rückwärts geworfenen Leib, die Arme, welche die Luft wie bei einem Herzschuß peitschen, und dann – es handelt sich um eine starke Umstellung – vergegenwärtigen Sie sich einen jener Buddhaköpfe der Khmer-Epoche. Beide Inspirationen, die religiöse ferner Zeiten des Fernen Ostens und diejenige des uns noch so nahen, unendliche Bindungen lösenden 19. Jahrhunderts, die Kunst Rodins. Beide Möglichkeiten des plastischen Ausdruckes durch die Mittel des menschlichen Körpers stammen von der Kunst der Ägypter und der Griechen. Aber betrachten Sie das Antlitz eines Buddhas vom Tempel von Angkor – es ist völlig unpathetisch, so fern vom Leiden, als sich ersinnen läßt. Denn unter seinem rinnenden Schlaf, eingebettet in Hoheit, Ruhe und Ewigkeit, ist es erlöst. Die Kunst aber, deren Vertreter Rodin ist, diese Kunst am dramatischen Ende eines großen Kulturkreises, dem wir gerade noch angehören, ist unerlöst. Sie ist titanisch, prometheisch; sie ist eine plastische Verwirklichung und Übersteigerung jenes Stils des edlen Aufruhrs, des trotzigen Dennoch, die in Beethovens Werk verhalten und ungeheuer ernst das letzte Jahrhundert einleitet. Rodin geht weit über diesen Stil hinaus. Auch seine Regeln sprengt er. Das eherne Gefäß, in dessen begrenzenden Wänden das Beethovensche Melos tönt, ist geborsten, und seine Leidenschaft verströmt. Rodin steht näher bei einem andern Pathetiker: bei Victor Hugo, den er lebenslang bewundert, gesucht und schließlich gefunden hat, um ihm ein Monument zu setzen, in welchem der wohl größte Beherrscher der französischen Sprache wie ein gebieterischer Thaumaturg den Arm reckt und sein romantisch-rhetorisches Ethos kündet.

Als man den freundschaftlichen Gedanken hatte, mir die Einladung zukommen zu lassen, in meiner Vaterstadt einige Gedanken im Zusammenhang der Rodin-Ausstellung zu äußern, erschrak ich. Ich dachte an den herrlichen Vortrag meines unvergeßlichen Namensvetters, des Bildhauers Carl Burckhardt. Ein solcher großer Gegenstand ist sehr weit entfernt von den Aufgaben, denen ich mich in den letzten elf Jahren zu unterziehen hatte; im Laufe meines Pariser Aufenthaltes, seit 1945, bin ich ein einziges Mal dazugekommen, in das meinem Haus benachbarte Rodin-Museum zu gehen; in Meudon war ich noch nie. Den ersten Eindruck von der Kunst des Meisters erhielt ich in Basel im

Jahre 1919; von der damaligen Schau blieb mir der Balzac am kräftigsten in der Erinnerung haften; über sein Entstehen, über welches zu Ihnen von berufenster Seite gesprochen wurde, hörte ich manches durch das lebendigste Element der Bildung: das Gespräch.

Vor Monaten einmal unterhielten wir uns in einem Kreise von Künstlern über das Pariser Handwerk. Eine rein geschäftliche, dienstliche Frage bot mir Gelegenheit, kurz darauf eine alte, große Handwerkstätte zu sehen. Wir fuhren nach dem seinen Namen von einer Redoute Sebastopols tragenden Vorort Malakoff hinaus, in die Erzgießerei Eugène Rudiers. Drei Brüder Rudier haben in der zweiten Hälfte des letzten Jahrhunderts Kunstgießerei betrieben: François und Victor sowie Alexis Rudier. François und Victor gossen Statuen und Statuetten, Alexis verfertigte Kleinkunst, Goldschmiedearbeiten in Gold und Silber, bisweilen kleine Bronzen. Eugène Rudier ist der Sohn des Alexis; in der peinlich genauen Schule des Vaters und der Oheime, an der Feinheit, dem wertvollen Material hat Eugène sein Können und seinen Geschmack geschult; er hat dort das Sandgußverfahren gelernt, die Kunst auch des Ziselierens, das Geheimnis der Patinierung. Aber von Kind auf bewunderte er vor allem die Bronzen, welche die beiden Brüder seines Vaters herstellten. Nach dem Tode Alexis Rudiers, im Jahre 1897, während seine Mutter noch das väterliche Geschäft an der Rue de Saintonge weiterführte, 19jährig, schuf er im Sandverfahren in einem Guß die Skizzen, welche die Söhne des Mathurin Moreau gemeißelt hatten. Bald darauf machte er im Atelier des Jules Desbois in Auteuil die Bekanntschaft von Auguste Rodin.

Man hat geschrieben, Rodin sei mit dem Gießer sehr streng gewesen. Ich habe den alten Monsieur Rudier danach gefragt; er antwortete mir: «Rodin streng? Er hat seine Gipsmodelle geschaffen, hat sie von meinen Angestellten abholen lassen und hat sich nicht mehr darum gekümmert; nein, Maillol, der wollte alles selbst nachsehn, und er gab ausgezeichnete Ratschläge. Aber Rodin – kaum hatte er ein Gipsmodell fertig, fing er mit dem nächsten an; er hat sich auf seinem Wege nie umgewandt; er war selbst viel zu sehr von der Gilde, als daß er unsereinem ins Handwerk gepfuscht hätte.» Rodin gab Rudier zuerst einige kleine Arbeiten in Auftrag, dann wußte er, mit wem er es zu tun hatte; er beauftragte ihn mit der Statue «Age d'Airain», mit der «Eva», mit dem «Penseur», mit den «Bürgern von Calais» und schließlich mit der «Höllenpforte», die Rudier auch aus einem Guß vollendete.

Bourdelle, Maillol, Despiau folgten Rodins Beispiel. Die Arbeit für die Goldschmiede gab Rudier nicht auf. Die Aufträge folgten sich dann in den ersten dreißig Jahren, mit denen das 19. Jahrhundert noch in das 20. hineinragte; das Atelier lieferte Rodins «Victor Hugo» und den «Poilu» von Jean Boucher, Landowskis Denkmal «Edouard VII», die Werke von Bouchard, von Théodore Rivière, von Gardet, Dardé, Max Blondat, Monnies, Yrurtias. Der französische Staat übergab ihm die schwierige Aufgabe, die großen Bleigruppen der Wasserspiele in Versailles zu erneuern.

Der alte Herr Eugène Rudier spricht die reinste Pariser Stadtsprache, die ich zu hören noch den Vorzug hatte. Er trat, als ich ankam, aus seinem Kontor; er verließ das Stehpult, den Raum, den er seit Jahrzehnten mit drei Mitarbeitern teilt – in seinem weißen Bart, trocken, genau, kurz, witzig, wie ein alter Basler. Lächelnd beginnt er die Führung durch seinen Bereich. In der ersten Remise werden die Gipsmodelle gesäubert, in der zweiten stehe ich vor den Bürgern von Calais, die jetzt so herrlich über den Barfüßerplatz schreiten, und vor mir an der Längswand steht das Höllentor, das vierte, das Rudier gegossen hat. «Dieses vierte war für Japan bestellt», sagte er mir, «das andere, das in Zürich ist, das hatten die Deutschen bei mir auf dem Umweg über das Rodin-Museum in Auftrag gegeben; wissen Sie, wir arbeiteten mit Absicht sehr langsam und wurden zu spät fertig.» Dann schloß er seine scharfen, klugen, wissenden Augen. «Schade», sagte er, «die Zürcher, die für großzügige Leute gelten, sollten es behalten; so eine Gelegenheit kommt nicht wieder. Eines steht im Rodin-Museum, eines in Philadelphia; dieses eine genügt für den andern Kontinent. Wir wollen doch versuchen, auch etwas für Europa zu behalten; das müssen wir. Aber wenn wir wegen unserer nationalistischen Dummheit von Land zu Land unter Künstlern Konkurrenzneid treiben, dann verlieren wir alles. Unsere Kunst ist vielleicht nicht international; aber sie ist europäisch.»

Unter allerlei Gesprächen kamen wir zur Gießerei. Fast alle Arbeiter waren grauhaarige Männer wie ihr Meister. «Ja, ja», erriet er meine Beobachtung, «sie sind fast alle alt, mit ihnen und mit mir wird diese Kunst des Gießens, die wir hier betreiben, aufhören. Wir bekommen keine jungen Arbeiter mehr. Sie wollen nicht mehr. Wir waren einst wie eine große Familie. In den Zeiten, in welchen es galt, etwas Besonderes zu leisten, haben wir oft von vier Uhr morgens bis spät nachts oder sogar in die nächsten Morgenstunden hinein gearbeitet. Da kamen auch alle Freunde. Immer war es eine Spannung, eine Sorge bis zuletzt; wie leicht kann beim Guß etwas geschehen! Man kann nicht weggehen, auf morgen aufschieben; wie oft blieb Maillol bei uns bis zum Schluß! Alle waren dabei mit einer Freude, einer Begeisterung, die man sich im Fabrikbetrieb nicht vorstellen kann. Aber jetzt geht das nicht mehr. Jetzt muß man um sechs Uhr abends aufhören, und der Samstag ist frei. Natürlich, die Arbeit ist auch hart; man muß Hitze und Kälte aushalten. Äußerste Behutsamkeit und große körperliche Kraftanstrengung sind nötig. Nein, wenn ich abtrete, dann ist es aus mit diesem Handwerk; niemand will es mehr lernen. Es ist wie mit den Steinmetzen; auch die findet man kaum mehr; sie sterben aus.»

Später gingen wir dann hinüber ins Wohnhaus, das an den Fabrikhof angebaut ist. Madame Rudier, die uns in einem kleinen Raum ebener Erde mit dem Blick auf Gemüsegarten und Spaliere empfängt, füllt schöne Gläser mit dem besten Wein des alten, immer noch an so viel Glück gewöhnten Landes; an den Wänden stehen und hängen lauter Werke großer Meister der letzten fünfzig Jahre. Madame Rudier hat die ganze große Geschichte der französischen Bildhauerei und Malerei der letzten vierzig Jahre miterlebt; sie hat alle Maler und Bildhauer, die berühmten, die verkannten, die spät erkannten, aus und eingehen sehen. Maillol hat die letzten Jahre bis zu seinem Tode bei ihr gewohnt. «Sein Tod?» – «Unsinn alles, was man erzählt», sagt sie, «ein ganz gewöhnlicher Automobilunfall.»

Sie sieht sie noch alle vor sich: Bourdelle, er hat bei seinem Vater gelernt; der Vater war Schreiner in Montauban. In Toulouse hat er an den Beaux-Arts studiert; er erzählte unmögliche, saftige Geschichten mit der südfranzösischen Aussprache. «Er ist auch bei uns gestorben», sagte sie, «an seiner alten Herzkrankheit. Ich werde nie vergessen, als er starb, hatte er plötzlich einen Ausdruck der Augen, voller Entzücken und Erstaunen, als sehe er etwas ganz Wunderbares; dann schloß er die Lider und war tot.»

«Maillol war ein Bauer; bevor er Bildhauer wurde, war er Teppichweber. Er hat die Frauen wirklich gern gehabt. Außer seinem Radfahrer kenne ich nur Frauenfiguren von ihm.»

«Und Rodin?»

«Ha, Rodin, ce trapu avec sa grande barbe.» Sie lachte. «Immer trug er eine so mystische Miene (un air mystique) zur Schau, vielleicht weil er ein gewesener Mönch war, Mönch und Faun, ein unermüdlicher Arbeiter wie kein anderer, und dabei hatte er einen Appetit, eine Sinnenfreude! Auch seine Freundin, Rose Beuret, die kleine Blumenverkäuferin, habe ich gut gekannt. Sie war während eines Menschenalters sein Modell. Es fiel ihm erst ein, sie zu heiraten, als sie siebzig Jahre alt war, eigentlich weil wir ihm zuredeten. In einer Art von Tempel, in Meudon, den Rodin für 40000 Franken gekauft hatte, fand die Hochzeit statt. Ich erinnere mich noch genau, wie die Tauben an dem Tage gurrten, die vielen kleinen Pekineser Hunde bellten; die Schwäne fuhren stolz wie Fregatten auf den Teichen herum. Leider hat sich Rose aber auf dem Standesamt erkältet, und wenige Tage nachher war sie tot.»

Ich werde immer mit Freude an die Stunden in der Werkstatt und im Hause des Maître fondeur zurückdenken. Es war, als trete man in einen großen, ganz ungewöhnlichen Familienkreis, und all die Toten, jeder so bedeutend in seiner Art, seien noch da, gingen aus und ein; die beiden Gastgeber, der Mann und seine Frau, beide waren sie noch auf dem Posten; sie schienen die andern jeden Augenblick zu erwarten; niemand hätte sich gewundert, wenn plötzlich Rodin oder Maillol den Raum betreten hätte.

Alle bedeutenden Schöpfer innerhalb der französischen Kunst waren Leute von größter Einfachheit im Alltäglichen. Ich habe zu Beginn der dreißiger Jahre durch Basler Freunde den Bildhauer Despiau kennengelernt. Er war so verschieden von Rodin, als sich nur denken läßt; aber in der natürlichen Art des Auftretens – ich liebe das deutsch-schweizerische Wort «schlicht» nicht mehr; es läßt sich auch auf das, was ich sagen will, nicht anwenden –, nein, ich meine in der Art des Auftretens, die sich in nichts von derjenigen eines selbstsicheren Handwerkmeisters unterscheidet, war er ihm ähnlich; nicht ein Schatten von Prätention, von Bohememaskerade, von Geniepose, eine selbstverständlich höfliche Einstellung zur Umgebung, zu den täglichen kleinen Sorgen. Ich habe denselben Despiau dann vom Jahre 1945 an wiederholt gesehen bis zu seinem Tode. Er starb am Mißverständnis; man hatte ihm ungerechterweise etwas angetan, das er nicht überstehen konnte. Er war immer derselbe, ein stiller, einfacher, höflicher Handwerker mit seinen täglichen Sorgen und in Augenblicken auch Freuden. Aber durch das Leiden war eine Größe in ihm, in seiner absoluten Strenge und letzten Aufrichtigkeit gegenüber dem Werk, eine Großartigkeit in den Tagen und Wochen, in denen er sich physisch kaum mehr aufrecht zu halten vermochte, bis zuallerletzt. Nun, diese Größe wäre nicht echt, wäre gar nicht möglich gewesen, wenn er sie durch «Allüren» vorweggenommen hätte.

Darin war Rodin gleicher Art. Rodin, Maillol, alle so unversehrt von dem törichten Rampenlicht des Ruhmes.

Es hat mich immer seltsam berührt, daß das über die ganze Produktion dieses mächtigen Bildners hinausgehende, das 19. Jahrhundert abschließende Werk, daß das Werk, das die Summe seiner Lebensarbeit enthielt, das Tor zur Hölle werden mußte. Nie habe ich diesen gewaltigen, alle Formen in sich hineinschlingenden Versuch eindrucksvoller gesehen als im Widerschein der Feuer und des glühenden Gusses in Meister Rudiers Werkstatt. Dieses Werk trägt noch mehr als die meisten andern Schöpfungen Rodins das Zeichen einer kurzen

Zeit vor Ausbruch des Ersten Weltkrieges an sich, nämlich den Stempel jenes Stils, den man Jugendstil genannt hat.

Am Anfang dieser all sein Streben umfassenden Unternehmung soll Rodins Betrachtung der Bronzetorflügel Ghibertis am Baptisterium zu Florenz stehen, der frühern und der spätern, die ein Vierteljahrhundert, 1402 bis 1427, trennt, jene, von welchen (nach Vasari) Michelangelo gesagt haben soll: «Sie sind so schön, daß sie wohl an den Pforten des Paradieses stehen könnten.» Eine große Stilauflösung ist in dem an die Grenzen des künstlerisch Aussagbaren hineinreichenden Werke Ghibertis. Und stilauflösend, vermischend, beständig überwindend ist, wie gesagt, das 19. Jahrhundert, wenn es nicht steril und nachahmend ist. Aber auch diese primäre Anregung, diesen Auftakt seiner Erschütterung vor dem Werke Ghibertis hat Rodin bald vergessen. Im Unterschiede zum Florentiner Meister malt Rodin, der große Aquarellist, kaum mehr mit Bronze; er gelangt immer mehr wieder zurück zum wahren Relief. Als das Modell zu Rudier kam, war kaum mehr etwas Florentinisches daran; keine umrahmten Gemälde, keine Platten sind vorhanden; oben um die eine freie Figur über dem mit Figurenmassen beschwerten Block im Strudel fortgerissene, drängende, von den Tiefen angesogene, widerstrebende Körper. Alles für den Fernblick, alles in Kontrasten, alles dramatisch, Wechsel zwischen Ballung, Masse und jener Leere, jener leeren Luft, die im Unterschiede zu den italienischen Städten die Architektur von Paris bestimmt. Die Krönung des Vorgangs sind die drei Schatten, die, eine geborstene Krone, wiederum pathetisch, leidend, schmerzlich gespalten, vornübersinken, mit einem Schauer von Gewalt und Elend.

Weder der ursprüngliche Auftrag noch ein Vorbild wirken. Dante ist gerade noch vorhanden. Als Rodin das Werk begann, las er die «Göttliche Komödie»; er hat sie in seinem langen Leben immer wieder gelesen. Dantes Figuren sind da. Im «Denker» behaupten merkwürdigerweise manche, Dantes Züge zu erkennen. Anfangs waren Paolo Malatesta und Francesca da Rimini vorhanden, ebenfalls Virgil; Ugolino ist geblieben, auch die Mythologie Ovids, auch gotische Allegorien: der Geiz, die Lust, alles ist da, nackt und bloß, einzig der *Körper,* seine Macht, seine Sucht, seine Zusammenfassung im Genießen und seine Pein, Hunger, Durst, Haß, Liebe und über der Verzweiflung auch kurzes Aufleuchten des Glücks. Alle Register spielen, auch bisweilen die zartesten; Wendungen, die an Clodion oder Falconet erinnern, finden sich neben wahren Gewalttaten der leiblichen Lust, der dynamischen Gebärde bis zur Verrenkung. Alles, was dieser Mann in seinen zarten und bösen Leidenschaften erfuhr, ist hingeschrieben in der *Bewegung* der Leiber, die, wie wir sagten, ihm so viel wichtiger ist als die Leiber selbst. Flachrelief, Halbrelief, Vollrelief, Vollrundfigur, alle beherrscht er; es ist eine furchtbare Sicherheit, ein verdammtes Können dabei. Das Letzte, Gräßlichste, was er ausspricht, ist die Gruppe des Ugolino, jenes Tyrannen von Pisa, den der Bischof mit seinen zwei Söhnen und seinen zwei Enkeln dem Hungertode preisgab und der sein Leben, wie dies in unseren Breiten in den Jahren unseres Hierseins wieder geschah und noch geschieht, vom Fleisch der ihm Nächsten fristet. 1882 hat Rodin den Vorgang als Freigruppe modelliert; solchergestalt ist er noch unerträglicher, denn am Höllentor bleibt er mehr illustrativ andeutend; er könnte hier auch anders gedeutet werden, als Kampf etwa von Schiffbrüchigen, während in der Vollplastik die blinde «böse Gier» des Lebenswillens unverhüllt sich auswirkt.

Rodin hat einmal gesagt: «Skulptur ist die Kunst der Buckel und der Höhlungen, die Kunst, die Formen im Spiel von Licht und Schatten darzustellen. Licht heißt dabei nicht etwa Beleuchtung, sondern es handelt sich immer um die freie Luft.»

Er hat aufgezeichnet, was ein alter Steinmetz in Paris zu ihm sagte: «Modellierungen, das heißt Wellenbewegungen, die aus dem Stein oder dem Ton nach außen drängen: Wellenschlag der bewegten Form.» Der Steinmetz meint dabei dasselbe, was Schiller aussprach, als er sagte: «Es ist der Geist, der sich den Körper schafft.» Bei ihm handelte es sich im wesentlichen nie um ein Gemachtes, sondern um ein von innen heraus Geborenes.

Rodin hat als Kind viel auf der Straße gespielt. Dort machte er die Bekanntschaft eines alten Vagabunden, der auf dem Pferdemarkt des Boulevard St-Marcel, wenn die Händler in die Pinte gingen, die Pferde am Halfter festhielt. Zehn oder zwölf Jahre später wurde dieser Vagabund zum Modell eines der ersten Meisterwerke des Künstlers, des «Homme au nez cassé». In diesem Werke ist dasjenige, was der eben erwähnte Steinmetz aussprach, deutlich vorhanden. Noch unbedingter wirkt es in der Statue «L'Age d'Airain», dieser Jünglingsfigur, die er «Le Vaincu», «Le Blessé», «Le Réveil» nannte, bevor sie ihre feststehende Bezeichnung erhielt. – Sie kennen die Geschichte von dem Skandal, der sich an die erste Ausstellung knüpfte. Man behauptete, er sei ein Fälscher, ein Betrüger; Rodin mußte Beweise liefern, Photographien nach Gipsentwürfen, er mußte Zeugen stellen für seine Ehrenhaftigkeit.

Gut, der «Homme au nez cassé» wurde von einer Ausstellungskommission abgelehnt. Auch die «Bürger von Calais» sollten nicht aufgestellt werden, wie er es wünschte. Das Victor-Hugo-Denkmal wurde seinen ausdrücklichen Wünschen entgegen behandelt. Den Denker, «Le Penseur», hat man bei seiner ersten Aufstellung in Paris mit Axthieben entstellt. Damals war Rodin alt und schon berühmt; man hat diesen «Penseur» herumgezerrt, immer wieder mußte er seinen Standort wechseln. Den «Balzac» wiesen die Besteller, die «Société des Gens de Lettres», zurück, er sei nicht ähnlich. «L'Homme qui marche», den «Schreitenden», hatte Rodin der französischen Botschaft in Rom geschenkt. Er wurde im Palazzo Farnese in Michelangelos Hof aufgestellt; aber er gefiel dem damaligen Botschafter nicht. 1911, sechs Jahre vor Rodins Tod, wurde er wieder entfernt. Der Botschafter erklärte: In einem von Michelangelo erstellten Hof gehöre dieses Werk nicht hin; es halte den Rang der Umgebung nicht aus. Es ließe sich darüber streiten. Rodins dekorative Masken, die verkleinert am Monumentalbrunnen des Trocadero-Parkes angebracht wurden, verschwanden auf Betreiben irgendeiner feindlich gesinnten Kommission. Noch Rainer Maria Rilke meint in seiner Schrift über Rodin, sie seien verlorengegangen; aber man fand sie später wieder im Park von Sceaux, an Stelle der von dort verschwundenen Arbeiten des Louis-XV-Bildhauers Coysevox.

Ich muß bisweilen über die Empörung lachen, mit welcher Biographen berühmter Männer das Unverständnis, die Ungerechtigkeit der höhnenden, neidischen, verständnislosen, ablehnenden Zeitgenossen geißeln, wobei sich doch mit Sicherheit annehmen läßt, daß, sagen wir achtzig Prozent dieser Biographen, wären sie selbst dabei gewesen, genau so zu diesen ablehnenden Zeitgenossen gehört hätten. Dabei wäre übrigens, unter uns gesagt, ihre Funktion vielleicht nützlicher gewesen, als wenn sie nachträglich wehleidige Klagelieder anstimmen. Denn, nicht wahr, der Widerstand der Welt ist für jede große Leistung eine notwendige Voraussetzung, damit die Leistung sich an ihr stärke und in der Überwindung erhebe. Ich glaube, daß Rodin sich bisweilen sehr geärgert hat; aber ich glaube nicht, daß er unter derartigem litt. Er war zu kräftig dazu, zu produktiv, zu volksmäßig gescheit. Er hat von den Kritikern viel gelernt. Unter diesem Gesichtspunkt üben die Neinsagenden, die Ablehnenden sozial oft eine nützliche Funktion aus. Immer, seitdem der Meister Rodin und sein Werk in Erscheinung traten, hat es viele Leute, vor allem in seinem Vaterland, gegeben, und es gibt sie heute noch, die sein Werk kritisch frei betrachten; sie unterliegen nicht dem törichtesten aller Kulte, dem Kult für Menschen, und auch nicht der Hypnose der Berühmtheit. Schaffende Künstler wie Kunstkenner und Liebhaber müssen stark sein können in der Ablehnung, in der Abgrenzung; jeder hat nach Maßgabe seines eigenen Wesens zu wählen. Gegner sind nötig wie die Luft für einen schaffenden Künstler, und auch nach seinem Tod sind sie für sein Werk nötig, welches so lange lebt, als man es liebt und haßt – und stirbt, sobald man es einstimmig nur noch achtet.

Der ganzen Skala der Ablehnung entsprach immer, vom ersten Durchbruch Rodins zur Berühmtheit mit dem «Age d'Airain» an, die Begeisterung, und wie hoch das Pendel der Begeisterung auszuschlagen vermochte, versteht man am besten, wenn man sich vergegenwärtigt, bis zu welcher Macht des Ausdrucks die Ablehnung sich verstieg. 1913 hat ein französischer Dichter, wobei allerdings ein Gram, geboren aus schwerer Verkettung des persönlichen Schicksals, mitspielte, von Rodin geschrieben – ich gebe den Text auf französisch wieder, da er in der deutschen Übersetzung zu grell wirken würde:

«L'art de ce sculpteur est le plus lourd et le plus matériel qui soit. Certaines de ses figures ne peuvent réussir à se dégager du pain de glaise où elles sont empêtrées. Quand elles ne rampent pas, accolant la boue avec une espèce de fureur érotique, on dirait que chacune étreignant un autre corps essaie de refaire le bloc primitif De toutes parts impénétrable et compacte, le groupe renovie la lumière comme une borne.»

Wenn man Ebenbürtiges aus derselben Zeit im Sinne der Anerkennung lesen will, Verherrlichung, fast Anbetung, dann greife man zu Rilkes Buch «Rodin». Rilke als Mitteleuropäer vermochte es, sich ganz dem Werk und Wesen eines ihn führenden Schöpfers hinzugeben.

Rodin hat immer allem die Arbeit entgegengesetzt, diese unablässige Arbeit, in welcher eine produktive Welle die andere trieb. Er hatte nie Zeit, mit sich selbst beschäftigt zu sein. Die Lust des Sehens, die Wonne des Übertragens und Nachbildens war so tief und stark in ihm wie die gewaltige männliche Sinnenfreude, die ihn an das leibliche Dasein band. Rodins Vater, der aus der Normandie stammte – die Mutter war eine fromme Lothringerin –, war Pariser Polizist; er schickte den Sohn, als er elf Jahre alt war, in ein Privatgymnasium, das von einem Onkel väterlicherseits geführt wurde. Rodin kam in der Schule nicht nach. Sein Vater war verständig genug, ihn sofort in die sogenannte «Petite Ecole», die Vorstufe zur Ecole des Beaux-Arts, zu schicken. «Zum erstenmal sah ich Tonerde», erzählt Rodin, «ich glaubte, im Himmel zu sein, und hörte nicht auf mit Arbeiten.» Aber trotz seinem begeisterten, jahrelang dauernden Bemühen fiel er dreimal durch das Aufnahmeexamen der Ecole des Beaux-Arts, sicher ein Glück für ihn und seine Kunst. Er trat bei einem Dekorateur in die Lehre, und dreiundvierzig Jahre lang, bis zum Jahre 1900, war er als Kunsthandwerker tätig. Das hat ihm metiermäßig eine Ausdauer, ein souveränes Können verliehen, die er auf andere Weise nie erreicht hätte. Sie kennen die vielen Arbeiten, die er im Zeitgeschmack des zweiten Kaiserreiches verfertigte, Sie kennen auch die nach seiner ersten Italienreise im Stil Donatellos improvisierte Porträtbüste seines Vaters, und Sie sehen nun auch den schon erwähnten Mann mit der gebrochenen Nase, in welchem schon seine eigene Art vorliegt, deutlich vor Augen.

Rilke meint mit Recht, bei Rodin sei es nicht angezeigt, biographisch in die Kulissen des Privatlebens zu schauen. Klatsch ist bei Saint-Simon, bei Balzac und bei Proust vorhanden. Sie sind große Soziologen und Kulturhistoriker. Bei ihrer Aufgabe ist ein ganz bestimmter Sinn für Klatsch und Psychologie nötig. Das, was die Franzosen «la petite histoire» nennen, ein Gebiet, worin sie Meister sind, verhält sich zu den sogenannten Ereignissen wie das Fleisch zum Gerippe. Die kleinen Züge und Nachrichten sind auch für die politische Historiographie nötig, im Unterschied zu der Annahme der Stubengelehrten, man könne die Geschichte aus Staatsakten, diplomatischen Korrespondenzen und Statistiken zusammenschustern. Für die Geschichte aber eines großen Künstlers ist meiner Ansicht nach in der Tat die Einzelheit des biographischen Vorganges viel nebensächlicher: das Leben ist eben das Werk.

Durch die Andacht und Konzentration, mit der Rodin die Natur belauschte, hat er die Materie, ob Metall oder Stein, ob Gips oder Kreide, ob Wachs oder Glasfluß, mit einem Grad von Leben erfüllt, wie das in neuern Zeiten vor ihm nicht geschehen ist. Es war sein eigenes Leben, durch die Naturbeobachtung geformt, das er da hineingab. Er hat einmal gesagt: «Die Natur ist immer in Bewegung, sie steht nie still.» Ob er malt, dieser Zeitgenosse der Impressionisten, oder ob er modelliert, er weiß immer, wo das Licht liegen wird auf der Oberfläche des von ihm geschaffenen Gebildes, er weiß auch, wo das Spiel der Schatten noch durchsichtig bleiben muß. Er hat einen ungeheuren Sinn für Rhythmus. Wie töricht die Anklage war, es handle sich bei dem «Age d'Airain» um einen Naturabguß, geht daraus hervor, daß kein lebendes Modell, kein nackter Körper jemals so geschlossen in der Silhouette und so einheitlich in der Flächenbewegung aussehen könnte. Solches erreichte er nur durch den Rhythmus des Modellierens; der Rhythmus gipfelt in der Statik der ganzen Figur. Denn dieser Mensch aus dem Ehernen Zeitalter muß unbedingt, wenn er nicht umfallen will, im nächsten Augenblick einen Schritt nach vorn machen. Es enthält diese Statue also nicht nur die Wahrheit eines Körpers, sondern auch die Wahrheit dessen, was wir als das eigentliche Ziel dieses Künstlers betrachten, eben der Bewegung selbst.

Dasselbe, was für die Statuen gilt, wäre auch für Rodins Bildnisse zu sagen, unter denen mir die Büste des Bildhauers Daloux die liebste ist: kleine Flächen, große Flächen, Energie, Klugheit, Traum, bittere Erfahrung, alles ist hier in einem seelischen Ausdruck vorhanden, und diesen Ausdruck erreicht er durch den vom Innern der behandelten Materie kommenden, rhythmisch wie von einem Komponisten geführten Wellengang. Man kann die Fülle der Entwicklung von Rodins Künstlertum, ihre ständige Bereicherung ermessen, wenn man sein Frühwerk, die hervorragende Büste des Paters Pierre-Julien Eymard aus dem Jahre 1863, sieht und sie vergleicht mit dem Bronzebildnis von Jules Daloux, das zwanzig Jahre später, 1883, entstanden ist. Manchmal schafft er auch Gesichter völlig ohne Schatten, nur mit Licht, wie bei dem Frauenkopf der Madame F., der fünfzehn Jahre später, nämlich 1898, entsteht. Hier geschieht auf der Oberfläche einer Marmormasse fast gar nichts mehr an Bewegung. Aber denken Sie an ein anderes Beispiel. Vielleicht kennt der eine oder andere unter Ihnen das Buch «Erinnerungen aus dem alten Europa» von Helene von Nostitz. Die Verfasserin war die Gattin des letzten sächsischen Gesandten in Wien; sie lebte als junges Mädchen bei ihrem Onkel, dem deutschen Botschafter in Frankreich, dem Fürsten Münster. 1902 hat Rodin ihre unterlebensgroße Büste geschaffen, mit derjenigen der Japanerin Hanako das zarteste seiner Werke im Gebiet des Porträts. Frau von Nostitz war eine gute, sehr musikalische Pianistin. Sie hat Rodin während der Sitzungen oft vorgespielt; es ist eigentümlich und des Nachdenkens wert, daß gerade er Mozart am meisten liebte. Eines Tages sagte er ihr plötzlich:

«So, jetzt sehe ich Sie.» Dann begann er das Werk, das aufsteigt aus der Halslinie wie ein sich zart hebender Wasserguß bis zu einer lichterfüllten Vision des nur angedeuteten Gesichtes. Als er fertig war, ließ er es in Glas ausführen; das Material erschien ihm klingend, der Musik am nächsten. Zum Modell sagte er beim Abschied: «Et maintenant, ma chère enfant, ne tombez jamais entre les mains de mauvais artistes.»

Rodin liebte auch den Ausdruck von Händen, auch hier den Rhythmus des Lebens, der aus ihnen spricht, er liebte ihre Begabung und ihre Klugheit. Denken Sie einen Augenblick an jenes leicht gefaltete Händepaar, das er zuerst «Die Vase», später «Die Kathedrale» genannt hat. Von den redenden Fäusten der «Bürger von Calais» bis zu dieser Melodie durchgeistigter Finger im Zustande einer wunderbaren Erhebung und Reinheit hat er die ganze Skala der Ausdrucksmöglichkeit dieser Griffwerkzeuge des Körpers abgewandelt, bis zur gekrallten gräßlichen, in Schmerz, Haß und Verzweiflung verkrampften Hand, die er als Studie zum Höllentor schuf. Es ist mit den Händen wie mit den Gesichtern, ihr Ausdruck wechselt unablässig: Man mag Gesichter und Hände belauern, wie man will, tagaus, tagein, durch Jahre hindurch; der eigentliche Moment der Zusammenfassung, in welchem alles zutage tritt, ist vielleicht einmalig, vielleicht geht er unbemerkt vorüber, manchmal auch erscheint er erst eine Stunde nach dem Tod.

Aber dasjenige, was wir Rodins Pathos genannt haben, kommt ganz nur in den bewegten Körpern zum Ausdruck. Als Rodin im Knabenalter in Beauvais die Schule, in der er so unglücklich war, besuchte, ging er nicht mit seinen Kameraden während der Pausen zum Spielen, sondern er blieb im Klassenzimmer. Man hat ihn beobachtet, wie er auf dem Katheder stand und mit lauter Stimme und großen Gebärden leidenschaftliche Reden von Freiheit und Menschenglück in rollenden Tiraden, die er bei Victor Hugo so sehr bewunderte, an seine nichtvorhandene Zuhörerschaft richtete. Er wollte Volksredner werden. In seinen bewegten Körpermassen ist nicht nur Hang zum Pathos, sondern Hang zur Deklamation, zum Anruf und Ausruf vorhanden. In der schreitenden Statue des «Täufers» ist dies deutlich; nicht nur in der Gebärde, nein, auch in der Haltung des Hauptes, dem Ausdruck des halboffenen Mundes, des brennenden Auges ist etwas Demagogisches, das Massenzuhörer als fanatisierte Gefolgschaft heranholen will. Man hört die Stimme aus der Wüste. Dieses Bildwerk stammt aus dem Jahre 1879; fünf Jahre später schuf er die «Bürger von Calais».

Sie kennen die Stelle aus der Chronik von Frankreich, England, Schottland, der Bretagne und Spanien des 1404 als Kanoniker verstorbenen Jean

Froissart, die Begebenheit, welche der Chronist als zehnjähriger Knabe miterlebt hat. Sie lautet:

«Im Jahre 1347 ward Calais von Eduard III., dem König von England, belagert. Als der Hunger unerträglich wurde, wollten die Bürger verhandeln. Aber der König verlangte bedingungslose Kapitulation. Die Stadt hielt weiter aus, bis der König endlich einwilligte, Gnade zu geben, wenn sechs ihrer vornehmsten Bürger sich in seine Hände lieferten, auf daß er an ihnen tue nach seinem Willen. Er verlangte, sie sollten die Stadt verlassen, nur mit dem Hemde bekleidet, barhaupt und barfuß, mit einem Strick um den Hals, die Schlüssel von Stadt und Festungstor in Händen. Es wurden die Glocken geläutet, als der Bürgermeister die Männer der Stadt auf dem Marktplatz versammelte und ihnen die Botschaft brachte. Man wartet und schweigt, dann hört man Schreie und Weinen. Es treten nacheinander vor: Eustache de Saint-Pierre, der reichste Mann der Stadt, Jean d'Aire, Jacques und Pierre de Wiessant, Andrieux d'Andres und Jean de Fiennes. Alle, wie gefordert, von gutem Adel. Auf dem Marktplatz entkleiden sie sich bis aufs Hemd. Jean d'Aire nimmt die Schlüssel, und unter Glockengeläute wandern die sechs Helden hinaus ins englische Lager. Neben dem König steht der Henker mit dem Richtbeil. Da bat die Königin, die in den nächsten Tagen ein Kind erwartete, den König um das Leben der sechs. Und der König willfahrte.»

Der Stadtrat von Calais war vorerst mit Rodins Entwurf nicht einverstanden: Die Stadtbehörde hatte einen Kredit von 15000 Franken für das

Denkmal bewilligt, und sie verlangte für diesen Preis eine einzige Statue. Rodin schuf die sechs Figuren, und seine Kosten wurden nur zu kleinem Teile gedeckt. Er hatte Mühe, die Besteller zu überzeugen. «Wenn sechs Figuren», so sagten sie, «dann ein Pyramidenaufbau, eben ein richtiges Denkmal.» Rodin aber bot sechs einzelne Gestalten, die auf dem ebenen Raume schreiten. Nur der Rhythmus des ungeheuer ernsten seelischen Vorgangs hält sie zusammen. Eine Gruppe Menschen mitten aus dem Leben hinaus zur Rettung der Gemeinschaft, der Heimat, der Stadt, in den Tod schreitend. Die Gruppe ist fortan allein, jeder einzeln, und die sechs zusammen sind abgetrennt von allem, was sie vor kurzem noch mit letzter Anspannung verteidigt hatten. Pierre de Wiessant führt sie; er hebt den Arm und weist den Weg, den sie gemeinsam zu gehen haben. Sein Nebenmann, Jean de Fiennes, drückt mit weiter, offener Gebärde die Bereitschaft aus. Der älteste, Eustache de Saint-Pierre, hält sich den Kopf; mit gebrochenen Knien wankt er einher, so viel Erinnern eines langen Lebens beschwert ihn. Trotz und Kraft atmet der Schlüsselhalter, Jean d'Aire; von einem zum andern wirkt die Gewalt, die das Geschehen vorwärts treibt, immer der Rhythmus: geneigte Körper, gestraffte Körper, beschwertes Alter und frische Jugend erscheinen vom gleichen Schicksal, vom gleichen Entschluß zusammengefaßt. Schauen Sie dem einen und andern aber von nahe ins Gesicht, so lesen Sie bei ruhiger und versunkener Betrachtung, was in einem jeden vorgeht. Es waren Ritter; aber das Rittermäßige, alles Beiwerk ist von ihnen abgefallen; es sind Menschen in ihrer Größe und in ihrer Not.

Es ist vieles in diesem großen Werk enthalten, was allen Zeiten angehört; was aber die Tonart anbetrifft, die Klangfarbe, die der Künstler wählt, so ist sie diejenige des französischen Mittelalters, der Ymaigiers, welche die Kathedralen mit Heiligen und Königen bevölkerten; man denkt auch an Claus Sluyter in Dijon.

Rodin ist mit seinem Wunsche nicht durchgedrungen, die Gruppe zu ebener Erde auf einen Platz zu stellen, damit sie als ein Beispiel mitten unter dem vergänglichen lebenden Geschlecht umgehen sollte; das hat auch der verständige Bürgermeister Dewavrin nicht durchsetzen können. Man stellte die Sechs auf einen hohen Sockel und, um sie vom Alltag zu trennen, zäunte man sie mit einem hohen Gitter ein. Rodin wehrte sich vergeblich; er machte einen zweiten Vorschlag: Am Meeresrand, vor dem Ansturm der großen Brecher, auf den Uferfelsen, sollte ein zwei Stockwerke hoher, schwerer, viereckiger Turm gebaut werden, und oben gegen den westlichen Himmel und in die Stürme hinein sollten, Englands Küste gegenüber, zuoberst auf der Plattform die Gestalten stehen.

Unwillkürlich, wenn ich mir die Gruppe der «Bürger von Calais» vorstelle, gelange ich zu einem anderen Meisterwerk Rodins, demjenigen, das mir, wie erwähnt, vor dreißig Jahren den gewaltigsten Eindruck machte; ich meine den «Balzac».

Unter dem Oberlicht der Apsis in der Kapelle des Hotels Biron steht er im schönsten Licht. Es ist dieses Werk eine der Großstatuen des 19. Jahrhunderts. Zwei im Tiefsten verwandte schöpferische Naturen sind sich begegnet.

Als Balzac in der Mitte des letzten Jahrhunderts starb, war Rodin zehn Jahre alt. Die «Comédie Humaine» war abgeschlossen. Es leben zweitausend Figuren, die wunderbarerweise alle erfunden sind, die alle bis in den letzten Nerv von der Einbildungskraft dieses einen Mannes erschaffen, nicht etwa abgezeichnet sind, denn dann wären sie ja vergänglich und schon vergangen, sondern begabt mit jener den wahren Gestalter auszeichnenden Macht der Übertragung, durch welche das Individuum zum geprägten Typus wird, so daß heute und morgen uns Lucien de Rubempré unter Kronleuchtern begegnen oder César Birotteau an der Marmorplatte eines Kaffeehaustisches gegenübersitzen kann.

Es ist eine der wunderbaren Eigenschaften der Franzosen, daß sie das, was man «das Neue» nennt, und das nie etwas anderes ist als eine Mutation unter andern Konstellationen, daß dieses Neue sie niemals erschreckt, daß sie es rasch und kühn und leicht erfassen, ohne jemals ihr Bewußtsein, welches die ganze Vergangenheit als Gegenwart enthält, auch nur um ein Atom verarmen zu lassen. Sie verlieren nichts vom Gewesenen, und sie verlieren auch sich selbst nicht an das frisch in Erscheinung Tretende; sie wissen, daß es immer der gleiche Stoff des Lebens ist, welcher sich wandelt, sich abwandelt; sie verlieren sich nie an falsche Dominanten, an überlastete Aspekte; sie formulieren nur das scheinbar Neue so stark, so leidenschaftlich, wie sie es in ihrer großen Revolution getan haben. Die andern, die Nichtfranzosen, unterliegen dann bisweilen diesen starken Formeln, so wie man Zaubersprüchen unterliegt. Die Franzosen aber haben, was sie einmal ausgesprochen, einmal überwunden haben, bereits hinter sich, das heißt, sie haben es assimiliert, ihrem Maße eingegliedert; es ist für sie nicht mehr gefährlich.

Als Rodin die Arbeit für das Balzac-Denkmal übernahm, hat er ein in der Zeit entrücktes Phänomen in seine Gegenwart zurückgerufen. Alles, was an Abbildungen, Lithographien, Daguerreotypen vorhanden war, hat er wochenlang mit diesem durchdringenden Blick der wasserblauen Augen angeschaut; alle Landschaften, die Balzac, dieser große Maler, dargestellt hatte, bereiste er; er fuhr in die Provinzstädte, in die Dörfer; er blieb an

Wegkreuzungen, an Straßenecken stehn, vor kleinen Spezereihandlungen, in welchen Eugénie Grandet eingekauft hatte; er wußte, an welcher Stelle der schwere Landauer der Madame de Mortsauf des «Lys dans la vallée» Vorspann genommen hatte; er betrachtete den Widerschein Balzacs im Denken und Erkennen, im Fühlen und Erinnern großer Zeitgenossen. Balzacs eilige, steile Handschrift war ihm so vertraut, daß er in Augenblicken sie hätte wiedergeben können. Vieles erfuhr er von den Goncourt, vieles von Théophile Gautier, von Baudelaire, von Lamartine, von Delacroix vor allem, der in seinen Tagebüchern die herrlichsten Züge des Wesens, fast der physischen Gegenwart Balzacs, zwischen den Zeilen mit nichts, mit etwas übler Laune oder mit kurzer Rührung, mit einer Wendung des Respektes oder auch des Überdrusses aufzeichnete.

Dann schaute Rodin dem physischen Typus Balzacs bis auf den Grund, wie ein Arzt, wie ein paracelsischer Arzt. Er spürte den stiernackigen, den fetten, kurzbeinigen, dickbäuchigen, leberkranken Wassersüchtigen nach; in ihrer Mühseligkeit und ihrem widerstrebenden Fleisch ließ er sie vom Geiste besessen sein, ließ er sie unter Peitschenhieben des Wollens, des Wirkens und Gestaltenmüssens aufgehen zu jener Größe und Straffheit, zu diesem Zug eines dämonisch prahlerischen «Dennoch», eines prometheischen Triumphes.

Zuerst sah er, zuletzt schuf er den Dichter nackt, stellte ihn als nackte Gipsfigur vor sich hin. Dann warf er über den schweren, starken und kranken Leib den groben Stoff, die mächtigen, senkrecht fallenden Falten einer Mönchskutte.

Wie gesagt, die Besteller lehnten das Werk ab. Die «Société des Gens de Lettres» beauftragte Alexandre Falguière damit, einen Balzac im Geschmack mittlerer Schriftsteller für das Grab des Dichters zu machen. So geschah es. Die Mönchskutte ärgerte sie. Was sollte sie? War Balzac doch, wie man so flach zu sagen pflegt, ein «Moderner», ein Realist, der über Handel und Wandel, über Geld und Transaktionen, über Spekulationen und die Leidenschaften jener Zwischenwelt schrieb, in welcher, wie man seit dreißig Jahren zu sagen pflegt, das «wirtschaftliche Denken Trumpf ist». – Eine Mönchskutte! Dabei ist sie historisch: Bei seinen allnächtlichen unheimlichen Kämpfen mit dem Stoff, seiner im Koffeinrausch durchgehaltenen Gigantenarbeit trug Balzac eine Mönchskutte über dem gequälten, jung zerstörten Leib, von dem Lamartine geschrieben hat: «Er hatte so viel Seele, daß sie seinen schweren Körper trug wie nichts.»

Nichts – wie es auf spanischen Grabplatten heißt. «Pulvis, cinis et nihil.» Staub, Asche und Nichts, vom Geiste gezwungen, noch so lange zusammenzuhalten, bis das Werk vollendet ist.

Lamartine hat von Balzac geschrieben: «Er hatte das Gesicht eines Elementes.» Dieses Elementare in Balzac hat Rodin verewigt; zum Verewigen diente die Größe, die in ihm selbst war; er hat ihn dargestellt einsam, triumphierend, dämonisch badend im Licht überwindender Ironie, hochmütig, herausfordernd; er hat ihn dargestellt, wie Rude die Marseillaise darstellte, ein für allemal, als ein Sinnbild weit über das Individuum Balzac hinaus, als eine Summe aller Gestalten, die Balzac geschaffen hat. Rastignac oder Esther oder Vautrin sind in ihm; er ist das Symbol der «Comédie Humaine»; ein furchtbares, ein heroisches Gelächter ertönt: Europa, unsere sogenannte Zivilisation, unser anthropozentrisches Drama, Wollen und Schaffen, Trotz und Traurigkeit sind der Seele dieses Standbildes beigemischt, etwas unsäglich Ergreifendes und etwas Verdammtes; im Stil aber ist das Frankreich der Roland-Lieder vorhanden, des Bayard, des Cyrano und des Maskenzuges napoleonischer Marschälle, all dies gesehen, erfaßt und festgehalten durch ein Element hindurch, welches Daumiers Ingenium entspricht.

Daumier hat Rodin zeitlebens beschäftigt. Ich habe mich bemüht, und ich stehe damit erst im Anfang, mündlich überlieferte Aussprüche des großen Bildhauers über Künstler seines Jahrhunderts zu sammeln, dazu haben Sie mir die Anregung gegeben: Ein Musiker, dessen bester Freund Rodins

Sterben beigewohnt hat, versicherte, nach langer Lethargie habe sich Rodin plötzlich aus den Kissen erhoben und drohend gesagt: «Ceux qui prétendent que Puvis de Chavannes n'est pas un grand peintre sont des imbéciles.» Nachher habe er kein Wort mehr geäußert.

Aber noch mitten im Leben, so wurde mir versichert, soll er in einem Anfall von Laune ausgerufen haben: «Ingres, cet amateur rusé de Raphaël, Delacroix, ce génie malade, et Daumier, Daumier, c'est de loin le plus grand, il avait du Michel-Ange sous la peau; seulement, il était forcé de faire du journalisme.»

Ja, mit Daumier hat Rodin, besonders wenn er malt, die Kunst der Beschwörung, das Heraufrufen der Gestalt in zwei Strichen, das Ballen von Formen aus zerfetzten Schatten gemeinsam; aber er darf ausrufen, fertig machen, vollenden. «Daumier war der Größte», hat er ein anderes Mal gesagt; «aber es fehlte ihm die Gunst der Umstände; die Narren hielten ihn für einen Karikaturisten; er hat ihnen zuliebe nie bedeutend getan.» Vielleicht daß Rodin hin und wieder bedeutend tat und Konzessionen machte, aber nur um Raum zu schaffen für seine wirkliche Arbeit, Ruhe für die Wehen, die ihn ergriffen, wenn er wirklich das entscheidende Werk vollenden mußte. Sodann war ihm Kraft zugemessen und Jahre, ein Kapital an Jahren. Er hat nicht als halber Jüngling weggehen müssen wie ein

Mozart oder ein Schubert; im Unterschied zu diesen durfte er bisweilen sogar liederlich sein; es ließ sich nachholen. Rodin hat das so seltene Glück gehabt, in den entscheidenden Jahren noch vor Beginn des wirklichen Alterns, der Abnahme der Kraft, der Produktivität, des entzückten und inspirierten Sehens und Fühlens, Ruhe zu finden, sich einen Vorrat an Gesundheit anlegen zu können für die Zeit der Reife, der Ernte, die so wenigen vergönnt ist. Ich sehe ihn sehr gut vor mir, den Graubärtigen, in seinem Park in Meudon, unabhängig, reich, fast verschwenderisch; bisweilen hatte er bis zwölf Ateliers gleichzeitig. Ich sehe ihn, wie er aus dem Park trat, den Feldweg einschlug und in die große Landschaft hineinmarschierte, täglich, bei jedem Wetter, mit seiner Vorliebe für Pfade, die zu den großen, einfachen Horizonten führen, aber auch für die Straße, jene von den Römern geerbte französische, breite, von Pappeln oder Ulmen gesäumte Landstraße, die durch die Weiten des Landes zieht, stundenlang geradeaus, dann plötzlich wendend über Hügelfalten hinunter ins Tal zum Fluß und wieder hinan in einem Schwung sondergleichen, fließend, flüssig auftauchend am Rand der neuen Ebene, immer in dem silbergrauen, schieferfarbenen Licht, in welchem rotes Gestein, rötliche Ackererde aufschimmern. Auf solchen endlosen Straßen ging der alternde Rodin immerzu dem Horizont entgegen; manchmal aber, plötzlich am Himmelsrande tauchte etwas auf, wie ein Schiff auf hoher See; es wuchs, nahm Form an, höher und höher stieg es, und mit einem erkannte man, daß es eine der großen Kathedralen war, die Kathedrale von Chartres etwa. Wie hat er sie geliebt, immer wieder aufgesucht, tagelang verweilt in ihrem Umkreis, in ihrem Innern!

Die Kathedralen, so schrieb er, vermitteln uns das Gefühl des Vertrauens, der Sicherheit, des Friedens durch die Harmonie.

Und er erklärte sich diese Wirkung wie im Selbstgespräch: Diese Bauwerke gehorchen dem gleichen Gesetz wie der menschliche Körper; ihr Gleichgewicht bleibt der einfachsten Naturregel verhaftet; bewußte Massen pendeln sich in ihnen aus. «Leur harmonie résulte du contrebalancement des masses qui se déplacent.» Auch hier sieht er vor allem Bewegung und Gleichgewicht. Es verhält sich, sagt er, mit den Spitzbogen, die sich das ungeheure Gewicht von Gewölbe und Dach tragend weiterreichen, so wie mit dem Schreiten des Menschen; ja, die großen schreitenden, sich gegenseitig auswägenden Gegensatzpaare dieser Konstruktion erreichen gleichzeitig durch Schatten und Licht eine malerische Erfüllung räumlicher Schönheit, welche einen Dreiklang darstellt: Licht, Schatten und dann der weite Plan der zwischen Licht und Schatten schwebenden, beruhigten

Halbtöne. Die großen Bauten des Mittelalters, schreibt Rodin, beweisen uns, daß es die Kraft ist, welche begnadete Leichtigkeit schafft, und daß es ebenso verkehrt ist, Kraft durch Masse, Plumpheit, Brutalität auszudrücken, als Grazie, Lieblichkeit durch blutlose Schwäche. «Mit der großen Architektur», schreibt er einmal auf, «verhält es sich wie mit den großen Individuen: die Natur verleiht ihnen nur das Wesentliche.» Und er setzt hinzu: «Tout ce qui n'est pas essentiel est étranger à l'art.» Alles Unwesentliche ist der Kunst fremd.

Wie er einmal im Mittelschiff des Doms zu Reims steht, sagt er: «Der wahre Architekt wie der wahre Bildhauer modelliert nur mit Schatten und Licht.»

Diese Feststellung gehört zu dem, was er Einfalt (esprit de simplicité) nennt.

«Die Menge», sagt er, «empfindet, wenn sie gesund ist, einfach. Die romanische und die gotische Kunst setzen die Menschenmenge voraus.» Bitter setzt er hinzu: «La foule a perdu l'esprit de simplicité.» Dieser Feststellung aber setzt er sein «Dennoch» entgegen: «Même à l'heure où les foules ont perdu cet esprit et sont devenues incapables de comprendre, c'est pourtant avec une âme de foule que l'artiste doit vivre pour créer le chef-d'œuvre.» Dann geht er einen Schritt weiter, und er spricht einen Gedanken aus, den lange vor ihm Goethe in die einfachste Form gefaßt hat. Der Anlaß, der die Niederschrift dieser Erkenntnis bei Rodin auslöst, ist eigentümlich:

Er erzählt: «Zwischen zwei Fahrten nach Chartres hatte ich 1906 die siamesischen Tänzerinnen gesehen. Ich hatte sie in Paris und in Marseille aufs eifrigste studiert, den Stift in der Hand, das Papier auf den Knien, und ich war überwältigt von der geheimnisvollen Schönheit und von dem großen Charakter ihrer Tänze. Alles, was ich jemals auf alten Marmorbildern bewundert hatte, schenkten mir diese Tänzerinnen im Übermaß.» Und er setzt hinzu: «Ihre Tänze, die Höhepunkte der plastischen Kunst sind, entsprechen dem religiösen Gefühl; wenn die Religion erlischt, stirbt die Kunst; alle Meisterwerke sind religiösen Ursprungs.» Goethe hat geschrieben: Alle wahre Kunst ist religiös; hört sie auf, es zu sein, so ist sie nur noch nachahmend. «La même pensée», führt Rodin aus, «avait sauvegardé l'art à Athènes, à Chartres, au Cambodge, partout, variant seulement par la formule du dogme; encore ces variations elles-mêmes s'atténuaient-elles, grâce à la parenté de la forme et des gestes humains sous toutes les latitudes.»

«Wenn es uns wirklich gelingen sollte, die gotische Kunst zu verstehen», notiert er nach einem Besuch der Kathedrale von Laon, «dann würden wir unwiderstehlich zur Wahrheit zurückgeführt. In den romanischen, den gotischen Kirchen, in den

Wäldern, in denen ich Bäume betrachtete, auf den großen Landstraßen, im Betrachten des Aufbaus der Wolken, vor dem nackten menschlichen Körper habe ich gelernt, überall habe ich gelernt, außer in den Schulen.» Er setzt hinzu: «Le travail accorde à l'apprenti, il refuse à l'élève.»

Die Arbeit, von der er sagt: «Dans le doux exil du travail, on apprend d'abord la patience, qui, elle-même, nous enseigne l'énergie, et celle-là nous donne la jeunesse éternelle, faite de recueillement et d'enthousiasme.»

Ein andermal: «Arbeit ist Verwandlung; mit welchem Reichtum der Erfindung hat das europäische Ingenium, von Zeitalter zu Zeitalter, sich zu wenden verstanden, um durch die Variationen einen neuen Stil zu schenken. Nie störte man dasjenige, was war, nie widersprach man einem Grundsatz; man blieb innerhalb der Ordnung, wie es die Natur selbst tut, um aus der Knospe die Blüte, aus der Blüte die Frucht zu gewinnen. Immer handelt es sich um Weiterströmen verwandelten Lebens.»

Rodin in seinen Aufzeichnungen zur Kunst, Rodin im Gespräch mit so vielen, die seine Worte festhielten, sein eigenes Wesen, der mächtige Appetit, die Freude vor der sinnlich heitern Erscheinung, immer fähig, sich zu erheben zu den Augenblicken der Einfalt und des wahren Ernstes; die Daseinsfreude dieses Schaffenden, der den Anblick der

Welt liest wie ein aufgetanes Buch mit allen Fibern; all das ist vorhanden als unendlicher Reichtum in dem Wanderer, der morgens früh aufstand, zuerst im Wald seiner Werke herumging, da Hand anlegte und dort, dann hinausging ins Freie und vor einer Mulde zum Tal ziehender, frisch gepflügter Äcker, vor einer Wolkenbank oder einer Hausfassade aus der Zeit reiner Formensprache in einen Zustand des wahren Entzückens verfiel; all das ist in dem alten Mann, der dann irgendwo einkehrt und nichts bestellt als ein großes Glas Rotwein und ein frisches Brot, das nach Roggen riecht, und der das Brot in den Wein taucht, es nachdenklich, stumm, immer noch schauend verzehrt; «une trempette» heißt er das. Genährt dann vom Stoff der Welt, kehrt er zurück, aufnehmen immer mehr, aufzeichnen, fast ununterbrochen, so daß das zweite, vielleicht vollendetste Werk, die Zeichnungen und die Aquarelle so entstehen wie die Worte eines nie abreißenden Selbstgespräches, diese immer neuen, immer andern, immer von Blut durchwogten Körper in ihrer Bewegungssprache; Hieroglyphen eines Geheimnisses, eines Rätsels, das er unablässig zu lösen, zu entziffern sucht. Keine dieser hingehauchten Wirklichkeiten gleicht der andern; aber alle haben sie dieselbe Schrift: ein herrlicher Gegenstand der Graphologie. All das fast bis zum Tode, in dieses glückliche Alter hinein, das Alter der Ernte, von dem er gesagt hat: «Ma nouvelle amie, la vieillesse – que mes contemporains m'ont faite si belle.»

Meine neue Freundin, das Alter. Im Alter war er der Sorgen, die ihm von Kind auf so selbstverständlich waren wie die Luft, enthoben. Er war den Zeitgenossen dankbar, er war dem Leben dankbar, der Schöpfung, deren Wunder für ihn unerschöpflich waren. Er hat es unternommen, von der Zeit an, in der er bei Carrier Belleuse und Rasbourg in Antwerpen und Brüssel für Modebesteller Dutzendware schuf, allem, auch der Modeware, seinen Stempel aufzudrücken; er hat geirrt; er war bisweilen, wie der erwähnte kritische Bildhauer mir sagte, eine tierische Kraft; er hat manchmal einer gewissen intellektuellen Exaltation geopfert in vorgetäuschter Originalität; auch sie lag in seiner Zeit; bisweilen streifte es sogar an eine gängige kommerzielle Ästhetik; aber all dies hat seine gewaltige Spannung, seine Konzentration immer durchschlagen; immer wieder bis zuletzt konnte er sich aus allen Zuständen, die ihn herunterzogen, erheben, und in der Erhebung reißt er uns mit sich. Sein Leben war schließlich ein Sieg, darauf kommt es an. Die sichtbare Welt war für ihn wie für die Griechen, von denen er herkommt, genügend, um alles auszudrücken; es gab kein Zeichen, keine Chiffre, die er in ihr nicht fand. Bild und Abbild, Frage und Antwort, das sichtbare Deklinieren des Geschauten, hat er gesagt, und damit steht er in einer Überlieferung, die unserm Kulturkreis im Tiefsten angehört. Tanz, Musik, Skulptur seien eine Einheit, sagte er; alle drei drücken die Bewegung aus; auch die Musik müsse Sichtbares vermitteln; auf die bewegende Kraft der Musik gestützt, spreche der Tänzer wie der Bildhauer im Rhythmus aus, was ihre stumme Bewegung zu dichten vermöge.

Wir stehen heute an einer Wende, und wir streben aus Bild und Abbild hinaus zu neuen Mitteln des Ausdrucks. Aber auch dies ist nicht neu; es lag immer in uns.

Heißt es nicht im 2. Buch Mose, 20,4: «Du sollst dir kein Bildnis noch irgendein Gleichnis machen», und im 5. Buch, 27, 15 – noch härter –: «Verflucht sei, wer ein gegossenes Bildnis macht.» Große Kulturen haben dies im Tiefsten beherzigt, so eine Weltkultur, der Islam; im allgemeinen wird angenommen, den Mohammedanern sei als einziges Kunstmittel die Arabeske gestattet, die Nachahmung dagegen der Naturformen sei ihnen verboten. Dieser Drang, nicht nachzubilden oder das Bild zu fürchten, hat oft schon zu gewaltsamen Entladungen geführt, wie jede Form des immer wieder ausbrechenden Bildersturmes es bezeugt.

Bei den Mohammedanern handelt es sich nicht um eine dogmatische Vorschrift des Korans, welche die Nachbildungen der Naturformen untersagt; in den Hadithen (Kommentaren) dagegen ist an mehreren Stellen eine deutliche Warnung enthalten. Der Sinn dieser Warnungen heißt: Es gibt keine Form an sich; die Natur zeigt uns nur wechselnde und unwirkliche Gesichter; Gott allein ist unveränderlich. Im Universum gibt es keine feststehenden Beispiele, «die Form aller Dinge wechselt beständig»: Die Wahnvorstellung von der Permanenz der Formen kommt daher, daß auch wir uns beständig verändern, daß wir in der Bewegung sind; es gibt keine Modelle, keine feststehenden Typen der Schönheit. Die Harmonie der Welt ist eine Erfindung der Griechen und der Nazarener, ein Wunschtraum, wie die dauernde Ordnung der Gestirne oder der Atome. Der Mohammedaner sieht im All nur rasch sich wandelnde Formen, ewig veränderte Substanzen und keinerlei Regel; der Schöpfungsakt hört niemals auf. In die mohammedanische Kunst spielt die Naturform nur leise hinein, in stilisierten Variationen und Symbolen. Sie scheinen nach geometrischen Gesetzen abgewandelt und stilisiert zu sein. Nach Gesetzen? Auch hier müssen wir uns vor unserem gewohnten, eingefahrenen Empfinden, vor gewaltsamer Auslegung in acht nehmen. Seit Pythagoras sagen wir: Harmonie herrscht innerhalb der Schöpfung, ein höherer Sinn bestimmt das Sein und die Dinge; die Regelmäßigkeit der Formen, die Deutlichkeit vorbestimmter Gesetze offenbaren die göttliche Gegenwart. Der Mohammedaner sagt dagegen: Gottes Dasein wird durch den ewigen Wechsel der Dinge und der Formen im Diesseits bewiesen, jeder kleinste Teil des Sichtbaren wird immer in einem jeden unserer Augenblicke von Gott neu erschaffen; es gibt kein Gesetz, es gibt nur ein ewiges Wirken. Darum soll man nichts im Bilde festhalten.

Paul Valéry hat einmal geschrieben: «Ich liebe diesen strengen Ratschlag des Islams; er befreit die Kunst von der Simulation des Lebens und der Natur, von allem unreinen ‹als ob›.»

In den Hadithen aber steht der tiefsinnige Satz: Die Künstler, die Schöpfer von Bildern werden am Tage des letzten Gerichtes bestraft werden; Gott wird ihnen die undurchführbare Aufgabe auferlegen, ihr Werk *auferstehen* zu lassen.

Auferstehen! Ein Mann wie Rodin würde – und wenn die Erde mit allem, was sie trug, in Staub und Trümmer gegangen wäre –, er würde antworten mit Trotz, aber nicht ohne Ehrfurcht: «Gut, gebt mit Ton und Stein und Bronze, Licht und Schatten, und ich beginne von neuem.» Und vielleicht würde der Wunsch ihm gewährt, vielleicht der Art zuliebe, die er verkörpert; denn es ist die Art des Abendlandes, das unser aller Heimat ist.

EIN VORMITTAG BEIM BUCHHÄNDLER

Es war im Jahre 1924; ich arbeitete damals in der Bibliothèque Nationale in Paris. An einem Wintermorgen betrat ich ein Friseurgeschäft in der Nähe der Madeleine und ließ mir den Kopf waschen. Als die gräßliche Prozedur, die bekanntlich darin besteht, daß man, völlig hilflos über das Waschbecken gebeugt, sich den Seifenschaum aus den Haaren spülen läßt, endlich vorüber war, das Rauschen in nächster Nähe des Gehirns aufgehört hatte und ich – noch mit vorsichtig geschlossenen Augen – vor dem Spiegel saß, da hörte ich plötzlich streitende Stimmen: einen männlichen Tenor, der immer heftiger wiederholte: «Mein Herr, das kann jeder sagen.» Eine weibliche grelle Stimme und Worte wie kleine Salven: «Unglaublich», rief diese Frauenstimme, «und Haarwasser von Houbigant hat er verlangt!» «Wir kennen Sie nicht, mein Herr! Sie sind uns gänzlich fremd und unbekannt. Das ist nicht Sitte bei uns!» und derartiges mehr. Gegen diesen Andrang von Vorwürfen tönte die Erwiderung des augenscheinlich Bedrängten sehr schwach, klagend und wie aus einer anderen Welt, mit einem Ton von weltfernem Leid und gleichzeitig einer fremdartigen, leicht slawischen Klangfarbe. Auf die Gefahr hin, daß das noch über die

Stirne rinnende Seifenwasser mir in die Augen fließe, schaute ich nun auf und sah im Spiegel eine Gruppe von drei heftig gestikulierenden Friseuren in weißen Mänteln; hinter einem Tisch und einer Kasse, mächtig und streng im Gefühle des absoluten Rechtes, stark bemalt, mit purpurfarbenen Lippen und künstlich gebleichtem Haar, die Kassiererin; vor ihr, im Profil zu sehen, klein, schmächtig, unscheinbar – ein Herr mit hoher Stirne und hängendem Schnurrbart. Und dieser Herr beteuerte immer wieder: «Verzeihung, ich habe meine Brieftasche vergessen, ich hole sie im Hotel. Ich verspreche es Ihnen; Sie können anrufen; ich bin – ich bin – der Dichter Rainer Maria Rilke.» Und darauf der Chor der Friseure mit der metallischen Sprecherin: «Das kann ein jeder sagen. Sie sind uns völlig unbekannt!»

Und nun, so wie ich war, im ärmellosen Frisiermantel, überlebensgroß – wie mir schien –, mit steil zu Berg stehenden nassen, damals noch rabenschwarzen Haaren, stand ich von meinem Marterstuhl auf, durchschritt den ganzen Frisiersalon und erschien in der streitenden Gruppe im entscheidenden Augenblick mit den Worten: «Ich übernehme die Kosten!»

Rilke, den ich seit einem Jahr nicht mehr gesehen hatte und von dessen Anwesenheit in Paris ich nichts wußte, starrte mich vorerst an wie einen Geist, dann erkannte er mich. Erschöpft setzte er sich auf einen kleinen Louis-XVI-Sessel und begann zu lachen, wie nur er zu lachen vermochte, mit diesem klangvollen Kinderlachen, das ihm eigen war und das jedem, der es gehört hat, völlig unvergeßlich ist, vor allem, weil er nicht wie die meisten Leute beim Lachen die Augen schloß oder zusammenkniff, sondern sie weit öffnete und einen voll anschaute, fragend, wobei diese meist unter den schweren Lidern nachdenklichen, ja wehmütigen Augen voll von Heiterkeit waren.

«Ich warte auf Sie», sagte er mir, «und falls Sie nichts vorhaben, gehn wir spazieren.»

Ich ließ, auf meinen Fauteuil mit verstellbarer Rücklehne zurückgekehrt, die an mir vorgenommene Prozedur beenden; dann zogen wir beide, frisch rasiert und gekämmt – sehr vergnügt –, an diesem hellen, milden Wintermorgen von dannen.

Zuerst führte uns der Weg durch die inneren Höfe des Palais Royal. Rilke zeigte auf eine leere Bank: «Hier», sagte er, «hat sie gesessen, an einem dritten Juni. Ich sehe sie immer vor mir.» Er blieb stehen, als betrachtete er etwas mit Bewunderung.

«Wer denn?» frug ich.

«Ach», meinte er, «diese unvergeßliche Frau, über welche Baudelaire und Delacroix zusammen gesprochen haben. Ja, sie gingen zusammen hier, wo wir uns jetzt befinden: der Maler und der Dichter. Plötzlich blieb Baudelaire stehen und hielt den Maler am Arm fest; er sagte, indem er auf die Bank zeigte: ‹Betrachten Sie diese Frau! Ist das möglich? So viel Schönheit und solch tiefe Trauer des Ausdrucks?› Und Delacroix antwortete betroffen: ‹Unendlich schön, ja, aber tief traurig? Ich glaube es ihr nicht – ich glaube nicht, daß eine Frau wirklich tief traurig zu sein vermag.› Wenn man dies hört, kennt man Delacroix' ganzes Leben, scheint mir.»

«Es ist alles voll von solchen Gesichtern», meinte Rilke, «wo immer man geht in dieser Stadt; alle Toten leben hier weiter. Zur Zeit des Philippe Egalité gab es hier eine Hetäre, die der Königin zum Verwechseln ähnlich sah und die sich immer kleidete und frisierte wie sie, und niemand ist gegen diese Beleidigung des Königtums eingeschritten. Durch einen solchen Zug wird es klar, daß die Revolution schon lange vor 1789 vollzogen war.»

«Das rationale Denken», sagte ich ihm, «nimmt keinen Anstoß an derartigem.»

«Nein», sagte er, «denn es kennt keine Übergänge; es nimmt jede Kategorie für sich. Daß das Bild im Abbild zerstört werden kann, erkennt es nicht. Mir dagegen ist es unheimlich», fuhr er fort, «wenn ich in einem Eisenbahnabteil die Reproduktion der Sibylle von Michelangelo sehe oder wenn ich Mozarts Requiem von einer Grammophonplatte wiedergegeben höre, einer Platte, die dann mitten im Spiel weggenommen wird, weil ein

Gast im Kaffeehaus verlangt, daß ein Tango gespielt werde.»

Wie wir dann im Hof des Louvre angekommen waren, meinte er, den südlichen Flügel des Palastes betrachtend: «Wenn man aus Italien kommt, aus Spanien oder aus Österreich, spürt man es wie einen Schlag, wie rational die französische Architektur immer gewesen ist.»

«Ja», sagte ich, «aber es gibt auch eine Naivität des Rationalen; diese hat sich in allen großen Kunstwerken Frankreichs, in der Gotik wie in der Überwindung des Barocks, ausgesprochen.»

Rilke meinte: «Das ist mir ein lieber Gedanke, ich möchte ihn ergründen; ich glaube, es ist genau das, was auf mich immer wie ein Glück wirkt, wenn ich in dieser Stadt lebe; vielleicht liegt darin einer der höchsten europäischen Werte überhaupt. Die Griechen hatten das auch. Aber wie zart sind diese Werte und wie gefährdet! Ich habe immer einen Stil gesucht – vielleicht bis zur Manieriertheit bisweilen – in einer Zeit, in der schon alle Schranken zertrümmert waren.»

So kamen wir zu den Bücherständen, jenseits der Brücke, auf der das Standbild Heinrichs IV. steht, am linken Seine-Ufer. Dann, auf dem kleinen Platz des Odeon-Theaters, blieb Rilke lange vor einem Blumengeschäft stehen. «Sehen Sie», sagte er, «jedes Gebilde lehrt es: es ist in sich geschlossen; ja, es schließt ab, es verströmt nicht. Ja, verstehen Sie, was ich meine, dieses Verströmende, das die Kunst heute sucht – zu Unrecht sucht, das gibt es nicht in der Wirklichkeit, nicht das Lilienhafte – das Rosenhafte; es gibt die Rose, und es gibt die Lilie, überall die Schranke im Fertigen, Vollendeten. Alles wirklich Lebendige hat etwas Ausschließliches an sich; ungeheuer hierarchisch ist die Natur, und die Schwalbe vermischt sich nicht mit dem Sperling. Nur der Mensch zerstört die Grenzen und verwischt die einmaligen Gebilde.»

Er schien diesen Überlegungen nachzugehen; denn wie wir weitergingen, wurde er schweigsam, und dann sagte er: «Mein Körper erlaubt so wenig von dem, was mein Geist möchte; da ist nun wieder diese Müdigkeit. Jetzt müssen wir uns ein wenig setzen; zum Mittagessen ist es noch zu früh.» Er schaute sich um: «Gehn wir zwei Schritte zurück; da ist eine Buchhandlung, ein Antiquariat», meinte er.

Wir traten in den schmalen, dunklen Verkaufsraum, in welchem die Bücher zu beiden Seiten bis zur Decke aufgeschichtet waren; auf langen, wackligen Tischen lagen sie, und sie bedeckten in den Ecken den Boden. Ein kleiner alter Herr saß in einem Louis-Philippe-Fauteuil; er hatte freundliche, emsige, dunkle Augen, mit denen er durch den an einem Band befestigten Zwicker in einem Buch mit hellem Lederrücken las, das Buch weit von sich weghaltend. Mit sichtlichem Bedauern beschloß er seine Lektüre, indem er den Zeigefinger zwischen die Seiten legte, aufstand, einen Streifen von einer auf dem Bücherberg des einen Tisches liegenden Morgenzeitung riß und ihn als Zeichen in den Band legte. Noch gab er das Buch nicht aus der Hand; er bewegte es langsam auf und ab und sagte: «Das, meine Herren, ist die Ronsard-Ausgabe aus dem Jahre 1867, die Ausgabe von Blanchemain.»

«Ronsard!» rief Rilke erfreut, «Ronsard 1867? Damals war er schon seit mehr als dreißig Jahren wiedererstanden.» – «Genau», sagte der freundliche alte Lesende. «Genau, ganz richtig, seit etwas mehr als dreißig Jahren. Aber erst Prosper Blanchemain ließ ihn uns in seiner ganzen Pracht erkennen; der integrale Dichter in seiner ganzen Bedeutung stand erst 1867 vor uns. Siebenunddreißig Jahre hat diese Auferstehung gebraucht. Bitte, meine Herren, Sie sind Liebhaber der Dichtkunst; ich kann Ihnen vieles zeigen», rief er, und nun schlug er einen Teppichvorhang am Ende des Verkaufsraumes zurück, führte uns in ein dunkles Zimmer, in welchem er eine Tischlampe mit grünem Schirm anzündete und uns auf ein graues Ledersofa zu sitzen nötigte. «Ich werde Ihnen schöne Werke zeigen!» Aber er konnte sich von Ronsard nicht trennen. «Ja, unter Karl X. ist er auferstanden», rief er, «Sie haben völlig recht: fast zweihundert Jahre lang war er tot gewesen. Sie kennen seinen

Mörder?» fragte er, und er schaute Rilke fast drohend und äußerst geheimnisvoll an. Rilke lächelte etwas beunruhigt: «Ich denke ja» – und dann mit einem leichten Zweifel: «Malherbe, er war wohl sein Mörder.» In diesem Augenblick rief jemand aus dem vorderen Raum: «Monsieur Augustin.» – «Ach, die Störenfriede», sagte dieser verärgert. Er schlug den Teppich zurück, nahm den Zwicker ab und schaute ins Tageslicht hinaus. «Ah, die Milch!» rief er dann erleichtert, «es ist nur die Milch, stellen Sie's hin, danke. Zum Glück war es kein Käufer», setzte er aufatmend hinzu. Dann nahm er einen Sessel und setzte sich neben uns. «Ja» – und gleich war er wieder mitten in seinem Thema. «Ja, Malherbe war der Mörder, Malherbe, den man einen Richelieu der Poesie genannt hat, den ich ihren Robespierre nenne; dieser große und kalte Poet und Grammatiker hat dem in seiner Sprache saftig blühenden Dichter den Degen zwischen die Rippen gebohrt; aber jetzt ist Ronsard vom Scheintod auferstanden; er hat Malherbe gestellt, und nun liegt dieser ausgestreckt auf dem Rasen.» Rilke, dem diese etwas abgegriffenen Metaphern mißfielen, unterbrach: «Er steht am Anfang Ihrer Romantik; aber er geht durch alle Schulen und Zeiten hindurch; er ist ein europäischer Dichter!»

Etwas mißtrauisch horchte Monsieur Augustin auf: «Sie sind nicht Franzose?» – «Nein», sagte Rilke, «nicht *nur* Franzose.» Der andere schien ihn nicht zu verstehn, und Rilke setzte, wie um seinen Gedanken zu vereinfachen, hinzu: «Ronsard war auch nicht *nur* Franzose; er war Ungar, sein Großvater war Ungar.» – «Ja, und unsere Romantiker waren Kosmopoliten», fiel Herr Augustin eifrig ein. «Zentraleuropa zog sie an, und während vierzig Jahren haben alle unsere Dichter: Hugo, Vigny, Musset, Gautier, ja auch Béranger, den Hauch Ronsards auf dem Haupt gehabt – ‹le souffle de Ronsard sur la tête› –, diesen Hauch, der über einen ganzen Erdteil gezogen war und von allen Landschaften einen Duft brachte.»

Rilke blätterte im Bande, den der Buchhändler vor ihm auf den Tisch gelegt hatte, und las dann leise, etwas feierlich, wie es seine Gewohnheit war:

«*Ciel aer, et vents, plains et monts découvers,*
Tertres vineux, et forests verdoyantes,
Rivages tors, et sources ondoyantes,
Taillis rasez, et vous bocages vers
Antres moussus à demy-front ouvers,
Préz, boutons, fleurs, et herbes rossoyantes,
Cotaus vineux, et plages blondoyantes
Et vous rochers escholliers de mes vers.

Verdoyantes, ondoyantes, blondoyantes», wiederholte er dann, «wie mit Hoboen gespielt; wer dürfte es noch!» Entzückt rief Augustin: «Ja, und hören Sie dies hier über die Sirenen» – und er blätterte rasch:

«Elles, d'ordre – et flanc à flanc
Oisives – au front des ondes
D'un peigne d'ivoire blanc
Frisottaient leurs tresses blondes
Et mignottaient de leurs yeux
Les attraits délicieux,
Aguignaient la nef passante
D'une œillade languissante.

Hören Sie hier wieder: frisottaient, mignottaient, aguignaient – wissen Sie was? Das sind Kinderworte, die heute verschwunden sind mit all dem Zauber der Kindheit, mit dem Schnee von gestern – les neiges d'antan.»

«Worte von Kindern von einst», stimmte Rilke bei, «Kinder, die es nicht mehr gibt – Kinder mit einer herrlichen Sprache, noch eingeschlossen wie in Knospen, und dann kam ein Frost, und wenig blühte auf. Ein Verzicht ohnegleichen fand statt; aber das Wenige, das Aufgesparte, hat je ein Volk durch Verzicht solche Vollendung erkämpft? Sehen Sie, in Ihrer großen Poesie waltete durch alle Fülle des sinnlich Erkennbaren immer wieder als ewige Richtung der Wille zur Reinheit des Herzens; das ist ihr Besonderes. Ein ethischer Zug geht hindurch bei dem durch das Sichtbare erregbarsten Volke; daher diese beständige zarte Wahl in allen Mitteln der Schönheit, hindurch durch alle Rhetorik, jenseits von dieser derben, saftigen Fülle, die ihnen oft eignet, als ein Ziel, beständig vor Augen, nie aufgegeben, auch bei Baudelaire nicht. Aber nirgends wird dies deutlicher als bei Racine. Sein ganzes Leben bezeugt diesen einen Willen: durch das Unreine zum völlig Reinen zu gelangen. So liegt hinter Phädras Wahn ein Höheres, das alles auflöst, die Unrast, die Pein, den Brand des Daseins: ihre Zartheit, ihr blumenhaft unschuldiges Wesen. Deshalb ist auch Racine, entgegen so vielen Irrtümern, ungemein lyrisch. Aber auch in der Form selbst liegt es, in ihrer Zucht zu reiner Form; welch ein Ethos bei einem politischen Dichter, bei einem strengen Grammatiker, wie Sie sagen, bei Malherbe, welcher Trieb zur Reinheit immer wieder in diesem tiefen Verantwortlichkeitsgefühl gegenüber der Sprache!»

«Wer sind Sie?» fragte der Buchhändler plötzlich.

«Wer ich bin?» Es entstand eine Stille. Rilke schaute vor sich hin.

«Ein deutscher Dichter», sagte er dann. Herr Augustin betrachtete ihn wie mit Scheu, dann meinte er: «Wie haben wir Ihre Dichtung geliebt und bewundert, jetzt vor hundert Jahren; damals tauften wir unsere Kinder mit deutschen Namen. Wird das einst wieder so sein? Das wirkliche Europa ist so klein! Oder hat Ihr Nietzsche wahr gesehn? Er erschreckt mich mehr, als ich sagen kann; ja, er erschreckt mich, weil er alle Grenzen verrückt. Mir graut vor dem Titanischen. Erinnern Sie sich an Racines Vers?

J'ai vu l'impie adoré sur la terre.
Pareil au cèdre, il cachait dans les cieux
Son front audacieux.
Il semblait à son gré gouverner le tonnerre,
Foulait aux pieds ses ennemis vaincus.
Je n'ai fait que passer, il n'était déjà plus.»

«Es ist der 36. Psalm, fast wörtlich», fiel ich ein ins Gespräch, «die Stelle:

Vidi impium superexaltatum et elevatum sicut
cedros Libani:
Et transivi, et ecce non erat, et quaesivi eum
et non est inventus locus eius.

Fast wörtlich und das Ingenium einer Sprache, eines Zeitalters und der einmalige Klang der Stimme Racines über das Ganze gebreitet.» – «Sehen Sie», fuhr Rilke fort, «es sind immer dieselben menschlichen Worte, Begriffe, Erfahrungen und Anschauungen; die Übertragung des Vorbildes ist ein Vorgang, an dem man das dichterische Können am reinsten erkennt; niemand hat grandioser übertragen als Shakespeare: Denken Sie etwa an die fast ohne Veränderung übernommenen Stellen aus Plutarch in ‹Antonius und Cleopatra›. Bei Racine wird alles durchsichtiger, limpider – plus limpide –», sagte Rilke, «einfacher, lieblicher; bei Shakespeare dagegen durch ein Nichts, einen Hauch, einen Rhythmus wird alles gesteigert und in dieses heroische Licht gestellt, das ihm eigen ist.

Ihr Weg aber – wie in Ihren Bauformen – wir sprachen soeben von der französischen Bändigung des Barocks, der Vollendung gotischen Zierates –, Ihr Weg bei Ihren größten Dichtern führt zum völligen Ebenmaß in der von Gehalt ganz erfüllten Einfachheit.»

«Ich weiß, wen Sie meinen», rief Augustin. In dem Augenblick aber läutete die Ladenglocke, und unser Gastgeber, so dürfen wir ihn nennen, erhob sich mit einer ärgerlichen und ungeduldigen Bewegung und verschwand hinter dem staubigen Türvorhang.

«Das ist Frankreich; wir dürfen hoffen, ein ewiges Frankreich. Zufällig traten wir ein, weil ich etwas ermüdet war, und schon sind wir mitten in einem Gespräch.» Rilke schaute auf die Uhr: «Halb zwölf; er wird uns noch manches zeigen.»

Jetzt kam Augustin zurück und mit ihm ein älterer Herr mit mächtigem kahlem Schädel und sokratischer Bildung der Züge. Der Buchhändler rückte ihm eilig einen Stuhl zurecht, als wollte er keinen Augenblick verfehlen. «Ce Monsieur est un poète allemand», sprach er rasch. Der Neugekommene betrachtete Rilke. «Bien», meinte er, «und Sie reden über Dichtung?»

Rilke hielt seinen Blick aus, und einen Augenblick saßen die beiden sich wortlos gegenüber. Etwas wie ein Strom entstand, der Kreis war geschlossen, und Rilke lächelte entspannt; ein leichter Schreck wegen einer möglichen Störung hatte ihn schon wieder verlassen. Nun lächelte auch der Sokratische, Kraftvolle. Aber Augustin wollte nicht warten.

«Nun, wer ist es», rief er, «von dem Sie sprachen? Ich glaube es zu wissen!» – «Ja?» Rilke lachte herzlich: «Nun, Sie müssen es besser wissen als ich.»

«La Fontaine, La Fontaine! Nicht wahr, es ist La Fontaine?» Es war Begeisterung, was aus Augustins Stimme klang.

«Natürlich, er ist es», erwiderte der Dichter.

«Nun ja, endlich, jetzt sind wir bei ihm!» Der Alte war ganz gerührt. «Nun sehen Sie», sagte er zu dem neuen Gast. «Sehen Sie, ein deutscher Dichter», und der Ankömmling lachte nun auch.

«In welchem Zusammenhang sprechen Sie von La Fontaine?» fragte er.

«Ach», rief Augustin, «Sie hätten das bisherige Gespräch hören sollen; wir kamen vom einen zum andern. Wir begannen mit Ronsard – er meinte sogar, er stammte aus Ungarn!»

«Solche Dinge behauptet man immer; auch Dürer stammte aus Ungarn», erklärte der zuerst als so störend empfundene Kunde.

«Ich stamme aus Prag», sagte Rilke hierauf unvermittelt, rasch und wie beiläufig; aber niemand griff es auf.

«Nun, wir blieben auf den Höhen», sagte nun wieder Augustin: «Ronsard, Malherbe, Racine,

Shakespeare und jetzt La Fontaine, was haben wir nicht schon alles erwähnt!» Da räusperte sich sein ironischer Bekannter: «Nun ja, und was ist denn mit La Fontaine?»

«Der Herr meinte, es sei der französischste – le plus français!» Beinah bittend klang es. Augustin schien nun daran zu zweifeln, ob er recht gehabt hatte, einen vierten in das Gespräch einzuführen, und der Zweifel in seinem Gesichtsausdruck verstärkte sich noch, als dieser nun sagte: «Der französischste, der deutscheste, der italienischste – was wollen Sie mit derartigem sagen?»

Rilke hatte nun bestimmt Fluchtgedanken; er rückte auf seinem Sitz und nahm die Handschuhe, die er auf den Tisch gelegt hatte, an sich.

«Es ergab sich aus dem Zusammenhang; wir stellten keine Dogmen auf, wir unterhielten uns», warf ich ein.

«Man müßte es untersuchen», meinte der Kahlkopf, und er blickte ernst und streng vor sich hin. «Von welchen Prinzipien gehn wir aus? Nach welchen Gesichtspunkten urteilen wir? Victor Hugo ist französisch, und François Villon ist es und Valéry ebensosehr wie André Chénier; mir scheint, das heißt gar nichts: ‹der französischste›. Ist etwa Goethe der deutscheste wegen dieses ehrgeizigen Zauberers und Störefrieds Faust? oder gar wegen Tasso? Oder ist es Kleist, weil er der disziplinierte Dichter des heroischen Untergangs ist, oder Hölderlin, der fast aus dem Jenseits dichtet? Wer ist der englischste Dichter, wer der italienischste – Dante oder Goldoni?» Er ereiferte sich; nun war Rilke aber wieder ganz ruhig. «Vergessen wir diesen Ausspruch, rücken wir ab davon», sagte er munter. «Worte von vorhin, es war eine Huldigung meinerseits an La Fontaine; ich liebe ihn überaus!»

Jetzt war sofort auch der Eindringling freundlicher gestimmt: «Das läßt sich hören, voilà qui est bien», meinte er. Und er fuhr fort: «Vergessen Sie nicht: La Fontaine war für seine Zeit ungeheuer modern; in seiner Sprache war etwas Subtiles, Rasches, Bewegliches, Geschärftes; in ihr vermischte er ununterbrochen das Wunderbare mit der Ironie, und unter allem, in allem lebte beständig der Humor.»

«Ja», sagte Augustin, «es ist der Humor, er macht bei La Fontaine alles rein; denn ohne dies wäre er ein sehr läßlicher Dichter des 18. Jahrhunderts. Welches seiner Werke ziehn Sie vor?» frug Augustin. «Die Erzählungen oder Gioconda – oder Psyche?»

«Nein», sagte Rilke, «wie die einfachen Leute die Fabeln. Um die Fabeln zu verstehn, muß man entweder ein Franzose sein oder ein wirklicher Europäer – das heißt *auch* ein Franzose. Es gibt grenzenlose Werke, wie die Odyssee, die einen Menschen in seinem Allgemeinsten ergreifen; die großen Leidenschaften und das große Verhängnis eines jeden vom Leben Erfaßten, Beschenkten und Geschlagenen geht darin um. Aber um diese Fabeln zu verstehn, diese begrenzte Welt, muß man das reinste, das durchsichtigste Wesen besitzen – klar wie Quellwasser und Morgenluft.»

«Die Fabeln hat La Fontaine geschrieben», sagte der Neugekommene, «nicht nur um andere, sondern um sich selbst zu erfreuen, während er sie schrieb. Es waren seine heiteren, französischen Kommentare zu seiner Äsop-Lektüre. Kurz vor dem Jahr 1668, in dem die Fabeln entstanden sind, waren mehrere Übersetzungen des Äsop erschienen.»

Hier unterbrach Augustin und sagte: «Mein Freund ist Bibliothekar!»

Und der Bibliothekar selbst fuhr nun fort: «Es ist zum Lachen, was die Philologie alles über die Entstehung und die Quellen gesagt hat. Hätte La Fontaine auch nur den hundertsten Teil alles dessen lesen müssen, was man ihm als Quellen nachweist, so hätte er mehr als ein Menschenleben gebraucht. Ich bin überzeugt, daß er nichts anderes kannte als die ‹Mythologia Aesopica› von Nevlet. ‹Der Nevlet›, sagte man ganz einfach; es war ein Buch, das in der Hand eines jeden Gebildeten war, damals so handlich und so verbreitet wie der Kleine Larousse heute. Ich muß lachen, wenn ich die Kommentatoren lese, die für jede dieser Fabeln fünfzig Originale in allen Zeiten und allen Gegenden finden. Arme, sterile Sammler sind das, die sich nie den schöpferischen Akt vorstellen können. Nein, ich bin fest davon überzeugt, daß La Fontaine nie etwas anderes in Händen gehabt hat als diesen Nevlet, der ihm einige hundert nackte, trockene Gegenstände bot. Er brauchte nicht mehr als diese Grundrisse – diese canevas, sagte er. – Alles andere: die Charaktere, die Wechselrede, die Kulissen und vor allem das Leben, brachte *er*, der Dichter. Mehr als das Leben, ein Lebensprinzip, eine im Aphorismus verdichtete experimentale Weisheit, in einem konkreten Beispiel endgültig gefaßt.»

«Die Form», triumphierte Rilke, «die endgültig fassende Form, genau das, was ich meinte, wie ich vorhin die Blumen betrachtete.»

«Natürlich die Form», rief der Bibliothekar, «was denn sonst? Etwa die Moral! Nein, vorerst ging es darum, ein Kunstwerk zu schaffen; ein Kunstwerk, das ist ein ganz kunstgemäß bewußt hergestelltes Gebilde mit dem Verstand und dem Können eines vollendeten Handwerkers, mit diesem Entzücken vor dem Leben selbst, dieser Lust in der Betrachtung der sichtbaren Welt, dieser wunderbaren Frische und Erregbarkeit, dieser Erfahrung des Liebenden, des am Hofe unter Menschen Wirkenden, diesem französischen malerischen Sinn, dieser vollendeten Technik der Versifikation mit diesem unvergleichlichen Wissen, dieser Intuition von der Musik der Worte.»

«Ja, und über dem Ganzen», sagte Rilke, «das, was Sie vorhin ‹die Naivität des Rationalen› genannt haben», nun zu mir gewandt.

Und nun fielen die beiden Franzosen gleichzeitig ein: «Das ist es, genau das ist das Französische. Boileau hat jeden Vers La Fontaines studiert, um das Geheimnis seines Könnens zu finden, und er sagte, das Letzte, eben das Naive, sei ihm verborgen geblieben, wie das Geheimnis der Natur selbst – dieses Geheimnis, das darin liegt, daß der Reiher reiherhafter als alle Reiher der Welt ist und die Dame Wiesel – wieselhafter. Eine ganze Naturgeschichte ist in diesen Fabeln in poetischen Essenzen vorhanden.»

«Etwas Ähnliches gibt es in keiner anderen Sprache», sagte Augustin. Und Rilke stimmte bei:

«Nein, das will ich glauben. Wohl niemand hat die Tatsache des Gleichbleibenden innerhalb der menschlichen Lage so völlig sicher hingestellt wie er. Dieses Gleichbleibende bei den Großen und den Kleinen, den Helden und den Feiglingen, den Denkern und den Gewalttätigen, dieses entscheidend Menschliche, über welchem sich die gewaltigen Systeme der Philosophien wölben. Aber unter diesen bleibt der Mensch bestehen, der Mensch unter seinesgleichen, unter harten, einfachen Gesetzen, wirklich dauerhafter, allgemeiner als alle geistigen Schöpfungen der großen Verkünder von Doktrinen, so daß unter allen Himmelsstrichen und unter allen sozialen Formen dieses Buch von La Fontaines Fabeln immer verständlich und ganz einfach richtig und völlig wahr erscheint. Nein, in dieser Weise gibt es nichts, was ihm zur Seite zu stellen wäre, vor allem nicht im Deutschen.»

Da unterbrach ihn der Alte mit dem mächtigen Schädel und sagte: «Im Deutschen – ich kenne einen deutschen Dichter, der ist wie ein jüngerer Bruder von La Fontaine.»

Nun war es an mir, schon zu wissen, wen er meinte; aber ich schwieg. Ein deutscher Dichter? Ein jüngerer Bruder von La Fontaine? Rilke wunderte sich.

Es war wirklich ein heiterer Morgen; das Ganze war wie ein Gesellschaftsspiel – jeder mußte Dichter erraten. Die Stunde rückte vor, und ich begann Hunger zu verspüren.

Es war, wie wenn Monsieur Augustin meinen Gedanken erraten hätte; denn er verschwand. Wir hörten die Ladentüre läuten und gleich darauf, wie er den Schlüssel der Straßentüre zum Verkaufsraum drehte. Wir waren nun zu dritt eingeschlossen. Der Bibliothekar schien sich darüber keine Rechenschaft zu geben; denn ohne aufzusehen, fuhr er im Gespräch fort und sagte:

«Ja, Sie werden jetzt nicht so leicht erraten, wen ich meine. Natürlich ist La Fontaine ein Gallier, und der andere ist es nicht, und doch haben sie etwas ungeheuer Gemeinsames: das Menschliche.

Die verständige Natürlichkeit, den völligen Mangel an jeder Übertreibung, eine gewisse Bonhomie auf ihrer höchsten Stufe, auf ihrer geistigen Stufe. Die ganze Stimme La Fontaines hat für uns Franzosen etwas unendlich Vertrautes. Er ist der Beweis, daß das Dichterische überall wehen kann, wie der Geist, auch im Biedermännischen, und das hat er mit jenem gemeinsam, den ich meine: Er war ein Biedermann, bürgerlich und volksmäßig, genau so sehr, wie Ludwig XIV. ein König – und nur ein König war. Er war viel mehr als ein Fabeldichter. Er hat uns Märchen und Gedichte aller Art hinterlassen, immer versehen mit diesem unverkennbaren Zeichen des völligen Talentes: nie ist eine Zeile talentlos. Seine Fabeln, seit er sie hergestellt hat – ja hergestellt wie ein Handwerker –, sind das Element – wie soll ich sagen –, das Bad, in das man die Kinder aller französischen Generationen getaucht hat, als in das erste Bad der Verständigkeit. Er ist in uns, er lebt in uns, er ist ein Teil unserer eigentlichen Substanz; je größer wir sind, desto mehr ist er mit uns gewachsen, je weiter wir im Leben fortschritten, desto mehr haben wir eine Art von tüchtigem, haltbarem Zauber in diesen Fabeln gefunden, den Zauber der Wahrheit, desto größer wurde die Lebenslehre, die den andern Völkern oft so sehr gefehlt hat: diese Kenntnis des lebendigen Lebens, die uns durch seine Tiergestalten begebracht wird, welche uns das menschliche Leben deswegen so deutlich machen, weil sie eine Metamorphose in dem Gebiet des völlig Anschaulichen vollziehn.»

Und wie er das sagte, erschien Herr Augustin wieder und mit ihm eine beleibte Dame, die eine weiße Schürze trug: Madame Julie, wie wir gleich begriffen, die Besitzerin einer nahegelegenen Wirtschaft, die mit halb finsterm, halb heiterm Gesicht, beständig halblaut über die herrschende Unordnung schimpfend, alle Bücher von dem vor uns stehenden Tische zu räumen begann, ein weißes Tischtuch ausbreitete, Teller, Bestecke, Gläser auf den Tisch stellte. Gleich darauf brachte sie einen Liter Wein aus der Champagne, du «Champagne non champagnisé», und eine Poularde «poulet de Bresse» mit Beilagen, worauf sie unter ihrem leichten Schnurrbart die Drohung hervorstieß: Sie werde mit Kaffee und einem alten Marc de Bourgogne zurückkehren, den wir in dieser Unordnung zu trinken nicht verdienten und viel besser bei ihr nebenan getrunken hätten. «Où on peut dîner comme des chrétiens, convenablement.»

Der Bibliothekar begann gleich mit großem Appetit zuzugreifen, nachdem er die Poularde kunstgerecht zerlegt hatte. Augustin aber lief an seinen Regalen unruhig auf und ab, und erst als wir ihm die besten Stücke schon weggenommen hatten, kam er mit einem Bande zurück und legte ihn vor Rilke hin:

«Das ist der Dichter, den unser Freund meinte: Johann Peter Hebel: ‹Poésies complètes, traduites par Maximilien Buchon, 1889›.»

Und zu unserem größten Erstaunen fing der alte Sokrates nun plötzlich in der Aussprache des Oberelsaß zu rezitieren an:

«Z' Müllen an der Post,
Tausigsappermost!
Trinkt me nit e guete Wi!
Goht er nit wie Baumöl i,
Z' Müllen an der Post!»

Und er ließ sich nicht aufhalten:

«Spinnet, Töchterli, spinnet, und Jergli leng mer der Haspel!
D'Zit vergoht, der Obed chunnt und 's streckt si ins Früeihjohr.
Bald goht's wieder use mit Hauen und Rechen in Garte.
Werdet mer flißig und brav und hübsch, wie's Riedligers Tochter!»

«Das ist», sagte er, «die andere Hälfte meiner Jugend, meine ganze Kindheit; wenn ich das höre, bin ich zu Hause, gibt es keinen Unterschied mehr zwischen zwei Sprachen. Da bin ich völlig in dem alten Europa; da ist alles echt und wahr und genau und gemessen unter seiner Hand und das Kleinste herrlich, und das Größte vermag er auch auszusprechen. Hat jemals in der Dichtung einer das Gewitter, den mächtigen Vorgang der Natur, in Worten so verwirklicht wie er? Die zwei ersten Zeilen sind das Herrlichste, das ich kenne. In derartigem ist La Fontaine durch seine Ironie zu trocken. Hören Sie das!» Und wieder fing er an:

DAS GEWITTER

«Der Vogel schwankt so tief und still,
Er weiß nit, woner ane will.
Es chunnt so schwarz und chunnt so schwer,
Und i de Lüfte hangt e Meer
Voll Dunst und Wetter. Los, wie's schallt.
Am Blauen, und wie's widerhallt!

In große Wirble fliegt der Staub
Zum Himmel uf, mit Halm und Laub,
Und lueg mer dört sel Wülkli a!
I ha ke große Gfalle dra!
Lueg, wiener's usenander rupft,
Wie üsereis, wenn's Wulle zupft.»

«Ich wußte schon, daß er *den* meint; er spricht mir immer von ihm. Es tönt wie chinesisch; aber der Rhythmus ist schön, als sei es Homer.»

«Auch ich kann es kaum verstehen», äußerte nun Rilke ganz traurig und wie betroffen, «das ist alemannisch.»

«C'est franc comme l'osier», lachte der Bibliothekar, «frisch und frank wie eine Weidenrute; das ist ein Ausdruck unserer Bauern; dabei ist es ungeheuer kunstmäßig, findig, ebenso talentvoll und sicher wie La Fontaine, aber dabei aus dem Genius der Volkssprache und der deutschen Sprache und durch den goetheschen Vers mit einer Art von Aura begabt, die bei unsrem Landsmann fehlt. Goethe hat Hebel ganz verstanden, bis zu seiner Einzigartigkeit und Größe; er hat begriffen, wie in diesem Wiesentäler der seiner Nation oft so tragisch mangelnde ‹bon sens› bis auf die Höhen der Inspiration besteht – und wie Goethe so auch Jean Paul, der erfaßt hat, daß hier etwas vorliegt, was einzigartig ist im Sinne der Originalität, unerschöpflich wie eine radiumhaltige Quelle.»

«Und die Übersetzung», fragte nun Rilke, «kann man ihm durch die Übersetzung näherkommen?»

Der Alte riß ihm den Band fast aus der Hand. «Eine Übersetzung von Hebel?» rief er, «denken Sie nicht daran! Eine Übersetzung auf französisch! Haben Sie jemals eine französische Übersetzung eines deutschen Textes gelesen, die erträglich wäre? Die beiden Sprachen sind sich diametral entgegen. Der einzige Franzose, der Hebel hätte übersetzen können, vorausgesetzt, er hätte alemannisch gekonnt – und dann wäre er nicht er selbst gewesen –, war eben La Fontaine selbst.»

«Im Himmel sprechen sie bestimmt miteinander

in einer Sprache, die wir noch nicht gelernt haben», sagte Augustin.

«Ach, lassen wir den Himmel», fuhr ihm der Sokrates dazwischen.

Nun brachte die streitbare Matrone den heißen Kaffee und den Marc. Selbst Rilke nahm mit Entschlossenheit einen Schluck und sagte dann plötzlich, zu dem begeisterten Liebhaber Hebels gewandt: «Nun, Sie haben mich vorhin gefragt, wer *ich* sei, ich frage Sie nun, wer sind *Sie?* Ich bin Rainer Maria Rilke.»

Da erhob sich der andere vom Sitz, streckte ihm die Hand hin und verneigte sich tief. «Ich bin», antwortete er, «Lucien Herr aus Straßburg, der Bibliothekar der Ecole Normale Supérieure.»

Ja, er war es, der sokratische Erzieher von beinah drei Generationen junger Franzosen, der Verfasser des einzigartigen Aufsatzes über Hegel in der Biographie Universelle, der Sozialdemokrat, dem man einen analytischen Rationalismus nachgesagt hat und aus dessen Händen ein Péguy hervorging unter so vielen anderen; und nun hatte ihn der Zufall herbeigeführt; er trank Marc mit uns und sprach von Johann Peter Hebel, dem badischen Dekan, dem Wiesentäler und Basler, und sprach von ihm zu dem deutschen Dichter Rilke, der ihn nicht verstand, der in seinem leicht slawischen Hochdeutsch so viel ferner war von dem Dichter des «Karfunkels» und des «Gespräches über die

Vergänglichkeit» auf der Kanderer Straße als dieser Meister des Französischen, dieser Mann, dessen Gespräch seit Jahrzehnten die französische Jugend in Atem hielt; und da spürte ich, wie weit zugleich und auf welch schmalem Raum zusammengerückt dieses Europa ist, in dessen Geist wir da zusammen saßen, für einmal aus aller Strenge, aller Gefahr entlassen auf die Zeit eines vergnügten, sorglos dahinfließenden Wintermorgens. Es wurde nun klar, wie sehr es andre Grenzen gibt, als die von der Geschichte der Staaten und als die von den verschiedenen Sprachen gezogenen, daß es etwas gibt, das einigen von uns vom Altertum her gemeinsam ist, ein schlichtes, humorvolles Wissen um die Tiefe, das darin liegt, daß jedes Ding etwas Bestimmtes bedeutet und nicht vielerlei, und daß es im ewigen Fluß das Bleibende gibt, das in den wahrhaft reinen menschlichen Verhältnissen den immer gleichen, in unendlicher Verbindung und Beziehung vorkommenden menschlichen Typen sich ergibt, so wie sie diese beiden großen Fabeldichter hüben und drüben am Rhein mit antiker Sicherheit hingestellt haben.

Aber Rilke, immer noch leise beunruhigt, hatte doch den Band der Übersetzungen an sich genommen und las nun zögernd:

«Oh, regarde donc l'araignée
qui tisse
ses fils si lisses...»

Betroffen schaute er auf: «Wie heißt denn das auf alemannisch?» Wir sagten es ihm gleichzeitig:

«Nei, lueget doch das Spinnli a,
Wie's zarti Fäde zwirne cha!
Bas Gvatter, meinsch, chasch's au ne so?
De wirsch mer's, traui, blibe lo.»

Lucien Herr hielt sich die Ohren zu: «Tisse – lisses – gräßlich, wie zwei Nadelstiche in einen alten Daumen. Da braucht es schon unsern guten Augustin dazu, um einen solchen Schmöker aufzubewahren. Hebel übersetzt auf französisch? Auf homerisch ja, auf theokritisch vielleicht, auch hätte es Burnes gekonnt, ja auf englisch ginge es vielleicht. Übersetzen ist das allerschwerste.»

«Gewiß», sagte Rilke, «es ist der Kunst des großen Schauspielers verwandt; es ist Alchimie, Goldmacherei aus fremden Elementen. Ich werde mich in diesen Hebel vertiefen; aber dazu brauche ich eine ganze Zeit – nur mit ihm allein und vielleicht lieber hier in Paris als in Deutschland, wo man ihn in eine falsche Heimatkunst einspannen wird, wie man ja jetzt bei allem gerade das Äußerlichste und Zufälligste zum Wesentlichsten zu machen versucht; denn nicht wahr: nicht daß dieser Mann in Dialekt gedichtet hat, sondern daß der Dialekt in ihm dichterisch geworden ist, das ist das Entscheidende. Sagen Sie doch noch einmal den Vers, den Sie so besonders schön fanden.»

Und wieder setzte Herr mit seiner tiefen Stimme ein und skandierte leicht mit der Hand:

«Der Vogel schwankt so tief und still,
er weiß nit, woner ane will.»

«Ich verstehe das ‹ane› nicht», sagte Rilke.

«Nun, das heißt», erwiderte etwas ungeduldig der Bibliothekar:

«Der Vogel fliegt so tief und still
und weiß nicht, wo er hin will.

Das ist gar nichts mehr und hat keinerlei poetischen Gehalt. In dem ‹ane› liegt es. Darum kann man nicht trennen; die Sprache und der Dichter sind eins; sie bilden ein Phänomen zusammen. Auf das Individuum kommt es eben überhaupt nicht an, sondern nur auf die Koinzidenz zwischen Mensch und Ausdrucksmittel, Zeit und Ort – es ließe sich nur algebraisch ausdrücken. Und nun muß ich wieder zu meiner Jugend.»

Er erhob sich, gab allen die Hand, warf einen weiten Radmantel über und verschwand.

Und auch wir verabschiedeten uns von unserem freundlichen Gastgeber und versprachen ihm und uns, bald und häufig zurückzukehren. «Denn», sagte er, «von meinen Schätzen habe ich Ihnen noch nichts gezeigt.»

Als wir dann wieder an der Seine entlang gingen, war es kälter geworden. Rilke blieb stehen, schaute übers Wasser, dessen Wellen im Scheine des frühen Abends das helle Gelb des westlichen Himmelsstreifens spiegelten. Er lächelte:

«Wie schön war dieser Tag, wie selten kommt so etwas zueinander. Ich hätte auf dem rechten Ufer noch einen Besuch machen sollen.» Wieder hielt er einen Augenblick inne, schaute wieder rasch auf das Vorüberfließen, lächelte kurz und wie innig und murmelte rasch vor sich hin: «Ondoyante – blondoyante.» Und dann wandte er sich um und ging weg, schon ganz in einem Rhythmus beschäftigt, der in ihm aufklang. Er verschwand in der nächsten Seitenstraße, in der Richtung nach dem Hotel Foyot, wo er damals wohnte.

FLÜCHTIGSTE BEGEGNUNG

Es ereignete sich während der Nachmittagsvorlesung von vier bis fünf, im Wintersemester 1912 bis 1913, während der Vorlesung, die am meisten Zulauf hatte. Die Aula war jeweils bis auf den letzten Platz gefüllt, und hätte man damals schon die nötigen Apparate besessen, wäre auch das Auditorium Maximum im Sturm genommen worden. Nicht um vier Uhr und fünfzehn Minuten, nein, regelmäßig zwei Minuten später als das akademische Viertel betrat der große Redner, der berühmte Mann, den amphitheatralischen Raum; augenblickliche Stille trat ein. Rosig, im weißen Haarschmuck, erschien das wohlbekannte symmetrisch gepolsterte Gesicht des vielbewunderten Gelehrten, goldgefaßte, dicke Brillengläser vergrößerten die bewußt gütigen blauen Kinderaugen, und schon nach dem Öffnen der Türe bildete sich das oft erwähnte versonnene Lächeln. Über dem blanken Kragen, dem schwarzen Gehrock wurde dieses Gesicht hineingetragen, die zu kleinen, etwas fetten Hände des Geheimrates ruderten leicht, als er sein oft durch Lichtbilder wiedergegebenes Antlitz auf runden, schwachen, kurzen Füßen in Knopfstiefeln eilig an den Bankreihen vorbeitrug, um es dann, aufs Katheder gelangt, voll und frontal den begeistert trampelnden Zuhörern zuzuwenden.

An jenem Tage formte seine leise Stimme mit kurzen Falsetteinschlägen behutsam abgewogene Worte über die Anmarschwege der Armeen des Tamerlan, die er mit Behagen über eine ferne, aber längst überwundene Gefahr abschätzig als «Horden» bezeichnete. An jenem Tage geschah das Unerhörte: Ein Zuhörer kam zu spät. Er riß die wie endgültig geschlossene Türe wieder auf, schlug sie hinter sich ins Schloß, drang in die fünfte Bankreihe ein, drängte an zwei Studenten vorüber und schob den dritten, wie man erfahren sollte, einen Assessor, zur Seite, warf ein Bücherpaket, das er unter dem Arme trug, polternd zu Boden. bückte sich, um die Bücher zwischen sich und dem ergrimmten Juristen auf der Bank aufzuschichten. Er war unbetroffen vom wütenden Scharren der Zuhörerschaft, unbetroffen vom Zischen, den Rufen «unerhört», «hinaus» und «Frechheit». Der Geheimrat schwieg, man wagte kaum zu atmen, dann formte der rosige, kleine Mund des Prominenten, während die hellblau schimmernden Brillengläser den Eindringling hart fixierten, das Wort «Tamerlan!». Unter ungeheurem Beifall fuhr er dann überlegen im Texte fort und schilderte die Schädelpyramiden, die jener ferne Herrscher nach Ausrottung der jeweiligen Führerschichten überrannter Länder errichten ließ, was nicht verhinderte, daß überall aus Schutt und Asche zwei Generationen später «Hochkulturen» wieder aufzusprießen begannen. Seit jenem Zwischenfall aber hieß der unbotmäßige Kommilitone «Tamerlan» und aus Anlaß einer groben Verwechslung auch «Gottesgeißel». An der Universität allerdings sollte er diesen Namen nicht lange tragen, denn am Ende des Wintersemesters erhielt er unter anderem wegen einer Prügelei mit Korpsstudenten das «consilium abeundi».

Man vergißt den Anblick der meisten Menschen. Bei Tamerlan war es anders, diesen elastischen, ganz auf Hieb und Wurf hin versammelten Burschen aber hätte man wo immer augenblicklich wieder erkannt; möglicherweise kann seine Gestalt trotz der Verdunkelung durch das Wort spürbar werden – schildern läßt sie sich nicht.

Nach dem Ersten Weltkrieg sprach man in der Türkei von einem gewissen «Tamerlan». Nach der Türkei hatte es ihn in der Tat verschlagen, dies erfuhr man mit Gewißheit. 1914 hatte er sich freiwillig zur deutschen Armee gemeldet, er hätte ebensogut auf der Seite Allenbys kämpfen können oder in der Fremdenlegion, unter dem Kommando Pilsudskis oder in irgendeiner berühmten Fliegerstaffel. Aber er war kein Rad im Räderwerk einer Kriegsmaschine, er gehörte zur Explosion, die sie antreibt. Er war ein Krieger.

Schon sein erstes Auftreten damals während der

Mustervorlesung hätte genügt, um einen zur Frage zu veranlassen: Was ist aus ihm geworden? Vor seinem Verschwinden nach der Relegation aber wurde er nochmals sichtbar. Eines Abends nämlich saß er im Hinterzimmer des «Schwarzen Bären» bei einer Skatpartie. Man war erstaunt, ihn dort zu finden. Noch ging das Gerücht in heftigen Stößen in bezug auf die «Schlägerei». Jeder dritte war dabei gewesen, hatte als Augenzeuge berichtet und natürlich jeder anders. Die Urteile prasselten: «Ein Rohling, ein hergelaufener Prolet», oder auch, «ah, der hat es ihnen endlich gezeigt, in auf Taille geschnittenen Gehröcken mit ihren lächerlichen Mützen und Spazierstöcken, ihren gedunsenen, von roten Schmißnarben verunstalteten Fratzen schritten sie den ganzen Bürgersteig breit daher, jeder mußte ausweichen in den Straßenkot!» (Straßenkot gab es damals noch.) Oder wieder anders: «Honorige Herren waren es, Chargen, und dieser Radaubruder haut einfach mitten drauf, ohne Wahl, ja honorig haben die Beleidigten sich benommen, natürlich ist der Kerl nicht satisfaktionsfähig, ein Schubbejack, hergeblasen, man weiß nicht woher, ein Gauner, ehrlos, weiß nichts von Komment, noch nie dagewesene Frechheit, sollte öffentlich ausgepeitscht werden, gehört an den Schandpfahl. Die Herren haben sich fabelhaft benommen, keiner schlug zurück, sie verschwanden im Eingang des Korpshauses.» Sodann: «Er ist ein russischer Nihilist», wurde erklärt, «er ist bei der Polizei vorgemerkt, er wird über die Grenze abgeschoben.» Dann: «Ich weiß wer er ist, ich darf es nicht sagen, später vielleicht.» Andere raunten: «Ein entlaufener Sträfling.» Daraufhin aber wurde geschrieen: «Unsinn, ein Freiheitskämpfer ist er!» Und wütend tönte es zurück: «Ein gefährlicher Narr, den man einsperren sollte.» Oder auch: «Kennen Sie ihn, ich kenne ihn, das ist ein Mordskerl, ein Genie, der steigt auf Hegels Gebirgen herum wie ein Gemsjäger!» Und endlich, was alles die Augenzeugen gesehen hatten: «Zwei der Couleur tragenden Herren stürzten zu Boden», und wieder: «Es geschah im Grunde wenig, sie herrschten ihn schnarrend an, er aber warf sie einfach zur Seite, der Graf Udo blutete aus dem Mund, er verlor einen Vorderzahn. Nur einen Vorderzahn!»

Und jetzt, jetzt an jenem Abend saß er im reservierten Raum mit den Rehgehörnen an einem kerzenbeleuchteten Tisch und spielte Skat mit einem Generaldirektor aus Frankfurt am Main, einem Theaterkönig aus Berlin und einem Hotelbesitzer aus Baden-Baden; die Herren waren für den Kongreß gekommen. «Da sitzt der Halunke», sagte der Privatdozent, «und spielt mit diesen Hochkapitalisten.» Von der linken Seite der Wirtsstube aus sah man gerade nur seine Hände im Kerzenschein, das Gesicht war durch den Türrahmen verdeckt, aber die Hände: die Linke hielt die Karten, die Rechte pflückte das Kartenblatt: schlanke Hände, griffbereit und plötzlich so energiegeladen, männlich-edel und harte Arbeit gewohnt. Man spürte die Muskelstränge, die in die unsichtbaren Arme verliefen.

Das Spiel soll dann bis in die Morgenstunden gedauert haben, dem Bankier, so erzählte man, sei ein Zwanzigmarkstück, ein Goldfuchs, unter den Tisch gefallen und weggerollt, Tamerlan habe einen großen Geldschein aus der Tasche gezogen, habe ihn an der Kerze entzündet und habe dem Frankfurter unter den Tisch geleuchtet, es sei sein letzter Geldschein gewesen, und auch dies habe einen Skandal bewirkt, denn der Theatermann habe geschrieen, er lasse seine Freunde nicht lächerlich machen!

Das waren Geschichten in einer kleinen Stadt, im Umkreis einer wilhelminischen Alma Mater, wo man noch wußte, was es mit der Würde auf sich hat.

Also, wie gesagt, nach der Relegation verschwand diese Gestalt aus dem Blickfeld, aber die Erzählungen über ihn, den Schurken, den Verführer, jetzt schon Falschspieler, Spion und Räuberhauptmann, vermehrten sich wie durcheinanderkriechendes Gewürm, meist schlecht erdachte Berichte, oft bereits abgestandene Anekdoten, talentlos wiedergegebene Anekdoten, die man ihm anhängte. Ein Jahr lang nahmen sie zu, dann, 1914, klangen sie ab, jetzt hieß es «zusammenhalten», jetzt galten nicht mehr vereinzelte, halb ersonnene Figuren, jetzt wurde das damals gegenwärtige Geschlecht in den Strudel hineingerissen, auch die paar einzelnen wurden anonym, ganz allmählich nur sollten einige Wenige sich von dem dunkelsten aller Hintergründe auf Tage, auf Stunden abheben, um gleich wieder zu versinken, vergessen zu werden. Nachher, nach der Betäubung, begann man einmal mehr wieder, von «Helden» zu sprechen, und da hörte man auch gelegentlich: «Weißt du noch, erinnerst du dich an den Tamerlan?, den hätte man brauchen können! Wo mag der geendet haben?»

Nun, er hatte nicht geendet, wie gesagt, die Türken berichteten über ihn. «Der war überall dabei», so hieß es, «immer, wo es am heißesten zuging, einmal, am Wüstenrand, in der Nacht, schlichen wir eine feindliche Batterie an, einen steilen Sandhügel hinauf durch die Tamariskensträucher, wir kamen bis an die Stellung heran, dann gab es Alarm, die Engländer schossen wie wild, aber sie schossen zu hoch, und wir waren schon vor der Mündung der Rohre; Tamerlan schleuderte zwei Handgranaten, und in der Verwirrung gelang es ihm, eine Ladung Dynamit unter die Feldhaubitze zu legen und die Lunte knapp anzubrennen. Mit einem Satz war er zurück in den

Dornbüschen und dann in der Deckung eines trockenen Flußbettes. Von der Patrouille kam außer ihm nur einer zurück.» Sie bewunderten ihn:

«Er sprach unsere Sprache wie einer der Unsern, der General hielt große Stücke auf ihn, dieser Deutsche, der gar kein Deutscher war, der aber die deutsche Sache gewählt hatte, brachte fabelhafte taktische Einfälle vor; eines Tages befahl der Ghasi, der immer wieder von ihm gehört hatte, dieser Tamerlan sollte ihm vorgeführt werden. Da stand er nun vor dem großen Mustapha Kemal, hüftenschlank und breitschultrig wie der Atlas, wie ein Kreter, er stand stramm. Der Ghasi schaute ihn lange an, sprach dabei kein Wort, äußerte kein Lob. Tamerlan hielt seinen Blick aus, ging, als der Generalissimus winkte, in Ruhestellung. Kein Wort, Mustapha Kemal brummte nur am Schluß: ‹Es ist gut›, und er entließ ihn. Später traute man ihm dann nicht mehr recht, er halte es mit den Kurden, hieß es. Er verschwand so leise wie er gekommen war aus den deutschen Reihen hinaus. Es wurde gesagt, er habe den großen Enver Pascha nach Rußland begleitet, aber darüber herrscht keine Gewißheit. Die Spur war verloren. Wie immer, wenn ein Abenteurer unsichtbar wird, raunte man, er habe für den englischen Geheimdienst gearbeitet.»

Fünf Jahre nach Kriegsende erzählte ein Pole: «Von den Leuten der asiatischen Kavalleriedivision des Ungern-Sternberg sind wenige am Leben geblieben. Einen habe ich gekannt, das war einer der merkwürdigsten Menschen, denen ich begegnet bin. Ich war damals Verwalter auf einem großen Gut, zu dem ausgedehnte Karpathenwälder gehörten, Urwälder. Wir beschäftigten eine Menge Holzarbeiter, zusammengewürfelt aus all den aufgelösten Heeren und Partisanengruppen. Da ging es wild zu, und die Messer saßen locker im Gürtel. Die Bevölkerung klagte, einsame Höfe wurden überfallen, an den Grenzen fielen Schüsse, die weder von Jägern noch von Wilddieben abgegeben wurden. Bald hier, bald dort flammte es auf, und wenn die noch in Bildung begriffenen Polizeikräfte herangeholt wurden und in die Einsamkeit der Höhenkämme zu den Bären, Luchsen und den Hirschen vordrangen, um die Plünderer einzukreisen, da schlug ihnen oft plötzlich ein Waldbrand entgegen.

Dann, fast unvermittelt, wurde es anders: Ruhe trat ein, Ordnung, Feldbahnen für den Holztransport wurden gebaut, die Dörfer erstanden aus Schutt und Asche, Wege und Stege wurden sicher, in Liedern und Tänzen lebte alte Heiterkeit des Friedens nach langen, finstern Jahren auf. Die Förstereien wurden aufgebaut, der Forstdienst begann wieder seine Arbeit. Und überall von Forsthaus zum Hof, von der Kohlenbrennerhütte zum Dorf, lief die Nachricht, es sei jetzt einer da unter den Holzknechten, der habe alles in der Hand, dem seien alle gefügig, der übe eine hohe Gerichtsbarkeit aus und keiner könne sich ihm entziehn.»

Wir wissen nun schon, an wen einer wenigstens unter den Zuhörern dieser Erzählung dachte, so als gäbe es in der rasch vorüberziehenden Menschenwelt nur eine Gestalt aus dem unfaßlichen Reiche der Erinnerung, die fähig wäre zu tragen, was diese Erzählung andeutete. Aber nichts war vorhanden, was Gewißheit verlieh, denn da gibt es die Koinzidenzen. Man durfte sich nur trösten: «Auch er war einer von dieser Art.»

«Denken Sie sich», fuhr der Pole fort, «zwei Jahre lang habe ich den Mann nicht zu sehen bekommen, nicht einmal den Namen erfuhr ich, bald hieß es, er sei in einem Dorfkrug erschienen, bald, er sei jetzt drüben bei den Rumänen oder bei den Tschechen. Aber nein, er war da, und es schien, als hätten sich alle das Wort gegeben, ihn nicht zu verraten, als stünden sie unter einem Bann.

Der erste, der Genaueres zu berichten wußte, war der alte Pfarrer von Solotwina, vor ihm war der Gesuchte leibhaftig erschienen, war aus dem Gerücht heraus und eines Abends in die Pfarrersstube getreten. Er war auch nicht allein, er führte zwei blonde Kinder, ‹Königskinder›, sagte der Priester, an der Hand: einen sechsjährigen Jungen und ein siebenjähriges Mädchen. Und er erklärte:

‹Diese Kinder sind mir anvertraut, die Mutter lebt nicht mehr, jetzt beginnt der Winter, sie können droben nicht bleiben, wir ziehn zu viel herum, können Sie die beiden den Klosterfrauen übergeben und nach ihnen schauen, damit ihnen nichts fehlt?› Dann habe der Unbekannte einen Geldbetrag auf den Tisch gelegt und auch die Papiere der Geschwister. Beide waren russischer Nationalität, trugen einen ukrainischen Namen und waren 1916 und 1917 in Konstantinopel geboren.» Nun, immerhin in Konstantinopel, aber man soll keine Schlüsse ziehn.

«Wie sieht er aus?» hatte der Verwalter ausgerufen. Der Pfarrer hatte überlegt: «So wie ich mir einen Jagellonen vorstelle.» Was wollte er damit sagen? Dem Verwalter war es unverständlich. Dabei blieb es. «Konstantinopel!» Den einen Zuhörer hatte es doch wie der Schlag des Unwahrscheinlichen getroffen. «Was erzählten die Kinder?» fragte er. Der Verwalter aber war ein sachlicher, vielbeschäftigter Mann. «Die Kinder?, daran habe ich nicht mehr gedacht, habe mich nicht mehr erkundigt, es ist jetzt schon lange her.»

«Und Ungern-Sternberg, Sie sagten, der Betreffende habe unter ihm gedient?» Und: «Sie haben den Mann doch zuletzt noch selbst gesehn, wie sah er aus?» Der Pole überlegte: «Er war breitschultrig und schmal.» «Aber sein Gesicht?

Hatte er graue Augen, eine hochgebrochene Hakennase, einen langen Schädel?»

«Ja, vielleicht, ja schon, er war hochgewachsen», mehr wurde nicht geantwortet.

«Wovon sprachen Sie zusammen?»

«Gesprochen haben wir wenig, es handelte sich um die Entlöhnung der Holzfäller, sie gehörten zu ihm, niemand hatte ihn ernannt, aber sie grüßten ihn, wenn sie an ihm vorbeigingen und hingen ihm alle an; nie wurde Besseres geleistet. Er machte Vorschläge für die Arbeit wie ein richtiger Förster, aber ohne daß er frech wurde, benahm er sich, als habe er zu befehlen und nicht vorzuschlagen. Was er sagte, war vernünftig und einleuchtend, so daß wir alles durchführten, wie er es meinte. Für sich verlangte er nichts Besonderes, aber in seinem Blick war etwas, was man schlecht aushielt, wie soll ich sagen? Kennen Sie das?» Dann lachte der Erzähler: «Ja, so geht es manchmal, das ganze kam schließlich mir zugut. Im Frühjahr aber, da holte er eines Tages die Kinder bei den Schwestern, der Pfarrer schrieb es mir, er holte sie, und verschwunden waren alle drei, wer weiß wohin, er mußte manches auf dem Kerbholz haben, aber...»

«Gut und Ungern?»

«Bei dem war er gewesen, ja, das sagte er.»

«Und?»

«Ich kann mich nicht erinnern.»

Das ist keine Geschichte, das sind Schattenspiele, aber der Eine unter den Wenigen, der einen Tamerlan als Erscheinung erblickt und seither auf alle Gerüchte gespannt hingehört hatte, meint nun, es gäbe nur Sie, lieber Bergengruen, der fähig wäre, zu solchen Schatten vorzudringen und sie mit Blut zu tränken. Diese Toten würden dann für die Dauer eines wirklichen Berichtes die Scheu vor uns, den noch Überlebenden, überwinden, für die Weile, in der Worte des Dichters sich aneinanderreihen, könnten sie in ihrer wahren, bisher nie erkannten Gestalt vor uns hintreten; kurzen Urlaub würden sie erhalten aus jener andern Welt, in die auch wir verschwinden werden, Urlaub auch aus den Vorstellungen, den trüben Spiegelungen, die sie in ihren einstigen Zeitgenossen flüchtig genug zurückließen. Möglicherweise dürften sie für einmal in ihrer Wahrheit und Fülle hervortreten. Wir würden dann vielleicht erkennen, ob sie nur aufgerufen oder ob sie gewählt waren. Nur Sie, verehrter Freund, können uns sagen, warum Einzelne, die als Spätlinge in einer ihnen unangemessenen Zeit herumirren, Befehlsgewalt besitzen, ohne zu dem Ziel zu gelangen, das die andern anstreben und das sie «Macht» nennen, ein Gut somit, das diese irrenden Ritter augenscheinlich nicht anerkennen, sondern wegwerfend vergeuden.

Tamerlan? Er ist bei den Toten. Ein großer russischer Denker, der noch nach dem Zweiten Weltkrieg in Paris lebte und nun auch schon seit Jahren gestorben ist, meinte einmal:

«Schade, der Mann, mit dem ich am liebsten sprach, war ein Abenteurer, er war ein alter Mann, als ich ihn kennenlernte, er sah aber aus, wie man wünschen würde, daß Könige aussähen. Er war ein völlig Weiser und wußte, was wert ist, gewußt zu werden. Nach Paris kam er im Jahre 1946 aus China. Er war der natürliche Sohn eines Balten und einer ukrainischen Bäuerin, deren Namen er trug. Er starb an einem Krebsleiden, kurz nach dem Tod seiner Tochter. Ich besuchte ihn öfters bis vor seinem Ende. Er sprach kaum von seinem Leben; er war ein Revolutionär von der höchsten Sorte, er war es unter jedem Regime. Für solche Leute ist der Krieg ein vertrautes Element. Auch sein Sohn ist im Krieg verschwunden. Ja, mit niemand sprach ich lieber als mit ihm, er hatte alles durcherlebt, was andere nur vom Hörensagen, auf dem Wege der Phantasie kennen.»

BEGEGNUNG MIT MUSIL IN GENF

Robert Musil lernte ich während des Zweiten Weltkrieges in Genf kennen. Ich sah ihn wiederholt, aber immer nur in sehr kurzen Momenten innerhalb der damaligen Arbeitsbelastung durch die Aufgaben des Internationalen Komitees vom Roten Kreuz.

Als Musil mich einst an einem Sonntagnachmittag in dem Genfer Vorort, den ich zu jener Zeit bewohnte, aufsuchte, betrat ein stiller, ungeheuer gefestigter Mensch den Raum. Wenig Worte wurden gewechselt, aber der Kontakt war gleich sehr stark, Einverständnis herrschte. Das alte Österreich bildete den Gesprächsgegenstand, aber sofort merkte ich, daß ich von der Doppelmonarchie, die Musil im Herzen trug, keine deutliche Vorstellung besaß. Unheimlich war, wie er von seiner Welt, ihrer erstaunlichen Breite und Tiefe als von etwas Totem sprach. Jeder seiner Besuche war in der Folge ein diskreter Abschied; Abschied eines Mannes, der Entscheidendes ausgesagt hatte, ohne Zuhörer zu finden. Meist hatte er Anliegen, es handelte sich immer um leidige Schwierigkeiten auf dem Gebiete der Aufenthaltsbewilligung. Zwischen den seltenen Begegnungen dachte ich oft an ihn. Ich lebte damals in einer in jeder Weise letzte

Anspannung erfordernden Lage. Daß Musil dieselbe Stadt bewohnte, daß ich nun seine Stimme kannte, ihn zu den paar Menschen rechnen durfte, mit denen ich einen wirklichen Blick habe wechseln dürfen, das verlieh mir damals ein beruhigendes Gefühl. Die Nachricht von seinem Tode erhielt ich, während ich mich auf einer schwierigen Auslandsmission befand.

Sein Fall ist nur innerhalb des deutschen Sprachgebietes möglich. Wie konnte man während seines Daseins an einem solchen Mann vorbeigehen, ohne den Rang seiner Leistung zu erkennen? Musil wurde verschwiegen und annulliert, weil er, im Unterschied zu so vielen anderen, wirklich vorhanden war; das störte die literarische Scheinwelt.

Genf, 17. November 1939
29, Chemin des Grangettes
Chêne-Bougeries

Sehr geehrter Herr Professor,

Gräfin Dobrzensky hat mir vor ihrer Abreise erzählt, daß sie sich wegen der Aufenthaltsschwierigkeiten, die mich zuweilen in der Schweiz bedrücken, an Sie gewendet habe und daß Ihre Antwort von freundlichem Geist erfüllt gewesen sei, wofür nun auch ich Sie bitten möchte, meinen aufrichtigsten Dank entgegenzunehmen!

Unabhängig davon, bereitet es mir aber auch ein großes Vergnügen, mich Ihnen als einen enthusiasmierten Leser Ihres Richelieu zu bekennen, und daran die Hoffnung zu knüpfen, daß mir einer Ihrer Aufenthalte in Genf die Gelegenheit geben könnte, Sie im Palais des Nations oder in der Stadt zu treffen.

In aufrichtiger Hochachtung

Ihr ergebener

Robert Musil

Genf, 14. Februar 1940

Verehrter Herr Professor!

Ich habe gleich nach meiner Wiederkehr das Vergnügen gehabt, Annette Kolb anzutreffen und sie bitten zu können, Ihnen und Ihrer Frau Gemahlin meine Empfehlungen zu bestellen. Vielleicht ist es aber doch besser, sich auf das Gedächtnis einer so vielfächerigen Persönlichkeit nicht allzu fest zu verlassen, weshalb ich mich wiederhole und hinzufüge, daß ich diesmal hoffe, längere Zeit in Genf bleiben zu können. Meine Züricher Frage (der Aufenthaltsgenehmigung) ist zwar noch nicht geregelt, aber als altem Österreicher erregt mir schon die Unentschiedenheit heimatliche Hoffnung.

Nehmen Sie bitte meinen ergebensten Gruß entgegen

Ihr

Robert Musil

Chêne-Bougeries, 10. Juni 1940

Verehrter Herr Burckhardt!

Ich habe mich öfters der tröstlichen Worte erinnert, die Sie mir über diese Aphorismen gesagt haben, und habe eine letzte, negative Kopie gefunden, die ich bitte Ihnen übersenden zu dürfen. Hoffentlich kehrt sie den ursprünglichen Eindruck nicht auch um; denn unter den mehr als schwankenden Verhältnissen meines Schweizer Aufenthalts habe ich diese zweite Arbeitsrichtung noch nicht weiter verfolgen können als bis zu ersten Notizen und bin ihrer so wenig sicher wie alles anderen, woran ich von innen und außen hänge. Es ist also ein sehr bescheidenes Zeichen, wodurch ich Ihnen meine Dankbarkeit für Ihre so natürlich gestellte teilnehmende Frage nach meinem Schicksal ausdrücke; aber wenn ich ein besseres hätte, bliebe es doch auch noch hinter dem Gefühl, das es mitteilen soll, weit zurück!

Mit unseren besten Empfehlungen an Sie und Ihre Gattin in aufrichtiger Ergebenheit

Robert Musil

14. Oktober 1940. Chêne Bougeries 29
Chem. des Grangettes

Sehr geehrter Herr Burckhardt!

Ich habe meine Frage, ob ich Ihnen den «Törleß» senden darf, nicht einen Augenblick vergessen, aber es hat sich ein unerwartetes Hindernis herausgestellt: ich besitze ihn nicht. Von allen neueren Ausgaben und Auflagen ist mir nur ein einziges Exemplar übriggeblieben, das Handexemplar, das ich nicht entbehren kann, weil ich es nicht zu ersetzen wüßte. Was mit den letzten geschehen ist, die man mir in Wien weggenommen hat, weiß ich nicht, und der kleine Vorrat, der in der Schweiz war, ist ausverkauft worden.

Aber ich habe zu meiner Überraschung, unter einigen Büchern suchend, die sich Freunde in Wien ängstlich angeeignet und mir dann kunterbunt nachgesandt haben, drei Exemplare der ersten Auflage entdeckt! Sie sind broschiert und in keinem überaus guten Zustand, und sie enthalten noch vollzählig alle Sprachsünden, von denen ich für eine spätere Ausgabe die ärgsten gemildert habe, ohne sie entfernen zu können, weil die Sünde eben doch Fleisch ist.

Bei der Nachsicht, deren die Lektüre bedarf, wird es Ihnen nicht viel ausmachen. Und mir ist es nun außerdem eine vertraulichere Freude, Ihnen solch ein altes, vom Markt verschwundenes Exemplar senden zu können!

Ich bitte der gnädigen Frau unsere Empfehlungen zu entrichten und bleibe in herzlich aufrichtiger Ergebenheit

Ihr

Robert Musil

1, Chemin des Clochettes, Champel
Tel.: 55 6 71
Genf, 5. September 1941

Lieber verehrter Herr Burckhardt!

Ich sende Ihnen eiligst den Erasmus zurück, denn Ihr Brief aus Vulpera hat sich auf dem Umweg über meine frühere Wohnung wahrscheinlich ein klein wenig verspätet. Ich fand ihn zu Hause vor, nachdem ich unterwegs gerade davon gesprochen hatte, ob ein paar Zeilen von mir Sie wohl schon in einem Ruhezustand erreichen könnten, um Ihnen zu sagen, mit welcher Unruhe und buchstäblich, Erbauung, ich die beiden Aufsätze gelesen habe. Die Eile zwingt mich jetzt, es der Hoffnung zu überlassen, daß ich Sie wiedersehe.

Nur eins möchte ich gerade jetzt nicht verabsäumen, weil Sie doch grausam im Streichen sind! In dem Manuskript steht auf Blatt Nr. 28 gegen die Syllogistik gerichtet die Kennzeichnung: «die lockere Form des antiken, freien, suggerierenden Satzes». Ich möchte sehr um das Leben dieses Ausdrucks bitten, der das Irrationale, aber keineswegs Arationale so gut und unabhängig charakterisiert, daß er selbst in einer Logik des emotionalen Denkens einen ausgezeichneten Platz verdiente!

Ich schließe auch den Brief von Professor Keller wieder bei, weil der Inhalt mehr Berührung mit anderem als mit mir hat, und Ihnen vielleicht nochmals nachsehenswert vorkommen könnte. Ich danke Ihnen sehr für das «Gesuch», von dem darin die Rede ist; freilich ohne daß mir der Zusammenhang ganz klar wäre. Wahrscheinlich ist das einstige Telegramm gemeint, an dem ich selbst «mitgearbeitet» habe, oder der vorangegangene Brief, an den es erinnern hat sollen. Leider klingt die Antwort in jedem Fall nach soldatischer Fassung, ich denke an das, was man in der alten Armee einen Kondukt genannt hat, und an seine Musik, bei der sich selbst der Tote ohne persönliche Übertriebenheit nach dem Grabe hat tragen lassen.

Ich habe Vulpera gern und stelle Sie mir mit Vergnügen dort am Werke vor. Lassen Sie mich Ihnen ebenfalls die teilnehmendsten Grüße meiner Frau übermitteln, die eine sehr respektvolle Mitleserin gewesen ist.

In aufrichtiger Ergebenheit

Ihr

Robert Musil

ERINNERUNGEN AN AUGUSTE PICCARD

Es gibt unter den unzähligen Menschen, die unser Reich der Erinnerung bevölkern, solche, die immer nur mit hochgeschlagenem Mantelkragen und offenen Regenschirmen auftreten, während andere einzig unter heitern Himmeln sichtbar werden. Zu diesen letzteren gehören Auguste Piccard und sein Bruder Jean, ihre ältere Schwester und sodann ihre Eltern, der Basler Chemieprofessor und seine schöne und gütige Frau, verehrungswürdige Persönlichkeiten, in deren wohlwollender Gegenwart mich als Kind stets ein Gefühl von Sicherheit und eine heitere Ruhe überkamen. Heute, wenn mein Gedanke sie wieder sucht und augenblicklich findet, ist dies nicht anders.

Ende der neunziger Jahre durfte ich eine Zeitlang regelmäßig in das Piccardsche Haus an der Bernoullistraße kommen, wo damals Fräulein Marie Piccard Kinderporträts malte. Versetze ich mich in das Zimmer, in dem ich stille zu sitzen hatte, ist das erste, was ich erblicke und was mich von meinen passiven Pflichten eines gehorsamen Modells abzieht, ein roter Fuchspelz, der auf einem Tische liegt und den ein Sonnenstrahl durchs Fenster trifft. Es wird nicht lange dauern, und zwei schlanke Jünglinge, genau sieben Jahre älter als ich, also vierzehn- bis fünfzehnjährig werden stürmisch den Raum betreten: die Zwillinge Auguste und Jean. Beide hochgewachsen, überschlank, tragen eine Mähne von blonden Locken, und beide sind sich so ähnlich, daß sie kein Mensch unterscheiden kann. Sie bringen eine komplizierte Maschine mit sich und stellen sie auf den Tisch neben den Fuchspelz, eine selbstkonstruierte Maschine. Ich sehe sie vor mir genau so wie ich sie als Kind erblickte, für das Kind aber hatte sie folgende Eigenschaften: Da war eine starke kreisförmige Glasscheibe, die sich mit einer Handkurbel drehen ließ und deren Lager von Glasfüßen getragen wurde. Dann gab es zwei flache Lederkissen, die mit irgend etwas bestrichen waren. Diese Lederkissen saßen in einer Holzgabel, die auch durch einen Glasfuß gehalten wurde; ihre Flächen wurden sanft durch Federn gegen die beiden Ebenen der Glasscheibe gedrückt, vom Reibzeug hing eine Kette bis auf den Fußboden. Nun aber gab es eine Messingkugel, auch von einer Glassäule getragen; augenscheinlich sammelte diese Kugel ein unsichtbares Etwas, eine Kraft, die dem Blitz verwandt war. Zwei hölzerne parallele Ringe waren an ihr befestigt, und durch ihren Zwischenraum war es, daß die Glasscheibe sich hindurchdrehte; die der Scheibe zugekehrten Ringe waren mit Metallspitzen besetzt, und diese Metallspitzen hatten eine wichtige Funktion, sie übertrugen «etwas» von der Scheibe nach der sammelnden Messingkugel hin. Die Vorführung war jeweils von Erklärungen begleitet, denen ich nicht gewachsen war, denn hier hörte die Anschauung auf. Es gab etwas, so wurde mir mitgeteilt, das man «positive» Elektrizität nannte, diese hielt ich für etwas Günstiges; aber es gab auch «negative» Elektrizität, unter der ich mir Verderbliches vorstellte. Die positive kam von der durchsichtigen Glasscheibe, die negative scheinbar aus dem Reibzeug, das nach Entfernung der Fußbodenkette mit einer andern Messingkugel in Kontakt gesetzt wurde, von den beiden Kugeln gemeinsam, die man, wie in den schweizerischen Eisenbahnzügen «Konduktoren» nannte, entstand die geheimnisvolle Kraft, auf die angewandt das Wort «galvanisch» fiel. Die beiden Brüder behaupteten, mit diesem «Etwas» sei es möglich, schwere Fuhrwerke und Lastzüge in Bewegung zu setzen. Nach solchen Erklärungen und Behauptungen aber geschah an Ort und Stelle in dem durchsonnten Zimmer etwas völlig Wunderbares: Ein Glaszylinder, in dem Kügelchen aus Holundermark sich befanden, wurde mit den Kugeln der Elektrisiermaschine verbunden und, kaum geschehen, fingen diese Holundermarkkügelchen im Zylinder an, wild durcheinander zu tanzen, sie stiegen und sanken zwischen dem Deckel und dem metallischen Boden des Gefäßes nach einer ganz bestimmten Ordnung. – Das waren meine ersten

Begegnungen mit den Naturwissenschaften auf der Ebene des Märchens und des Spiels.

An einem anderen Tage erschienen die Zwillinge mit einer großen, flachen Sandkiste. Die glatte Oberfläche des Sandes war unterbrochen durch sonderbare trichterförmige Fallgruben. Einer kleinen blauen Schachtel wurden schwarze Ameisen entnommen. Man setzte sie an die Wände der Trichter, und während sie sich verzweifelt bemühten, wieder hoch zu klettern, wurden sie plötzlich aus der Tiefe mit breiten Sandwürfen bombardiert. Die Unseligen stürzten und wurden unten an der Trichterspitze von zangenartigen Fangarmen erfaßt, und dann verschwanden sie für immer. Das war ein dramatischer Vorgang zwischen lebenden Individuen. Die unterirdischen Bombardierer und Fresser aber waren für mich das Prinzip des Bösen, während die fleißigen, unschuldigen Ameisen mein ganzes Mitleid erregten. Darüber vermochte auch die Mitteilung mich nicht hinwegzutrösten, wonach die unterirdischen Bösewichte für eine weite Zukunft bestimmte Larven seien, die später einmal sich in großgeflügelte libellenartige, durch Luft und Licht rauschende Abenteurer verwandeln würden. Ihr auf Kosten anderer erkauftes Geschick schien mir allerdings wunderbarer als dasjenige eines Laubfrosches, der in einem Weckglas mit spärlichen grünen Gewächsen auf einer Leiter bisweilen aus dem Wasser stieg, um angeblich schönes Wetter anzukündigen und der dann ebenfalls mit vorsorglich gefangenen Insekten, diesmal mit Fliegen, gefüttert wurde. Den zangenschließenden, unterirdischen Mörder aber konnte ich nicht vergessen, der glotzende Frosch dagegen war mir gleichgültig, während die Brüder auch ihn, den Propheten, mit Achtung behandelten.

Nach Beendigung der Kohlezeichnung sah ich die Zwillinge fast nur noch von weitem, zu viele Schulklassen trennten uns. Immerhin, ihrer Freundschaft blieb ich gewiß, und wenn ich ihnen auf der Straße begegnete, begrüßten sie mich stets mit besonderer Herzlichkeit. Ich war stolz darauf, denn schon besaßen sie einen Ruf, der nicht nur aus ihrer ungewöhnlichen Beherrschung einer mir fremden Jules Verneschen Welt stammte, sondern der sich auch durch das Gerücht von Streichen vermehrte, die sie stets gemeinsam begingen. Eine ihrer Heldentaten begeisterte den Kreis meiner Kameraden und mich selbst: Auguste oder Jean – ich weiß nicht mehr welcher von beiden – erschien mit seinem wehenden blonden Haarschmuck beim Coiffeur Mundinger an der Streitgasse und begann mit völlig ernstem Gesicht zu klagen, er leide an einer Krankheit, denn jedesmal, wenn man ihm die Haare schneide, wüchsen sie innerhalb von wenigen Minuten wieder nach. Herr Mundinger, der sachlich gesinnt war, sagte:

«Larifari!» und machte seinem merkwürdigen Kunden einen sogenannten Rekrutenschnitt, das heißt er schor ihn mit der Maschine ratzekahl. Aber schon fünf Minuten nachher erschien genau derselbe, soeben Verunstaltete wiederum mit wehendem Haarbusch bei dem Haarkünstler und sagte: «Da sehen Sie, so steht es mit mir.» War derjenige, der die Überraschung, ja den Schreck aller Insassen des Frisiersalons genießen durfte, Jean oder Auguste? Die Reihenfolge ist mir entfallen.

Ich folge den Begegnungen mit den Brüdern chronologisch, und dieses Bemühen führt mich nun an einen Ort, der in der Welt meiner Vorstellungen immer eine Mitte bildet. Es führt mich in eine Bucht am Untersee, die die spiegelnde, ruhige Wasserfläche durch einen schmalen, in großer Weise gezogenen Bogen umfaßt, einen Bogen, den der helle Sandstreifen bildet, auf dem der Schatten kaum bewegter Erlen, Weiden und Eschen spielt. Hinter den Bäumen liegt der «Spannacker», der Sportplatz der Glarisegger Schüler. Dort sitzen wir innerhalb der Gedächtniswelt immer noch, und zwar auf einem silbergrauen, einst in einer stürmischen Novembernacht angeschwemmten Stamm: Piccard und ich. Ein warmer Oktobertag; die einzigen Töne, die wir hören, werden vom Schall trabender Pferdehufe bewirkt. Da sitze ich für immer, aber schon muß ich mich fragen, mit welchem Piccard? Mit welchem von beiden? Nachforschungen haben mir erlaubt festzustellen, daß es diesmal nicht Auguste, sondern daß es Jean war, aber ebensogut hätte es Auguste sein können, denn da ist in seinem Verhalten genau dieselbe gesammelte Art, dieselbe Lauterkeit, dieselbe saubere, frische, wache, rasche, zartverhaltene Aufmerksamkeit, die ständige Freude auch an jeder Erscheinung, jeder Begebenheit, jeder Wirkung innerhalb der unerschöpflichen Natur. Das Zwiegespräch zwischen dem angehenden Gelehrten und seiner Welt, dem Strauch, dem Sandkorn, der leicht bewegten Luft, dem lautlos anbrandenden Wasser, dem springenden Fisch, der balkenschleppenden Ameise, ist vernehmlich, aber es erfolgt nun bereits in einer Geheimsprache, deren Syntax und Grammatik wohl letzten Endes schon die mathematische Regel ist. Beide Piccards studierten zu jener Zeit am Polytechnikum in Zürich. Jean war nach Glarisegg hinübergefahren, um mich zu besuchen, er war «erwachsen», ich war es nicht, und sein Besuch erfüllte mich mit Genugtuung und verlieh mir Ansehen bei meinen Kameraden. Die weite Reise von Zürich nach Steckborn hatte er meinetwegen gemacht, und in Eschenz hatte er umsteigen müssen. Und nun saßen wir und sitzen immer noch dort und er erzählt mir von den großen tessinischen Eidechsen, die mit ihm und seinem Bruder die Studentenbude in

Zürich teilen, und auch bei diesen Echsen, wie einst im Falle der Ameisenlöwen, besteht die Aufgabe hauptsächlich darin, daß man ihnen diesmal im Umkreise der Universitätstraße zum Lebensunterhalt in möglichst großen Mengen Beute verschaffen muß.

An jenem Herbsttag sagte Jean brüderlich zu mir: «Versuche, deine Maturität früh zu machen», auch sein Bruder Auguste hätte dies im selben Ton sagen können. «Auf die Universität kannst du dich freuen», fuhr er fort. «Was willst du werden?» Ich wußte es nicht. Werden und wollen, wo fing das Werden an, und was hatte der Wille für einen Anteil an ihm? «Was interessiert dich am meisten?» Er wiederholte die Frage, weil ich nicht antwortete, und schließlich sagte ich: «Die Dichter.» Flüchtig schaute er auf, sichtlich besorgt: «Du willst doch nicht Dichter werden?», und ich dachte, das kann man doch nicht wollen, das geschieht dem einen, dem andern, selten genug. «Und was noch?» setzte er hinzu. «Die Menschen», gab ich zur Antwort, weil meine erste Aussage ihn befremdet hatte. «Dann solltest du Jurisprudenz studieren», meinte er zögernd, «oder Geschichte.» Aber mir erschien beides zweifelhaft. «Man muß es einfach nehmen», griff Piccard ein. «Es handelt sich darum, daß man das Handwerk lernt, für den Anfang genügt das. Ohne Handwerk kann man keine Einsicht gewinnen.» Ein wahres Wort.

Nach jenem Gespräch in der Bucht des Spannackers am Untersee vergingen Jahrzehnte, in denen ich nichts von den beiden Brüdern hörte, es sei denn durch die Zeitung. Dort war von einem bestimmten Zeitpunkt an sehr viel von Auguste die Rede.

Im Jahre 1931 gelangte er als erster Mensch mit einem von ihm konstruierten Ballon von Augsburg aus in die Stratosphäre auf 15781 Meter und ein Jahr darauf von Zürich auf 16940 Meter. Er war zum Pionier der Raumschiffahrt geworden. Ich gratulierte ihm damals schriftlich, aber wiedergesehen habe ich ihn erst nach dem Zweiten Weltkrieg in Paris.

«Was hast du damals dort oben gesehen?» fragte ich ihn. Er antwortete: «Nur einen Berner!» «Einen Berner, woher kam er?» Sehr ernst sagte Auguste: «Ich habe ihn danach gefragt, er brummte nur: ‹Von der Schlacht von Marignano auf dem Wege in den Himmel!›»

Wenn Piccard Späße oder Schnurren erzählte, machte er immer ein ungeheuer ernstes, konzentriertes Gesicht, als stehe er im Begriff, einen Wahrheitsbeweis zu erbringen. Solche Schnurren habe ich in der Folge oft gehört, denn zu meiner Freude machte er auf dem Weg von Brüssel in die Schweiz zwischen den Jahren 1945 und 1950 wiederholt Halt in Paris. Jedesmal suchte er mich auf, und jedesmal erzählte er meinen Kindern herrliche Geschichten. Die eine ist mir in besonders deutlicher Erinnerung.

Er begann nicht mit: «Es war einmal» oder mit geheimnisvollem Augenzwinkern. Nein, er sagte bei Tisch, als wende er sich nur an uns, die Großen, ganz sachlich:

«Meinem langjährigen Freund, dem berühmten italienischen Archäologen Professor Profano ist vor kurzem etwas Merkwürdiges passiert. Sie wissen, daß er schon vor dem Krieg Ausgrabungen in der Libyschen Wüste leitete. Dabei geschah es einmal, daß er einen Araber fand, dessen Karawane man überfallen hatte. Einzig dieser eine Araber war mit dem Leben davongekommen, ohne Wasser war er so weit gewandert, bis ihn die Kräfte verließen. Profano war sein Retter, und der Araber war dankbar. Ja, das ist eine merkwürdige Geschichte, aber es wäre zu lang, sie zu erzählen, außerdem kann das Profano selbst viel besser als ich. Kennst du Profano?»

Ich kannte ihn nicht. Aber die Kinder waren nun aufs äußerste gespannt, sie bettelten, und beim schwarzen Kaffee fing Piccard wieder an:

«Nun gut, also der Araber sagte zu Profano: ‹Ich werde nie vergessen, was Sie für mich getan haben. Eines Tages werde auch ich für Sie etwas sehr Wichtiges leisten können, aber Sie müssen mir vertrauen! Also, wenn Sie wo immer in der Welt ein Telegramm von mir erhalten, lassen Sie alles stehen und liegen und kommen Sie sofort an den Ort, den ich Ihnen nenne.»

«Konnte der Araber telegraphieren?» fragte die jüngste Zuhörerin.

«Was meinst du denn? Jedermann kann heute telegraphieren, der Telegraphist macht es für ihn. Also, letztes Jahr, am 10. Dezember, nein, am 12. November war es – am 10. Dezember fand die Geschichte ihren Abschluß – ja, am 12. November erhält mein Freund eine Depesche: ‹Raschestens nach Leptis Magna kommen!› Also, er besinnt sich nicht lange, er fliegt übers Mittelmeer und trifft seinen Araber. Zwei weitere Araber mit einem Jeep sind zur Stelle, Lebensmittel und Wasser sind vorhanden sowie leichtes Werkzeug für Grabungen. Profano stellt keine Frage, und man fährt los. Bis sieben Uhr abends fährt man durch die Wüste. Punkt sieben hält der Wagen an, aber da ist nichts vorhanden, kein Baum, kein Strauch, kein Mauerrest, kein Kamelgerippe, nichts. Profano stellt keine Frage. Er steigt aus. Die drei Araber ergreifen Spaten und Schaufel, sie beginnen zu arbeiten, und nun kommt etwas zum Vorschein, ein Loch! und gleich auch schon in dem Loch eine schmale Steintreppe, die augenscheinlich vor kurzer Zeit gereinigt und dann wieder mit Sand zugedeckt worden ist.»

Piccard schaute auf die Uhr. «Was nachher geschah, muß ich das nächste Mal erzählen», rief er, «wenn ich wieder durch Paris komme!» Alle Bitten der Kinder halfen nichts, er verließ uns.

Zwei oder drei Monate später, kaum saß er bei Tisch, begann er seinem Versprechen getreu:

«Also da war die Treppe. Profano und die Araber mit ihren Taschenlampen stiegen hinunter, und nun befanden sie sich in einem großen, weiten, gewölbten Raum, in dem vier steinerne Tische standen. Auf diesen Tischen aber waren die Einsteinschen Formeln eingezeichnet. Mein Freund, der sich viel mit Physik beschäftigt hatte, traute seinen Augen nicht, aber der Araber sagte ihm: ‹Ihnen, meinem Lebensretter, werde ich alles mitteilen, ich gehöre zu einem Geheimbund, der seit der Zeit der Pharaonen besteht, unsere Altvordern waren klüger und vorsichtiger als wir, sie behandelten lebensgefährliche Entdeckungen esoterisch. Auf dem vierten Tisch finden Sie die Grundgesetze der Atomphysik.› Ich halte mich nicht auf bei den Gefühlen, die meinen Freund bestürmten, aber daß er in jener Nacht wenig geschlafen hat, begreife ich. Ich begreife es um so mehr, als der Araber ihm nun, nachdem man auf dem Einsteintisch ein frugales Mahl genossen hatte, eröffnete: ‹Das, Herr Professor und Lebensretter, ist noch gar nichts, die große Überraschung kommt erst morgen früh.›

Schon um halb sechs stand Profano mit seinem Führer wieder am Treppenausgang im Wüstensand. Der Araber zeigte nach Osten; plötzlich rief er: ‹Jetzt, jetzt›, und in der Tat, trotz der Blendung durch die aufgehende Sonne erblickte man im Himmel einen kleinen Punkt, der immer größer wurde, der dann zu einem Gegenstand wurde, der durch noch nicht erkennbare Vorrichtungen eine unvorstellbare Schnelligkeit plötzlich abbremste und sich schließlich wenige Meter vor dem Treppeneingang leicht wie ein fallendes Blatt niederließ; diesem Gegenstand aber entstiegen für den Archäologen sofort erkennbar: Cäsar und Cleopatra, beide in strahlender jugendlicher Schönheit. Profano verneigte sich, die Königin begrüßte ihn in griechischer Sprache, Cäsar sprach lateinisch und sagte: ‹Sie werden etwas erstaunt sein, uns noch am Leben zu finden. Nach Ihren Vorstellungen wurde ich am 15. März des Jahres 44 vor Christus ermordet, dem ist aber in Wirklichkeit nicht so. Mein Geheimdienst war vorzüglich, und ich hatte einen Doppelgänger, der an meiner Stelle zum Opfer der Verschwörer wurde, ich selbst hatte mich bereits zu meiner Freundin der Königin nach Ägypten begeben, und die Königin als ‚Eingeweihte' verfügte über eine Wissenschaft, die es uns möglich machte, einen besseren Stern aufzusuchen, den wir seither gemeinsam beherrschen, zugleich aber haben wir durch die Schnelligkeit unseres Fluges die Zeit überwunden und müssen nun etwa alle hundert Jahre einen solchen, die Lichtgeschwindigkeit erreichenden Flug unternehmen, um dauernd jung und frisch zu sein und ewig zu leben. Diesmal haben wir einen solchen Flug unternommen, um endlich einmal wieder nachzusehen, wie es auf der Erde steht. Wie steht es um Rom?›

Darauf zu antworten war für Profano gar nicht so leicht. Soeben war der Zweite Weltkrieg zum Abschluß gekommen. Profano antwortete somit: ‹Es steht nicht zum besten. Da war ein Mann namens Mussolini, der glaubte, irgendwie in Ihren Spuren wandeln zu können. Dieser Versuch hat kein gutes Ende genommen, aber immerhin, auch heute noch ist Rom eine schöne, blühende Stadt.›

Hierauf erklärte Cäsar: ‹Wir möchten Rom besuchen!› Und so flogen sie denn mit meinem archäologischen Freund nach Rom als Passagiere eines ganz gewöhnlichen Kursflugzeuges. Trotz den herrlichen Gewändern der Königin und der Toga Cäsars fielen sie aber niemand auf. Man hielt sie für Mitglieder der Unesco. Die Pressephotographen auf den Flugplätzen fahndeten zudem nach einem Star aus Hollywood, einer gewissen in Scheidung befindlichen Schauspielerin, sowie nach einem dissidenten französischen General. Dann begann der römische Aufenthalt.»

Aber hier breche ich meine Wiedergabe von Piccards Bericht ab; so wie er in meinem Gedächtnis haftet, gab ich ihn wieder und ich könnte noch einiges hinzufügen, besonders die Geschichte von

Cäsars Zorn bei der Lektüre der letzten Ausgabe des «Bellum Gallicum», wobei er dank dem Fleiß der Kommentatoren und Philologen kaum mehr einen Satz seines Originals wiederfand.

Nun liegt aber, während ich dies erzähle, ein schmaler Band vor mir.[1] Auf den Seiten dieser erlesenen bibliophilen Publikation hat Piccard die ganze Begebenheit, die er in den vierziger Jahren für meine Kinder improvisierte, selbst für die Teilnehmer an der Jahresversammlung der Schweizerischen Bibliophilen Gesellschaft in Basel vom 21. und 22. Herbstmonat 1957 wiedergegeben. Was er schreibt, lautet ganz anders als was ich berichte; entstanden ist die Erzählung in jenen Mittagsstunden an der Pariser rue de Grenelle, später ist sie veredelt worden, gewisse barocke Einfälle wurden ausgemerzt, und wer wissen will, wie die weiteren Erlebnisse des hohen Paares und wie seine Rückreise auf den anderen Stern verliefen, muß es versuchen, sich die nur in Händen von Sammlern befindliche buchtechnische Seltenheit zu verschaffen.

Wiederum zehn Jahre später vereinigten sich Piccards und meine Wege am Genfersee. Der Piccard der Stratosphäre war nun inzwischen zum Piccard der Meerestiefen geworden. Er hatte den

[1] «César, Cléopâtre et Einstein» von Auguste Piccard, Berner Handpresse Emil Jenzer in Burgdorf, in 350 gezählten Exemplaren.

Bathyscaph konstruiert und hatte wiederum als erster, in Begleitung des an seinem Werke intensiv beteiligten Sohnes, die größte von Menschen bisher erreichte ozeanische Tiefe befahren. Einmal hatte ich den Vorzug, den Erfinder dieses druckfesten Gerätes vor einem Laienpublikum von seiner Erfindung sprechen zu hören, frei, ohne irgendeine Notiz. Hin und wieder zeichnete er mit der rechten und der linken Hand gleichzeitig auf die Wandtafel oder er schrieb einige Formeln. Dabei machte er seinen Apparat und das mit ihm bestandene Abenteuer so einleuchtend, folgerichtig und meisterlich-einfach deutlich, daß man beim Weggehen wähnte, man könnte diese Maschine nun selbst herstellen. Zweiundsechzig Jahre waren verflossen, seit ich mich um seine und seines Bruders Erklärungen geistig gedrückt hatte. Jetzt aber hätte ich nicht lange und nicht oft genug aufmerken können, nicht genug fragen, aber für meine Belehrung war es jetzt endgültig zu spät.

In dieser späten Zeit haben wir uns wiederholt getroffen. Die Gespräche gingen nicht mehr, wie in Kindheit und früher Jugend um diese hoffnungsvolle Vorfreude der Forscher. Es war nun auch von Auguste Piccards Seite bisweilen vom menschlichen Leben, von Menschen und ihrer Problematik die Rede. Sein Standpunkt blieb zwar ein fester, überlegener, unbetroffener, aber etwas von bittern Erfahrungen, menschlicher Tücke, menschlichem Neid klangen doch bisweilen mit. Kaum aber stand man wieder vor einem Naturphänomen, auch dem einfachsten, leuchtete die knabenhafte Lust am Erkennen wieder auf.

Einmal traf ich bei Auguste Piccard und seiner Gattin Emanuel Stickelberger. Es wurde mit Leidenschaft vom großen Sterben der Alpenpflanzen gesprochen. Auch darüber haben Piccard und der Dichter, sein Basler Schulfreund, gemeinsam eine kleine Schrift veröffentlicht. Dort lesen wir das Wort: «Vernichtung», und dort heißt es: «Wie oft lautet auf Vorstellungen hin die selbstsichere Antwort: ‹Wir lassen ja die Wurzeln stehen!› Die auch bei Erwachsenen weitverbreitete Annahme, auf der dieser Einwand beruht, gilt es endlich zu widerlegen. Die Pflanze vermehrt sich durch Samen. Einjährige, die der Blüten beraubt werden, können keine neuen Artgenossen hervorbringen. Solchen, die etliche Jahre leben, mag es gelingen, sich durch auslaufende Sprosse in engen Grenzen auszubreiten; nach einer bestimmten Frist aber wird jede Pflanze mit ihren Ablegern zugrunde gehen.» Ich sehe noch beim Abschied unter der Haustüre die Bewegung, die Piccard machte, als er mir sagte: «Vernichtung droht allem Leben heute, nicht nur dem der Alpenpflanzen.»

Eines unserer letzten Zusammentreffen erfolgte

bei mir an einem schönen Sommertag, wieder in der größten Helle, die von den in weitem Kreise gereihten Alpen über dem fernen See hinüberströmte. Diesmal war auch Jean Piccard, der aus Amerika herübergekommen war, zugegen. Die Ähnlichkeit der beiden Zwillingsbrüder hatte abgenommen. Auf den Gesichtern des einen wie des andern hatte der Ernst einer lebenslang allen Hemmnissen entgegen, letzten Endes doch immer mit Freude geleisteten Arbeit sich ausgeprägt, aber in verschiedener Weise. Jetzt waren wir drei alte Männer, wobei ich einmal noch der jüngere sein durfte. Plötzlich blieb Auguste Piccards Auge auf dem Anblick eines Baumes haften. Mit der Frische eines Zwanzigjährigen sprang sein Bruder Jean auf, nahm seinen Photographenapparat und schuf das beste Lichtbild, das ich von der großen Zeder des Gartens besitze, der Zeder, die einst von dem Genfer Botaniker Auguste Pyrame de Candolle in den dreißiger Jahren des 19. Jahrhunderts gepflanzt worden ist. Jenes Zusammensein aber war beinah der Abschied von einem Mann, den ich im Laufe so vieler Jahrzehnte selten gesehen habe, von Auguste Piccard, der, so oft ich an ihn denke, mir stets in größter Nähe gegenwärtig bleibt, wobei von seiner Gegenwart etwas unvergleichlich Ermutigendes, Sicherheit Verleihendes ausgeht, das aus dem tiefsten Grund seines Wesens, seinem mutigen und reinen Herzen stammt, aus seiner völlig lautern Gelehrtennatur, auf der noch stets etwas von der Morgenfrische der einem so grellen Schein der Tagesmitte zustrebenden Naturwissenschaften liegt.

GESPRÄCH IN PEKING

Es handelt sich um ein Gespräch, dessen Zuhörer ich während einer Reise war, die ich als Teilnehmer an einem Rotkreuzkongreß antrat; sie führte mich nach Japan und auf dem Rückweg nach China; jegliche Vorbereitung fehlte mir, das Ganze war hastig und kurz. Sechs Tage war ich in Peking, zehn Tage in China, davon drei in der Bahn und einen im Flugzeug zwischen Peking und Schanghai. Schanghai–Peking im Schanghai-Expreß, Peking–Schanghai zehn Flugstunden zurück. Ich weiß ebenso wenig von China als ein Asiate von Europa wüßte, wenn er einmal sechs Tage in Paris gewesen wäre. Das Gespräch fand statt am zweiten Tage meines Aufenthaltes, und zwar zwischen einem früheren Beamten der letzten kaiserlichen Dynastie, einem alten, sehr vielseitig gebildeten Mandarin, der in seiner Jugend lange als Diplomat in Europa geweilt hatte und der, verwurzelt im alten China, uns doch vielleicht insofern zum besten hielt, als er seine Aussagen so stark unserm Vorstellungskreis anpaßte, so sehr im Sinne einer Wirkung auf Europäer sprach, daß dieses oder jenes, wie die Chinakenner unter ihnen mit Leichtigkeit feststellen werden, vielleicht nicht ohne weiteres als «echt» zu nehmen ist. Europäisch angepaßt war vor allem eine gewisse Freimütigkeit, mit welcher er über unsere Zustände urteilte, was dem wirklichen alten Chinesen die Höflichkeit ja ebensosehr verboten hätte, wie sie ihm die Verteidigung und wertbetonende Schilderung des Eigenen zur Unmöglichkeit hätte machen müssen.

Die europäischen Teilnehmer an der ernsten und doch sehr heitern Besprechung waren ein schottischer Kapitän, mit dem ich mich auf der Überfahrt von Vancouver nach Yokohama befreundet hatte; ein sehr schweigsamer irischer Gelehrter sodann, der Goethekenner war, und endlich ein junger Österreicher.

Ort des Gespräches war eine chinesische Schenke, in der wir in dunklem, engem Raum um einen mit Kandelabern und Blumen geschmückten Tisch saßen und das berühmte Gericht von Peking, die mit einer Lackschicht umgebene, all ihre eigene und künstliche Würze noch enthaltende Ente aßen und Reiswein tranken. Die Zeit des Zusammenseins währte von elf Uhr nachts bis vier Uhr früh; das Gespräch hat also lange gedauert und hat vieles berührt, von dem heute nicht die Rede sein kann; es handelt sich um einen Ausschnitt.

Ich hatte mich an jenem Tage um fünf Uhr nachmittags bei kristallklarem Herbstlicht allein in den Himmelstempel und somit in eines der größten Heiligtümer begeben, die die Erde kennt. Ruhe geht von der Einheitlichkeit der chinesischen

Architektur aus; unsäglich sicherer Zusammenhang der Bauanlagen mit der sie umgebenden Natur, wie sie bei uns nur die Antike wirklich kannte, wirkt auf uns. Aber auch im Bau, losgelöst von aller Umgebung, herrscht ein wunderbarer Einklang – männliches Grundgesetz der großen, starken, sicher ausgewogenen und strengen Einfalt des Baukörpers und weibliches der fließenden Schmuckform schließen den Kreis. Nirgends erfuhr ich dies wie vor dem Himmelstempel. Viereinhalb Kilometer im Umkreis hat seine Anlage, die ein reines Rechteck bilden würde, vollzöge nicht die nördliche Mauer eine Kurve, die nach Norden alle chinesischen Gräber schützt und die weniger gegen die harten Winde als gegen die bösen, aus Norden heranstrebenden Geister errichtet ist. Die Weite ist in dieser Anlage gemeistert im Dienste von Hoheit und Größe. Vor 4000 Jahren wurde hier schon dem einen Gott, dem höchsten Wesen geopfert, den man am Anfang all der vielen wechselnden Überlieferungen anbetete, die über diese chinesische Erde zogen, ihre Spuren zurückließen und immer von diesem fernen einen Gott hoch überragt waren. Die Achse führt über den Hügel der Marmorstufen und Balustraden, der wie das Gehäuse einer ungeheuren Muschel in Kreisen geschmückt ist; sie führt nach dem zu höchst sehr fern in der Perspektive stehenden Tempel hin, dessen gewaltige Kuppel nicht wie die der andern

Heiligtümer des Landes oder der Wohnungen des Kaisers mit Gold und honigfarbenen Glasurziegeln gedeckt ist, sondern mit solchen, in welche die Farbe des Himmels selbst – dem der Tempel geweiht ist – scheint eingeströmt zu sein, in einer Tiefe und Pracht ohnegleichen. Unter dieser Kuppel durfte nur der Kaiser allein beten, nachdem er gefastet hatte, und all seiner Würden entkleidet, als ein Armer in einem Karren sich hatte zu den Stufen führen lassen. Hier nahm er alle Last, alle Schuld seiner Völker auf sich, bot sich zur Sühne und als Erlöser der Gottheit dar.

Ich erkannte die Tiefe der Begegnung mit einer der ganz großen Erfüllungen irdischer Möglichkeit erst, als ich eine Stunde nach diesem einsamen Gang im dunklen Theaterraume saß. Meine Freunde waren schon dort; ich wurde dem alten chinesischen Herrn im schwarzseidenen Rock vorgestellt: dem Mandarin. Essende, Schwatzende, Aus- und Eingehende umdrängten uns, ich hatte Mühe, zu sehen und zu hören; Kinder wurden gestillt, Greise sangen leise vor sich hin – ich war noch wie unter einer kristallenen Glocke nach dem empfangenen Eindruck. Dann aber begann das Bühnenspiel mit Orchester – jedes Instrument einen Charakter begleitend – höchste Steigerung der Farben, alles wie eine Liturgie in Tanzform, die Stimmen hoch, singend, die Masken unermeßliche Verkörperungen. Das Stück, das mein Nachbar mir leise miterzählte: eine kleine Blumenverkäuferin bangt um Gesundheit und Leben ihres Vaters. Sie weiß, daß die Wallfahrt zu einem fernen Tempel ihm Heilung bringen könnte; vier Tagreisen ist der Tempel entfernt, sie kann nicht so lange ausbleiben, sie muß täglich Blumen verkaufen und den Vater pflegen; so steht sie denn nachts, wenn alle schlafen, von ihrem Lager auf; betend, mit der geweihten Kerze in der Hand, schreitet sie durch die Nacht, um die erste Stunde kehrt sie um und legt den Weg, den sie gekommen ist, wieder zurück. Eine Nacht, zwei Nächte, drei und die vierte wallfahrtet sie betend, ohne je ihr Ziel zu erreichen; am Morgen ist sie immer zurück und an ihrer Arbeit. Am frühen Morgen der dritten Nacht führt das Stück uns vor den Tempel, den sie mit ihrer Seele sucht. Viele Gläubige begehren Einlaß, aber der Tempel ist noch verschlossen. Jeder will der erste sein, der am Heiligtum seine Kerze entzündet. Ein wohlhabender, ein mächtiger Mann hat dem Pförtner reiche Gabe gegeben, damit er den Tempel schmücke und ihm vor allen andern Einlaß verschaffe. Durch einen hintern Hof führt der Pförtner ihn am frühen Morgen zum Eingang. Mit dem schweren Schlüssel schließt er auf, aber wie erstaunen die beiden, wie vor dem Altar schon eine frische Kerze brennt. Der Mächtige überschüttet den Pförtner mit Vorwürfen, und dieser kann sich den Vorgang nicht erklären. Am nächsten Morgen kehren sie noch früher zurück, rauh reißen sie die Pforte auf – wieder brennt das stille Licht, aber diesmal kniet durchsichtig, wie gläsern, eine Mädchengestalt vor dem Altar, von innerm Schein ist sie durchleuchtet, eine große Kraft geht aus von ihr, eine Lebensflamme lodert in ihr, und diese Flamme teilt sich plötzlich, der eine Teil wird frei, fliegt durch die Luft, und man weiß es wohl – sie wird durch die weiten Wege der Dämmerung bis zur Stadt in die Hütte gelangen, wo der Kranke schläft, und wird ihn wieder mit Frische, Kraft und Dauer erfüllen.

«Rührselig», sagte mir der Schotte beim Hinausgehen, aber ich sah, daß das Stück in seiner Einfalt ihm Eindruck gemacht hatte. In der Schenke angelangt, begann der Österreicher ganz hingerissen von dem religiösen Gehalt zu sprechen, der hier an allem Leben teilhabe, alles trage.

«Nichts von alledem ist wahr», rief plötzlich der Kapitän, «kein Volk ist skeptischer, abergläubischer, treibt mehr Schindluder mit den höheren Mächten als die Chinesen. Erzählen Sie mir nichts von Frömmigkeit!»

Der Mandarin hörte zu mit jenem schwer zu beschreibenden Lächeln um die Mundwinkel, das sich leise verstärkte, je mehr mein zorniger Reisegefährte loszog.

«Da, wollen Sie Beispiele? Wie ich in Kanton lebte – ich weiß nicht mehr, war es 1905 oder 1907 –, herrschte große Trockenheit. Der Buddha einer Pagode, an den man gewohnt war, die Bitten um Regen zu richten, wurde allgemein bedroht; schließlich gab der Vizekönig – ich bitte Sie, der Vizekönig – einen Erlaß, das Dach genau über dem Standbild des Gottes sei abzuheben, damit er recht unter der brennenden Sonne leiden müsse. Als das nichts nützte, wurde der Befehl erlassen, die Statue zu peitschen. Wie dann schließlich der Regen fiel, aber zu spät, wurde das Dach nicht mehr gedeckt, man freute sich, daß die Farbe abgewaschen werde von dem verstockten Götzen. Schließlich, da der Rache nicht genug war, ließ der Vizekönig den Tempel entweihen und dann ausverkaufen, verschrotten – einer meiner Freunde hat schöne Bronzekandelaber bei der Gelegenheit erstanden.»

«Sie waren schön?» fragte der Österreicher, «wie hätten sie dies ohne die Frömmigkeit des Handwerkers sein können, der sie einst gemacht hat!»

«Lassen Sie mich in Ruhe mit solch heidnischen Deutungen», rief der Kapitän, «die Kandelaber waren schön, weil die Chinesen Lust am Schönen haben – ganz einfach.»

Der Mandarin wollte etwas sagen, aber der Schotte fuhr fort. «Bitte, ein anderes Beispiel: In einem Nest bei Schanghai war die Tochter reicher Leute erkrankt, jemand – irgendeine alte Schwätzerin – erzählte der Mutter, ein Gott, dessen Pagode in der Nähe der Stadt Kinzah stehe, wünsche den Tod des schönen Wesens, um es im Jenseits als

Konkubine zu gewinnen. Die Mutter, voller Entsetzen, flehte ihren Gatten an, er möge in aller Eile sich nach Kinzah begeben, um dem Gott zu opfern. Der Mann verreiste, er glaubte aber nicht an Überredung oder Bestechung, er begab sich zum Präfekten von Sungkiang und ersuchte ihn, dem Götzen ganz einfach das Handwerk zu legen. Der Präfekt von Sungkiang und eine Magistratsperson von Tsingpuc, nach angemessener Bezahlung, brachen auf zwei kriegerisch gerüsteten Dschunken nach Kinzah auf. Vor dem Tempel angelangt, ließen sie kurzerhand den Buddha von seinem Thron stürzen, mit sechs Säbelhieben wurde der Mächtige gespalten; zwei Hiebe genügten, um ihm den Schädel vom Rumpf zu trennen, mit den vier andern wurde sein Leib gevierteilt. Das Ganze warf man in den See. Ich bitte Sie, meine Herren, was sagen Sie dazu? Kann man sich etwas Primitiveres, Armseligeres vorstellen?»

Den Reiswein, den ein leiser Geselle mit einer Hand wie aus Alabaster in die Tassen schenkte, schob er weg; er zog seine Whiskyflasche aus der Rocktasche und goß sich das Glas voll.

«Das Leben wird arm», versetzte nun der Mandarin, «wenn der Phantasie kein Raum mehr gelassen wird, dasjenige auszuleben, was unser einfachster Antrieb wünscht. Magie ist nichts anderes als die Kunst, das Feindliche in eine feste Vorstellung zu bannen und diese Vorstellung dann zu zerstören. Wie ich in Europa weilte und das erstaunliche Gebäude Ihrer Technik bewunderte, da fiel mir in Ihren Straßen, in Ihren Häusern die Traurigkeit der meisten Gesichter auf, etwas Gespanntes, Entschlossenes; Ihre Künstler schienen mir einsame Menschen zu sein, die hart und bitter gegen irgendein Allgemeines ankämpften, das ihrer Welt entgegen ist; der Genuß schien mir wie gestohlen, von Angst gespalten, von Reue schon im voraus entstellt; das Leiden, das man immer zu lindern sucht, schien mir dadurch auch sein großes, ernstes Wesen zu verlieren, mehr als dies, mich däuchte, es sei beständig als etwas Störendes allen gegenwärtig, in jede Freude werfe es seinen Schatten, jeder überhebe sich, indem er glaube, alles zugleich tragen zu müssen, keiner könne mit ungebrochener Freude das Glück, das ihm zukomme, genießen – mit Einfachheit, mit der Art des Kindes, die in diesen Vorkehrungen liegt, von denen mein schottischer Freund eben sprach. Niemand hatte Zeit, das Wunderbare der Welt zu erfassen. Stundenlang können dagegen wir, mit unsern zahmen Nachtigallen in den schönen tragbaren pagodenförmigen Käfigen, uns am Abend auf den vom letzten Schein erwärmten Hügel an die Ufer der Flüsse setzen und uns ganz in das Lied dieser Vögel verlieren. Das Hilfreiche, Erheiternde, Gute können wir erkennen, wenn wir lange über das feine Geäder eines zarten Marmorstücks gebeugt sind; alles ist uns belebt, weil wir die Lebensalter in uns selbst nicht trennen. Der Greis gibt dem Kinde den nötigen Schatten, das ewige Kind im Greise erwärmt den Alternden. Wir sind dankbar für die Welt, wie sie ist, genießen sie bis zur Neige ohne Furcht und nehmen das Furchtbare hin, das über uns hereinbricht. Wir denken in Bildern, in Vorstellungen; die ganze Welt ist uns erfüllt von Gestalt. Kennen Sie die Geschichte vom Glockengießer? Lebenslang hatte er Glocken gegossen, immer schönere, immer klangreichere; aber die vollendete, die ihm vorschwebte, hatte er nicht zustande gebracht. Eines Nachts träumte ihm, ein Himmlischer trete vor ihn hin und sage ihm: wenn du in das glutflüssige Metall das Blut eines reinen Mädchens schüttest, dann wirst du dein vollendetes Werk schaffen! Der Glockengießer erzählte den Traum vor den Seinen; seine jüngste, achtjährige Tochter, sein Lieblingskind, hörte aufmerksam zu, und von dem Tage an wurde sie still und ernst. Wie man wieder zum Gusse schritt und das sonnenweiße Metall im Kessel brauste, ging plötzlich die Türe der Werkstatt auf, und die Kleine, flüchtiger als ein Reh, lief durch den Raum, und schon sprang sie über den Kesselrand in die fürchterliche Glut. Der Vater wollte sie mit verzweifeltem Griff zurückhalten, aber zu spät, er faßte nur noch ihren linken kleinen roten Pantoffel. Die Glocke wurde die herrlichste des Kaiserreiches. Sie hängt in einer Pagode aus

Porzellan, und jeder von uns, wenn er sich versenkt und wirklich hinhört, kann bei ihrem Verklingen ganz leise hören, wie sie mit den letzten Tönen immer sagt: ‹Gib mir meinen Pantoffel wieder, gib mir meinen Pantoffel wieder.›»

Der Österreicher war entzückt und meinte, aus derartigem sei das ganze Werk von Mozart entstanden, und alle Engel des österreichischen Barocks flögen in dieser Welt aus und ein. Aber der Schotte wollte nichts davon wissen.

«Ich kenne diese Anekdote», meinte er, «ich habe sie auch schon gehört – ist alles Flunkerei wie unsere Ammenmärchen; zum Glück gibt es heute ein anderes, ein neues China, dem derartiges Scham bereitet.»

Der Österreicher wollte ihn immer unterbrechen, aber er war zu weich und liebenswürdig, um gegen den Schotten durchzudringen.

«Die technische Erkenntnis wird mit all diesem abergläubischen Plunder aufräumen», fuhr der alte Kapitän fort.

«Noch nicht, nein, noch nicht», entgegnete der Chinese. «Die einen verhalten sich wie mein Pächter, den ich kürzlich auf ein niedrig fliegendes Flugzeug aufmerksam machte; er hob kaum den Kopf: ‹Wenn diese Maschine zum Fliegen gemacht ist›, meinte er, ‹warum *soll* sie nicht fliegen?› Das war wirklich nicht wunderbarer als soviel Wunderbares, das uns täglich umgibt und trägt. Die andern, die nicht wie dieser Bauer sind, die Unzähligen, die von Ihren Universitäten halb verbittert, halb erregt, ja wurzellos und hastig zurückkehren, die sind von den praktischen, materiellen Möglichkeiten ganz überwältigt. Was ihnen in keiner Weise zugänglich ist, das ist die europäische Ethik, die hinter und über den technischen Errungenschaften steht, ihre Ursache und Bedingung ist und sie zu Herrschern über all diese Maschinen machen konnte. Ich kann Ihnen nicht sagen, wie schwer und wie gefährlich für uns der Weg zu dieser Erkenntnis ist; nicht darum geht es nämlich, daß wir neue Gedankeninhalte gewinnen, sondern darum, daß wir ein anderes, ja ein vollkommen anderes Denken lernen. Unsere Vorstellungswelt ist bildlich, die eure nun – wie soll ich sagen – phonetisch. Für uns ist die Sprache nur ein armes Verständigungsmittel für den Alltag; schon das Theater, das zugleich die Wirklichkeit derb zu verstärken, das Niedrige erdrückend niedrig, das Hohe unendlich hoch wiederzugeben hat, schon die Bühne bedient sich einer andern, bilderreichern Sprache, einer ältern Sprache, die das ungelehrte Publikum gleichmäßiger versteht. Unser eigentliches Denken, die Sprüche der Weisheit, das ist nur durch die Schrift auszudrücken, die Bildersprache, das Kryptogramm. Wir sehen, wenn wir denken, ihr dagegen hört, deshalb hat die im Wind gekräuselte Welle oder die dunkle Masur auf den Schuppen des Fisches keine Sprache für euch. Klangvolle Sprüche beherrschen euch, bewegen eure Geschichte; wir sind völlig undialektisch. Ihr glaubt, daß man sich beispielsweise um irgendein Prinzip, einen Grundsatz schlägt bei uns, aber nein! Es gibt auch keinen Haß von Provinz zu Provinz. Es ist uns bei den Europäern unfaßlich, daß anständige Leute so verschiedener Ansicht sein können. Das Unglück kommt über uns zurzeit in Form von Armeen Arbeitsloser, die von spekulierenden Generälen kommandiert sind. Nun gut, anständige Leute kümmern sich nicht um dieses Gesindel, das mordet, brennt und erpreßt. Kein denkender Chinese glaubt, daß durch Gewalt die Geschichte zu einer endgültigen Lösung gebracht werden kann. Endgültiges gibt es überhaupt nicht; aber auf weite Zeiträume hinaus kann man immer wieder das innerhalb der irdischen Gesetze Dauerhafte anstreben, das Gleichgewicht. Gleichgewicht ist immer ein auf Gegenseitigkeit beruhender Zustand. Wenn die Dinge im Gleichgewicht sind, so trägt, wie Sie es im Himmelstempel sahen, der Kaiser die Last des Volkes, seine Nöte und Vergehen, das Volk trägt die Last des Kaisers; der Herr ist nirgends mehr als der Diener, der Diener nicht wertvoller als der Herr, beiden ist nur eine andere Aufgabe zugewiesen. In einem guten chinesischen Haus gibt der Diener dem Herrn das Trinkgeld, das er von den Gästen erhält, und der Herr gibt ihm nach

Gutdünken einen Teil zurück, soviel, als ihm nötig scheint, damit das Gleichgewicht in einem reinen Verhältnis bleibe. Wenn wir opfern, so wollen wir nicht tun, als ob wir mit dem Göttlichen von gleich zu gleich stünden; wir nehmen an, daß es viele Kräfte zwischen Himmel und Erde gibt, die zu beschwichtigen, zu besänftigen, zu gewinnen seien. Wir opfern den Nächsten, den Ahnen; daß ihre einstige Wirklichkeit in veränderter Form um uns ist, des sind wir gewiß. Wir nähern uns ihnen mit Ehrfurcht, wie man es in eurer antiken Welt getan hat, auf menschliche Weise, mit menschlichen Gaben; wir kennen nur diese, mögen die unendlichen Scharen der Toten es sich in ihre Sprache übersetzen, wir kennen sie heute nicht, wir sind die Toten von morgen. Warum sollen wir diejenigen sein, die die Sitte unterbrechen? Es ist gut so, daß ein Chinese, der nicht die vorgeschriebenen Opfer zum Grabe seines Vaters tragen würde, niemals die Tochter eines andern Chinesen heiraten könnte, der diesen Vater gekannt hat. Wir fürchten uns nicht vor dem Tode, unsere ganze weite Erde ist mit Grabhügeln übersät, die Toten wohnen bei den Lebenden, und weil sie uns beschützen, fürchten wir uns auch vor dem Leben nicht; durch unsere Lebenskraft, unsere beständige Vermehrung, haben wir immer wieder all die fremden Völker, die über uns geherrscht haben, aufgesogen und schließlich verschwinden lassen – wir sind immer noch da.»

Nachdem er dies gesagt hatte, lehnte er sich zurück im Sessel und schloß die Augen fast ganz. Das Gesicht war jetzt nur von unten, vom Tische her, beleuchtet. Mit der schmalen Hand zog er eine gelbe Aster aus der jadefarbenen Porzellanvase; er schlug ganz leise mit der Blume gegen den Tischrand und sagte dann, immer mit dem seltsamsten aller Lächeln, das von der Güte eines Greises bis zur letzten Grausamkeit führt: «Vielleicht, daß in vierzig bis fünfzig Jahren nicht mehr viele Weiße in Schanghai sein werden.»

Es ging auf einen Augenblick etwas Peinliches durch das Zimmer. Der Schotte zog langsam auf dem Tisch neben dem Teller seine kurzen behaarten Finger zur Faust zusammen und lachte dann in sich hinein, wie eine Dogge, die im Schlafe knurrt.

Der Österreicher dagegen versuchte, durch eine Frage dem Gespräch eine andere Wendung zu geben: «Sie wünschen sich», sagte er, zu dem Mandarin gewandt, «die alten Zustände wieder, das vorrevolutionäre China?»

«Ich diente», erwiderte der Angeredete, «der kaiserlichen Dynastie. Sie wissen, daß sie jetzt im Mandschukuostaat, wo sie den Thron wieder bestieg, ihren alten Namen nicht mehr tragen kann, und das ist recht so; denn das göttliche Mandat war abgelaufen. Jede Restauration alter staatlicher Formen, wie man sie in Europa bisweilen versucht, ist für unser Empfinden Menschenvorwitz und als solcher ein Blasphem. Wenn die Harmonie gebrochen ist, kann man sie nicht wiederherstellen. Ist jenes Einverständnis im Respekt, von dem ich sprach. das Einverständnis zwischen Herrscher und Beherrschtem, abgelaufen, ist die Harmonie gebrochen, dann ist eine Zeit vorüber, die nicht in derselben Weise wiederkehrt. Aber sehen Sie, wenn wir reden, so reden wir aneinander vorüber. Alles Mißverständnis unter den Menschen kommt aus der Verschiedenheit des Verhältnisses, das sie zum Begriff der Zeit haben. Ihr seid der Anforderung des Heute untertan. Nicht immer war es so, aber es ist so geworden; ihr stürzt immer vorwärts, indem ihr das Gebot der Stunde erfüllt; wir tauchen ins trübe Wasser, verbergen uns, bis die Stunde vorüber ist. Ihr opfert euch selbst – wir opfern die flüchtige Stunde. Wir suchen dazubleiben, zu überdauern. Seit zweiundzwanzig Generationen ist mein Geschlecht in dieser Stadt, aber unsere Heimat ist Kanton; die Zeiten, die Herrscher, die Herrschaftsformen haben gewechselt, wir sind geblieben, wir haben Söhne. Für euch ist der Mann mit dem Schwert immer wieder der erste, für uns ist er der letzte; für euch ist er der Adel, für uns ist er nicht viel mehr als ein Räuber. Wir haben ein Sprichwort, das heißt: ‹Aus edlem Metall macht man keine Nägel – aus edlem Stamme keine Soldaten.› Und Sie kennen die Antwort, die unser Delegierter beim Völkerbund einem Südamerikaner gab, der ihn fragte, welche Verdienste China habe, um einen Sitz als Großmacht zu verlangen. Er antwortete ihm: ‹Wir haben das Pulver erfunden, und wir haben es nur benützt, um Feuerwerk daraus zu machen.›»

Hier unterbrach ihn der Schotte; seine Einwände waren – wie Sie sehen – scheinbar recht trivial, aber gerade deswegen gewichtiger, als wenn sie das Entgegenkommen einer gesättigten Bildung gezeigt hätten. Er rief: «Weil dem so ist, seid ihr jetzt da angelangt, wo ihr seid!»

«Für wie lange denn, was heißt das – *jetzt* –?» warf der Österreicher ein.

«Kein Religionsstifter, keine neue Lehre hat unser Entscheidendes bis heute verändert», erwiderte der Mandarin. «Wer mit europäischen Vorstellungen vom geschichtlichen Ablauf sich uns nähert, deutet immer falsch. Die Europäer, die uns am besten verstanden haben, waren häufig solche, die wie Sie, meine Freunde» – er wandte sich zum Irländer –, «*wenig* von unserer geistigen Vergangenheit gewußt haben; die andern, die vieles erlernten, legten es falsch aus. Wir wurden nie wirklich verändert, nur die Vorzeichen haben gewechselt. Wir leben allzu tief der Natur verbunden, um durch Gedankensysteme anders zu werden. Merken Sie auf, all diejenigen, die durch Ideologien herrschen wollen, versuchen zuerst von der Natur abzulenken, die Natur zu verfemen; wenn sie aber versuchen, die Natur in ihr System als Hilfskraft einzubeziehen, so sprengt sie es. Im altchinesischen wie im buddhistischen Denken halten Sie sich immer, meine Herren, das Bild der beiden Drachen vor Augen, die mit der Perle der Vollkommenheit spielen. Sobald die Einheit aufhört, sind die Drachen da als Verkörperung der beiden Kräfte, des weiblichen und des männlichen Prinzips; sie schaffen die Perle – das Gebilde – halb im Haß, halb in der Liebe – halb im Spiel, halb im Kampf. Von Osten und Westen nähern sie sich der Perle, die nur noch Sinnbild der verlorenen Einheit bleibt; es wird gestaltet, und wenn das Werk auf ein kurzes in die Wirklichkeit getreten ist, sind die Kräfte bis zu ihrer neuen Sammlung erschlafft. Ist aber die schöpferische Spannung mit ihrer Sehnsucht zur Einheit wieder da, so ist auch das Werk – der Höhepunkt, das einzelne Leben – das Kunstwerk, die Summe der Werke – die Kultur schon wieder im Verblühen, schon wieder vorüber, und bald entzieht es sich wie ein Phantom, damit ein neues Sinnbild der nie zu erreichenden Einheit entstehe. So alt ist dies wie unser Wissen um die Geheimnisse dieser Zweiheit von Kräften; ihr Werk ist immer das Ergebnis des Heimwehs, des Dranges nach der Einheit, die im höchsten Geiste unerreichbar vorhanden ist, ob dieser nun Tao, Konfuzius oder Buddha heiße. Wer die Einheit und die irdische Annäherung an sie, die Dauer des Gleichgewichtes sucht, darf nicht verwerfen, nie einseitig sein, gegen nichts feindlich gerichtet, allem gerecht, dem Großen wie dem Kleinen, dem Ideellen wie dem Materiellen, der Lust wie der Entsagung; eifrig, genau, streng, wahrhaftig muß er sein können und auch spielerisch, freudvoll und sorglos. In allem muß man nach Fülle, nach Ganzheit streben, in der Lust wie im Schmerz. Seine Grundlage darf man nie verlieren, den Heimatboden, auf dem man gewachsen, die Natur, die uns umgibt. Daß wir der Natur verbunden bleiben müssen, auch unserer eigenen, daß wir nie gegen sie wüten, nie sie verändern sollen, das ist nur ihrer Dauer wegen, die eine Eigenschaft der Einheit ist. Sind unsere geistigen Kräfte erlahmt, unsere Werke vergangen, ist immer wieder unsere Natur da; dieser müssen wir Rechnung tragen, sonst sind wir ewig auf der Flucht vor ihr, und was wir auch zur Beschleunigung dieser Flucht erfinden, schließlich ist es doch unsere eigene Natur, die als Rächerin uns einholt. Genau dieser Wahrheit trägt unsere Staatsreligion Rechnung, unsere Verehrung der Gestirne, der Erde und jener Ehe, die diese mit dem Menschengeschlecht einging, des Ackerbaus. In heiligen Hainen schweifen die uralten Götterkräfte wie in euren Vorzeiten, die groß waren und erhaben und Höchstes geschaffen haben. Es war richtig, was unser Gast am Beginn des Abends sagte, daß unsere Bauten von religiöser Stimmung getragen sind.»

Zum ersten Male nun, nachdem der Chinese die Stimme gesenkt hatte, nahm der irische Professor, der schweigsame Passagier, das Wort. Er wandte sich zu dem Österreicher und meinte: «Das große west-östliche Verstehen ist selten; in einem heute vergangenen oder rasch vergehenden, ihrer Welt unbewußt ist es am ehesten vorhanden; wirklich in die Helle der Erkenntnis hat es wohl nur Goethe erhoben. Sie wissen, was bei uns geschah vor 1935 Jahren – es heißt, damals sei eine große Stille eingetreten und dann über allen Meeren unseres Erdkreises habe der Klageruf sich erhoben: Der große Pan ist tot. Ein tiefes Seufzen und Stöhnen der ganzen Natur habe den Klageruf begleitet. Aus allen Spannungen adventistischer Bereitschaft war das Christentum entstanden. Die Naturnähe, die Verbundenheit der Antike war abgerissen, und nachdem die Kirche alte, schweifende Mächte in ihren Symbolen festgebannt hatte, schuf die ungeheure Sublimationskraft des in all seinen Formen immer wieder asketischen Christentums den Gedanken der Gottesgerechtigkeit.

Aber ich glaube, wirklich gestorben war der große Pan nicht, nur einem tiefen Schlaf verfallen, aus dem er von Zeit zu Zeit plötzlich erwachte, träumend bisweilen, so daß man nur leise seinen Flötenton vernahm, wie in der Welt des heiligen Franziskus, heftig auch bisweilen, alles zertrümmernd. Wir hatten versucht, den Gestaltenreichtum der Natur zu opfern, ihn zu besiegen mit allen Mitteln unserer Erfindung, um rascher, auf reinerem Wege, wie es unserm Wesen schien, zu dieser Einheit zu gelangen, um die es für alle Kinder der Menschen immer geht. Ein Kampf entbrannte, denn – wie unser Freund es sagte – die Natur blieb und überdauerte all unser Wähnen und Wollen in und um uns. Die Christenheit des Mittelalters zerbrach über dem Kampf und so vieles nach ihr. Ein Geist wirkte unter uns, der allem Geformten, allem Endgültigen feind war; er verdächtigte alle Werte, verriet, was sich nicht zählen, nicht beweisen ließ, die Schönheit, die plastische Form zuallererst. Wer das vielfältige Wunderwerk der Welt über allem in Worten Gedachten zusammenzuhalten wußte, wurde vom kahlen Gesetzesdenken der Einfalt geziehen. Wenn man in diesem Zusammenhang die Aufgabe der Deutschen in der Geschichte bedenkt, so stimmt es besonders nachdenklich, daß sie es waren, welche die musikalische Polyphonie geschaffen haben. Goethe hat wie kein anderer die Totalität angestrebt; er hat es unternommen, die europäische Menschheit vor ihrem blinden Fortstürzen auf der Flucht vor der Natur zu bewahren. Sagt nicht Nietzsche von ihm: er bewahre vor allen angeblich zeitgemäßen Belehrungen durch die Legionäre des Augenblicks. Er war der westöstliche Europäer, und es sind die Griechen, die ihm den Sinn für die Weisheit Asiens offen erhalten haben. Nahe verwandt dem Ihren» – dies zum Mandarin gewandt – «war sein Sinn für das religiöse Wesen aller wirklichen Kunst.»

«In der Tat, die Menschen sind nur so lange produktiv in Dichtung und Kunst, als sie religiös sind», warf der Österreicher ein.

«Ja, an solches denke ich», bejahte der Ire. «Ich denke nach den Worten unseres chinesischen Freundes auch daran, daß es ein Religiöses war, das diesen Menschen, und den Teil der europäischen Welt, dem er entstammt, zum Ausgleich, zum Gleichgewicht führte. Sobald Ausgleich möglich ist, schwindet das Tragische – hat er gesagt – im Sinne eines Einverständnisses mit der Welt. Er wartete immer auf die Koinzidenz, das Zeichen, das ihn die reinen Verhältnisse der Natur des Menschen und der geistigen Welt erkennen ließe. Jede Vergewaltigung des Weltvorgangs durch die Überlastung eines seiner Teile war ihm entgegen. So göttlich ist die Welt eingerichtet, daß jeder an seiner Stelle, an seinem Ort, zu seiner Zeit alles übrige gleichwägt. Das Festhaltenwollen falscher Dominanten nannte er romantisch – im Gegensatz zum Klassischen. Aus dieser subjektiven Art, wie er den Begriff des Romantischen nahm, läßt sich für mich vieles von der Krankheit erkennen, die uns befallen hat. Wir überlasten beständig in diesem romantischen Sinne irgendwelche falsche Dominanten, wir haben eine Romantik in der

Nation, der Materie, der Maschine, der Sachlichkeit, der Rasse, der Schnelligkeit gehabt. Der Pächter, der sagt: Nun gut, wenn diese Maschine zum Fliegen gemacht ist, warum soll sie nicht fliegen, gefällt mir außerordentlich. Wir hätten diesen Pächter sehr nötig.»

«Worte sind bei Ihnen unheimlich mächtig geworden, wie Totems, wie Götzen», warf da der alte Beamte der Mandschudynastie ein. «Sie sagen die ‹Freiheit› beispielsweise oder der ‹Staat›, die ‹Aufklärung› oder die ‹Autorität›, was immer – und plötzlich überläuft die ganze gegenwärtige Generation ein Schauer; nachher, wenn der Totem, der Götze, ‹das Wort› sie nicht errettet, nicht beschützt hat, schlagen sie ihm den Kopf ab, vierteilen sie es kritisch, versenken es im Grab ihrer sogenannten wissenschaftlichen Geschichtsschreibung und sind recht hochmütig gegenüber denen, die es einst anbeteten. Neue Worte werden angebetet. Auch wir erleben jetzt eine starke, von Westen entzündete Bewegung, die die Worte, die Wortsprache einführen will; vielleicht kann das in wenig Jahren bei uns zu einer schweren Krankheit werden, denn wir sind nicht gefeit. Ich, was mich betrifft, halte mich an die Bilder, die unendlichen, in denen ich mit den Gewesenen, mit den Mächten der Natur kommuniziere und in denen ich mich den höchsten Mächten in Demut und verhüllt zu nähern wage.»

Das Gespräch wandte sich, die Kerzen waren abgebrannt und tropften aus den Leuchtern. Man begann von der Art der Chinesen, ihre Geschichte zu schreiben, und von ihrer Malerei zu reden; aber das würde uns bis in die Morgenstunden führen, wie wir uns denn erst trennten, als die vielen kleinen, purpurbraunen Hähne in den Höfen der Kaiserstadt zu krähen begannen. Den ersten Teil aber der Auseinandersetzung zwischen dem Chinesen, dem Österreicher, dem Iren und dem Schotten beschloß dieser mit den Worten:

«Wie all dem sei, wir sind auf einen Posten gestellt worden mit einem Auftrag; wir haben nicht darüber zu rechten, nicht darüber nachzudenken, nicht zu schielen nach links und rechts; wenn es schwer ist, um so besser. Im Grunde hat mein alter Freund – dieser halbweise Schwätzer» – er trank ihm aus seinem Whiskyglas zu –, «im Grunde hat er ganz recht: Wir sind Soldaten zu Wasser und zu Lande.» Und damit glaubte er ein letztes Wort über uns in dem dunklen Gastraum versammelte Europäer gesagt zu haben – ein Wort, das nicht einmal sehr englisch, geschweige denn schottisch, in einem tieferen Sinne aber vielleicht wahr gewesen ist. Für heute abend wollen wir ihm vorläufig das letzte Wort lassen – wollen aber jetzt der Aufforderung des Mandarins folgen und der heiteren Seite des Daseins, der Freude, der Geselligkeit in Ihrem gastlichen Kreise uns hingeben.

GESPRÄCHE IN CRESSIER

In den so fernen Zeiten des Jahres 1913 studierte in Göttingen ein Ästhet, der von seinen Kameraden mit einem gewissen scheuen Respekt behandelt wurde. Er war blaß wie Marmor, und seine Augen waren wasserblau, sein Haar glatt, blond und im Nacken wie bei einem Minnesänger geschnitten; er trug eine um den Hals breit gewundene Krawatte aus Atlas in der Farbe seiner Augen, eine Halskette aus Gold, einen Gehrock und zur gestreiften Hose gelbe Schuhe. In seinem Zimmer hatte er die Wände mit allerlei Stoffen gleichsam verhüllt; er rauchte nicht, aber dafür verbrannte er Gewürze. Sein Name ist mir längst entfallen, seine Gestalt steht mir deutlich vor Augen, doch seine Spur ist verweht. Was ihm damals bei uns jungen Studenten ein Ansehen verschaffte, war der Umstand, daß namhafte Dichter des Vorkriegs ihn in ihre Kreise gezogen hatten und daß von ihm die Kunde ging, er schreibe an einem Buch, das bereits vierhundert Manuskriptseiten umfasse und das den Titel trage: «Das Gespräch als Kunstform».

Meines Wissens ist das Buch nie erschienen. Es versank mit dem Autor, dem Gehrock, den Minnesängerhaaren und hat wohl in dem eiligen und unheimlichen Vierteljahrhundert, das auf den Ersten Weltkrieg folgte, keine Gelegenheit zu einer kurzen Auferstehung gefunden.

Vielleicht ist es zu bedauern. Der Gegenstand ist des Nachdenkens wert, aber ohne Zweifel setzt er friedliche Zeitumstände voraus.

Hatte der ambraduftende Mann dem europäischen Gespräch einen Epilog schreiben wollen? Wollte er im Gegenteil neue Ansprüche aufstellen, auf das kunstreiche Gespräch als Ziel hinweisen? Man wird es kaum erfahren.

Zu sprechen hat man seither nicht aufgehört; man ist sogar wortreicher geworden, und es stellt sich die Frage, ob ein europäischer Wert, der einst im Gespräche enthalten war, ein Wert, den man über das ästhetische Maß weit hinaus als Kunstwerk bezeichnen kann, mehr und mehr verlorenging, weil bei den Sprechenden die Grundbedingungen aller Kunst: Sammlung, lautere Leidenschaft, Echtheit des Gehaltes, Rücksicht und Augenmaß, in Verlust gerieten? Es gibt so vielerlei Gesprächsformen. Auch der Monolog, der sich immer an einen ersonnenen oder wirklichen Hörer richtet, ist eine solche Gesprächsform, eine sehr deutsche Gesprächsform übrigens. Wie hat ihn Goethe beherrscht: abmessend, verantwortlich, nicht nur mit dem das Stichwort gebenden und aufzeichnenden Eckermann, sondern mit einem jeden, da ja alle fragend an ihn herantraten. Seit dem Ende des letzten Jahrhunderts ist diese Form des Gesprächs, das einen freien geistigen Reichtum voraussetzt, ist dieser Monolog der Weisheit sehr selten geworden. Und nun gar das Zwiegespräch, das ein glückliches Zusammentreffen von Umständen voraussetzt, wie rasch ging es unter in der Hast, wie mußte es sich verbergen vor Unberufenen als ein nur noch geraunter Austausch von Geheimnissen und Geständnissen. Gar so oft auch fehlte der Einklang gleichstrebender Freunde; anstatt gemeinsam zu suchen und zu ergänzen, anzuregen und aufzufassen, kämpfte man unter dem Vorwand, einen Standpunkt zu verteidigen, um jene nackte, öde Macht der gegenwärtigen Stunde, die man innerlich in dem Augenblick verliert, in welchem man sie äußerlich gewinnt. Bisweilen mißbrauchte man das Wort, indem man es überschätzte, es an Stelle des Lebens setzte; darin waren die Russen sehr stark. Nicht endende Gespräche hat ihre Epik aufgezeichnet, Gespräche, welche erdachte Figuren in Bahnen des Schicksals hineinrissen, wie schon Euripides es tat, als seien es die Worte, die das menschliche Ergehen wenden und leiten, während doch alle wirklichen Entscheidungen des Daseins stumm sind; oder im umgekehrten, im viel häufigeren Sinne mißbrauchte man das Wort, indem man es unterschätzte, es der Verlegenheit, der Neugier, dem Eigensinn oder niedriger, unmittelbarer Absicht dienstbar machte; kurz, das

Wort blieb nicht dort stehen, wo es hingehört, nämlich entweder an die Stelle, an der es Wesentliches richtig bezeichnet, vom Gebet bis zum Bericht, oder dort, wo es dem wahren Spiel des Geistes dient, das eine zuchtvolle Leichtigkeit haben soll, durch welche es die Spannkraft des Denkens steigert und ihm Beute aus allen Fernen herbeibringt.

Dieses Gespräch gehört wenigen geselligen Völkern, wie den Griechen und den Franzosen, und seltenen, kurzen Epochen an. Es gehorcht der stillschweigenden Übereinkunft eines gleichgestimmten Geschlechtes.

Konversation ist ein echter Begriff der geselligsten aller Welten, der französischen. Es bedeutet ein stets wieder erneutes Sicheinanderzuwenden in einer bestimmten Taktfolge wie im Tanze, wobei das beherrschte Wesen, die geregelte Improvisation, Raschheit und Leichtigkeit, Entspanntsein und Heiterkeit Vorbedingungen blieben, auch das Fechten, der blanke Hieb des in Worten aufblitzenden Witzes, die böse Finte, die kluge Parade, die Quarte, die Quinte; und zu alldem gehört auch der federnde Sprung und das lächelnde Sichneigen. Von alldem haben wir Heutigen nur seltene Überreste, fast nur den Abglanz gekannt.

Nun gibt es verborgene Gegenden und vereinzelte Menschen, die berufen sind, all das in sich zusammenzuhalten, was ihrem Zeitalter am meisten fehlt. Zu einem Teil haben die Dichter diesen Beruf, und Reynold als Dichter, als Mensch, als Vertreter einer selten gewordenen Gattung erfüllt ihn ganz. Was aber die Provinz der Konversation anbetrifft, so besitzt er ihr ganzes altes Inventar und er beherrscht es. Er hat täglich, solange er lebt, sich in der Übung dieser alten Kunst des Gespräches geschmeidig erhalten. Wenn man in Cressier eintrifft – wer weiß aus welchen Öden und Katastrophen des Jahrhunderts herkommend –, wenn man an Reynolds Waffensammlung vorbei seinen Saal betritt, und er wie ein gealterter Friedrich von Preußen in seinem Schlafrock mit den brandroten Aufschlägen vor dem lodernden Feuer seines großen offenen Kamins auf und ab geht, so ist man stets sofort inmitten seines Gespräches. Es ist ein kämpferisches Gespräch, und er wählt und wechselt die Waffen je nach Bedarf.

Oft beginnt er mit einer Klage – er ist «zum Sterben matt, erschöpft, krank und mutlos» –, schickt sich aber einer an, auf diese Finte hereinzufallen, so sitzt schon ein Hieb, der so voller Leben und Jugend ist, daß man sich oft geschlagen geben muß, noch bevor man begreift, daß das Gefecht begann. Und dann geht es Schlag auf Schlag, der Stil der Kampfweise wechselt beständig; vom trivialsten Wortspiel, der absurden Anekdote, der verwirrenden Folge der Paradoxe, der Herausforderung durch ruhmrediges Pathos geht es mitten hinein in den Ernst, und all diese Übergänge sind flüssig wie bei einem Meister. Das Verbindende ist das Können, das Wissen, die Lebensweisheit, die Logik und vor allem der Humor, der immer aus dem Herzen kommt und der alles zusammenhält in dem echten Zauber eines Menschen, welcher fest gefügt ist in sich selbst, welcher eine unverrückbare Mitte hat, eine Überzeugung, einen Glauben, welcher dadurch allen Dingen der Welt gegenüber Freiheit bewahrt, Ironie gegenüber jedem irdischen Besitz.

Das Wesen seiner Konversation ist nicht glatt; es ist vielmehr bisweilen rauh, fast immer körnig; bei allen alten Künsten der alten Welt, die er beherrscht, ist er doch in allem und jedem der Sohn seiner Heimat, dieses Freiburgerlandes, in dem ein Frankreich weiterlebt, in welchem Voltaire zwar fortwirkt, aber ohne daß es ihm gelungen wäre, Rabelais, Malherbe oder Bossuet zu vertreiben. Es ist ein intaktes Stück eines gewesenen Ganzen, dieses Freiburg, und es ist ein schweizerischer Stand. Da liegt ja der Reichtum und die wahre Tiefendimension unserer Heimat, daß in ihr eine solche Spannung wirkt zwischen diesem Freiburger Typus, einem Appenzeller Bauern, einem Basler Humanisten, einem bernischen Regenten der alten oder der neuesten Zeit, einem Genfer Calvinisten und einem zürcherischen Neuerer und tatkräftigen Begründer. In Reynold ist die ganze

Schweiz temperamentmäßig vertreten und dadurch der ganze vielgestaltige, vielgeprüfte, im Tiefsten gefährdete Kontinent.

Der Ästhet mit seiner Abhandlung über die Kunst des Gespräches hätte es schwer mit diesem ritterlichen Humanisten und streitbaren Christen. Er würde sich an allen seinen Ecken stoßen; ich möchte ihm nicht wünschen, daß er – mit seinem edlen Haarschnitt und seinem salbungsvollen Ernst – Reynold in die Finger geriete; der auf Taille geschnittene Gehrock bekäme zu viele Stiche ab, und der Versuch, das Wesen der Konversation in einem Epilog festzuhalten, müßte enden wie das Vorhaben der Schildbürger, die es unternahmen, das Licht für ihr fensterloses Rathaus in einer Mausefalle einzufangen.

Gleichgewicht ist die seltenste Erscheinungsform des Lebendigen; von toten Theorien läßt es sich nicht festhalten. Gleichgewicht ist ein recht begnadeter Zustand. Bei Reynold wirkt es wie bei seinem Patron, dem heiligen Gonzaga von Mantua, von welchem die Legende berichtet: als Kind habe er in der Schule Federball gespielt, ein finsterer Mönch sei mitten in die Schar spielender Knaben getreten und habe ihnen zugerufen: «Ihr spielt und lacht, was würdet ihr tun, wenn ich euch sagte, daß in einer Stunde die Ewigkeit und das Gericht über euch kommt?» Da habe der eine geantwortet: «Ich würde beten», der andere: «Ich würde beichten», der dritte: «Ich würde mich kasteien»; der einzige aber, der ein Heiliger geworden sei, eben der heilige Gonzaga, habe geantwortet: «Ich würde weiterhin Federball spielen.»

Welcher unter den Freunden Reynolds hat nicht dieses Gleichgewicht bewundert, das ihm erlaubt, im Gespräch mit seiner rauhen Grazie immer spielend unmittelbar zum Wesentlichen zu gelangen, wo er dann jenseits von Spiel und Kampf Verwirrtes schlichtet und Bleibendes aufrichtet, so daß das Bedeutende, die Fernsicht seines Geistes, sein geschichtlich-übergeschichtliches Erkennen plötzlich aufblitzt wie ein Alpensystem hinter den windbewegten, belaubten Büschen eines Gartens, einen Augenblick nur, fast mit Scheu, lang genug, um das Herz zu bewegen, nie so lang, daß es lastend würde.

Immer wieder wollen wir seine Klinge blitzen sehn, immer wieder wollen wir durch diesen weiten Garten gehn. Dort ist in jeder Stunde Erfrischung zu finden, ja die Frische dieses raschen, klugen, im dunkeln Ernst wie in der Heiterkeit gefaßten Geistes, der die wahre Signatur unseres alten Kontinentes ist und bleiben soll.

Diesen Geist hat Reynold im geselligen Zusammensein, im klaren Zwiegespräch wie in seinen Monologen, seinen Werken, stets ritterlich verteidigt, mutig, kämpferisch, bisweilen herausfordernd, bisweilen verwegen, als messe er am

Prüfstein der Gefahr den Gehalt seines Glücks im Weiterwirken und Schaffen. Unsere Wünsche begleiten ihn mit Flügeln, um nicht zurückzubleiben hinter diesem raschen Fechter.

AM GRABE
RUDOLF ALEXANDER SCHRÖDERS

Mit dem Abschiednehmen von einem so geistesmächtigen Wesen wie R. A. Schröder hat es seine eigene Bewandtnis. Ist er nicht an diesem Ort, in dieser Stunde völlig gegenwärtig, als ruhe auf uns der ernste, zugleich so gütig-heitere und ironischwissende, der feste Blick seiner tiefliegenden blauen Augen unter den buschigen, blonden Brauen, unter der mächtigen, herrlich-freien Stirn. Schröder, der große Sohn Bremens, ist seiner Vaterstadt mit jeder Faser so sehr verbunden, daß man ihn fortan, innerhalb seiner geliebten Heimat, als segensreiche Kraft spüren wird, als Teil der durch die Zeiten aus ferner Vergangenheit in ferne Zukunft fortwirkenden Gemeinschaft. Denn einzigartig war und bleibt sein Vermögen, Gewesenes, Gegenwart und Künftiges zusammenzuhalten, abseits von jenen Wesen des Augenblicks, die wähnen, sie hätten das Einstige überwunden, die Gegenwart sei ihr Besitz und die Zukunft ihre Schöpfung.

Die Person dieses Dichters und sein Werk sind eins. Sein Werk ist unserer Obhut anvertraut; die Leuchtkraft, die von ihm ausgeht, läßt uns erst ahnen, welche Schätze auf seinem Grunde ruhn. An den in der Unrast des Tages Gegenwärtigen liegt es, diese Schätze stets aufs neue ans Licht zu heben, das ihren Gehalt immer neu und immer anders erschließen wird.

Jeder bedeutende Mensch, der hinübergeht, hinterläßt uns ein Rätsel. Keines dieser Rätsel werden wir jemals mit Menschenwitz zu lösen imstande sein. Seinem wahren Sinn werden wir näher kommen, wenn wir im Zustande des Respektes verharren und keine Fragen stellen, die nicht im Gemüt durch die Liebe gereinigt wurden. Vom Respekt ausgehend und mit Hilfe dankbarster Zuneigung möchte ich es versuchen, die ehrenvolle Aufgabe zu erfüllen, einige Worte über den Freund und den Menschen zu sagen.

Wirklich begegnet bin ich ihm zum erstenmal im Jahre 1930. Zusammengeführt hat uns die Trauer um den Tod Hugo von Hofmannsthals. Für Hofmannsthal hat Schröder immer wieder Zeugnis abgelegt, hat ausgesprochen, was er ihm war; das ist festgelegt, vor allem in Äußerungen, die aus den dreiunddreißig Jahren stammen, um die er den Österreicher überlebt hat. Welche Jahre, die dem andern erspart geblieben sind und die Schröder, der Jüngere, schaffend überstanden hat! Über diese Beziehung steht es mir nicht zu, etwas beizufügen. Nur das eine möchte ich andeuten: Es gab einen Freundeskreis – Hofmannsthal, Eberhard von Bodenhausen, Rudolf Borchardt, Rudolf Alexander Schröder –, und da war ein Haus in einer der lieblichsten Gegenden Oberbayerns, und in diesem Hause wirkte eine Frau, die in wunderbarer Weise diese Freunde vereinigte. Während eines halben Jahrhunderts hat sie eine in dieser Art vielleicht nur in Deutschland übliche, in jedem Augenblick offenstehende Gastfreundschaft geboten. Für alle schuf sie eine zweite Heimat, eine Zuflucht für ungestörtes Arbeiten, einen immer zur Verfügung stehenden Treffpunkt hoher, geistiger Geselligkeit; dort fand man Anteil, Verständnis über alle Grenzen, Aufmunterung im Geben wie im Nehmen, und es herrschte ein glückliches, ausgewogenes Vertrauen, zu dem jeder seinen Teil beitrug. Dieser Mittelpunkt hieß Neubeuern. Der Zauber, der über jenen Ort ausgebreitet war, ging von der Herrin des Hauses aus. In spätern Jahren, nachdem schon ein Freund nach dem andern, viel zu früh, das Leben verlassen hatte, zog Schröder selbst, immer reifer und weiser, in hohe Jahre aufsteigend, nach Bergen und wurde zum Nachbarn jener singulären Frau, der Gräfin Ottonie Degenfeld, die dann im Lauf der dreißiger Jahre, während des Krieges, im harten Nachkrieg und bis zuletzt, bis in die schwersten Tage von Schröders Leiden teilnehmend, helfend dem Mann, den wir nun zu Grabe geleiten, in unwandelbarer Treue verbunden blieb.

Könnten Mauern sprechen, welche Fülle von hoher Rede und Widerrede würde im Neubeurer

Schloß und in dem Jagdhaus Hinterhör erklingen, welch unvergeßliche Lesungen soeben vollendeter Dichtungen würden wir vernehmen, zuletzt über Jahre hinweg die Stimme Ihres Ehrenbürgers, des unvergeßlichen Sprechers von Versen, Klang und Rhythmus schaffend, von Klang und Rhythmus getragen. Frei und leicht begegneten sich Freunde, und in Schröders Beziehungen zu echten Freunden lag dieselbe Sicherheit wie in der Herzenswärme, die ihn unlöslich mit den Seinen, mit seiner Sippe und mit seiner Vaterstadt verband. Wenn Freunde ihm vielleicht bisweilen nicht alles vergolten haben, was er ihnen, ohne zu zählen, schenkte: wie haben seine nächsten und weiteren Verwandten, wie hat die Freie Hansestadt Bremen ihm in einzigartiger Weise mit Zins und Zinseszins zurückgegeben, was sie ihm schuldeten. Was die Seinen für ihn waren, wie sie das Glück seiner Gegenwart erkannten, wird keiner vergessen, der ihn durch Jahre umsorgt von seiner Schwester Dora gesehen hat, an deren Stelle dann andere traten, denen unser ergriffener Dank gehört. Aber so umhegt und beschützt er war, er mußte dennoch die eisige Luft der Einsamkeit atmen. Wie einsam war sein Bemühen, wie schwer die Sorge um die Zukunft seines Werkes!

Als Ernst Robert Curtius starb, sagte Schröder in der Rede, die er im Kreise seiner Kollegen des Ordens «Pour le Mérite» hielt: «Der Verlust, den die Bonner Hochschule und mit ihr die Welt durch den Hingang von Ernst Robert Curtius erlitten hat, ist unersetzlich, zumal in einer Zeit, in der, um mit dem ersten Buch Samuelis zu reden, ‹des Herrn Wort teuer und wenig Weissagung› ist. Da will mich manchmal die Furcht beschleichen, das große Werk könne ohne Nachfolge bleiben.» Diese Furcht beschleicht auch uns am heutigen Tage.

Ich habe wenig Menschen gekannt, die einen so klaren und unerbittlich genauen Einblick in die Zukunft besaßen wie Schröder. Einige haben diese seine ungebrochene Fähigkeit, in einer Epoche, in der «so wenig Weissagung» ist, seinen Pessimismus genannt, und damit haben sie – wie zu Kassandras, wie zu des Jesajas Zeiten – die Warnung abzuweisen und aufzuheben versucht. Was er voraus wußte und vor tauben Ohren seit Jahrzehnten verkündete, floß ihm zu, weil das Geschehen, die nie abreißende Geschichte für ihn nicht atomisiertes Stückwerk war, sondern ein ungeheures leitendes Element, das er in Strömen empfing und in Erkenntnis verwandelte. Man hat es gewagt, ihn einen Epigonen, ja einen Alexandriner zu nennen. Mit unverdrossener Munterkeit hat er darauf geantwortet. Sie kennen seinen oft zitierten Ausspruch über die Epigonen und die Neandertaler. Was aber die Alexandriner anbetrifft, so meinte er: «Die Alexandriner waren neben allem, was sonst in der

Hauptstadt der Ptolemäer getrieben wurde, auf der einen Seite die ersten Philologen, Grammatiker, Sprachkritiker und Literaturhistoriker unserer Welt. Da wäre es Sache unserer heutigen Sprach- und Literaturforscher, sich dazu zu äußern, inwieweit sie sich als Nachfolger oder gar als Nachahmer des Aristophanes von Byzanz, des Aristarchos von Samothrake und ihrer Gesellen fühlen und wieweit nicht. Soll von alexandrinischer Dichtung die Rede sein und halte ich mich an den berühmtesten Namen, den des Kallimachos und an seine literarische Gesellschaft, so kommen wir in den Kreis derer, die sich Neoteriker, wenn man will Revolutionäre, nannten. Von ihnen wird gesagt: ‹Der sprachliche Ausdruck ist vielfach gesucht und dunkel, nicht selten durch Mißbildungen verunstaltet und steigert sich bisweilen zu einem wahren Vexierspiel.› Was sagen unsere heutigen Neoteriker, alias Avantgardisten dazu? Alles in allem: Weder der einzelne noch eine Gesamtheit kann sich älter oder jünger machen, als sie ist, und man sollte mit Schlagworten vorsichtig umgehen. Es sind Bumerangs darunter.»

Ja, «es sind Bumerangs darunter». Das ist eine echt Schrödersche Parade, um die Störung seines Schaffens durch Schlagworte, Modeformeln und Etikettierungen abzuwehren. Er umspannte nicht als sammelnder Polyhistor, sondern urlebendig, den Geist jeder Epoche mitwirkend, mitleidend, ihm verbunden als Einer, in dem der große Humanismus dichterisch wurde. Die gesamte Welt der Griechen, Welt des Geistes und somit der Freiheit war die seine. Es war, als habe er die ungeheure römische Reichstragödie in drei Akten erlebt, die leisesten Herztöne des römischen Menschen hat er vernommen, keiner wußte mehr als er über Virgil, den er uns frisch wie am ersten Tage wiederschenkte, wenige mehr über die spiegelnde Weltkenntnis des Horaz.

In den zweiunddreißig Jahren unserer Freundschaft hat mir Schröder in vielen Wochen und Tagen, die wir zusammen verbrachten, unter dem Dach der Häuser, die ich in häufigem Wechsel bewohnte, hat er mir in einer großen Zahl außerordentlicher Briefe Einblick in Homer, in die Welt unseres Mittelalters, in die an Herrlichkeiten und Grauen überbordende Zeitspanne des 17. Jahrhunderts und seiner großen deutschen Dichtung und Kunst vermittelt. Er hat mir den Weg in die englische Literatur gewiesen, nicht nur zu Shakespeare, dem seine letzte heroische Mühe galt. Er hat den niederländischen Beitrag zur Symphonie europäischer Geistesgeschichte für mich hörbar gemacht. Über Italien und Frankreich aber standen wir in einem Austausch, den ich zum wertvollsten rechne von dem, was mir durch das seltene Wunder des Gesprächs geschenkt wurde. Tiefer, schwerblütiger, niedersächsischer Ernst und altreichsstädtischer Atticismus waren die beiden Pole, zwischen denen die ständig schöpferische Spannung seines Geistes wirkte. Wenn man wirkliche Antwort auf die abgeleierte Tagesfrage: Was ist Europa? wünscht, soll man sich an Schröder wenden.

Wie wenig ist damit getan, wenn man auch ihn in Kategorien einordnen will. Seine Dichtung sei Symbolismus; mit derartigem ist höchstens mitgeteilt, was Fausts Wagner nach Hause tragen kann. Wenn wir in Schröders Gedichten lesen, sagen wir nur dann etwas aus, wenn wir Worte äußern wie die, die Otto von Taube uns überliefert hat, als er den Ausspruch des Bremer Senatssyndikus Wilhelm Focke wiedergab, der von Schröders Lied «An Belinde» gesagt hat: «Das ist, wie wenn man frühlings unter blühenden Obstbäumen säße und würde überrieselt von Blütenblättern.» Die Schönheiten von Schröders Lyrik sind sehr oft verborgen hinter der Leichtigkeit und der Vollendung seines Könnens. Sie werden sich immer nur einzelnen, in bestimmten Augenblikken, erschließen, um sich sogleich wieder hinter die Hüllen einer Scheu zu verbergen, die eine Grundeigenschaft dieses Dichters bleibt. Er besaß neben vitalen, robusten Eigenschaften eine für ihn selbst gefährliche Zartheit; gerade um ihretwillen aber blieb er so streitbar, ja zog er blank und schlug Quinte und Quart wie damals, als er mir von einer drapierten, ihren angeblichen Schmerz zur Schau stellenden Person sagte: «Sie ist eine Niobe aus Höllenstein.» Solche Formulierungen entsprachen der Art, mit der er das an und für sich Böse abwehrte und die Verwundbarkeit des Lyrikers gegen die Welt verteidigte. Aber derartiges gehört nur in den äußeren Bezirk seines schlagfertigen Gehabens. Im innern Kreis, dort, wo das Verpflichtende, der Ernst, begannen, war sein Urteil über Menschen von großer Milde. Diese Milde strahlte aus von dem andern Schröder, jenseits von Dichter und Kenner, Künder und Kämpfer: nämlich von dem, dem die Gnade des Glaubenkönnens zuteil geworden ist. Einmal, zur Mitte des Lebens, ist seine Konversion erfolgt, ein einziges Mal hat er mir davon gesprochen: «Es geschah mir», sagte er, «als ich in meiner Anfechtbarkeit und Schwäche plötzlich bis auf den Grund begriff, was Sünde ist und was Erlösung bedeutet.» Auch als Christ blieb er ein Wissender und klug, aber er tauchte nicht mehr in dumpfe Flut, wie es in seinem Gedichte heißt, um sich dem an ihn gerichteten göttlichen Anruf zu entziehen. Er versuchte, zu gehorchen. Und so stand denn von einem bestimmten Augenblick an alles, was er schuf, was er aus Untergang, Zerstörung und frevelhafter, überheblicher Preisgabe retten wollte, unter dem Geheiß des einen, das Not tut. Um diese Tatsache wird keine widerstrebende Deutung herumkommen. Sie bleibt bestehen und ist das zentrale Ereignis dieses an Prüfungen reichen, durch Gnaden so ausgezeichneten Lebens, das nun in seiner diesseitigen Form seinen heldenhaften Abschluß gefunden hat.

ANNETTE KOLB

Wie selten sind Menschen geworden, die ein Leben lang ihrer großen Liebe treu bleiben. Zu diesen Seltenen gehört Annette Kolb, die deutsche Dichterin, und ihre Liebe gehört Frankreich – eine Liebe mit all ihren Zwischenfällen, Enttäuschungen, Trennungen und Wiedervereinigungen.

Annette Kolb ist ein Kind Bayerns, die Tochter eines hochbegabten Gartenarchitekten und Botanikers aus dem ältesten bayrischen Stamm und einer Pariserin. Das ganze Leben Annettes gehört dem heroischen Versuch, den Einklang des Menschenpaares, dem sie das Dasein verdankt, auf die Beziehungen zwischen ihrem Vaterland und ihrer Wahlheimat zu übertragen.

In dem München des Jahrhundertbeginns, im Grenzbereich der Stadt der Wittelsbachschen Hofgesellschaft und der Stadt der Künstler, haben viele Europäer, die zwischen London, Paris, Petersburg und Wien durch München zogen, ein junges, eigentümliches, weises Wesen getroffen, welches, fremd in seiner Umwelt und zugleich unverwüstlich bayrisch, mit äußerster Lebensenergie zugleich da zu sein und schattenhaft sich zu entziehen und wegzuhuschen pflegte.

In einem der schönsten unter den neuen deutschen Romanen, dem aus lauter Leichtigkeiten und Andeutungen, zarten Ironien, aus ergriffenem Schweigen und nie preisgegebenem Bekenntnis, aus phrasenloser Leidenschaft gewordenem Buche «Daphne Herbst», hat die Dichterin das Haus ihrer Kindheit und die unvergeßliche Musikerin, ihre bezaubernde Mutter geschildert. Dort wo andere gleichzeitig in maßloser Übersteigerung der Gefühle und flüchtig auftauchender Einfälle so viel Farbe auftrugen, daß das Bild pastos und dunkel wurde, blieb Annette bei jeder Aussage so souverän, durchsichtig und schwebend, und alles was sie sichtbar machte ist wie umflossen von der Melodie eines ganz seltenen, nur ihr eigentümlichen Lichtes.

Sie hat sehr viel Humor, aber sie benützt ihn nie dazu, Späße zu machen, sondern nur zum Ausgleich alles Grellen und Gespannten. Ihr Humor des Herzens tilgt jede Sentimentalität und verleiht auch dem Mitleid verständige Würde; Mitleid empfindet sie niemals genießerisch, immer maßvoll und gerecht, vor allem auch für sich selbst. Diese unverdrossene Kentauerin leidet unter ihrer doppelten ethnischen Natur, aber sie lächelt über dieses Leiden. Ihr Lächeln ist so traurig als tapfer, ahnungsvoll auch, denn es bereitet darauf vor, einsehen zu müssen, daß die deutsch-französische Grenze, die ihre Natur mitten entzweischneidet, in ihr selbst nie kann überschritten werden.

Und doch kennt sie – wie niemand sonst – das Geheimnis des Einklangs zwischen ihren beiden Vaterländern. Sie gibt es auch weiter, aber nur die wenigsten verstehen es. Sie rettet es in eine unwirkliche Sphäre hinüber und gerade diese Sphäre wird für sie zur Wirklichkeit schlechthin. In dieser nur ihr angehörenden Wirklichkeit lebt sie fortan, in derjenigen der andern aber ist sie vorhanden nur wie die Feen im Haselstrauch, fast immer unsichtbar, oder schweifend wie Nebelstreifen, zerstreut im Windhauch dahinziehend. Nein, einzig in ihrer Geheimniswelt ist sie ganz vorhanden, folgerichtig und zusammengefaßt, dort behält sie alles in bester Ordnung: mit äußerster Genauigkeit den leisesten Schein und Widerschein. Draußen dagegen, im Alltäglichen, ist ihr Verhältnis zum Inventar des Alltags äußerst schwankend, auf dieser Ebene bleibt vorerst nichts bei ihr, alles scheint sie zu fliehen: Kleidungsstücke, Handtaschen, ausgefertigte Schecks, Pässe, wichtige Briefe – und sie wandelt dahin und hinter ihr schwebt ein Kometenschweif anvertrauter und vermißter Gebrauchsgegenstände. Aber seltsam, alle diese abgestoßenen Dinge, in scheuem Abstand, folgen ihr nach, niemals geht sie ihrer endgültig verlustig, sie wird umkreist von ihnen, der Kometenschweif wird zum Jupiterring, verengert sich zur Aura und diese Aura berührt zauberisch Annettes zahlreiche Freunde, die sich fortan nichts Besseres wünschen, als für die Dichterin bei Tag und bei Nacht zu suchen und wiederzufinden.

Solcherart vom geheimnisvoll geordneten Zufall umwittert, schreitet sie folgerichtig den Weg ihrer Liebe und ihrer Ahnung, dieser Weg führt sie beiläufig während des Ersten Weltkrieges knapp vor das Exekutionskommando, weil das Grundmotiv ihres Lebens, eben ihre Liebe zu Frankreich, ihr nie so wichtig erschien, wie während der europäischen Bruderkriege. Sie steht ein für diese Liebe, heldenhaft, sie ist ein Kronzeuge der Treue.

Im Beginn der Weimarer Republik läßt sich Annette Kolb am Rande des Schwarzwaldes nieder, mit dem Blick auf die Rheinebene und die leichte und scharfe Horizontlinie der Vogesen vor dem großen Himmel des Westens. Sie wohnt in einem kleinen Hause am Waldrand, über den warmen Quellen Badenweilers, und dort ist sie die Nachbarin des andern Deutschen, dem diese «Grenze» mitten durchs Herz führt. Sie ist die Nachbarin ihres Freundes René Schickele, den ihr der Tod schon bald entreißen soll.

Nach diesem Verlust versucht sie, auf ihre Einsamkeit angewiesen, den großen Schritt: die Überschreitung der Grenze! Aber immer wieder: – wer überschreitet eine Grenze in sich selbst?

So zieht sie denn, nachdem ein neuer Nationalismus in Deutschland ausgebrochen war, endlich in das Land ihrer Mutter. Sie läßt sich in Paris nieder, sie findet jene Wohnung an der Rue Casimir Perrier, die sie so sehr geliebt hat; französische Freunde, Jean Giraudoux und der unvergeßliche, aus Rücksicht und tätigem Wohlwollen so edel gemischte Jacques Dumaine, wissen um sie und helfen ihr zum scheinbar entscheidenden Schritt: sie erwirbt die französische Staatsbürgerschaft. Jetzt glaubt sie befreit zu sein, aber die Grenze ist leider nur in jener äußeren Wirklichkeit überschritten, die für die Dichterin nicht vorhanden ist.

Wieder kommt der Krieg; auf abenteuerlichen Wegen gelangt sie in die Vereinigten Staaten, wo sie bei Tag und bei Nacht nur an Frankreich denkt – und an Deutschland.

Der «neuen Welt» wird sie über ihrer Sorgen kaum gewahr. Und eines Tages erscheint in New York ein Mann, der alle über den Atlantik geflohenen Franzosen aufruft, der die Sprache ihrer Mutter spricht, und dieser Mann wird in der Geschichte von Annette Kolbs Dasein zur Legende – es ist der General de Gaulle. Drüben in der Heimat, in Europa, befinden sich die Freunde, die einst um sie wußten, mit denen sie ihr Geheimnis geteilt hatte – alle befinden sich in Lagen, die sie sich kaum auszudenken vermag; viele auch liegen schon unter dem Boden.

Endlich kehrt sie zurück. In welche Heimat? Sie kehrt zurück in das Paris des Jahres 1946. Über Jahre und Jahreszahlen denkt sie niemals nach, Jahre zählen nicht für sie – die Zeit ist ein Streifen Weges, den sie hinter sich zurückläßt. Das erste: sie findet ihre Wohnung nicht wieder, sie ist zwangsvermietet. So lebt sie denn bei Freunden, hier und dort, in überfüllten Hotels. Durch die Seligkeit des Wiedersehens mit den großen Horizonten des geretteten Paris aber wirkt von neuem und aufs stärkste etwas hindurch, was sie nicht zur Ruhe kommen läßt: sie sieht in der Ferne die zerrissenen blauweißen Fahnen Bayerns flattern.

Sie spricht und denkt französisch, aber unentwegt dichtet sie auf deutsch weiter.

Jetzt nimmt sie das große Gespräch mit denjenigen, die schon weggegangen sind, wieder auf, denn, wie die verlorenen Dinge kehren auch die entschwundenen Menschen wieder zu ihr zurück, ja, wenn sie sie ruft, überschreiten sie wirklich jene andere Grenze, diejenige, die zwischen Leben und Tod läuft, und diese Grenze heben sie auf.

Annette Kolb spricht mit ihnen und schreibt diese Gespräche auf – immer hat sie geschrieben; als sie noch fast ein Kind war, gab sie kurze Aufsätze im Selbstverlag heraus. Beim Erscheinen jener Frühwerke hat Hofmannsthal gesagt: «Weisheit La Rochefoucaulds und Verstand eines Kindes.»

Schon damals, mitten in den deutschen Texten, standen zwei französische Aufsätze: «Le rocher» und «Le revenant». Damals, in ihren jungen Jahren, lernte sie alle großen europäischen Sprachen verstehn. Sie übersetzte die Memoiren der Markgräfin von Bayreuth und Romane von Charles Louis Philippe. Sie übertrug Chesterton und die Briefe der heiligen Katharina von Siena, aber auch de l'Isle Adams «Ere future». Damals sprach sie zum erstenmal über sich selbst und über ihr eigentliches Problem, in dem Buche «L'âme aux deux patries».

Es folgte ihr Meisterwerk, für welches sie den Fontanepreis erhält: «Das Exemplar» – ein trauriges Buch, in dem die Menschen zwar gut und wie füreinander geschaffen sind, und die Umstände auch, aber sie passen nicht aufeinander, es gibt keine auflösenden Akkorde mehr, alles wird unheimlich aneinander vorbeigeführt, in einem eigentümlich synkopierten Rhythmus. Man spürt, es steht etwas bevor, in dem alles, was sich zu schönen und harmonischen Figuren ineinanderzufließen anschickte, nun von eiskaltem Hauch auseinandergeblasen wird. «Das Exemplar» ist ein Buch des Abschieds vom alten Europa und seinen Menschen, es steht im Zeichen der Trennung, der diskreten Trennung in bester, stoischer Manier – die Figuren gehen wortlos auseinander, sie werden vom Autor nicht mit grellem Scheinwerfer angestrahlt, sondern nur merkwürdig von innen erhellt.

Jetzt ist der erste große Krieg des Jahrhunderts im Gange. 1914 gibt Annette Kolb ihren Essayband «Wege und Umwege» heraus und mitten in den bittern Jahren die «Briefe einer Deutsch-Französin». Nach dem ersten Zusammenbruch ihres Landes fährt sie fort zu arbeiten, es erscheinen Essays und Novellen. «Daphne Herbst» ist 1926 herausgekommen, der große Aufsatz über Briand 1929. Später läßt die Dichterin ihre «Kleine Fanfare» erklingen und für diejenigen, die beim Ertönen dieser Klänge aufhorchten, schreibt sie ihr «Beschwerdebuch» mit einer französischen Rede am Schluß. Es folgt der bezaubernde Roman «Die Schaukel», wenige Jahre darauf die Mozartbiographie, dann Schuberts Leben, das Buch über König Ludwig II. und Wagner – jetzt sind im Verlag von Samuel Fischer in Frankfurt «Memoiren» im Druck, die 1954 unter dem Titel «Album» erscheinen werden.

Annette Kolb lebt in München und so oft als möglich in Paris. Ihre Freunde können sie vom linken Seine-Ufer nicht mehr wegdenken. – Immer nur die Freunde, denn Paris weiß zu wenig von dieser unentwegt Treuen, dieser sichersten Freundin, die Frankreich während der ersten Jahrhunderthälfte in Mitteleuropa besessen hat, weiß kaum von der großen Schriftstellerin. Diese unbeirrbare Botin von hüben und drüben hat eine Wolke der Diskretion mit sich gebracht, in die sie sich jeweils verhüllt und die sie völlig unsichtbar macht.

In hohen Jahren und mit größter Frische hat sie ihrem Berater, einem Vertreter der besten französischen Botschaftertradition, Barrère, ein Denkmal gesetzt. Sie glaubt zu wissen, daß er ihr Geheimnis um die Versöhnung zweier Nachbarvölker erkannt hat, daß er zu den wenigen gehörte, die, was sie selbst lebenslang angestrebt hat, beinahe in eine jener Wirklichkeiten verwandelt hätte, die in «ihrer Wirklichkeit» gleichsam ihre platonische Präformation gefunden haben. Vorübergegangene Gelegenheiten, Möglichkeiten, stellt sie dar, die einst und kurz ihr anzugehören schienen, Auge in Auge mit ihrer Hoffnung, die Hoffnungen, die entflatterten, wie die Geldscheine, die ihr aus fahrenden Mietswagen oder Bahncoupés von unfaßlichen Wirbelwinden entrissen wurden, und doch immer in weitem Bogen wieder schließlich zurückgetragen, ihr endlich in den Schoß zu fallen.

Solcherart entging sie stets jener Wirklichkeit, die die andern bindet, somit, auch wenn sie uns von Toten spricht, spricht sie von Lebenden, wenn sie von vergangenen Hoffnungen redet, stellen Erfüllungen sich ein. Das Leben aber dieser musikalischsten aller Dichterinnen, das immer durch unzählige kleine Wunder bewahrt erscheint, dürfte einmal, wenn es in seinem tiefern Sinn von den andern begriffen wird, vielleicht unmerklich als ein ganz großes Wunder wirken.

BIBLIOGRAPHISCHE HINWEISE

Aus der 1952 im Manesse Verlag erschienenen Sammlung *Reden und Aufzeichnungen* wurden die folgenden Texte in die vorliegende Ausgabe übernommen: *Karl Blechen, Rodin, Ein Vormittag beim Buchhändler, Gespräch in Peking, Gespräche in Cressier.*

Aus dem erstmals 1954 im Manesse Verlag erschienenen Band *Gestalten und Mächte* ist die Studie *Jacques Barthélémy Micheli du Crest* in die vorliegende Sammlung übernommen worden.

Heimat: Rede, gehalten anläßlich der Verleihung des Friedenspreises des Deutschen Buchhandels am 26.9.1954 in Frankfurt a.M.

Europäische Konstanten: aus «Europa. Sein Wesen im Bild der Geschichte», Stuttgart und Bern, Scherz, 1960.

Völkerpersönlichkeit und Sprache: aus der Festschrift zum 70. Geburtstag von Edgar Salin, Tübingen, J.C.B. Mohr (Paul Siebeck), 1962.

Schillers Mut: Rede, gehalten in der Freien Universität Berlin, der Universität Heidelberg und im Forum des Burgtheaters in Wien (Veröffentlichungen der Deutschen Schillergesellschaft, Band 21, Reden im Gedenkjahr 1955, Stuttgart, Ernst Klett.

Kalter Krieg im 17. Jahrhundert: Festvortrag, gehalten an der Jahresversammlung des Ordens Pour le Mérite am 5.6.1962 in Bonn, erschienen in «Orden Pour le Mérite für Wissenschaften und Künste», Reden und Gedenkworte, 5. Band, Heidelberg, Lambert Schneider, 1962.

Wiederaufnahme einer alten Arbeit: «Freundesgabe für Ernst Robert Curtius», Bern, Francke, 1956.

Richelieus Ende: aus dem Almanach des Verlages Georg D. W. Callwey zum 75. Jahr des Bestehens, München, 1959.

Metternichs Maximen: Vorwort zu «Diplomatie und Leben. Maximen des Fürsten Metternich», hrsg. von A. Breycha-Vauthier, Graz, Styria, 1962.

Eine Bestattungsfeier: aus «Als das Jahrhundert jung war», Zürich, Artemis, 1961.

Theodor Heuß: Schweizer Monatshefte, Februar 1964.

Flüchtigste Begegnung: aus «Dank an Werner Bergengruen», Zürich, Arche, 1962.

Begegnung mit Musil in Genf: aus «Robert Musil. Leben, Werk, Wirkung», Wien, Amalthea, 1960.

Erinnerungen an Auguste Piccard: Atlantis, März 1963.

Am Grabe Rudolf Alexander Schröders: Merkur, Oktober 1962.

Aunette Kolb: Zeit, Nr. 30, vom 18. Juli 1958,